BREGJE HOFSTEDE

Verlangen

BREGJE HOFSTEDE

Verlangen

ROMAN

Aus dem Niederländischen von Christiane Burkhardt

OKTAVEN

Die Übersetzung dieses Buches wurde von der niederländischen Stiftung für Literatur gefördert.

N ederlands
letterenfonds
dutch foundation
for literature

Die Originalausgabe mit dem Titel *Drift* erschien 2018 bei Das Mag Uitgevers in Amsterdam

1. Auflage 2020

Oktaven

ein Imprint des Verlags Freies Geistesleben
Landhausstraße 82, 70190 Stuttgart
www.geistesleben.com

ISBN 978-3-7725-3019-7

ⓔ auch als eBook erhältlich

Ich mag ruhig deinen Namen auf mein Werk schreiben, in Wirklichkeit ist es für «sie» (die anderen, die Leser) geschrieben. (...) Wenn ich schreibe, muss ich mich folgender Gewissheit anheimgeben (die mich, je nach meinem Imaginären, erschüttert): es gibt keinerlei freundliches Entgegenkommen im Schreiben, eher Terror: es benimmt dem Anderen den Atem, der weit entfernt, darin die Gabe zu sehen, aus dem Schreiben die Bejahung von Herrschaft, Macht, Wollust, Einsamkeit herausliest. Daher das grausame Paradox der Zuneigung: ich will dir um jeden Preis zukommen lassen, was dich erstickt.

Roland Barthes
Fragmente einer Sprache der Liebe

PROLOG

Es gibt unzählige Mythen, in denen jemand von einer rätselhaften Gestalt ein einziges Verbot auferlegt bekommt: Stets gibt es etwas, das absolut untersagt ist, bei Strafe des Verstoßenwerdens.

Psyche bekam allabendlich im Dunkeln Besuch von ihrem Liebhaber, durfte jedoch nie die Öllampe anzünden.

Blaubarts Frau durfte alle Zimmer im Schloss öffnen, nur nicht das eine.

Raymond bekam von seiner Frau Melusine Reichtümer und zehn Kinder, durfte sie aber bei ihrem samstäglichen Bad keinesfalls stören.

Orpheus durfte seine verstorbene Gemahlin Eurydike aus der Unterwelt mitnehmen – vorausgesetzt, dass er sich nicht umdrehte und schaute, ob sie ihm folgte.

Drei Mal darf man raten, was als Nächstes geschah.

I.

ES WAR EINMAL

Es war einmal eine Winternacht. Es war einmal eine Frau, die aus ihrem Haus taumelte, unter einem viel zu schweren Rucksack gebückt ging. Diese Frau bin ich. Diese Nacht ist jetzt.

Ich hätte alles Mögliche mitnehmen können, aber das Erste, was ich in den grauen Rucksack stopfte, war mein Tagebuch. Danach das Heft, das diesen Zweck im Jahr zuvor erfüllt hatte. Und dann das vom Jahr davor. Mit jedem Buch, das in meiner Tasche verschwand, zeigte sich, welchen Teil von mir ich aus diesem Haus mitnehmen wollte: nicht nur die letzten Monate, sondern auch das ganze letzte Jahr und letztlich alle Jahre, die wir zusammen verbracht haben. Ich stapelte eines aufs andere, bis der Rucksack voll war.

In die Verschlussklappe schob ich Zahnbürste, Handy, EC-Karte und verschwand.

Das Brunnenbecken der Brüsseler Vismet ist leergepumpt, bedeckt von einem glitschigen Bretterboden, auf dem vor Kurzem noch der Weihnachtsmarkt stand.

Mitten auf dem Fischmarkt befindet sich ein Sockel mit einem großen Zahnrad, ein Überbleibsel aus der Zeit, als hier ein Hafen lag. Neben dem Sockel stelle ich meinen Rucksack ab und setze mich auf den Rand, in den Widerschein der Restaurants.

So zerbrechlich wie jetzt habe ich mich noch nie gefühlt. Meine Ellbogen und Knie zittern. Dem gestreckten Bein ist nicht zu trauen, und der Arm fühlt sich an, als könnte er jeden Moment einknicken.

All die Seiten, all die ernsthaften Notizen, mit denen ich die Liebe verankern wollte, welche ich gerade gelichtet habe. Ein Anker ohne Schiff ist Kitsch, überflüssiger Ballast, dessen Unverrückbarkeit plötzlich nur noch unpraktisch ist.

Ich stelle mir vor, wie ich aufstehe, meinen Rucksack hierlasse und einfach gehe. Ich könnte einen halben Krebs essen und von meinem Tisch aus zusehen, wie Obdachlose nach meinem Rucksack greifen und die Episoden aus unserem Leben hervorholen, während ich im Innern des Lokals das warme Fleisch aus dem Panzer herauslöse.

Aber ich bleibe sitzen.

Erst als ich völlig durchgefroren bin, suche ich mir ein Hotel, den Rucksack auf dem Rücken.

×

Deinetwegen war ich schon mal in einer Winternacht unterwegs. Zehn Jahre ist das jetzt her.

Wir waren siebzehn. Ich war ein Nerd aus dem neunzehnten Jahrhundert, der seinen Schokoladenbuchstaben, den er zu Nikolaus bekommen hat, bis Ostern aufhebt, um ihn dann weiß verfärbt über den Seiten von *Middlemarch* aufzuknabbern.

Du warst damals ein schöner junger Mann, den ich kaum kannte, obwohl ich dich gern beobachtete. Wie eine Comicfigur nahmst du eine schräge Pose nach der anderen ein. Das Einzige, worüber du nie Witze machtest, war dein «Pa», der dir eines Tages in der Mittagspause deine vergessenen Sportklamotten brachte. Wir saßen alle beim Essen am Tisch und sahen zu, wie er sein goldfarbenes Auto vor der Schule abstellte, du eiltest ihm entgegen. Vater und Sohn trafen sich auf dem Weg, der an der Fensterfront der Schulkantine vorbei zum Eingang führte. Er erklärte dir gestenreich irgendwas, während du ausnahmsweise völlig reglos dastandst. Du nahmst die Sporttasche in Empfang, ließt dich seelenruhig umarmen und drehtest dich vor dem Eingang noch einmal um, um ihm zu winken.

In den darauf folgenden Monaten saßen wir in der Pause immer öfter an einem der Kantinentische nebeneinander – ein jeder flankiert von seinem festen Freundeskreis, der als Alibi diente: Du rücktest an den Rand von deinem, und ich näherte mich dir gedeckt von meinem, bis meine Brotdose in fast jeder Pause neben deiner Pommesschale stand.

Während der Unterhaltungen lauschten wir einander mit einer Gier, die ich erst später als Liebe erkannte. Erzähl mir von dir. Erzähl mir, wie du als Kind so warst.

Warst du aufbrausend? Ungezogen? Wofür darf ich dich jederzeit wecken, wie hießen deine ersten Freunde, welche Musik hörst du gern, bist du unausstehlich, wenn du krank bist?

Irgendwann im Dezember, als wir in der Kantine saßen und du gerade dabei warst, mit der Spitze deines Zirkels den Anfangsbuchstaben deines Namens in den Tisch zu ritzen – ich war schon an dem Punkt angelangt, an dem ich deinen Namen überall vermutete –, sagtest du: «Schokolade. Für Schokolade darfst du mich jederzeit wecken. Sogar um drei Uhr nachts.»

Du strotztest nur so vor Selbstbewusstsein. Du trugst Glitzerohrringe und trotz deiner schmächtigen, fast mageren Figur eine weite Hose und eine riesige schwarze Jacke mit Fellkragen. Dieses Outfit brachte dir den Spott des bebrillten Teils unserer Gymnasialklasse ein, aber du konntest dir das leisten, wegen deiner nicht abreißenden Schar von Freundinnen – lauter frühreife Mädchen aus unteren Klassen. Seit Neuestem fuhrst du mit Tania auf deiner Enduro herum, ein ziemlich angsteinflößendes Mädchen, dessen Neontanga greller leuchtete als dein Rücklicht.

An diesem Mittag sagte ich kein Wort. Aber beim Schlafengehen stellte ich meinen Wecker auf halb drei und schob ihn unters Kissen. Meine Kleidung hatte ich bereits rausgelegt: meine einzige schwarze Unterwäsche, darüber eine graue Wollhose und eine dünne Karojacke, die ich secondhand in Antwerpen erstanden und deren orangenes Futter ich mit groben Stichen neu befestigt hatte. In ihrer Innentasche steckte das aus der Handtasche meiner Mutter entwendete Handy, weil ich noch kein eigenes besaß.

Derart ausgestattet erklomm ich mit dem Rad den Hügel. Die Straßen lagen völlig verlassen da und glänzten.

Deine Telefonnummer konnte ich auswendig. Um punkt drei tippte ich sie ein, im Schutz der Bäume, auf die eure Wohnung hinausging. Noch immer ist sie neben meiner die einzige, die ich auswendig kann.

Du gingst dran. Als ich sagte, dass ich bei dir vor der Tür stehe, schwiegst du zunächst mehrere Sekunden. Bestimmt fandst du mich gestört – wenn nicht in diesem Moment, dann am nächsten Tag in der Schule. Als du rauskamst, warst du verschlafener, als ich dich je erlebt hatte – auch wenn du später, wenn wir gemeinsam unseren Gründungsmythos erzählten, stets behauptet hast, das Ganze bewusst geplant zu haben. «Ich weiß noch, wie ich dachte, soll ich mein Handy ausstellen? *Na ja*, dachte ich, *na ja*, diese Bregje ...»

Damals sagtest du «Hi» und fuhrst dir mehrmals durchs Haar, das dir nach allen Seiten vom Kopf abstand. «Ich hab Schokolade dabei», sagte ich, woraufhin ich mit meinem Latein am Ende war. Du hattest geblufft und behauptet, dass du mich reinlassen, einen Film einlegen und Popcorn machen würdest, aber das Schweigen hielt an, bis du sagtest: «Sollen wir eine Runde um den Block drehen?»

Wir liefen durch das nächtliche Viertel. Auf dem Spielplatz vor deiner Grundschule setzten wir uns auf eine Bank, und da holte ich die Schokolade hervor: dunkle Pralinen mit spanischem Pfeffer, die mein Vater von einer Geschäftsreise mitgebracht hatte. Sie hatten die Form von Brustwarzen, und auf der Schachtel, die zwischen uns lag, stand in geschwungenen Buchstaben: *Nipples of Venus*. Das sollte eigentlich genügen.

Doch als hätten wir Angst vor etwas so Erwachsenem, redeten wir noch fast eine Stunde über die frühesten Jahre, an die wir uns erinnern konnten: du über deine Grundschulzeit und ich über meine. Dass du damals wegen der Reste vom Vortag aufgezogen wurdest, die dir dein Vater für die Pause mitgab, und dass ich von den Jungs verboten bekam, beim Fußball mitzuspielen. Dass wir uns beide als Außenseiter gefühlt hatten. Gemeinsam waren wir zwei Hälften einer Form, die schon seit langem darauf wartete, gefüllt zu werden.

Wir liefen noch eine Weile durch die ausgestorbenen Straßen. Irgendwann sagte ich, ich geh dann mal wieder, und du fragtest, ob ich nicht kalte Hände hätte. Wir standen einander im Schein einer Straßenlaterne gegenüber, und du nahmst meine Hand. Ich hatte Angst, du könntest an meinen Fingern merken, wie weich meine Knie waren, denn das waren sie. Ich bebte, es war Ende Dezember, und ich war schon seit anderthalb Stunden in meiner viel zu dünnen Jacke unterwegs. Ich dachte: Ich kenne das aus Liedern. Weiche Knie.

Deine Hand war wärmer als meine. Mit einem kleinen Ruck zogst du mich an dich, sodass ich auf die Zehenspitzen ging und nach vorn kippte.

Die einzige Erfahrung, die ich bisher mit einer fremden Zunge hatte, war das eine Mal, als meine Mutter Kalbszunge gebraten hatte. Die rauen Papillen, die wie eine zähe, reglose Kopie auf meinen lagen, waren mit ein Grund, warum ich es in Sachen Jungs noch nicht besonders eilig hatte.

Aber in dieser Nacht schnappte ich dermaßen begierig nach deinem pfeffrigen Mund, dass du lachtest und sagtest: «Immer mit der Ruhe.» Ich holte tief Luft, und mein Rückgrat knackte, sortierte sich neu wie Holz bei plötzlicher Hitze. So ist das also!, dachte ich. Jetzt geht es los.

Inzwischen bin ich sechsundzwanzig und habe immer noch keinen anderen Mann geküsst. Meine Zunge kennt deine spitzen Zähne, die einen schiefen Klumpen inmitten deines breiten Grinsens bilden.

Am nächsten Tag machte die Geschichte meiner nächtlichen Mutprobe die Runde: Ich hatte niemandem was davon erzählt, aber egal, an wem ich vorbeiging, das Gespräch erstarb. Die Niederländischlehrerin unterbrach den Unterricht, als sie davon erfuhr. Dein Freund Jesse fiel von der Treppe, als du es ihm auf dem Weg zum Chemieunterricht erzähltest, und meine Freundinnen verließen kollektiv die Griechischstunde, um aufs Klo zu gehen. Nach zehn Minuten ertappte ich sie bei einem Konklave auf dem Flur. Das hatte niemand von mir erwartet. Ich hatte nie auch nur das geringste Interesse an Jungen gezeigt, und meine Freundinnen hatten mich insgeheim für lesbisch gehalten.

Doch jetzt wollte ich die Liebe erleben. Und entschied mich für dich. Oder aber du bist mir einfach so passiert, weil du in meine Klasse gingst, weil du der Frechste warst, und weil du jedes Mal die Ohren hochgezogen hast, wenn du dir einen Witz ausdachtest.

TAG 2

Montag 16. Februar 2015

Als der Wecker klingelt, muss ich mich mühsam aus dem Schlaf hochkämpfen, so als würde ich nicht *auf*, sondern *unter* der Matratze wach.

Das Erste, was ich sehe, ist das Kunststofffenster. Das Fenster befindet sich auf der falschen Seite des Zimmers. Erst als ich es eine Weile angestarrt habe, sehe ich das in das Kissen eingestickte Logo: ein stämmiger Mann, der den Himmel auf seinen Schultern trägt.

Ich drehe mich um, zur leeren Seite des Bettes. Am Nachttisch lehnt der Rucksack voller Tagebücher. Mein ganzer Körper fühlt sich an, als hätte ich eine Treppenstufe verfehlt. Ich habe keinen Plan, keine Bleibe und keine Ahnung, wie ich einfach so durch die Maschen meines eigenen Lebens fallen konnte.

Du hast mir nichts geschickt, dafür sehe ich, dass du nachts um halb drei im Beitrag eines mir Unbekannten markiert wurdest. Du hast den Arm um ihn gelegt, während ihr ein halb leeres Glas hebt. Du hast dein

Hemd aufgeknöpft und siehst gut, aber auch verbissen aus, wild entschlossen, dich verdammt noch mal zu amüsieren.

Ich like das Foto, bevor ich es wegklicke.

Es fühlt sich komisch an, in einem Bett zu liegen und es nicht verlassen zu wollen. Dieses Gefühl hatte ich noch nie, und von mir aus kann es gern für immer so bleiben.

Ich hab nicht mal die Bettdecke unter der Matratze hervorgezogen: Meine Zehenspitzen sind der einzige Störfaktor. An der Wand hängen Kunstdrucke, die ich schon so oft gesehen habe, dass sie sich fast schon bis zur Unkenntlichkeit abgenutzt haben. Nichts in diesem Zimmer weist darauf hin, dass hier schon mal jemand anderes geschlafen hat, ja dass es überhaupt andere Menschen gibt.

Neben dem Bett steht mein Rucksack. Dort, wo sich die Notizbuchkanten hineinbohren, ist der raue Stoff ausgebeult. Fünfundvierzig Liter fasst dieses Ungetüm mit den grauen und dunkelroten Fächern – ein Rucksack, mit dem ich schon durch den schwedischen Wald gewandert bin. Irgendwann mal habe ich vorne mittig ein Bügelbild aufgebracht, das eine auf den Hinterbeinen stehende Ratte zeigt. Ihr Schwanz hat sich gelöst und steht vorwitzig ab.

Ich setze mich im Bett auf, ziehe den Rucksack zu mir her, schlage die Decklasche zurück und staple ein Heft nach dem anderen auf den Nachttisch. Ein bunter Turm entsteht, der schwankt, weil manche Kladden kleiner sind als andere. Die oberen sind zehn Jahre alt, das unterste Tagebuch ist das aktuelle. Nur die Kladden aus meiner Pubertät sind noch zu Hause. Was jetzt neben mir liegt, beinhaltet die Hälfte meines Lebens oder besser gesagt meines bewussten Lebens, was für mich auf dasselbe hinausläuft.

17.5.10

Im Bad stellte sich Luc hinter mich und öffnete meinen Morgenmantel, um meine Brüste zu streicheln, meinen Hals zu küssen. So verharrten wir eine ganze Weile – er mit seinen braunen Händen auf meinem weißen Körper, mit seinem herrlichen Hals neben meinem. Wir liebten uns im Stehen vor dem Spiegel, obwohl ich meine Tage hatte, obwohl ich müde war und wusste, dass ich es ihm zuliebe tat (Hauptsache, er wusste das nicht). Als er kam, fielen rote Tropfen auf den Fliesenboden. Er schmiegte sich an mich und sagte, er finde das überhaupt nicht schlimm: Nicht erschrecken, Liebling!

Heute Morgen wurde ich davon wach, dass er das Bett verließ, um aufs Klo zu gehen. Weil er mitbekam, dass ich mich rührte, zog er mitten im Zimmer und ohne sich umzudrehen, die hellblauen Boxershorts runter, entblößte seine braunen Pobacken und wackelte damit. Als er zurückkam, bedeckte ich ihn mit Küssen – trunken vor Glück, weil er hier bei mir im morgendlichen Bett war, lachend und mich verschmitzt anblinzelnd.

Das passiert mir oft mit Luc: dieses Verlangen aus der

Ferne nach dem Moment, den ich gerade erlebe – eine Art
Vorahnung von Nostalgie. Was auch oft passiert: Dass ich
das ungute Gefühl habe, den Moment erst dann ungestört
genießen zu können, wenn er vorbei ist. Seinen Widerschein,
so wie man auch nicht direkt in die Sonne schauen kann.

Ich habe auch eine von den noch leeren Kladden ein-
gesteckt, die stets auf Vorrat bereitliegen. Auf der
Bauchbinde steht SÄUREFREIES PAPIER. Ich werde
mir Mühe geben.

Dem alten Tagebuch gebe ich den Titel *Insomnia*. Damit beschrifte ich sein Rückenetikett. Jede Kladde wird
etikettiert, mit einem einzigen Wort versehen, das die
jeweilige Lebensphase beschreiben soll. Die Reihe endet nun so: *Ehe. Brüssel. Mein Romandebüt. Insomnia.*
Und was jetzt?

Therapie? Hysterie?

Was muss ich tun, bevor ich *Harmonie* schreiben
kann?

×

Die Flecken auf meiner Haut werden knallrot unter der
heißen Dusche. In den letzten Monaten haben sie ju-
ckend und sich schuppend immer mehr Terrain erobert.
Sie bilden ein seltsames, regelmäßiges Muster auf meinem Rumpf, so als hätte ich ein zu enges Netzhemd getragen.

Mit großem Widerwillen tausche ich den makellosen

Bademantel gegen meine alten Klamotten. Mit Hilfe von Unterhose, Hose und Bluse hülle ich mich in den Angstschweiß von gestern.

Am Frühstücksbüffet ist das gesamte Angebot auffällig niedlich. Mini-Croissants, Mini-Brötchen, Kirschtomaten und Melonen in Murmelgröße. Je mehr man davon isst, desto weniger wird man. Ich gebe etwas davon auf meinen Teller und setze mich in eine Ecke.

Abgesehen von mir sind bloß Männer hier, ein jeder allein an seinem Tisch. Sie wischen mit einer Hand auf dem Handy herum und stecken sich mit der anderen Winznahrung in den Mund. Ich lege mein Tagebuch auf den freien Platz gegenüber.

Ich sollte wieder nach Hause gehen. Jetzt sofort, wo du noch im Bett liegst. Wir sollten uns aussprechen. Aber ich will nicht noch eine Nacht stocksteif neben dir liegen, als müsste ich zwischen Kissen und Fußende einen Abgrund überbrücken. Lass mich noch eine einzige Nacht woanders schlafen.

Airbnb-Wohnungen sieht man sofort an, in welchen gewohnt wird, und welche ausschließlich zum Vermieten gedacht sind. Fotos von Letzteren zeigen die Illusion eines Zuhauses, unangetastet von der Realität. Es sind Wohnungen, auf deren Fensterbänken große weiße Lettern das Wort HOME buchstabieren, oder in denen am Griff von fast jedem leeren Schrank ein Strohherz hängt. An mehreren Wänden entdecke ich das Schild mit FAMILY RULES: *work hard / laugh out loud / always say I love you / keep your promises / try new things.* Als ob das reichen würde.

Gleich nachdem ich etwas reserviert habe, checke ich aus und gehe zum Bahnhof, wo ich meinen Rucksack in einem Schließfach lasse. Ich habe keine Lust auf neugierige Fragen. Anschließend gehe ich in die Arbeit.

Während ich im Auktionshaus Mails von Fremden beantworte, die ihre Erbstücke anbieten – manchmal abschlägig, manchmal interessiert – blinken auf meinem Handydisplay immer neue verpasste Anrufe von Schwestern, Eltern und Freundinnen auf. Die Nachricht spricht sich herum. Ich habe nicht den Mut, sie zurückzurufen. Was sollte ich auch sagen? Das Freizeichen, das sie zu hören bekommen, wenn sie versuchen mich zu erreichen, fasst meine Situation am besten zusammen.

Keine Ahnung, warum ich nicht in unsere Wohnung zurückkehre, mein Argument ist Bauchweh.

Nach der Arbeit komme ich ihr allerdings gefährlich nah, weil ich mir in meinem Lieblingsladen einen neuen Slip kaufen will. So kann ich mir sicher sein, dass er zu einem meiner BHs passen wird – eine Form von vorausschauendem Denken, die dich ganz wahnsinnig macht.

«Wenn man dich nach einem Bombenattentat finden würde, dürfte es nicht weiter schwerfallen, dich wieder zusammenzusetzen.»

Dass du dem Farbcode meiner Unterwäsche trotzdem etwas abgewinnen kannst, weiß ich, weil du mal bei Freunden nachgehakt hast, ob deren Freundinnen auch stets farblich aufeinander abgestimmte Dessous tragen, um mir anschließend geschmeichelt zu erzählen, dass dem nicht so ist. Hin und wieder steckst du einfach einen Finger in meinen Ausschnitt und wirfst einen Blick unter meine Kleidung, nimmst dir einen Vorschuss auf Verlangen so wie du auch bereits *vor* dem Essen die größten Leckerbissen aus dem Topf angelst. Ich finde das schade, weil ich das Ausziehen dann nicht mehr so spannend gestalten kann, worum ich mich nach neuneinhalb Jahren immer noch bemühe. «Du verdirbst dir den Appetit», sage ich dann, woraufhin du so tust, als würdest du durch einen Bauchschuss gefällt werden.

Während ich den Slip zahle – zwanzig Euro –, höre ich dich zum x-ten Mal sagen, dass ich zu viel nachdenke.

Ich war nicht immer so sorgfältig gekleidet. In der Grundschule trug ich eine Zeitlang zwei verschiedene Strümpfe. Ich hatte Mitleid mit den verwaisten Exemplaren im Wäschekorb und wollte gern etwas Besonderes sein. Dasselbe Ziel, wenn auch mit umgekehrter Strategie, verfolge ich mit meiner farblich aufeinander abgestimmten Unterwäsche – so wie du dich damals mit blauen Haaren abheben wolltest und heute mit einem perfekt geschnittenen Anzug.

Heute Abend übernachte ich bei einem flämischen Pärchen in Elsene.

Der Mann mit dem schütteren Haar, der mir aufmacht, bietet mir zweimal an, mir den Rucksack abzunehmen, während seine hinter ihm stehende Freundin die Geste in kleinerem Maßstab wiederholt.

Sie haben das richtige Sofa, die richtigen Pflanzen und ein Bambus-Thema, das sich durch die ganze Wohnung zieht. Sie ist klein, aber dank maßangefertigter Einbauschränke optimal genutzt. Die Einrichtung macht mich nervös, so als könnte ich nicht mehr hineinpassen, wenn ich zu tief einatme.

In einer Nische links vom Fernseher liegen aufeinander gestapelte Holzscheite. Weil es keinen offenen Kamin gibt, sehe ich direkt vor mir, wie sie mit diesen Scheiten ankam – ein «gemütlicher Touch», den sie sich von einer Designbeilage abgeschaut hat. Teile eines toten Baumes, die ihnen dabei helfen sollen, Wurzeln zu schlagen.

Meine Gastgeberin fragt, ob ich Tee möchte, den sie mir auf einem Bambustablett bringt. Es ist gerade groß genug, um die Tasse und eine Schale mit Schokoladetäfelchen zu beherbergen. Für den Löffel ist eine Extravertiefung vorgesehen.

Das gemietete Zimmer hat rosa Wände. Darin stehen ein Bett, eine Kommode, ein kleiner Schreibtisch und ein Schrank, ansonsten ist es vollkommen schmucklos.

Als ich den Schrank öffne, um meinen Rucksack darin zu verstauen, sehe ich, dass der bis obenhin voll ist.

Strampler, Schühchen so groß wie mein kleiner Finger, Spucktücher in allen Farben. Fünf verschiedene Stofftiere. Eine Nachtlampe mit Zirkuspferden. Spuren einer Geschichte, die ein böses Ende genommen oder nie wirklich angefangen hat.

Dann schiebe ich meine eigene Geschichte eben unters Bett. Irgendwo in meinem Rucksack muss sich die Antwort auf die Frage befinden, warum ich trotz meiner vielen Worte eine Geschichte lebe, die sich mir entzieht. Warum ich hier gelandet bin, an diesem Ort, an dem alles stimmt, und an dem ich dermaßen vor die Hunde gehe.

Unsere Wohnung, die ungefähr drei Kilometer entfernt ist, hat keinen Kamin mehr. Der wurde beim Einbau der Zentralheizung zugemauert. Für Wärme sorgt seitdem ein Heizkörper in der Ecke. Trotzdem haben wir über dem Sims die großen Lettern angebracht, die wir einst zu Nikolaus von meinen Eltern bekamen, ein Gedicht von Willem Hussem:

All das Holz
neben dem Kamin
für ein einziges Feuer

Wärme braucht
jahrelanges Wachstum

Davon würde es immer mehr geben, verspricht das Gedicht, versprachen meine Eltern. Und die sollten es eigentlich wissen, weil sie auch schon seit der Mittelstufe zusammen waren.

Noch mehr Wärme. Noch mehr Liebe.

Erst jetzt fällt mir das eine Feuer wieder ein.

×

14.1.10

Luc, der sich gerade im Bad rasiert, singt: tüdüdüdü, düü ... Und imitiert ein Tröten. Dann Fischlaute. In diesem Moment ist er so entwaffnend, so rührend, dass ich ihn mitsamt seinen Rasierschaumwangen küssen möchte. Gleichzeitig hoffe ich, dass er immer so bleiben, beim Rasieren immer mal wieder Fischlaute von sich geben wird.

Es dauerte eine Weile, bis ich diese Seite von dir zu sehen bekam. Anfangs warst du in erster Linie der coole Typ mit der großen Klappe, extrem charmant, aber auch anstrengend. Zähneknirschend hörte ich mit an, wie du in der Pause damit prahltest, im Dessous-Laden an der Hauptstraße nach einem Werbeplakat zum Masturbieren gefragt zu haben. Vor dem Hinsetzen zogst du jedes Mal betont die Hose hoch. So als hättest du sonst nicht genug Platz für deine «Kronjuwelen» – eine Geste, die ich zu meiner Verärgerung durchaus aufregend fand. Und wenn eines der Mädchen während des Unterrichts aufs Klo musste, hast du nachgemacht, wie sie

ihren Tampon rauszieht und *pschhhh*, das Blut innerhalb weniger Sekunden nur so von den Wänden spritzt,
während das Mädchen durch die Gegend kreiselt wie
ein unter Druck stehender Gartenschlauchkopf. Wenn
dann bei ihrer Rückkehr alle in lautes Gelächter aus-
brachen, hieß es: «Hey, das ging aber schnell. Nur auf
deinen Wangen sind noch ein paar rote Spritzer.»

Ab und zu fielst du aus der Rolle: Dann hast du aus
dem Fenster geschaut, mit den Augen eine Katze verfolgt, die draußen durch die Beete schlich, und so weit
weg gewirkt, als hätte man nur bei dir die Pausetaste
gedrückt.

Das erste Mal, dass ich so etwas wie Zärtlichkeit für
dich empfand, war, als wir im Niederländischunterricht
unser Lieblingskinderbuch nennen sollten. Deines war
Michael Endes *Die unendliche Geschichte*.

Gerührt sah ich mich um. Ich staunte, dass du, der
angeberische Sprücheklopfer, dich mit der Hauptfigur
Bastian Balthasar Bux identifizieren konntest, mit dem
schüchternen, pummeligen Jungen, der beim Sport
nicht mithalten kann und von seinen Klassenkameraden gehänselt wird, sodass er sich mit einem Buch auf
dem Schuldachboden versteckt.

Dieses Buch hat Bastian spontan aus einem Antiqua-
riat mitgehen lassen, weil er das Gefühl hatte, es einfach lesen zu *müssen*. Und sobald er es aufschlägt, weiß
er auch, wieso es ihn magisch angezogen hat. Es scheint
von ihm zu handeln, von Bastian Balthasar Bux, der sich

auf dem feuchtkalten Dachboden seiner Schule versteckt hat, zwischen ausgemusterten Sportgeräten. Die Hauptfigur dieses Buches ist er selbst, was natürlich unwiderstehlich ist.

Die unendliche Geschichte ist zweifarbig gedruckt: Rot steht für die normale Welt, Grün für Phantásien, die Fantasiewelt, in der Bastian landet, und die er retten muss. Phantásien wird nämlich von allen Seiten vom Nichts verschlungen. Es verschwinden schlichtweg ganze Teile, weil die Menschen den Weg in dieses Land nicht mehr finden. Sie glauben, es gäbe es gar nicht. Währenddessen wird die Menschenwelt immer grauer und eintöniger, aber auch immer weniger echt: Jede Fantasiegestalt, die im Nichts verschwindet, taucht in der Menschenwelt als Lüge auf.

Bastian kann Phantásien retten, aber er zögert: Er hat Angst, man könnte ihn dort auslachen, weil er so ein Pummelchen ist. Als er endlich doch nach Phantásien geht, wünscht er sich, immer schöner, stärker und heldenhafter zu werden, und jeder Wunsch geht sofort in Erfüllung. Während er zunehmend zum typischen Helden wird, vergisst er nach und nach, wer er war und wo er eigentlich herkommt – dass er auf diesem muffigen Schuldachboden sitzt, und dass sein Vater nach ihm sucht. Mit der Zeit entwickelt er sich zu einem grausamen, unausstehlichen Kerl. Je mehr er sich der Geschichte bemächtigt, je mehr sie ihn verschlingt, desto mehr stellt sich die Frage, ob er je wieder zurück kann.

Dieses Buch war das erste, über das wir uns ausgetauscht haben.

Als ich dir nach dem Unterricht sagte, dass wir dasselbe Lieblingsbuch haben, fiel dir zum ersten Mal keine schlagfertige Antwort ein.

Erst als ich Bastian Balthasar Bux in dir sah, begriff ich, dass meine zurückhaltende Art und dein Draufgängertum ein und denselben Ursprung hatten.

Im Tierreich gibt es zwei Möglichkeiten, einem Raubtier zu entkommen: Entweder man versteckt sich, nimmt eine Tarnfarbe an und verharrt reglos (meine Taktik) oder aber man demonstriert mit Hilfe von grellen Farben: Vorsicht, ich bin giftig, von mir bekommst du Bauchschmerzen – so wie die Schwebfliege, die sich mit ihren gelbschwarzen Streifen als Wespe ausgibt.

Wie die Seeanemone konntest du unter günstigen Bedingungen von überwältigender Farbenpracht sein, wenn du Anekdoten erzählt hast, die langen Beine von dir gestreckt, lebhaft mit den Armen fuchtelnd und ganz in deine Geschichte vertieft ... nur um dich dann bei einer falschen Berührung winzig klein zu machen. Als wir dann ein Paar waren, hast du dich in solchen Momenten zusammengefaltet auf meinen Schoß verkrochen, auch wenn nur dein Kopf darauf Platz hatte; ich war noch schmächtiger als du.

Es beruhigte mich, dass ich nicht hätte sagen können, welche Version von dir «die echte» war: Im Gegenteil, gerade deine Bandbreite bewies mir, dass du *lebst*. Dein ständiger Rollentausch gab mir das Gefühl, dass bei dir auch genug Platz für jede Menge Ausprägungen von mir war. Du hast gesagt, du würdest mich auch lieben, wenn ich manisch-depressiv würde oder mit über achtzig verschrumpelt wie eine Rosine, und ich habe dir geglaubt.

×

Das wichtigste Buch, über das wir uns nicht ausgetauscht haben, ist mein erster Roman.

Du hast es nicht geschafft, mein Debüt auszulesen. Eine Woche nach seinem Erscheinen, was inzwischen ein halbes Jahr her ist, fragte ich – nervös und neugierig –, wie du es findest. Du meintest, du wärst noch nicht dazugekommen, es zu lesen: Du hättest gerade so viel um die Ohren und wolltest ihm gebührende Aufmerksamkeit widmen.

Als ich dich zwei Wochen später erneut danach fragte, meintest du, es wäre komisch für dich, dass ich mich so anders anhöre als sonst, und dass du dich erst noch an die Stimme auf dem Papier gewöhnen müsstest.

Beim dritten Mal meintest du, du fändest das Buch schwer lesbar. In der gesamten Zeit bist du über dreißig Seiten nicht hinausgekommen.

Du hattest mich jahrelang ermutigt und die Entstehung des Buches interessiert verfolgt, obwohl ich gegen Ende immer öfter gedanklich abdriftete und in meiner eigenen Geschichte versank. Du hast mich getröstet, wenn ich das Buch wieder mal misslungen fand, und Zweidrittel der Miete bezahlt, um mich beim Schreiben zu unterstützen.

Ich fragte dich nicht mehr danach, suchte nur noch ab und zu nach dem Buch, das auf der Fensterbank unter einem wachsenden Post- und Zeitschriftenstapel verschwand, und kontrollierte, wo sich der Brief vom Finanzamt befand, der dir als Lesezeichen diente und keine Seite weiter vorrückte.

Ganz vorn hatte ich dir eine Widmung hineingeschrieben. *Wie oft hast du mich gefragt: Wo bist du mit deinen Gedanken? Die Antwort hältst du jetzt in Händen, und wenn du mich suchst: Ich bin um deinen Finger gewickelt.*

Jedes Mal, wenn ich das Buch wieder zuklappte, wuchs meine Überzeugung, dass etwas nicht stimmte.

×

Inzwischen ist es genau um die Zeit, zu der du normalerweise deinen Arbeitsplatz verlässt, der sich gleich um die Ecke befindet. Weil du es nicht leiden kannst, allein zu essen, dürftest du durchs Viertel irren und nach einem Lokal Ausschau halten. Oder aber du machst Überstunden, versuchst, dich abzulenken, «dich zu verlieren». So heißt es gern, wenn man nach so einem Moment ziellos umherirrt, nach einem Schock. Als ob man in solchen Momenten nicht längst halb verloren wäre.

×

Ich habe heute wie besessen gelesen, sogar in der Arbeit, in der Hoffnung, dich dadurch wieder so sehen zu können wie früher. Vielleicht war es verrückt von mir zu gehen; vielleicht finde ich durch die Lektüre den Weg zurück.

Ohne dich finde ich nur teilweise Zugang zu dem, was ich geschrieben habe: Jetzt, wo ich mich in diesem rosa Zimmer vor dir verstecke, ist «Wir» ein seltsames, unzugängliches Gebiet, und meine Tagebuchseiten kommen mir vor wie Eintrittskarten, die ihre Gültigkeit verloren haben, weil sie von etwas abgetrennt wurden. Neben der Perforation stand der übliche Warnhinweis, dass das Ticket nur mit Abriss gültig ist.

Trotz aller guten Vorsätze laufe ich zur Louisalaan. Ich habe Angst, dir zu begegnen und sehne mich gleichzeitig danach, einen Blick auf dich zu erhaschen.

Von der gegenüberliegenden Straßenseite schaue ich nach, ob noch Licht in deinem Stockwerk brennt und zähle die Fenster. Bei dir ist Licht an, sonst sehe ich nur einen Teil der Systemdecke und eine Ecke des Hängemappenschranks. Er enthält die Akten bereits abgeschlossener oder noch aktueller Fälle, von denen du abends regelmäßig ein paar mit nach Hause nimmst.

Ich habe dir nie erzählt, dass ich kurz bevor und kurz nachdem wir etwas miteinander anfingen, manchmal abends mit dem Rad den Hügel zu dir raufgefahren bin. Ich lief im Dunkeln um dein Haus, in der Hoffnung, dich aus der Ferne am erhellten Fenster zu sehen. Siebzehn war ich damals, und siebzehn sein war ein Vollzeitjob. Sogar die Entscheidung für eine bestimmte Unterwäsche war eine tägliche Beichte, mit der ich mir morgens eine Hoffnung oder Erwartung eingestehen musste, die ich dann abends heimlich in den Wäschekorb warf, damit ich sie wieder aufs Neue anziehen konnte, frisch und blütenrein. Siebzehn sein bedeutete, mich zwischen den Bäumen herumzudrücken und zu warten, während es anfing zu regnen. Diese eine Tätigkeit, *warten*, schloss eine schwindelerregende Anzahl unbekannter Dinge mit ein, eng zusammengerollt in meinen geballten Fäusten. Alles lag noch vor mir.

Und auch wenn du nicht am Fenster deiner Wohnung aufgetaucht bist, schien das Zimmer dermaßen bedeutungsschwanger zu sein, dass es sich nach außen wölbte und die anderen Zimmer verdrängte. Ich sah einen Tisch mit vier Rattanstühlen, einen dicken Kater auf der Fensterbank, ein Sofa mit einer schmuddeligen beigen Decke und darauf die beginnende Glatze deines Vaters, seine plumpe Gestalt. Sogar er hatte eine Aura, weil er eine größere, gröbere Ausgabe von dir war, ein unförmiger Klotz, aus dem mein Blick dich herausmeißelte, wenn ich mir hier ein Stück von der langen Nase und dort eines vom Bauch wegdachte.

Erst als du mich das erste Mal zu dir nach Hause einludst, merkte ich, dass ich die ganze Zeit ins falsche Wohnzimmer gespäht hatte. Dass ich mich dermaßen vom Anblick des ungepflegten Nachbarn hatte verführen lassen, war für mich nicht etwa ein Beweis für die Beliebigkeit meiner Liebe, sondern vielmehr für ihre Kraft: Ich hatte dich aus anderen Eltern erschaffen, jede nur erdenkliche Vergangenheit komplett in meine Liebe zu dir integriert und wollte das auch in jeder nur erdenklichen Zukunft so halten.

×

Wenn eine Beziehung der Traum von einer gemeinsamen Zukunft ist, dann ist eine Trennung der Moment, in dem diese Zukunft in ihre Einzelbestandteile zerfällt. Auf einmal scheint Lucs Zukunft eine andere zu sein als meine, die davon abbricht.

Während ich in meinem rosa Gästezimmer wachliege, erlebe ich diesen Zerfall in Einzelbestandteile immer wieder. Aus den funkelnden Scherben lege ich ein Mosaik nach dem anderen, ängstlich und aufgeregt angesichts all der möglichen Formen.

×

Ich schrecke aus einem wiederkehrenden Traum hoch. In diesem Traum wird mir auf einmal klar, dass ich meine zahme Ratte vergessen habe. Nicht erst seit Kurzem, sondern schon seit Jahren. Ich finde das Rattenmännchen in einem verdreckten Käfig vor, ohne etwas zu fressen, mit einem Wasserspender, der schon ganz grün ist vor lauter Algen. Das Tier ist nicht tot:

Es schaut mich an und nagt an den Käfigstäben, ohne Unterlass und außer sich vor Wut.

Ich habe schon seit Jahren keine Ratten mehr, aber als ich noch ein Kind war, hat dieses Geräusch meine Nächte erfüllt: das ihrer Zähne am Metall. Jetzt klingt Schlaflosigkeit nach dem Kratzen meines Füllers.

Oft kommt es mir so vor, als schriebe ich abends nur noch, um dieses Geräusch zu hören. Die Papieroberfläche ist ein riesiges Rubbellos mit einer darunter versteckten Geheimbotschaft, einem erlösenden Code. Ich bekomme kaum noch mit, dass ich bei all dem Gekratze keine Schicht abrubble, sondern eine neue hinzufüge.

Um halb vier kann ich immer noch nicht schlafen und sehe, wie mein Handy auf der Kommode aufblinkt. Auch Luc liegt wach und sagt, entschuldige, entschuldige, entschuldige, und dass ich bitte wieder zurückkommen soll.

RATZFATZ

Ich bin neun oder zehn, als ich Ratzfatz morgens an der Wand seines Käfigs hochklettern sehe und den Knubbel bemerke, der zwischen seinen Vorderpfoten wächst.

Wie immer kommt er zu mir, sobald ich das Türchen öffne. Ich hole die Ratte aus dem Käfig und betaste sie. Der Knubbel ist unregelmäßig und fest, hart im Vergleich zu dem weichen Bauch.

Mein Vater weiß auch nicht, was das sein könnte. Ratzfatz schlüpft wendig zwischen seinen bohrenden Fingern hervor und hüpft quer über den Tisch zu mir zurück. Sobald er auf meiner Schulter sitzt, beginnt er sich zu putzen. Seine Pfoten spreizen das weiße Fell, durch das sich seine Schnauze eifrig bewegt. Mit verrenktem Hals erreicht er genau die Stelle, wo wir ihn betastet haben.

Als er damit fertig ist, lässt er sich in den Ausschnitt meines T-Shirts fallen. Eine warme Ausbuchtung bewegt sich auf meinen Ärmel zu.

Ich liebe die rosa Hubbel unter den Hinterpfoten der Ratte, die fast schon menschlichen kleinen Händchen, mit denen das Tier Sonnenblumenkerne dreht und wendet, während es sie knackt. Ich liebe die kleine rosa Zunge, die zwischen den langen Zähnen hervorkommt, wenn Ratzfatz zitternd gähnt. Jetzt hat er zum ersten Mal etwas an sich, das ich hasse.

Der Ballon vor seiner Luftröhre schwillt weiter an, als würde er ihn mit jedem Atemzug mehr aufblasen. Innerhalb von fünf Wochen ist er so groß, dass das Tier seine Vorderpfoten nur noch mühsam aufsetzen kann. Wo der Tumor den Boden berührt, ist das Fell abgeschabt. Immer öfter sitzt Ratzfatz reglos auf dem Käfigboden, legt die Pfoten über den Knubbel und stützt sich mit geschlossenen Augen darauf. Je mehr der Tumor wächst, desto weniger bleibt von dem Tier übrig. Die Hälfte seines Körpergewichts besteht inzwischen aus Wildwuchs.

Ich lasse nicht locker, bis ich mit der Ratte zum Tierarzt darf. Eine Ultraschalluntersuchung lässt mehrere Geschwüre erkennen. Fünfzig Gulden – dafür dass ich mir anhören muss, dass man da nichts mehr machen kann. Als die Ärztin Kontrastflüssigkeit spritzt und Ratzfatz auf den Rücken dreht, um den Tumor zu betasten, rammt er ihr seine Zähne in den aufdringlichen Finger. Ein Tropfen Blut klebt auf der Innenseite des medizinischen Handschuhs, der ganz rosa ist unter dem weißen Latex. Die Tierärztin wird blass um die Nase und bemerkt trocken: «Na ja, Biss hat er jedenfalls noch genug. Sollte sich das ändern, kommst du wieder her.»

Laut der Ärztin ist Ratzfatz mit seinen zwei Jahren bereits uralt, aber er hält sich nicht an das Gesetz, dass in einem kleinen Körper weniger Lebenszeit Platz hat. Unermüdlich schleppt er seine entstellte Gestalt durch den Käfig. Ich betrachte den beweglichen Kranz weißer Schnurrhaare, der sich um seinen Kopf fächert. Das rührend weiche Näschen in der Mitte, das Gerüche abtastet wie konkrete Gegenstände. Daran ändert sich nichts. Aber die sich an seiner Brust spannende Haut wird immer dünner, bis sie reißt. Das Fleisch darunter ist porös und faserig. Ich versuche, die Wunde sauber zu halten, eine zärtliche Folter mit Desinfektionsmittel und Wattestäbchen. Aber sobald ich das Tier in den Käfig zurücksetze, klebt Streu an ihm fest: Farm-i Extra, besonders saugstark. Schon bald bildet sich ein weißer Schaum an den Wundrändern. Das Zimmer stinkt nach verdorbener Leberpastete.

Ratzfatz bekommt Durchfall. Seine gesamte Unterseite ist schmutzig, sein weißes Fell wird braun und klebrig. Wenn ich ihn hochnehme, quietscht er und entleert sich erst recht. Ein Röntgenbild ist nicht mehr nötig: Man kann seine Wirbel zählen, die hier und da von harten Knubbeln gesäumt werden.

Mein Vater sagt, «Mädchen, es wird Zeit».

Ich weiß, dass es nicht mehr lange dauern kann. Wenn ich Ratzfatz durchs Haus trage – in Küchenpapier eingewickelt, um nichts schmutzig zu machen –, hebt das Tier nicht einmal mehr den Kopf und macht keinerlei Anstalten, in meinen Ärmel zu kriechen.

Wir könnten erneut zum Tierarzt gehen, aber ich weigere mich strikt. Eine halbstündige holprige Autofahrt mit Ratzfatz in einer Schachtel, gefolgt von einem Wartezimmer voller verängstigter Tiere, die den Tod wittern. Außerdem wird die Tierärztin bestimmt etwas Schreckliches über meine ausgemergelte Ratte sagen: Wie habe ich es nur so weit kommen lassen können?

Zusammen mit meinem Vater lasse ich in der Küche einen Eimer mit Wasser volllaufen. Ich prüfe die Temperatur mit dem Ellenbogen, so wie ich das bei frisch gebackenen Eltern im Fernsehen gesehen habe. Die Ratte liegt neben der Spüle auf der Arbeitsplatte, vollkommen reglos. Das Tier atmet pfeifend.

«Vielleicht solltest du ihn in ein Handtuch wickeln», schlägt mein Vater vor. «Gut möglich, dass er beißt.»

Bevor ich Ratzfatz in ein Handtuch hülle, beuge ich mich vor, um das Tier zum Abschied zu küssen und zucke wegen des Verwesungsgestanks zurück: ein kurzes Zögern, bei dem heiße Scham in mir aufflammt.

Als mein Vater sagt, dass ich da wirklich nicht dabei sein muss, schüttle ich nur stumm den Kopf. Er legt eine schwere Hand in meinen Nacken, während ich das eingewickelte Tier mit beiden Händen untertauche. Ich habe Angst, zu fest zuzudrücken, Angst, dass weder der Krebs noch das Wasser meine Ratte tötet, sondern ich selbst.

Ob es wohl dunkel ist in dem Handtuch? Ob Ratzfatz wohl weiß, was da gerade passiert? Ich konzentriere mich so auf das Tier in meinen Händen, dass ich spüre, was es spüren muss.

Ein Luftbläschen entweicht dem Stoff, als warmes Wasser eindringt. Das begibt sich auf die Suche nach den letzten Luftreserven im Körper des Tieres.

Bläschen steigen aus dem Handtuch empor.

Dann beginnt Ratzfatz zu zappeln, ein kraftloses Zucken seiner Pfoten an meinen Fingerkuppen.

Ich lasse los.

Kurz treibt das lebendige Handtuch wieder an die Wasseroberfläche: Der lange Schwanz peitscht hervor, ehe mein Vater das kleine Bündel wieder hinunterdrücken kann.

Als ich die Ratte aus ihrem nassen Verband hole, sieht sie aus, als wäre sie schon eine ganze Weile tot: nackt und ausgemergelt, die samtige Schnauze gibt die langen Zähne frei. Erst jetzt kann ich sehen, wie der Krebs Ratzfatz aufgezehrt hat. Unter seinem Schwanz fließt braune Soße auf das Handtuch.

Ich nehme Ratzfatz mit in mein Zimmer. Ich will ihn abtrocknen, damit sein Fell die furchtbare Magerkeit wenigstens etwas kaschiert, merke aber zu spät, dass die Fönluft seine Knopfaugen zu Rosinen verschrumpeln lässt. Ich versuche, die Augen der Ratte zu schließen – vergeblich. Geknickt starre ich auf das, was ich angerichtet habe. Auf Trauer hatte ich mich eingestellt, aber nicht auf Ekel.

Das Ausheben der Grube geht wegen der vielen Wurzeln nur mühsam voran.

Ich bin mir der verschwommenen Gestalt meines Vaters bewusst, die immer wieder am Wohnzimmerfenster auftaucht, und versuche meinen Moment der

Schwäche vor dem Eimer dadurch wettzumachen, dass ich stur weiterschaufle.

Als ich in mein Zimmer zurückkehre, ist Ratzfatz zu einer seltsamen Form erstarrt. Sein Schwanz lässt sich nicht richtig unter den Körper falten und rutscht immer wieder hervor. Das Fell ist nur noch eine hauchdünne Schicht, die den Tod bedeckt, und meine Finger spüren das harte Ding darunter. Als ich ihn hochhebe und umdrehe, verändert er seine Haltung nicht, er bleibt lang gestreckt und plattgedrückt, die Pfoten zu Klauen gekrümmt.

Nachdem ich das Grab zugeschüttet habe, bleibt ein großer, schwarzer Buckel zurück. Man könnte meinen, ich hätte aus Versehen noch etwas anderes begraben.

TAG 3

Ich sperre lautlos auf und warte lauschend im Flur, bis ich mir sicher sein kann, dass du wirklich nicht da bist. Erst dann betrete ich das Wohnzimmer.

Du hast meine Post auf den Tisch gelegt. Es sind bloß zwei Briefe, einer von der Bank und einer vom Zahnarzt, trotzdem hast du sie ungewöhnlich sorgfältig angeordnet, leicht versetzt, sodass ich auf beiden Umschlägen meinen Namen lesen kann. Du hast den Moment, an dem ich zurückkehre, also bereits vorweggenommen: die fein justierten Briefe sind Spuren deiner Generalprobe.

Nicht nur die Post präsentierst du mir, sondern auch den leeren Pizzakarton mit dunklen Fettflecken, der als Schatten eines einsamen Abends auf dem Parkett liegt. Auf der Fensterbank steht eine zerbeulte Limodose. Auf dem Sofa sind alle Liebesbriefe ausgebreitet, die ich dir je geschrieben habe. Die Leserichtung des Textes führt zur Leerstelle in der Mitte, wo du gesessen haben musst. Ein Fächer aus Liebesbekundungen und Liebesschwüren, von mir an dich. Papierne Sprachrohre deiner Frau, die dir immer noch nicht gesagt hat, wann sie zurückkommen will.

Liebster Luc,

es ist Mitte Dezember, und ich schreibe dir, weil ich bei dir sein will, am Tag unseres sechsjährigen Jubiläums – wenn nicht körperlich, dann wenigstens auf dem Papier.

Es fühlt sich ein bisschen verrückt an, diesen Brief zu schreiben, wo wir doch noch heute Morgen zusammen aufgewacht sind, und ich dich heute Abend wiedersehen werde. Ich habe dir nicht mal wirklich was zu sagen, dir nichts mitzuteilen. Wenn ich dir schreibe, dass ich dich liebe, ist das bereits seit sechs Jahren keine Neuigkeit mehr. Außer die sechs Jahre sind die Sensationsmeldung. Trotzdem werde ich das Gefühl nicht los, dass es so vieles gibt, von dem ich dir nie erzähle.

Es gibt da ein Gedicht von Margaretha Vasalis, bei dem ich an dich denken muss:

> So wie ich von selbst atme
> So wie ich das Klopfen meines Herzens
> Nur selten spür und mein Gesicht
> Sogar im Spiegel kaum noch seh
> So find ich für die lange Liebe, die
> Ich nicht mehr habe, sondern bin,
> Fast keine Worte mehr, Liebling.

Was ich nicht in Worte fassen kann, ist beispielsweise deine Angewohnheit, die Ellenbogengelenke ein winziges bisschen zu überstrecken. Wenn du einladend die Arme ausbreitest, sieht das fast schmerzhaft aus: Du öffnest sie weiter, als dies menschenmöglich scheint. Auch wenn du dich morgens reckst, geschieht das mit dieser anatomisch falschen Hingabe, was mich jedes Mal wieder aufs Neue rührt.

Genauso deine Art zu lachen, gekrümmt, glucksend, überbordend, aber stumm, als hätte dein Witz die Schallmauer durchbrochen.

Oder dass du so furchtbar wütend, furchtbar glücklich, furchtbar geil, furchtbar enttäuscht sein kannst. Manchmal finde ich das anstrengend, möchte es aber um nichts auf der Welt missen. Ich brauche dich nur anzuschauen und fühle mehr, als ich es je für möglich gehalten hätte.

Oder nehmen wir deine Angewohnheit, mich winzig klein zusammengerollt mit Armen und Beinen zu umklammern, um dich dann wieder zu strecken und mir selbstbewusst den Arm um die Schultern zu legen. Du wechselst so übergangslos zwischen Kind und Mann hin und her.

Hab ich deine Füße schon erwähnt? Du beschwerst dich selbst, wie platt sie sind, Donald Duck ist nichts dagegen, so wie sie auf die Fliesen klatschen, wenn du aus der Dusche kommst. Aber ich finde sie rührend, all die zarte Haut, mit der du dir Splitter von meinem Parkett einziehst. Wenn ich dich lecke, rollen sich dir die Zehen auf und spitzen sich wie Ohren.

An all das musste ich denken, als ich das Gedicht im Abreißkalender auf unserem Klo las (ich wiederhole: auf unserem Klo! So viel Rührung auf einer Toilettenschüssel – man stelle sich vor, wozu ich erst bei Kerzenlicht in der Lage wäre.)

Ich könnte endlos Dinge aufzählen, die mich mit dir verbin-
den, aber das ist es nicht, was ich wirklich meine. Dahinter
verbirgt sich noch viel mehr.

Das Gefühl, das du durch deine bloße Gegenwart heraufbe-
schwörst. Der Geist, der aus der Flasche kommt, wenn ich
dich an den richtigen Stellen reibe. Ein Tischlein-deck-dich,
eine beständige Wärmequelle, die ich vergeblich auf eine
Eigenschaft zurückführen will, auf einen Körperteil, auf
einen Gesichtsausdruck.

Nach sechs Jahren wage ich allmählich zu glauben, dass
unsere Verbindung genauso funktioniert wie der Zweikom-
ponentenkleber, mit dem mein Vater früher meine Hockey-
schläger bestrichen hat. Sobald der Inhalt der zwei Tuben
miteinander vermischt wurde, hielt er bombenfest. Eine
chemische Reaktion. Pheromone und Hormone, Endorphin,
Serotonin, egal, was – es ist und bleibt ein Märchen.

Der Lärm der Stadt dringt nur gedämpft herein. Sonne
fällt schräg ins Zimmer, macht die Staubteilchen sichtbar, die wie Plankton durch die Luft tanzen. Als wir
diese Wohnung vor einem Jahr bezogen, haben wir
zwei Wände blau gestrichen. Trotzdem ist es das erste
Mal, dass mich das Zimmer an ein riesiges Aquarium
erinnert.

Ich gehe zur blauen Wand und betrachte die Fotos,
die ich dort bewusst chaotisch mit Klebepads angebracht und anschließend nie mehr richtig angeschaut
habe. Du bist gut getroffen, bleckst lachend deine schiefen Zähne. Ich zähle die Bilder: Es sind zehn, sieben

davon zeigen unsere Gesichter, eng nebeneinander, manchmal küssen sie sich. Eher Porträts von unserer Beziehung als von uns.

Der Blick aus unserem Fenster hat etwas von seiner Vertrautheit eingebüßt. Zwischen den grüngeriffelten Platten des Parkhauses direkt gegenüber kann ich Autos fahren sehen, Monster mit roten Augen, die mittlerweile schon bis in Häuser vorgedrungen sind. Links, auf der blinden Seitenmauer eines Apartmentblocks, der zwischen seinen Nachbarn emporragt, ist ein Wandbild von einem riesigen Vogelsaurier zu sehen, der seine Flügel erstmals fröstelnd um seinen nackten Rumpf legt.

Auf der Fensterbank liegen Bücher, die ich nicht kenne und die du in den letzten zwei Tagen angesammelt haben musst. *Understanding Comics. 350 Things to Write About. The Seven Habits of Highly Effective People.* Die Biographie über Hans van Mierlo, deinen Lieblingspolitiker. Sogar ein Yoga-Ratgeber, verdammt nochmal!

Keine Ahnung, was ich hier eigentlich wollte, aber jetzt, wo ich da bin, weiß ich, dass ich nicht bleiben will.

Ich entsorge den Pizzakarton sowie die Reste deines Frühstücks. Anschließend gieße ich die halb vertrockneten Zimmerpflanzen, ordne die Kissen auf unserem Bett und klopfe sie auf. Die sich türmenden Schuhe neben der Tür stecke ich paarweise auf den altmodischen Flaschenigel, den wir dafür benutzen. Anschließend stecke ich ein paar Klamotten und meinen Laptop ein und hinterlasse dir einen Zettel: *Tut mir leid, aber ich brauche mehr Zeit.*

×

Bevor wir uns am Tisch der Schulkantine näherkamen, gingen wir schon eine ganze Weile in dieselbe Klasse. Meine Klasse wurde im zweiten Jahr der Mittelstufe mit der von Luc zusammengelegt. Schon bald kannte ich seinen Namen, denn genau wie ich saß er meist in der ersten Reihe – wenn auch eher unfreiwillig. Wollten ihn die Lehrer so richtig bestrafen, setzten sie ihn neben mich.

Luc war aufwändig frisiert und trug ein Anime-Shirt, ich Sandalen mit einem vernünftigen Korkfußbett. Ich war vollauf damit beschäftigt, Einser zu schreiben, während er den Fahrradschuppen der Schule mit Graffiti besprayte. Wofür ich ihn verachtete, da ihm, nachdem er sich endlich mit der Spraydose im Ranzen durch die Hecke gearbeitet hatte, nichts Besseres eingefallen war, als das Wort SPLASH – in fetten türkisfarbenen Buchstaben, die von den nach Norden hinausgehenden Klassenzimmern deutlich zu sehen waren. Für jemanden, der Comedian werden wollte, fand ich das ein bisschen armselig.

Noch am selben Abend beichtete er das mit dem Graffito, ihn plagten Gewissensbisse. Erst seinem Vater und, auf dessen Rat hin, der Direktorin der Schule, die den Spitznamen «Eiserner Vorhang» trug und zufällig meine Mutter war. Ich war leider nicht zu Hause, als er bei uns auf der Matte stand, denn ich hätte mich bestimmt köstlich amüsiert. Ich erfuhr erst Jahre später davon, als wir längst ein Paar waren, und meine Mutter davon ausging, dass ich es nicht mehr gegen ihn verwenden würde.

Doch bevor es soweit war, stritten wir viel; wir rauften sogar. Luc zog mich auf und provozierte mich. Ich war zurückhaltend, aber gewiss nicht ohne – ich besaß eine messerscharfe Zunge. Nicht umsonst gehörte ich zu den rebellischen Mädchen. Als Luc einmal etwas über meine Mutter sagte, drückte ich ihn, die Hand an seiner Kehle, unter dem erwartungsvollen Oh-oh! unserer Mitschüler an die Wand des Klassenzimmers. Er war größer als ich – die Zeit, da Mädchen riesig waren und Jungs noch im Larvenstadium, war vorbei ... Aber er wehrte sich kein bisschen, und ich begriff nicht, dass seine Hänseleien der einzige Weg waren, eine Annäherung zu provozieren. Er verstummte. Ich spürte nur, wie sich sein Kehlkopf unter meiner Hand bewegte, während ich mich mit meinem ganzen Gewicht dagegen lehnte. Als ich ihn wieder losließ und einen Schritt zurücktrat, brach er in lautes Gelächter aus, mit einem Triumph in der Stimme, den ich nicht verstand.

Auch als wir längst zusammen waren, blieb das seine Methode, die Kluft zwischen uns zu überbrücken. Wenn ich mich zurückzog oder einen für ihn unverständlichen Anfall hatte, war ein körperliches Kräftemessen die einfachste Methode, bis zu mir durchzudringen. Dann packte er mich an den Handgelenken und hielt diese über meinem Kopf fest. Oder aber er warf mich rücklings aufs Bett. Jedes Mal wehrte ich mich. Meine Küsse glichen Bissen, aber zumindest schnappte ich zurück.

Eines Nachmittags saß Luc vor mir im Unterricht und hielt Vorträge. Über seine Heldentaten auf der Enduro, über *Weiber*. Der Chemielehrer stand wie immer nervös neben der Tafel und wartete, bis es still wurde. Vielleicht weil ihm ein älterer Kollege geraten hatte: «Du brauchst sie bloß schweigend anzusehen, dann hört das schnell auf.» Aber weil dieser Lehrer aussah, als wäre er gerade mal zwei Jahre älter als wir und würde gleich anfangen zu heulen, funktionierte das nicht. Luc sprach weiter, die anderen lachten weiter über ihn. In seiner weiten Jacke mit dem Fellkragen saß er halb nach hinten gedreht auf seinem Stuhl, breitbeinig und die Arme dreist über den Tisch gestreckt, an dem wir manchmal Experimente durchführten.

«Ich bin ein Mann, müsst ihr wissen. *I am the man.*»

Ich schlug das Buch zu, das ich gerade las.

«*Mein Name ist Bond*. Pseudo-Bond», sagte ich, wobei ich deine Stimme nachäffte. Während alles lachte, hast du mich nur angeschaut, den Mund zugeklappt und dich hochrot auf deinem Stuhl aufgerichtet.

So bliebst du den Rest der Stunde sitzen.

Nicht, dass das eine Anekdote wäre, die ich je erzählen würde, wenn jemand fragt, wie wir uns kennengelernt haben. Wenn ich von unseren Anfängen erzähle, erwähne ich einen anderen Moment.

Und hätte ich ein Ende benennen müssen, dann wäre es nicht das hier, nicht so ein banaler Streit wie dieser. Das Ende habe ich all die Jahre nie deutlich vor mir sehen können – und sei es nur weil unsere Umrisse in diesen Szenen so verschwimmen vor lauter Runzeln, wenn wir einander in den dürren Armen liegen und, umringt von unseren Enkeln, gleichzeitig einen japanischen Liebestod sterben etc. pp.

Letzteres war übrigens eher deine Vision als meine. Du warst von Anfang an mutiger als ich, hattest keine Angst vor Klischees und ein Gespür für Heldenpathos, was eng mit deinen markigen Sprüchen und Gesten verbunden war. Ein Held ist für dich jemand, der das letzte Wort hat. Schon mal einen Helden sterben sehen, ohne dass er vorher noch etwas sagt?

Auch wenn du als Halbfranzose manchmal bei unregelmäßigen Verben gezögert hast, zeigtest du keinerlei Unsicherheit bei den Grundregeln, die alle Sprachen wie eine Klammer zusammenhalten. Wir waren gerade mal drei Wochen zusammen, als du aus den Weihnachtsferien bei deiner Mutter aus Frankreich zurückkamst. Zitternd vor Aufregung, weil du mich nach dem kurzen Höflichkeitszwischenstopp unten im Wohnzimmer endlich für dich allein hattest, sagtest du: «Ich liebe dich.»

Daraufhin ich: «Jetzt schon?»

×

Halb zwölf. Ich liege zusammengerollt auf einem Hotelbett, dessen Matratze mit Plastik überzogen ist – im grellgrünen Licht eines Notausgangsymbols. Hinter dem Fenster quietschen die Gleise des Südbahnhofs.

An die Wand dieses Zimmers wurde ein brauner Streifen gemalt, der anderthalb Meter hoch ist – vermutlich um zu verhindern, dass die Gäste Schmutzschlieren hinterlassen. Aber weil sie es kaum erwarten konnten, von hier zu verschwinden, haben meine Vorgänger beim Schleppen ihrer Koffer Schneisen in die braune Farbe geschlagen, unter der weißer Putz zum Vorschein kommt.

Von draußen dringt Verkehrslärm herein und aus den Zimmern nebenan Gepolter von Leuten, die schon früh zum Zug müssen. Sie sind in diesem grässlichen Hotel abgestiegen, weil sie fort müssen; ich liege hier, weil ich versuche, zu bleiben.

TAG 4

Es macht mich nervös, irgendwo zu sein, wo Luc mich problemlos finden kann. Ich schaue sogar ab und zu nach draußen, rechne fast schon damit, dass er vom Bürgersteig aus zu mir hochschaut.

Mein Schreibtisch, der unter den Kunstbänden beinahe verschwindet, steht vor dem einzigen Fenster eines Lagerhauses, das mit Möbeln, Vasen und mittelalterlichen Waffen vollgestopft ist. Das Inventar ist Hunderttausende wert, dafür riecht es hier wie in einem Secondhandladen, was wir im Grunde auch sind, trotz unseres handgeschöpften Briefpapiers. Meine Laufbahn bisher: sechs Jahre Studium der Alten Meister, um dann mit meinem elitären Jargon alten Krempel zu verkaufen.

Das Auktionshaus wird von einer Armee von Frauen wie mir am Laufen gehalten, hochgebildet und unterirdisch bezahlt, an der Spitze steht stets ein Mann. In unserer Abteilung «Angewandte Kunst» heißt der Graf Koks Von Salm zu Salm: Er ist Franzose, fett und sich viel zu fein, um höflich zu sein. Er spricht mich nie direkt an, sondern sagt: «Immer noch nicht fertig?

Madame schreibt sicherlich eine ganze Elegie über diesen Posten Elfenbein» oder «Madame muss lernen, dass es hier um harte Währung geht». Er klappert die Gutshöfe des verarmten Landadels ab, stets auf ein Schnäppchen geiernd. Dessen Wert ich dann bestimmen und anschließend aufblähen darf.

Dabei kommt es auf das Material an, darauf wie gut etwas erhalten ist, auf die Epoche und den Seltenheitswert.

Die nächste Frage lautet: Lässt sich das Zeug gut weiterverscherbeln? Sachen, die ihren Wert behalten, wenn sie von Hand zu Hand gehen, sind die wichtigste Kategorie, aber auch die uninteressanteste. Eine vernünftige Investition ist nicht dazu angetan, das Verlangen eines Bieters zu wecken. «Es darf kosten, was es anschließend wieder einbringt» ist eine ganz andere Kategorie als «Koste es, was es wolle». Erst wenn jemand das Gefühl hat, dass er dieses Objekt unbedingt haben muss, dass es für ihn bestimmt ist, ja dass er es *unbedingt* braucht, gehen die Gebote durch die Decke.

Am meisten Spaß macht das Verfassen von Katalogtexten. Vor allem die über besondere Objekte, über Manuskripte, Gegenstände aus Privatbesitz, Paraphernalien einstiger Prominenter – sprich über alles, wo Angaben zu Material und Entstehungsjahr nicht ausreichen, weil sie ihren Wert der Geschichte, die dahinter steckt, verdanken. Selbst zu ganz schlichten Gegenständen kann man sich jede Menge ausdenken, was noch der Wahrheit entspricht, aber für den Verkauf einen Riesenunterschied macht. Diese Differenz ist unser Gewinn.

×

Offiziell in dich verliebt habe ich mich auf einer Romreise in der zehnten Klasse.

Es war der ideale Moment: *Alle* haben sich verliebt. Es gab bereits einige Pärchen in unserer Klasse, und unterwegs entstanden noch mehr. Da war zum Beispiel Jesse, der rätselhafte Krämpfe in der Leistengegend bekam, sodass er sich bei den Caracalla-Thermen «dringend ausruhen» musste, wobei ihm Margot großzügig beistand.

Auf dem Forum Romanum entstand ein zweites und ein drittes Paar. Sogar die schüchternsten Mitschüler verspürten zwischen den Ruinen einen «Pflücke-den-Tag»-Impuls, der sie einander in die Arme trieb.

Du warst allerdings schon länger mit Joy zusammen – ein Mädchen, das ständig was zu meckern hatte, aber eben auch große Brüste. Joy war von einer Einsilbigkeit, die mit viel gutem Willen als Rätselhaftigkeit durchgehen konnte.

Ich sah mir das alles an und notierte in dem Skizzenbuch, das ich in dieser Woche vollschrieb, ab und an ein paar geistreiche Sätze:

Über die Caracalla-Thermen (212 nach Christus) schrieb ich:

Die nackten Ziegel, die uns jetzt umringen, waren einst mit Marmor verkleidet; die Säulen, die hier in Trümmern herumliegen, säumten einst die Bäder. Ab und zu sieht man noch einen Fries, ein Mosaik mit Seeungeheuern oder den Teil einer gekachelten Kuppel, aber auf den Treppen wuchern Unkraut und Mohn, und in den leeren Fenstern nisten Tauben.

Ich zitiere Margot:

«Es ist kaputt!»

«Total marode, aber sonst ...»

«Alles hier ist so kaputt!»

Ach, besser ich zitiere Gregorius:

«Rom, dir ist nichts gleich, magst du auch ganz eine Ruine sein. In Trümmern liegend kannst du lehren, wie du warst, als du noch standest.»

Wenn es nach Margot geht, gilt das auch für den pickligen Jesse, der reglos im Schatten einer Mauer liegt und den eingebildeten Kranken gibt. Beide sind einfach unzertrennlich.

Als ich den Reisebericht, den ich anschließend anhand dieser Notizen für die Schule schreiben musste, im Vorfeld meiner Mutter zu lesen gab, gab die ihn mir mit den Worten zurück: «Das ist witzig, Breg, aber auch gemein.»

Ich war erstaunt, dass sie das so empfand, weil ich die heftigsten Passagen ohnehin weggelassen hatte. Diese zum Beispiel:

Heute war der erste Ausflugstag. Das klingt echt aufregend, war aber auch echt anstrengend: Wie soll man sich sieben

Stunden lang auf Marmorsäulen und Tympanons konzen-
trieren, wenn neben einem zwei Zungen rotieren und sich
zwei Schweißhände streicheln?
Außer Luc und Joy haben inzwischen auch Gerard und
Marit die wahre Liebe entdeckt – die vermutlich unattrak-
tivsten Gestalten unserer Klasse. Sie passen tatsächlich
hervorragend zusammen. Beide haben das Privileg, zu
stinken, als wäre etwas in ihrem Mund verendet. Ob das
Ursache oder Folge dieses Gestanks ist, sei dahingestellt.
Auf jeden Fall ist ihr Anblick hochkomisch. Wenn man sich
dabei nicht angewidert schütteln muss, bekommt man auf
jeden Fall einen Lachkrampf. Ich weiß bloß nicht, warum
ich es nicht lassen kann, auf sie herabzuschauen.

Ich glaubte, über die Romanzen meiner Mitschüler erhaben zu sein. Nicht, dass ich mich nicht nach Romantik gesehnt hätte. Sechzehn sein und die große Liebe
finden, auf dem Forum Romanum bei Sonnenunter-
gang? Klar, das wollte ich auch!

Aber wenn, dann musste es sensationell und unver-
gesslich sein. Ich hatte einfach einen zu scharfen Blick
für die Kluft zwischen den Figuren, die meine Mitschüler sein wollten, und den Pubertierenden, die sie tatsächlich waren. Ich fand sie schlichtweg schlecht ge-
castet. Und deshalb hielt ich ihr Bestreben, Romeo und
Julia zu spielen, für falsch oder zumindest für lächerlich: Ich sah nur ihr Defizit, aber nicht ihre Stärke.

Den größten Hohn hatte ich für Thiemen übrig, einen Jungen mit blonder Igelfrisur, der sich bei seinen

Verführungsversuchen enorm selbst sabotierte, weil er dann laut und grob wurde. Er gehörte zu den vorwitzigen Jungs, die abends ins Zimmer der vorwitzigen Mädchen kamen, wo sie auf jedem nur erdenklichen Bett ein Plätzchen suchten, bloß nicht auf meinem. Nur ein einziges Mal – ich war kurz aufgestanden, um aufs Klo zu gehen – hatte es Thiemen gewagt, sich auf meinem Fußende niederzulassen. Bei meiner Rückkehr baute ich mich, die Hände in die Seiten gestemmt, neben ihm auf und musterte ihn solange schweigend, bis er unter lautem Gelächter der anderen das Feld räumte.

Ich empfand sein Interesse als Beleidigung. Seit einer seiner Zimmergenossen seinen Waschbeutel auf der Suche nach Zahnpasta durchwühlt hatte, war allseits bekannt, dass er Kondome dabei hatte – ziemlich ambitioniert, wenn man bedenkt, dass er bei Abreise noch keine Freundin hatte. In seinem Bemühen, besagte Freundin zu finden, rannte er schon seit Tagen von einer zur anderen und zeigte plötzliches Interesse. Meine Meinung dazu: Wenn es ihm ohnehin egal war, mit wem er seine Kondome ausprobierte, konnte er genauso gut eine aufblasbare Puppe benutzen. Ich war mir viel zu gut dafür, austauschbar zu sein.

Dennoch wollte auch ich irgendwann unbedingt *eingewechselt* werden.

Am Donnerstagnachmittag – die Woche war beinahe um – besuchten wir die Vatikanischen Museen. In einem von Loggien gesäumten, achteckigen Hof blieben wir stehen, um uns die Geschichte von der berühmten Laokoon-Skulptur anzuhören. Doch du gingst stattdessen zu Kleopatra, die ein Stück weiter mit einer Natter an der Brust nackt und bildschön im Sterben lag. Du beugtest dich über ihr Marmorgesicht und gabst vor, es zu küssen. Ich sah dir dabei zu: dein dunkles Gesicht und deine Lippen ganz nah an ihrem, eine Pose, in der du solange verharrtest, bis das Bild im Kasten war. Du hattest ganz dicke Backen, weil du prusten musstest vor Lachen, während die steinerne Frau schmachtend zu dir aufschaute.

Du warst mit Abstand der bestaussehende Junge der ganzen Klasse, doch bis dahin war ich auf keine deiner Freundinnen eifersüchtig gewesen. Erst in diesem Setting – die Loggia, der kühle Marmor, die idealisierte Frau – war die Rolle stimmig, die du spieltest. Auf einmal kamst du meiner Vorstellung von Liebe dermaßen nahe, dass ich mitspielen wollte. Nun wirktest du nicht mehr lächerlich, wie mit der ewig schlecht gelaunten Joy, sondern begehrenswert. Oder vielleicht sollte ich ehrlichkeitshalber sagen, dass ich Kleopatra begehrenswert fand. Mehr noch als mit dir zusammen sein wollte ich *sie* sein.

Ich habe dir später oft von diesem Moment erzählt. Von dem Moment, als ich auf ein Stück Marmor eifersüchtig war und mir das schlagartig bewusst wurde. In meiner Fantasie lag *ich* dort und wurde in die Brust gebissen, zu einem anderen Leben erweckt.

So habe ich es dir erzählt, und du fandst das wunderbar.

×

Von meinem Schlafzimmerfenster aus kann ich das alt-
ehrwürdige Gymnasium sehen, nach dem diese Straße
benannt wurde. Bis zur Höhe einer Armeslänge ist die
Fassade des Athénée Royal mit Graffiti beschmiert, daran lehnen betont gelangweilt Jugendliche. Über ihnen
ragt die streng neoklassizistische Fassade empor. Das Y
daran hängt schief.

Auf der Fensterbank vibriert mein Handy. Es füllt sich
mit pochenden Herzen und knutschenden Emoticons,
die mir von Freundinnen geschickt werden. Wenn sie
anrufen, überlasse ich meiner Mailbox das Wort.

Die nächsten Tage wohne ich bei Sabine, einer blonden
Frau um die fünfzig. Sie lebe allein und vermiete da-
her zwei Zimmer, erklärt sie mir, während sie mich die
Treppe hinaufführt.

Sie erkundigt sich, ob ich schon mal in Brüssel gewesen sei.

Ich bin zu langsam, um mir etwas auszudenken, vielleicht habe ich auch keine Lust mehr darauf. «Ich lebe
hier», sage ich und lasse die paar Sekunden über mich
ergehen, die Sabine braucht, bis sie verstanden hat. Ihr
Blick huscht von meinem Gesicht zu meinem Rucksack,
und als sie sieht, dass ich mir auf die Lippen beiße, um

nicht zu weinen, umarmt sie mich ohne jedes Zögern. Ihr sprödes Haar duftet nach Zuckerwatte.

In der kleinen gemütlichen Küche bietet mir Sabine Suppe an und stellt mich dem anderen Mieter vor. Es handelt sich um einen stämmigen, glatzköpfigen Mann, ein studierter Ingenieur aus Ägypten, der immerhin Spanisch spricht, dafür weder Englisch, Flämisch noch Französisch. Ihm gegenüber löffle ich an dem kleinen Tisch meine Suppe und schaue zu, wie seine übermäßig behaarten Hände Karotten für den Salat raspeln. Er beginnt mit mir zu reden, über *amor* und *corazón* sowie über andere Worte, die ich nur aus Liedern kenne, und obwohl ich ihn nicht richtig verstehe, habe ich dennoch das Gefühl, dass mir noch nie jemand so beeindruckend von der Liebe erzählt hat. Bisher dachte ich eigentlich, dass *ich* mich am besten damit auskenne.

Er ist fünfundfünfzig. Seine Familie lebt noch in Pamplona und obwohl (oder weil?) er seine Frau bloß einmal im Jahr sieht, ist er glücklich mit ihr. Ich glaube zu verstehen, dass er arbeitet, um Geld heimzuschicken, und dass daher jeder Handgriff, den er als Mechaniker verrichtet, letztlich eine Liebkosung ist.

In regelmäßigen Abständen geraten seine energischen Bewegungen, mit denen er die Karotten über die scharfen Zähne der Reibe führt, ins Stocken. Dann hält er eine davon hoch und zeigt damit auf mich, um etwas zu unterstreichen. Er spricht von Liebe und Treue, vom Verstreichen der Zeit, von Hindernissen, die nur dazu dienen, sich erst recht für die Liebe ins Zeug zu legen.

«*Comprende?*»

«*Amor*», hebe ich an. «*En todos los langues la même chose.*»

Die Augen des Ingenieurs werden zu schmalen Schlitzen hinter der verbogenen Brille, er sieht mich prüfend an.

«Hat er dich geschlagen?» Die behaarte Hand imitiert die Bewegung; ein Karottenstück landet auf meinem Ärmel. Ich schüttle heftig den Kopf.

«Liebt er dich nicht mehr?»

«Doch. Sehr sogar. *Muchos.*»

«Und du ihn?»

«Auch.»

Er wirft die Hände in die Luft und lässt sie wieder fallen, sein Ehering klopft gegen die Tischplatte.

Sabine, die uns umrundet, während sie sich an Arbeitsplatte und Küchenschränken zu schaffen macht, steuert dann und wann eigene Anekdoten bei. Sie ist einst aus Montpellier hergezogen «*pour une histoire d'amour*». Obwohl die Liebe nicht von Dauer war, beschloss sie zu bleiben.

Werde ich eines Tages auch so ungerührt von dir erzählen? Das Beben, das meine Schultern erfasst, sorgt dafür, dass der Löffel in meiner Hand klappernd gegen die Suppenschale schlägt.

Sabine wendet sich auch an den Ägypter, obwohl sie kein Spanisch und er kein Französisch spricht.

An mich gewandt sagt sie: «*Dans les années 70 – mais*

vous êtes trop jeune – on pensait qu'il fallait beaucoup par-
ler dans les relations, pour se comprendre. Ben, vivre en-
semble, je crois que ça va mieux quand on ne se comprend
pas.» («In den Siebzigerjahren – aber dafür sind Sie
noch zu jung – haben wir geglaubt, dass man in einer
Beziehung viel reden muss, um sich zu verstehen. Na
ja, ich glaube, dass es mit dem Zusammenleben besser
klappt, wenn man sich nicht versteht.»)

×

Im Lateinunterricht saßt du vor mir, und obwohl du
dich ständig nach hinten umdrehtest, warst du schlau
genug, gerade noch so viel Stoff mitzubekommen, um
dem Unterricht folgen zu können. Im Abschlussjahr
gelang dir das zum ersten Mal nicht mehr.

Weil ich anfing, mich für dich zu interessieren, bot ich
dir meine Grammatik an – eine eigens von mir erstell-
te Übersichtstabelle der Regeln mit Schritt-für-Schritt-
Anleitungen, wie man die unterschiedlichen Satzkon-
struktionen erkennt und übersetzt.

Natürlich nahmst du mein Angebot an. Noch am selben Abend passte ich mein Dokument an, um dir am
nächsten Morgen einen Ausdruck zu geben. Ungerührt
erklärte ich dir, ich hätte die Beispiele an deine Erleb-
niswelt angepasst. Mit gerunzelter Stirn und schon im
Vorfeld beleidigt, nahmst du es entgegen, um es dann in
deiner Jackentasche zu verstauen, ohne einen einzigen
Blick darauf zu werfen.

<u>Gerundium</u>: vom Verb abgeleitetes Substantiv. Zum Beispiel: «Das Lieben.»

KONJUGATION

Amare (das Lieben)

Amandi (des Liebens)

Amando (dem Lieben)

Ad amandum (zum Lieben)

Amando (durch das Lieben)

<u>Gerundivum</u>: vom Verb abgeleitetes Adjektiv. Zum Beispiel: basiare ›› basiandus.

WORTWÖRTLICH: geküsst werden müssend.

ZU ÜBERSETZEN MIT: *Basandus est* =

er muss geküsst werden.

AUCH BEI ANDEREN KASUS, ZUM BEISPIEL:

Os iuvenis basiandi = der Mund des Jungen, der geküsst werden muss.

KONJUGATION MÄNNLICH, SINGULAR:

basiandus (nominativus)

basiandi (genitivus)

basiando (dativus)

basiandum (accusativus)

basiando (ablativus)

<u>Ablativus absolutus</u>: ein Substantiv + Partizip im Ablativ, die gemeinsam eine adverbiale Bestimmung bilden. Zu übersetzen mit einem Satz, der mit als/während/da ... beginnt.

amore metum vincente: da die Liebe die Angst besiegt

Und so weiter. Die gesamte Lateingrammatik als Liebes-
gedicht. Es wurde geküsst, gestreichelt und geschmust,
es wurden Versprechen gegeben und Herzen gebrochen.
Nichts davon hatte ich je erlebt, aber ich kannte die eine,
Große Geschichte von der Liebe, der sich Liebende so
oder so fügen müssen – genau wie meine Beispielsätze
den Regeln der Grammatik.

«Das war sehr erhellend», sagtest du in der nächsten
Stunde grinsend.

«Das freut mich.»

Ich beugte mich wieder über meinen Text, ganz besonders tief, um mein Erröten zu verbergen.

×

Du fragst mich jeden Tag, wann ich wieder nach Hause
komme; manchmal sagst du liebe Sachen und manchmal appellierst du mit traurigen Smiley-Gesichtern
an mein schlechtes Gewissen. Aber ansonsten respek-
tierst du meinen Wunsch nach «Zeit» und «Freiraum».
Ich sehe regelrecht vor mir, wie du dein Handy in der
Sakkotasche stets bei dir trägst, aber das zufriedene
Summen an deiner Brust kommt nie von mir.

Ich habe dich um etwas Zeit und Freiraum gebeten –
das genaue Gegenteil von dem, was ich mir früher
gewünscht habe. «Komm doch mal her», sagte ich
damals, «und erzähl mir von dir. Erzähl mir, wie du
als Kind so warst. Warst du launisch? Warst du un-

gezogen?» Sogar die Zeit, die längst vorbei war, wollte ich mit dir erleben.

Du hast mir davon erzählt, während ich förmlich an deinen Lippen hing.

Ich sehe dich vor mir, in deinem Jungenzimmer in der kleinen Wohnung deines Vaters. Du hattest Poster von Rappern aufgehängt, von einer Frau im nassen T-Shirt. Auf dem Schreibtisch stand dein Computer, flankiert von Lautsprecherboxen, aus denen in meinem Beisein immer dieselbe Playlist kam: *I'll let you lick the lollipop.*

Dann waren da noch die dünnen roten, stets vorgezogenen Gardinen. An der Wand Verkehrsschilder, die du irgendwo geklaut hattest, und ein Nummernschild mit deinem Namen drauf. Im Kleiderschrank lag ein alter Stoffclown – dein Vater hatte ihn dir geschenkt, worin du eine Art Prophezeiung sahst. South-Park-Bettwäsche zierte die durchgelegene Einzelmatratze. Erst nach rund einem Jahr sollten wir merken, dass das Bett die Heizungsrohre berührte, sodass der Sound unserer Verliebtheit mit dem warmen Wasser durchs ganze Haus geschickt wurde.

In den ersten Monaten benutzten wir allerdings ausschließlich unsere Münder, um einander näher zu kommen. Wir knutschten viel und redeten noch mehr.

Jede meiner Fragen wurde auch mir gestellt.

Manchmal reagiertest du auf meine Anekdoten mit «So bist du nun mal» oder «Ich kenn dich doch» und beschriebst mich dann so, dass ich mich kein bisschen darin wiederfand. «Du bist so zerbrechlich.» «So delikat.» «So niedlich.» «So zierlich». «Du kleine Aristokratin.» Ich schwieg, nahm das Bild, das du dir von mir gemacht hattest, stumm entgegen und versuchte ihm von nun an zu entsprechen.

Ich begriff schnell, dass ich dir keine größere Freude machen konnte, als dieselben Komplimente, wenn auch ins Gegenteil verkehrt, zu erwidern. Ich nannte dich «Hengst», «Macker», «Gigant», «Haudegen». «Schön» fandst du eigentlich eher was für Mädchen, hast es aber akzeptiert.

Während du auf dem Bett saßt, saß ich dir direkt gegenüber auf einem Stuhl und versuchte dich zu zeichnen. Du hast durchaus gespürt, dass ich dich nicht nur anschaute: Jedem Strich ging insgeheim ein Streicheln voraus.

TAG 5

Wir waren noch keine drei Monate zusammen, als wir Lucs Mutter in Paris besuchten. Solange sich Luc erinnern konnte, hatte sie schon immer weit weg gewohnt: Eigentlich ein Pluspunkt, wie er behauptete, weil sie auf diese Weise bloß schöne Dinge miteinander unternahmen.

Ich war so nervös, dass ich noch heute weiß, welches Outfit ich an diesem Wochenende anhatte: die verschlissene Lederumhängetasche, die einst meiner Oma gehörte, eine weiße Bluse mit mindestens dreißig Knöpfen und dieselbe Jacke wie in der Schokoladennacht.

4.3.2006

Lucs Mutter ist beeindruckend. Zierlich und schön, außerdem hat sie eine Art, die nahelegt, dass sie insgeheim alle möglichen Urteile fällt. Aber als sie uns gestern Abend in eine Kneipe bei ihr im Viertel mitgenommen hat, wo mich ihre Freundinnen entzückt bewundert haben wie eine Puppe, hat sie ihnen uneingeschränkt recht gegeben. Etwas

scheine ich richtig gemacht zu haben. Aus lauter Verlegen-
heit habe ich so getan, als würde ich kaum Französisch
verstehen.

Nach einer Weile ist sie gegangen – sie wollte ins Kino und
hat immer wieder betont, dass der Film zweieinhalb Stun-
den dauert.

Die Zeit haben wir auch gebraucht.

Kaum waren wir wieder in ihrer Wohnung, fragte Luc: «Äh ... würdest du uns einen Tee machen?»

Ich hatte ihn noch nie Tee trinken sehen, tat aber wie geheißen. Während ich wartete, bis das Wasser kochte und in der winzigen Küche die Beschriftungen auf Reis- und Müslipackungen entzifferte, hörte ich ihn am Schlafsofa zerren.

Ich kam mit den Tassen herein und sah ihn auf der ausgezogenen Couch sitzen. Seine Ohren schnellten sofort mehrere Zentimeter nach oben, so wie immer, wenn er etwas im Schilde führt.

Er stellte seine Tasse sofort beiseite, während ich meine umklammert hielt. Das glühend heiße Porzellan hinterließ rote Flecken auf meiner Hand, die ich an seinen Hals schmiegte, um ihn das spüren zu lassen – nichts als ein Vorwand, um ihn anfassen zu können. Wir mussten einander spontan in die Arme fallen, so machte man das nun mal.

Aber wie es anschließend weitergehen sollte, wusste ich nicht. Luc schon, der hatte bereits ein wenig Erfahrung (mit Joy, was ich versuchte zu verdrängen). Mir war, als spielte ich in einer Szene mit, für die nur er ein Drehbuch hatte. Er war auch längst nicht so nervös wie ich.

Als ich ihm die Boxershorts auszog, roch es nach feuchtem Kompost, und als seine Eichel unter der Vorhaut hervorglitt, musste ich an die Würmer von früher in unserem Komposthaufen im Garten denken. Die waren auch so rosig und wendig gewesen und hatten sich aus sich selbst hervorgestülpt.

Ein Moment des Ekels oder der Panik, den ich dadurch überspielte, dass ich sagte: «Das passt doch nie?» Woraufhin sein Schwanz vor lauter Freude einen Hüpfer machte. Beschämt über meinen unerwünschten Widerwillen, beugte ich mich vor und leckte zaghaft darüber.

Ich hatte nicht erwartet, dass sich sein Schwanz eigenständig bewegen konnte, doch er richtete sich immer weiter auf und drängte sich plötzlich an meine Nase, an meine Lippen. Irgendwie hatte ich ihn mir geruchlos vorgestellt.

Es war nicht nur komisch, sondern auch beruhigend, dass Luc anfing zu reden – einen Text, den ich bereits kannte, so wie ich die Bewegungen bereits kannte – nur nicht aus erster Hand. Das Ganze war mir vertraut und fremd zugleich. Noch nie war mir Luc so beunruhigend nahegekommen, und auf einmal gab sein Mund Worte von sich, die nicht von ihm, sondern von einem anonymen, tausendköpfigen Fremden zu stammen schienen. «Du bist *echt geil*. Los, sag schon, dass du es auch willst.»

Ich wusste, dass ich etwas darauf erwidern musste –
wenn auch etwas anderes als mein gestammeltes «Ich
find dich schön.»

Irgendwann wollte er wissen, woran ich denke.

Ich hätte sagen können, dass mich der Latexgeruch
des Kondoms an die Schachtel mit den weißen Hand-
schuhen bei meinem Kindergartenfreund erinnerte,
dessen Vater Zahnarzt war. Ich hätte Luc bitten können,
kurz die Augen zuzumachen, damit ich mich an Teile
seines Körpers gewöhnen konnte, die auf einmal dazugekommen waren. Ich hätte ihm beschreiben können,
was ich sah, weil ich so viel Merkwürdiges entdeckte,
zum Beispiel dass seine Körperbehaarung zehn Zentimeter unter seinem Po abrupt aufhörte, und dass das
wenige schwarze Brusthaar seine Brustwarzen wie
Wimpern umkränzte, sie in zwei starrende Augen verwandelte.

Aber all das kam mir extrem unsexy vor, viel zu detailliert. Ich wollte ihm nicht in Erinnerung rufen, dass er
mit *mir* zusammen war, mit der Kurzhaarigen mit den
roten Sandalen. Irgendwas musste mir doch einfallen!

Üben war das Wort, das wir anfangs verwendeten.
Eigentlich niedlich. Es sollte noch Jahre dauern, bis wir
es wagten, beim Sex genauso aufrichtig zu sein wie da-
vor oder danach, wenn wir im Bett lagen und redeten.
Bis wir einander mit eigenen Augen sahen statt mit den
Augen des jeweils anderen. Bis wir es wagten, einander

nicht um das zu bitten, was uns am geilsten oder ästhetischsten erschien, sondern um das, was *uns* anmachte.

Zum Beispiel wenn du mit der Spitze deines Steifen mehrmals der Krümmung meiner Wirbelsäule folgst, vom Nacken bis zum Steißbein und wieder zurück. Dass du gerne weißt, wann ich meine fruchtbaren Tage habe, damit du dir deine Samenzellen als geballte Ladung potenzieller Menschlein vorstellen kannst, um sie dann zu trösten, wenn sie enttäuscht im Gummi landen. Oder wenn ich, wenn wir beide draußen unterwegs sind, lauthals potenzielle Orte aufzähle («Siehst du die Nische zwischen Tor und Mauer? Dieser Tisch hat genau die richtige Höhe») – ganz harmlos, sodass Dritte nicht aus meinen Worten schlau werden.

×

In Sabines Bad ist neben der Toilette ein Aquarium in die Wand eingelassen. Erst halte ich es für abstrakte Kunst, aber dann sehe ich, dass sich hinter der Scheibe was bewegt.

Ameisen.

Der Glasbehälter ist mit einem zähflüssigen, hellblauen Gel gefüllt, in dem Ameisen Gänge graben. Sie beißen etwas von der bläulichen Substanz ab, die zwischen ihren Kiefern weiß wird und sich in Form von kleinen Schnipseln an der Oberseite des Terrariums anhäuft.

Lange betrachte ich die kleinen Tiere, die sich in den blauen Tunneln über- und nebeneinander bewegen wie

Perlentaucher. Einige schleppen etwas mit sich herum, das aussieht wie Eier.

Vorhin in der Küche hat mir Sabine erzählt, ihr Ex habe Ameisen gehalten und sie ihr bei seinem Auszug dagelassen. Ich fragte, wie sie die Tierchen am Leben erhält, ob sie sich nicht gegenseitig auffressen, wenn sie merken, dass sie sich von außen kein Futter holen können. Sie erklärte mir, dass eine Ameisenkolonie nur so weit wächst, wie es ihr der zur Verfügung stehende Platz erlaubt. Das regle sich ganz von selbst. Gäbe man ihnen allerdings zu wenig zu fressen, würden sie fliehen. «Das scheint unmöglich zu sein, aber es geht», sagte sie beinahe stolz.

Ich inspiziere die fein säuberlich zugekitteten Fugen, den schweren Deckel des Terrariums, und während ich dort sitze, produziere ich wie selbstverständlich eine phänomenale, fast pechschwarze Wurst. Ich hatte fast schon vergessen, dass ich das kann. Mit ihrer Schlaufe und dem geraden Stück, das schon Richtung Abfluss zeigt, füllt sie die gesamte Schüssel. Vor der Toilette hockend mustere ich sie noch eine ganze Weile, diese dunkle Materie, die sich schon seit geraumer Zeit in mir angestaut hat und jetzt wie ein riesiges, dampfendes Fragezeichen vor mir liegt.

Ich lasse mir ein Bad ein. Es ist eine altmodische Wanne auf Löwenpfoten, umgeben von allerlei Cremes und Seifen sowie von einem Dschungel aus Zimmerpflanzen.

Beim Ausziehen beobachte ich, wie sich die Unterhose an meine Hüfte schmiegt; mein Bauch liegt wie ein trauriger kleiner Hügel in einer Senke. Im letzten Jahr ist meine weiche Ummantelung so stark zurückgegangen, dass mein Skelett hervorgetreten ist. Wenn du nachts hinter mir ins Bett schlüpfst, ziehst du mich an meinen Hüftknochen zu dir, als wären sie ein Griff.

Während ich im heißen Wasser liege, spüre ich tief in meinem Innern, wie sich ein Knoten löst. Meine Eingeweide ordnen sich neu an, nehmen erleichtert den frei gewordenen Platz ein, so wie du dich jauchzend quer übers ganze Bett legst, kaum dass ich aufgestanden bin.

×

Du hast mir eine SMS geschickt: Du willst reden. Am liebsten jetzt gleich, noch heute Morgen. In einer weiteren SMS fügst du hinzu, dass du dich aus unserer Wohnung ausgeschlossen hast und fragst, ob du dir meinen Schlüssel ausleihen darfst. Wo ich gerade sei?

Ich nenne keine Adresse, nur das Viertel, trotzdem schlägst du vor, dass wir uns gleich hier um die Ecke treffen, vor der St.-Bonifatius-Kirche.

Es schneit, und es liegen Weihnachtsbäume auf der Straße, mit Stämmen, die angespitzt sind wie Bleistifte. Sie tragen Spuren des Ortes, an dem sie gezüchtet worden sind. Ihr Wuchs ist asymmetrisch, je nachdem wie viel Licht sie von einer Seite abbekommen haben, wie viel Platz sie für ihre Zweige hatten. Außerdem tragen sie Spuren der Häuser, in denen sie die letzten Wochen gestanden haben. Einige haben noch Lametta in den Zweigen, andere standen vermutlich auf zu engem Raum und sind auf der Seite kahl, an der die Bewohner häufig vorbeimussten.

Durchs Schneetreiben hindurch sehe ich dich auf dem kleinen Platz stehen.

Du hast mir den Rücken zugekehrt, weil du nicht weißt, von welcher Seite ich komme, und fällst kaum auf zwischen den Rauchern, die grüppchenweise oder allein die umliegenden Kneipen verlassen haben. Aber es ist idiotisch, ich muss kaum hinsehen, um zu wissen, dass du es bist. Ich bin so an deine leicht krumme Haltung, dein braunes Haar und deinen breitbeinigen Stand gewöhnt, dass man meinen könnte, ich hätte einen siebten Sinn entwickelt, nur um dich zu erkennen. Ich habe eine Lücke im Kopf, mit der ich alle Menschen wie Puzzleteile abgleiche.

In einem Meter Entfernung bleibe ich stehen. «Luc», sage ich.

Erschrecken, dann Erleichterung. Du hast anscheinend befürchtet, ich würde gar nicht kommen.

Du trägst eine neue Daunenwinterjacke – wann hast du die gekauft? Sie steht trotz der Kälte offen, als wolltest du betonen, wie deine Körperwärme verfliegt. Der Stehkragen unterstreicht deine abfallenden Schultern. Genau wie Hulk mit seiner diagonalen Nackenmuskulatur, findest du. Genau wie die Schultern eines Briefmarkensammlers, finde ich – auch wenn ich das niemals laut sagen würde.

Ich ziehe den Schlüssel, den du angeblich verloren hast, von meinem Schlüsselbund – erleichtert, dass meine Hände etwas zu tun haben, obwohl ich weiß, dass du nicht deswegen gekommen bist.

Dir tue dein Verhalten neulich Abend leid, sagst du. Nie hättest du gedacht, dass ich wirklich fortgehe. Und schon gar nicht, dass ich fortbleibe.

Du hältst Abstand, so als wäre ich ein wildes Tier. Jedes Wort ringst du dir mühsam ab, und deine Augen sind noch kleiner als sonst. Nach außen hin steigen sie leicht nach oben an, und hättest du nicht so lange Wimpern, könnte man dich glatt für einen Asiaten halten. Heute sind deine Augen rot und die Lider geschwollen, die Iris dazwischen ist starr und schwarz.

«Ich kann nicht zurückkommen», sage ich. «Ich schlafe wieder.»

Ich betrachte deinen dünnen Hals, er ist nackt und dem Wind ausgesetzt. Der Schnee bildet einen Vorhang aus Rauschen.

Du fragst, ob ich nachgedacht habe, unsere Beziehung habe doch auch viel Gutes. Ich sage, dass ich nur zurückschaue in den letzten Tagen, nach vorn schauen gelinge mir nicht. «Dann bin ich ja froh, dass wenigstens das gleichgeblieben ist», sagst du, verlierst aber noch währenddessen das Vertrauen in deinen eigenen Witz.

Eine meiner schlechten Eigenschaften? Dass ich nie über etwas lache, das ich nicht wirklich witzig finde.

«Heiraten ist ein Tätigkeitswort.» Ich würde mir wünschen, dass dir in so einem Moment etwas Originelleres einfiele. Nein, das ist gelogen, ich bin beeindruckt von deiner Selbstbeherrschung und zaghaften Wärme. Ich würde dich gern anfassen, aber ich traue mich nicht.

Ob wir einen Tee trinken wollen?

Ich höre, wie ich verneine. Spüren, wie das Getränk in meinen Händen lauwarm wird? Nein, danke! Ich habe dir oft genug die Ewigkeit versprochen, aber jetzt scheinen sogar die paar Minuten, die es dauert, bis sich das heiße Wasser abgekühlt hat, ein zu großes Gelübde zu sein. Ich wage es nicht mehr, dir etwas zu versprechen. Ich würde mir gern Quarantäne verordnen, bis ich weiß, was ich tun muss, damit ich dich bis dahin nicht noch mehr verletze als ohnehin schon.

Gemeinsam stehen wir in einer Schneekugel, die irgendjemand ununterbrochen schüttelt.

Du machst einen Schritt nach vorn und nimmst meine Finger, die ein winziges Stück aus meinem Jackenärmel ragen. Ich folge deinem Blick, der nach unten wandert. Ja, er ist noch da, der schmale goldene Ring – ist es das, was du wissen wolltest?

Deine Finger sind ein Schock: Meine Haut hat Hunger. Du kommst noch ein Stück näher, nimmst auch meine andere Hand.

«Du hast kalte Hände.» Dein Lachen zeichnet einen Strich unter jedes Auge.

Ich nicke, dann fällt der Groschen.

Dass du diesen Satz sagst, den ersten aus unserem Kompendium an Äußerungen, während wir fast zehn Jahre später wieder irgendwo in der Kälte herumstehen! Du begreifst nicht, dass du, indem du ausgerechnet diesen Satz sagst, dafür sorgst, dass sich der Kreis schließt, etwas zu Ende geht. In diesem Moment beginnt der Soundtrack, und der Abspann kann über die Leinwand rollen.

Wie von der Tarantel gestochen entziehe ich dir meine Hand und weiche einen Schritt zurück. Du rufst mir etwas nach, doch ich eile weiter, bis ich um die Ecke gebogen bin – als könnte ich dem Ende so entkommen.

TAG 6

Für das Phänomen, dass wir Geschichten Glauben schenken, von denen wir wissen, dass sie nicht wirklich passiert sein können, hat der englische Dichter Samuel Taylor Coleridge 1817 die Formulierung *suspension of disbelief* geprägt: Die Aussetzung der Ungläubigkeit. Genauer gesagt sprach er von «*that willing suspension of disbelief for the moment, which constitutes poetic faith*», also von der «momenthaften willentlichen Aussetzung der Ungläubigkeit, (...) die ein Vertrauen in die Dichtung schafft». Das Glauben einer Geschichte dauert in der Regel genauso lange, wie sie erzählt wird.

Früher beherrschte ich das meisterhaft. Ich brauchte meine Ungläubigkeit nicht auszusetzen: Meinen Glauben auszusetzen, fiel mir deutlich schwerer.

×

Das schrieben meine Eltern über mich, als ich ein Kleinkind war.

Breg durfte mit in die Schule, in eine Vorstellung von «Die Zaubernachtigall». Kaum fiel der Vorhang, begann sie zu weinen.

«Was ist denn, Breg?»

«Ich finde die Zaubernachtigall so schön ...!»

Oma Miek ruft an und will sich mit Bregje in Ruhe über Nikolaus unterhalten. Ich rufe Breg und sage ihr, dass sie als Erstes klar und deutlich «Bregje Hofstede» sagen soll, wenn sie ans Telefon geht. Breg nickt verständnisvoll. Ich gebe ihr den Hörer, und sie meldet sich mit: «Hallo, ich bin's, Arielle.»

Diese und andere Anekdoten stehen in einer Kladde mit einem grau kartonierten Einband. Auch für meine Schwestern existiert so ein Logbuch, in dem meine Eltern jedes Kind einzeln begleitet haben – vom Kleinkind- bis zum Erwachsenenalter. Von unseren unzähligen Auseinandersetzungen, Abenteuern, winzigen Triumphen und Familienlegenden hat ab und an etwas darin Eingang gefunden. Die Seiten sind wellig, weil so viel hineingeklebt wurde: Im Querschnitt lassen sie sich als Sedimentschichten der liebevollen Erziehung lesen, die wir in all den Jahren täglich genossen haben.

Mein Buch beginnt mit einem Ultraschallbild aus dem Sommer '88: die Umrisse meines Schädels heben sich gespenstisch von der Schwärze ab, daneben ein kleinerer Kreis, die Aorta meiner Mutter. Es gibt Babyfotos, Kinderzeichnungen mit gelben Flecken in den Ecken, wo der Klebstoff durchs Papier gedrungen ist. Und mittendrin Aufzeichnungen über mein Wachstum oder die ersten Worte, die ich gesprochen habe – manchmal in der weit ausladenden Schrift meiner Mutter, dann wieder in den dicht gedrängten Buchstaben meines Vaters.

An meinem achtzehnten Geburtstag – ich war gerade erst von Zuhause ausgezogen – bekam ich die Kladde mit. Auch jetzt befindet sie sich in meinem Rucksack.

28.2.92

Für Bregje gibt es nichts Schöneres als sich zu verkleiden. Manchmal will sie sich morgens gar nicht erst anziehen. Mal ist sie ein Vögelchen (mit einem kleinen Papierschnabel auf der Nase und Papierflügeln an den Armen, alles mit Klebeband befestigt), dann wieder Dornröschen oder Arielle, die Meerjungfrau. Letzte Woche hat sie den Finger so lang gegen das Spinnrad auf dem Garagendachboden gepresst, bis Blut kam. Hochzufrieden stand sie vor meinem Schreibtisch und hielt mir einen blutigen Finger hin: «Jetzt bin ich wirklich Dornröschen!»

×

Willing suspension of disbelief – das trifft auf Liebesgeschichten zu wie auf kein anderes Narrativ. Auch die

Hauptpersonen müssen nach Kräften daran mitwirken, erst diese Beharrlichkeit macht sie zu Helden.

«Angenommen, wir wären nicht in dieselbe Klasse gegangen», hast du manchmal gesagt. «Angenommen, ich wär nach der Trennung meiner Eltern mit meiner Mutter nach Frankreich gezogen. Wie hätten wir dann zusammengefunden?»

«Gar nicht?», schlug ich vorsichtig vor.

Doch, natürlich hätten wir das. Du hättest mich irgendwann auf der Straße gesehen, bei einem Besuch bei deinem Vater. Oder aber du wärst mir als Austauschschüler über den Weg gelaufen, wärst meiner Duftspur gefolgt. So oder so – du hättest mich gefunden, dir die uns vorherbestimmte Liebe nicht einfach so entgehen lassen.

Utrecht, 4. September 06

Lieber, besser noch: Liebster,

damals, als wir beide noch zuhause wohnten und dein Elternhaus gerade mal einen Kilometer von meinem entfernt war, hat es sich noch komisch angefühlt, dir einen Brief zu schreiben. Doch jetzt, wo ich endlich in meiner Studentenbude sitze, fühlt es sich absolut folgerichtig an. Alles kommt mir so weit weg vor, so neu – auch wenn ich weiß, dass du in diesem Moment mit weißen Farbspritzern auf der Nase ein Zimmer streichst, das in Luftlinie kaum weiter von meinem entfernt ist als damals. Ganz einfach weil sich unsere Welt geweitet zu haben scheint, und zwar in alle Richtungen, um

die vielen neuen Möglichkeiten fassen zu können, die außer-
halb dieses Zimmers auf mich warten.

Das Gefühl, jede Menge Platz zu haben, bleibt, auch wenn
dieses Zimmer bloß fünfeinhalb Quadratmeter groß ist.
Wenn ich mich von dem Hocker, auf dem ich gerade sitze,
nach hinten fallenlasse, lande ich auf meinem schmalen
Bett; mit ausgestreckten Armen kann ich ohne aufzustehen
drei von vier Wänden berühren. Ich habe überall Bücher-
regale aufgehängt, weil nirgendwo Platz für einen Schrank
ist, und das Bett ist für eine Person gedacht, nicht größer
als mein Jugendbett. Aber wenn du darin liegst, wird jedes
Bett endlos breit, mein schöner, schöner Mann. Im Moment
bin ich hier übrigens eingesperrt, weil noch jemand einzieht
und im Flur lauter Sachen rumstehen, sodass ich meine Tür
nicht aufbekomme. Ich vertilge in Höchstgeschwindigkeit die
Sirupwaffeln – aus reinem Selbsterhaltungstrieb natürlich.
Dieser sehr rosarote Brief soll dich in deinem noch kahlen
Zimmer willkommen heißen und – weil er die Farbe von
Rattengift hat –, notfalls auch hungrige Mäuschen abschre-
cken, da ich von dir weiß, dass du vier Mitbewohnerinnen
hast. Vielleicht habe ich auch einfach darauf gehofft, dass
mir die Farbe dieses Papiers die Arbeit abnimmt. Bei rosa
Papier brauche ich schließlich kaum noch zu schreiben, was
ich für dich empfinde oder?

Daher tue ich auch nichts Derartiges und schließe nun ganz
formell mit freundlichen Grüßen, mit unzähligen Grüßen,
hinter denen sich meine peinliche Anhänglichkeit verbirgt –
genau wie die Tatsache, dass ich dich jetzt schon vermisse.
Singt nicht Ella Fitzgerald «What can compare to the

thrill of your kiss?» *So gesehen brauche ich mir wirklich nichts Neues auszudenken.*

MfG,
Deine Breg

Was mich im Nachhinein rührt, ist die vorsorgliche Ironie, mit der ich den Ritualen der Liebe fröne (parfümiertes Briefpapier, ein rosa Umschlag, die Kosenamen, die zitierten Liebeslieder). Ich weiß, dass ich da nicht die Erste bin, dass dieser Pfad ausgetreten ist. Ich wollte eigentlich schreiben, «Ich liebe dich» (die Worte, die am gründlichsten überlegt, geherzt, hin und her gewendet, ausgelutscht und bis zum letzten Tropfen ausgepresst werden), habe diese Worte aber tunlichst vermieden – wohl wissend, dass sie hohl klingen, dass ich sie sagen musste, *ohne* sie zu sagen. Meine Liebeserklärung war schon immer eine *Paralipse*, ein Ich-brauch-dir-doch-nicht-zu-sagen-dass … Aber dieser ironischen Herangehensweise ist meine Freude darüber, dass ich dieses Spiel endlich spielen durfte und dass du voller Überzeugung mitspieltest, deutlich anzumerken.

Auf der Rückseite des Briefumschlags habe ich deine Antwort nachgetragen. Eine SMS.

8.9.06, 13:14:02 (*während «Ikonographie 1»*)

Ooooh, mein Liebling! Bin gerade in Utrecht und lese erst jetzt deinen Brief. Das ist echt das Hinreißendste, was ich je

bekommen habe! Ich liebe dich wirklich wahnsinnig, vergiss
das nie! L

Natürlich wusste ich, dass das, was wir da gerade er-
lebten, nichts Neues war. Dass es so etwas wie ein
«Lexikon der Liebe» gibt. Genau deshalb misstraute ich
der Sprache. Ich tat mich schwer mit «Ich dich auch».
Statt dich nach der tieferen Bedeutung hinter den üblichen Phrasen schürfen zu lassen, förderte ich lieber
den Subtext zutage und benutzte ein umfassendes
Vokabular aus leisem Grunzen, Quietschen, Brummen
und anderer Laute, eine Unterleibssprache, die du zu
entschlüsseln gelernt hast.

Immer wenn ich versuchte, meine Erfahrungen mit
dir, mit uns, so zu formulieren, dass es noch etwas bedeutete – sprich, wenn ich versuchte ehrlich zu sein
oder präzise, wenn ich etwas so in Worte fasste, das du
es nicht als Liebe erkanntest – bekamst du Angst. Nur
das mehrfache Wiederholen der Beschwörungsformel
«Ich dich auch» konnte dich beruhigen.

Trotz deiner festen Überzeugung, dass wir füreinander
bestimmt waren, empfandst du meine Liebkosungen
auch weiterhin wie einen falsch adressierten Brief oder
wie einen zufälligen Sechser im Lotto. Bevor wir zusam-
menzogen, tauchtest du mitunter einfach so nachts in
der Dunkelheit meines Zimmers auf, ein Stimmchen am
Fußende meines Bettes, das mir sagte, wie sehr es mich
vermisst. Und selbst danach hast du mich immer wieder
gefragt, was ich eigentlich an dir finde, ob ich wirklich

bei dir bleiben will, ob es keinen anderen gibt und womit du mich eigentlich verdient hättest.

Anscheinend erinnere ich dich an deine Mutter, an die Frau, die fortging, dachte ich damals.

Aber du warst nicht mehr zwei, und ich war immer noch da.

Ich war mir sicher, dass ich dich überzeugen kann: Dass ich dir nur genug Zettel aufs Kopfkissen legen, dir oft genug übers Schlüsselbein streicheln und dein Lieblingsessen kochen muss, bis du es irgendwann glaubst. Ich wollte dir sämtliche Unsicherheiten nehmen, zur Not auch rückwirkend.

Und davon gab es mehr, als ich erwartet hätte.

Fast täglich fragtest du mich, «Woran denkst du?»

Darauf musste ich irgendetwas antworten, irgendetwas Unverfängliches, Normales.

Sobald ich zögerte, fülltest du die so entstandene Leere mit deinen Ängsten. Nie schien ich schnell oder überzeugend genug antworten zu können.

Vielleicht ist das ja der Grund, warum ich anfing zu schreiben.

×

Eines meiner ersten Tagebücher beschreibt den Sommer 2007. Damals begann unsere Studentenzeit, wir hatten kaum Geld für Urlaub, fuhren aber mit dem Zug in die Bretagne, wo dein Vater ein Ferienhaus besaß. Das war unser erster gemeinsamer Sommerurlaub.

Das Ferienhaus mit dem Namen *Ma Coquille* hatte weiße Wände und blaue Fenster. Es stand in einem winzigen Dorf und hatte zwei Zimmer: Vom Wohnzimmer mit Küchenzeile führte eine knarzende Leiter zum Dachboden, auf dem zwei Matratzen lagen; hinter einer dünnen Wand befanden sich eine Toilette und eine Dusche. Zum Haus gehörte ein großer Garten, der in den Träumen deines Vaters einen Pool, ein zweites Häuschen, eine Terrasse oder einen Obsthain beherbergte. Doch in Wirklichkeit ließ er – nachdem sich die Nachbarn irgendwann beschwert hatten – einmal im Jahr einen Jungen mit Rasenmäher die Runde machen. Jetzt ragten gelbe Stoppeln vertrockneten Unkrauts in die Sonne – viel zu stachelig, um sich drauflegen zu können, nicht mal mit einem doppelt gefalteten Handtuch als Unterlage. Aber wenn wir uns auf die Plastik-Gartenmöbel stellten, konnten wir in der Ferne die Salzfelder von Guérande sehen und dahinter das glitzernde Meer.

Das Heft, das ich mir extra für diese Reise gekauft hatte, hat eine Venus aus Marmor vorne drauf und enthält jede Menge Zettel: eine Tourismusbroschüre, eine Postkarte, die Nummer, die wir zogen, als wir beim Fischhändler warten mussten, ja sogar die fotokopierten Rezepte, die ich von zuhause mitgenommen und auf denen ich deinen Kommentar zum Ergebnis notiert hatte («Es ist beschlossene Sache! Wir können heiraten!»)

In meinem – mit Füller notierten – Bericht hatte ich hier und da ein paar Lücken für Fotos gelassen, die ich im Nachhinein einklebte. Es gibt ein Bild von uns, das wir knipsten, als wir am Strand rumknutschten. Währenddessen kann man schlecht zielen, von mir sieht man nur die Wange, an der Sand klebt, weil ich mich so gründlich eingecremt hatte, sowie meine Fingerkuppen an deinem Hals. Fast das gesamte Bild wird von deinem Rucksack, vom Strand, von einer Flasche Wasser und von der Kamerahülle eingenommen. Auf einem anderen Foto fläzt du in Boxershorts auf dem Sofa herum. Du bist dir deines Publikums durchaus bewusst, lachst zur Zimmerdecke empor – eine Hand hinter dem Kopf, die andere entspannt neben dir. Wäre da nicht die Achselbehaarung, könnte man meinen, du wärst erst zwölf statt neunzehn. Du bist so braun gebrannt, wie es nur Kinder sein können, und genauso schmal.

Ich habe dich damals angeschaut, als berge jeder Zentimeter deiner Haut ein Geheimnis. Das Glücksrezept bestand aus den Härchen auf deinem Unterarm, die langsam von der Sonne gebleicht wurden; der sich darin verfangene Sand schien aus der Nähe betrachtet aus feingemahlenen Muscheln und winzigen Steinchen zu bestehen, so stark zermalmt, dass sie weich und knetbar wurden, eine geschmeidige Ruine.

Begeistert schilderte ich in meinem Heft, wofür wir alles dankbar waren: für das Wetter, den Strand, das Essen, dafür, ewig im Bett bleiben zu können. Bloß an den beiden Einzelmatratzen hatte ich was auszusetzen – aber das war Jammern auf hohem Niveau:

Jetzt, wo wir Zeit und Privatsphäre im Überfluss haben,
kann im Bett viel experimentiert werden. Dafür müssen
wir die Matratzen allerdings immer wieder zusammen-
schieben. Wer um alles in der Welt will auf Einzelmatratzen
nebeneinander schlafen?

Die Ritze zwischen den Matratzen ermöglichte es uns,
unsere Verliebtheit noch intensiver auszuleben. Und
die Abgeschiedenheit gab uns Gelegenheit, viel lauter
Sex zu haben als angemessen.

Die Bettwäsche roch immer mehr nach dir, hielt ich
fest. Wenn mich die Erinnerung nicht täuscht, bat ich
dich, nicht zu duschen, damit du abends nach Salz,
Schweiß und dem dir eigenen Duft schmecktest, der
sich in jeder Körperhöhle (Achsel, Schlüsselbeingrüb-
chen, Bauchnabel, Schwanz) einnistete. Ich stellte fest,
dass ich dich ganz wild machen konnte, wenn ich dir
befahl, dich auf den Bauch zu legen, und deine Kniekehlen streichelte, deine Schenkelinnenseiten (wofür
du deine Position ändern musstest, um mehr Platz
zu haben), um dir am Ende die Zunge zwischen die
Pobacken zu stecken und vom überraschend frischen
Geschmack deines Anus zu kosten – ein Geschmack
nach gesundem, wenn auch unansehnlichem Essen.
Ich entdeckte, dass du es herrlich fandst, die Augen
verbunden zu bekommen, damit du nicht weißt, wo
ich dich als Nächstes berühre; dass es dich noch wilder
machte, mich zu fesseln. Du dagegen fandst heraus,
dass ich sofort feucht wurde, wenn du an meinem

Ohr geleckt und solange gepustet hast, bis es kalt und glänzend war – Dinge, die so unschuldig waren, dass du sie sogar am Strand machen konntest. Publikum erregte dich sowieso.

Auf all das verwies ich in meinem Heft nur indirekt, in fast höfischer Sprache: wir gaben uns der Liebe hin, «ficken» taten wir nie.

Später einmal werden wir immer in einem gemeinsamen Bett schlafen. Und dann schaffen wir uns ein Zuhause, in dem alles erlaubt ist (außer getrennte Betten), in dem es warm und schön ist und in dem keinerlei Zwänge herrschen (außer küssen).

Es fällt auf, wie kindlich ich klinge. Ich war achtzehn, als ich das schrieb, aber es hört sich an wie von einer Achtjährigen.

Mehr noch als ein Tagebuch war dieses Heft ein Buch der Psalmen und die Notizen darin tägliche Anrufungen unserer Liebe. Ich genoss es, in diesen idealen Sphären zu schweben. Endlich war mal wieder etwas magisch. Endlich mal wieder eine tolle Geschichte, an die man glauben konnte.

Obwohl ich dich an keiner Stelle direkt anspreche, bist du überall im Text zu spüren, weil du manchmal mitgelesen hast. Vermutlich habe ich dich sogar gebeten, deine Eindrücke miteinfließen zu lassen, aber dein Beitrag beschränkte sich auf drei Herzchen in roter Tinte, die aussehen wie hastig hingekritzelt.

Ganz am Ende des Reiseberichts – zwischen den leeren Seiten des nicht ganz vollgeschriebenen Hefts, so als hätte ich diese Notiz verstecken wollen – steht ohne jede Datumsangabe und ohne jeden Kontext:

> *nicht theoretisieren, nicht analysieren und nicht begründen, warum wir so gut zusammenpassen; Stärken, Schwächen; nicht nach zukünftigen Hindernissen Ausschau halten.*

Wer wirklich liebt, glaubt felsenfest und zweifelt nie an der Geschichte.

ILJA

Mein Vater will mir nicht verraten, wo es hingeht, als wir zusammen mit dem Rad in die Stadt fahren. Aber sein Blick huscht umher, und die Decklasche seiner vollge- stopften Fahrradtasche flattert im Wind, als wollte sich etwas den Weg ins Freie bahnen. Nervös betrachte ich die Ausbuchtungen: Bei meinem Vater kann man nie wissen.

Bei einer kleinen Brücke gegenüber einer Caféterrasse steigen wir ab. Mein Vater bleibt neben seinem Rad stehen, runzelt die Stirn und führt feierlich die Fingerkuppen zu- sammen. Daran wie er auf den Zehenspitzen wippt, merke ich, dass er wieder mal was Verrücktes vorhat. Die kaum merkliche Bewegung erfüllt mich mit Freude, aber auch mit Aufregung.

«Junge Dame.»

Er räuspert sich und verschränkt feierlich die Hände vor dem Bauch.

«Darf ich dir dein neues Haustier vorstellen? Es ist etwas größer, als du es gewohnt bist. Auch etwas robuster. Aber genauso lieb. Hier ist ... Ilja, der Bär!»

Er reißt die Fahrradtasche auf, und ich starre ins Maul

des Tieres. Zwei weiße Zahnreihen heben sich vom Zottelfell ab, dazwischen schimmert ein Stück roter Samt hervor.

Während ich den Bärenkopf bewundere, zieht sich mein Vater rasch um. Aus demselben Fell, aus dem der Kopf besteht, hat er ein riesiges, weites Kostüm genäht, das ihm vom Hals bis zu den Händen und Füßen reicht.

Er setzt die Maske auf und verwandelt sich in einen Bären. Seine sehnige Figur ist plötzlich plump, der Bauch hängt ihm bis zu den Oberschenkeln. Er stellt sich breitbeinig hin, geht in die Knie und lässt die Arme vor dem Körper baumeln.

Auf der Caféterrasse gegenüber der Brücke wird gelacht und geklatscht. Ilja, der Bär, läuft einmal um die Tische, schnorrt Kekse und Zuckerwürfel, während ich mich stolz, aber auch ein wenig schüchtern im Hintergrund halte. Manchmal mache ich mir wegen meines Vaters Sorgen für zwei, irgendjemand muss es ja tun.

Als er wieder da ist, zieht er einen Strick aus der Fahrradtasche, legt ihn sich um den Hals und reicht mir das Ende. So gehen wir weiter.

Wäre es nach meinem Vater gegangen, hätte ich ein neues Haustier bekommen, aber meine Mutter war dagegen. Die war froh, den Rattengestank los zu sein: «Erst mal gucken, wie es in der Orientierungsstufe läuft, nächstes Jahr reden wir weiter.» Mein Vater macht stets, was sie will, findet aber Schlupflöcher. Jetzt habe ich ein Haustier für draußen. Ein Tier ohne Käfig, einen Menschen auf vier Pfoten.

Wir erreichen einen Platz, auf dem Kinder spielen. Kaum haben sie uns bemerkt, stieben sie kreischend auseinander. Gelassen führe ich den hinter mir her trottenden Bären in die Mitte des Platzes. Dort erlaube ich ihm, sich hinzusetzen und streiche ihm durchs schwarze Fell.

Langsam kommen die anderen näher.

Ilja lässt sich streicheln. Als die Kinder frech werden und ihn an den Ohren ziehen, nimmt er ihre Verfolgung auf, während sie johlend um die Klettergerüste rennen.

Der weiße Strick schleift hinter ihm über den Boden. Mein Vater kommt kurz zu mir zurück und gibt mir zu verstehen, dass ich ihn losbinden soll. Als ich an dem Strick ziehe, löst sich die Lasche in seinem Nacken, und der Kragen seines Batikhemds blitzt hervor. Ich kneife die Augen zu. Als ich sie wieder aufmache, ist der Bär los.

Ich fühle mich seltsam ohne ihn, ohne Bodenhaftung, als könnte ich jederzeit vom Wind fortgeweht werden. Wenn ich jetzt wegliefe – oder schlimmer noch, wenn der Bär die Flucht ergriffe, wer wäre ich dann? Ein Mädchen mit einem Strick.

Natürlich möchte ich nach diesem Nachmittag auch ein Menschentier sein und bettle meinen Vater um ein eigenes Fellkostüm an.

Während ich auf einem alten Vorhang auf dem Wohnzimmerboden liege, klebt er meine Brauen mit Hansaplast ab und zerschneidet eine Rolle Gipsverband. Das steife Gewebe knistert unter seiner Schere, und der weiße Staub bildet kleine Wölkchen. Ein Stück Verband nach dem anderen taucht er in eine Schüssel mit Wasser und legt es dann auf mein Gesicht, das von dem jeweiligen kühlen Rechteck erneut zum Leben erweckt wird, um schließlich einzuschlafen, während der Gips meine Körpertemperatur annimmt.

Unter den Fingerkuppen meines Vaters wird der bröckelige Gips weich und glatt, füllt die Gaze des Verbands. Mund, Kinn und Augen spart er aus, und zwischen meinen Nasenflügeln errichtet er behutsam einen Steg. Seine Hände und sein Blick wandern über mein Gesicht. Sie kommen überallhin, verharren, um alles zu betasten, bis auf die Augen.

Statt meinen Vater anzusehen, starre ich an die Decke, auf die Stuckblumen in der Mitte. Dort, wo einst eine Lampe hing, stehen jetzt nur noch zwei schiefe schwarze Kabel hervor, wie Wurzeln auf der Suche nach Wasser. Immer wenn mein Vater nach der Schüssel greift, geraten die Blumen wieder ins Blickfeld.

In nassem Zustand ist der Gips kalt, doch er beginnt rasch auszuhärten. Er scheint zu schrumpfen, während er sich an meiner Haut festbeißt.

Vorsichtig versuche ich, mich zu bewegen. Ich ziehe eine Braue hoch, blähe die Nüstern, senke ein winziges bisschen das Kinn. So langsam wie möglich probiere ich alle Grimassen aus, die mir so einfallen. Mit jedem Gesichtsausdruck löst sich der Gips an den Rändern etwas mehr, bis nur noch Stirn und Nasenspitze anhaften.

Mein Vater bemalt die ausgehärtete Maske mit einem gefleckten Fell. Auf das Kostüm muss ich länger warten. Fast

eine Woche lang höre ich bei meinem spätabendlichen
Toilettengang das Summen der Nähmaschine. Aber dann
ist es fertig und einfach fantastisch. Es verfügt über eine
Kapuze mit Ohren und über einen sorgfältig ausgestopften
Schwanz. Vor allem Letzterer verwandelt mich von Kopf
bis Fuß in einen Leoparden. Wenn ich mich bewege, merke ich, wie der schwere Schwanz am Stoff zieht, der sich
über meinen unteren Rücken und Po spannt. Bald glaube
ich spüren zu können, wenn mich jemand in den Schwanz
kneift, der meine Wirbelsäule nahtlos verlängert.

Meine neue Haut verändert alles. Das Treppengeländer
wird zu Gitterstäben eines Käfigs, zwischen denen ich
hindurchschlüpfe. Meine Mutter findet das beängstigend,
aber die ist durch und durch Mensch und versteht nicht,
dass Leoparden nie fallen. Das Haus ist eine Höhle, der
Garten Territorium, die Welt ein Jagdrevier. Wenn ich
auf allen Vieren laufe, werden aus meinen Eltern wieder
die Riesen, die sie einst waren. Riechen, aber auch Hören
ist auf einmal nichts Vages mehr, sondern eine konkrete
Möglichkeit, die Welt zu erkunden. Ich halte meine Nase
schnuppernd in den Wind, an Einkaufstaschen. Mit ge-
spitzten Lauschern sitze ich in meinem Baum und schaue
auf die Radfahrer hinunter. Ich könnte mich mit einem
Satz auf sie stürzen, versuche ihrem Schnaufen zu ent-
nehmen, wie zart und saftig sie sind. Ich schleiche mich an
meine Mutter an, die vor der Küchenzeile steht, und beiße
von hinten in ihre nackte Wade. Meine Mutter flucht, doch
mein Vater muss lachen: «Mein kleiner Welpe», nennt er
mich, «mein Welpen-Mädchen». Das Ächzen der Treppe

ist der Gesang der Zikaden; die Schule ist der Zirkusakt, zu dem ich als in Gefangenschaft lebendes Tier verurteilt bin, Butter ist Pavianfett. Ich bin stolz auf meine Verzückung – der Beweis dafür, dass etwas wirklich *echt* ist.

Aber es ist harte Arbeit, die Welt ganz allein neu zu erschaffen, ich habe schließlich keine Tiergeschwister. Deshalb bin ich sehr froh, wenn mein Vater Ilja, den Bären wieder loslässt.

Der Parkplatz, die Beete und die Eingangstreppe des Bürogebäudes gegenüber, die am Wochenende verlassen daliegen, sind die Welt, durch die Bär und Leopard gemeinsam streifen. Es ist gar nicht so leicht, nicht aufzufallen in den von Unkraut befreiten Beeten der Anwaltskanzlei: Ganz vorsichtig schleichen wir von der Buchshecke zum Schmetterlingsflieder. Wir ducken uns, als zwei Männer vorbeitrotten – ungenießbar alt. Ihr Hund kommt bellend angerannt, aber ich bringe ihn zum Schweigen, indem ich die Zähne fletsche.

In der Geschichte, die wir uns nicht einmal gegenseitig erzählen müssen, fliehen wir vor Menschen. Wir sind ihre Beute und sie die unsere: Wenn wir Appetit bekommen, verstecken wir uns zu beiden Seiten der Straße, um Passanten einzukesseln.

Ich wage die Überquerung. Obwohl ich in wenigen Sprüngen auf der anderen Seite bin, bin ich dennoch gesehen worden.

Das sich nähernde Opfer bremst. Ich ducke mich tief, spähe zwischen den Strauchzweigen hindurch und sehe, wie Fahrradreifen zum Stillstand kommen, wie ein Fuß mit so hohen Absätzen, dass er senkrecht steht wie der Huf einer Gazelle, auf dem Asphalt landet.

Jemand sagt meinen Namen, und ich kenne die Stimme. Das ist der Huf von Joyce, meiner Lehrerin. Die wohnt nicht hier, was muss sie hier mit ihren Armreifen rumklimpern? Jetzt lacht Joyce, freundlich und nachsichtig, und ruft erneut meinen Namen. «Du bist mir vielleicht eine, du kleines, verrücktes Ding!» Die Worte bleiben wie ein Widerhaken in meinem Fell hängen und zerren daran, bis sich meine eigene Haut wieder von dem gefleckten Fell unterscheidet, das sie umschließt. Unter meiner Maske bin ich knallrot angelaufen und bleibe auf den Fersen hinter meinem Strauch hocken, voller Angst, mein Herzklopfen könnte weithin zu hören sein.

Auf der anderen Straßenseite kann ich Ilja erkennen, der aus seinem Versteck kommt. Ich will ihm ein Zeichen geben, doch es ist zu spät: Joyce stößt einen Schrei aus und beginnt zu lachen.

Ilja richtet sich auf, aber noch während des Aufrichtens scheint er zu schrumpfen, seine Arme hängen schlaff herab, seine Beine berühren sich. Er setzt die Maske ab. Sein lachendes Gesicht kommt zum Vorschein, er sieht absurd aus – wie ein Wachtelei mit plattgedrückten Haaren.

Entsetzt belausche ich ihr Gespräch. Zwischen den dunklen, scharfen Zacken der Stechpalme sehe ich in Bildfetzen, wie Joyce nach dem Bärenkopf greift und ihn betastet, ihm ihre lackierten Fingernägel ins Maul steckt.

Immer wenn Joyce lacht, kichert mein Vater. Er soll nicht lachen und schon gar nicht so! Wenn er sich doch bloß das Haar zurückstreichen würde, das ihm in Strähnen an der Stirn klebt! Aber als er es tut, bin ich auch sauer. Ich stelle mir vor, was Joyce meinen Mitschülern erzählen wird.

«Sie ist aber auch verspielt!», sagt Joyce. «Wo steckt sie denn jetzt wieder?» Die hohen Absätze machen ein paar Schritte. Ich weiche zurück.

«Komm Hallo sagen!», befiehlt jetzt auch mein Vater. «Sei nicht so unhöflich.» Ich bin gezwungen, mich zu zeigen, als wäre das für einen Leoparden das Normalste der Welt.

Jetzt kommt er mir von der anderen Straßenseite entgegen, umrundet den dicken Strauch. Als ich merke, dass ich umzingelt bin, springe ich auf und nehme die Beine in die Hand. Während mein Vater mir wütend etwas nachruft, verschwinde ich ganz allein auf zwei Beinen in der Savanne.

TAG 7

Der Badeanzug, den ich mir von Sabine ausgeliehen habe, ist mir dermaßen zu groß, dass er meine Brüste kaum bedeckt. Auch von den roten Flecken, an denen ich seit ein paar Monaten leide, ist mehr zu sehen, als mir lieb ist. Und meine Bikinizone hätte ich mir auch mal wieder rasieren können.

Während ich angewidert auf ein langes rotes Haar starre, das direkt vor meiner Nase am weißen Resopal der Umkleidekabine klebt, denke ich an die Reste von Fell, die noch in den Ritzen des menschlichen Körpers verborgen sind. In den Nasenhöhlen. Im Spalt zwischen den Pobacken. In der Leistengegend. Nur die Haut, die am meisten beansprucht wird, bleibt vollkommen kahl. Jeder hat glatte Handinnenflächen. Ob auch das Umgekehrte gilt? Je seltener eine Haut gestreichelt oder einfach bloß berührt wird, desto üppiger der Haarwuchs?

Am Beckenrand schwappt das Wasser über die Abflussgitter. Das weiße Plastik ist an der Unterseite grau geworden. Bei jeder Bahn, die ich ziehe, begegne ich an genau derselben Stelle einem Pflaster, das im Gitter hängengeblieben ist – nach wie vor wie der Zeh geformt, den es umschlossen hat. Ich stoße mich vom Beckenrand ab, mit zusammengepressten Lippen, und denke an alles, was durch die Lycra-Maschen schlüpft. Auf einmal ertrage ich es nicht mehr, die Beine zu spreizen, weil ich spüre, wie das Schwimmbadwasser auch meine Vagina füllt – den einzigen Ort, wo es mir beim Kontakt mit meiner Haut kalt vorkommt. Um meine Schenkel geschlossen halten zu können, versuche ich es mit Brustkraulen. Schon nach zwei Zügen schlucke ich Wasser.

Wild um mich spritzend steuere ich auf den Beckenrand zu, keuchend und prustend. Als ich wieder zu Atem gekommen bin, klettere ich in meinem viel zu großen Badeanzug aus dem Wasser und gehe laut platschend über die Fliesen zu meiner Tasche, um nach meiner Taucherbrille zu suchen. Wieder im Becken presse ich die kleinen Fenster über meine Augen, sie saugen sich fest, und ich lasse mich unter Wasser sinken.

Die Stimmen verstummen, das Planschen, das Lachen. Stattdessen höre ich nur noch ein melodiöses Rauschen. Ich mache ein paar Züge, betont langsam, und schaue meinen blau gewordenen Fingern dabei zu, wie sie durchs Wasser kämmen.

Links schwimmt ein Mann an mir vorbei. Sein Kopf wird vom Wasserspiegel halbiert, der blau aufleuchtet; in erster Linie sehe ich zwei kräftige Beine in einer Speedo-Hose. Die blasse Haut ist dicht an dicht mit schwarzgelockten Härchen bewachsen. Sogar Kniekehlen und Fußrücken sind davon bedeckt. Und sie be-

wegen sich: Statt sich tot zu stellen, sich zusammen-
zurollen wie ein abgefallenes Blatt, hat sich jedes
einzelne Härchen aufgerichtet und tanzt in perfekter
Harmonie mit den anderen.

Ich komme wieder nach oben, hole Luft und tauche
gleich wieder unter, strample kräftig, um mit den Beinen Schritt zu halten. Da sind sie wieder.

Die Haare machen den Wellengang sichtbar wie ein
Kornfeld den Wind. Ströme und Gegenströme zeichnen
sich an der Beinbehaarung ab – sich gabelnde Linien,
die sich leicht verschieben und kein bisschen symmet-
risch sind. So ähnlich wie das Flirren der Sonne auf dem
Schwimmbadboden.

Ich hole Luft und tauche wieder unter.

Ich mag keine Beinbehaarung. Aber jetzt wo ich entdeckt habe, was sie eigentlich ist – eine tanzende Ver-
längerung der Haut –, frage ich mich verwirrt, was es
noch alles für ganz normale, ja abstoßende Dinge gibt,
die ihr wahres Wesen verbergen.

×

Paris, 24. Oktober 09

Als ich gestern durch den Jardin du Luxembourg lief, ent-
deckte ich eine gelbe Blume, eine der letzten: die Kästen
mit violetten und gelben Herbstastern sind geleert worden.
Männer mit Westen haben den Park winterfest gemacht.
Ich habe mir die Marmorskulpturen von französischen

Königinnen angesehen. Bei Anne d'Autriche hatte sich ein rotbraunes Herbstblatt in der Stachelkrone, die Tauben fernhalten soll, verfangen. Auf einmal sah sie aus wie ein Rechen, und darüber musste ich lachen.

Die Zeit vergeht hier so schnell. Es gibt so viele Skulpturen, so viele Orte. Ich weiß, dass ich sie alle noch irgendwo habe, dass sie mir nicht entfallen sind; doch wenn ich an die Monate zurückdenke, kommt es mir trotzdem so vor, als wäre der lange Faden, der aus so vielen filigranen Eindrücken und Erinnerungen gesponnen ist, zu einem einzigen Knäuel aufgewickelt worden, das so klein ist, dass es in meine Hand passt. Ich entwirre es wieder und stricke eine Geschichte daraus, die groß genug ist, um mich zu wärmen.

Ich war gespannt, wie es ist, ein Semester lang zusammenzuwohnen. Es ist schön: Es ist herrlich, wenn er sich abends und morgens ganz warm, nackt und weich an mich schmiegt. Wenn ich abends lese, und er sich am Computer einen abgrinst. Wenn wir uns ganze Nachmittage lieben können. Es ist schön, wenn plötzlich der Kümmerer in ihm erwacht, und ich ihm erlaube, alles Mögliche für mich zu tun, nur damit ich ihn vor Zufriedenheit und Stolz, vor tief empfundener Männlichkeit strahlen sehe. Während er sich bemüht, streng-besorgt die Stirn zu runzeln, sagt er: «Leg dich ruhig hin, nein, nein, ich erledige das schon mit den Einkäufen, bleib liegen.»

Und ja, es kann auch schwierig sein: Wenn ich aufstehen will und er nicht: Wenn ich schlafen will und er ausgehen; wenn er, wenn ich mich gerade ganz auf etwas konzentriere, nackt vorbeischlendert – eine Einladung, die ich nicht ausschlagen kann, weil uns das beide beleidigen würde; wenn er lacht und seufzt und Aufmerksamkeit fordert, während ich meine Ruhe möchte und schreiben will. Wenn er da ist – wenn er gleich da ist –, wenn er gerade gegangen ist, und ich im Zimmer, aber auch in mir Ordnung schaffen muss, damit ich arbeiten kann. Ich brauche Platz, Licht und Stille, ich muss allein, völlig ungebunden sein, laut reden und in der Nase bohren können. Nur so bringe ich die nötige Energie auf, ihn auch weiterhin in diesem weichen Licht zu sehen.

Wer bin ich, wenn ich mit ihm zusammen bin – bin ich dann anders, weniger, mehr? Selbst wenn ich allein bin, bin ich sein Mädchen, in seiner An- und Abwesenheit, auf jeden Fall in seiner Wesenheit. Er ist der Paradiesvogel von uns beiden, mit seinen Partys, seinen Freunden und seinem charmanten Französisch. Selbst wenn ich allein bin, habe ich das ungute Gefühl, mich irgendwie aufzulösen.

Draußen tobt Paris. Sogar unter der Erde: Alle paar Minuten bebt der Boden unserer Wohnung unter meinen Füßen, als wollte er mich wachrütteln und sagen: «Hallo, was machst du da, was hast du noch in der Wohnung verloren? Das Leben wartet nicht! Wir machen einfach ohne dich weiter! Dabei will ich ja rausgehen, essen, schmecken, gucken und Leute treffen, aber dann muss ich wieder in meine Haut schlüpfen, um alles aufzuschreiben.

Immer wieder hast du meinen Unmut provoziert und mich vom Schreibtisch weggezerrt: Komm, lass uns tanzen gehen – fünf Kilo Garnelen kaufen – um zwei Uhr nachts im Riesenrad rumvögeln!

×

Ich kann mich noch gut an den Abend erinnern, als wir einmal in Utrecht, unserem Studienort, ausgegangen sind. Zusammen mit ein paar Freunden und einer meiner Schwestern waren wir in einem Club, der für seine tanzbare Musik und seine billigen Getränke berühmt war.

Obwohl ich anfangs noch gutgelaunt mitging, hatte ich schon bald das Gefühl, mich aufzulösen. Mir wurde schwindelig von all dem Lärm und Gedränge, von den verschwitzten Leibern, die mich anrempelten. Ich tanzte immer weniger ausgelassen, bis ich irgendwann reglos dastand und bloß noch zuschauen konnte.

Dein Gesicht und das meiner Schwester leuchteten von Zeit zu Zeit im Dunkeln auf, stets in einer anderen Farbe: Blau, Grün, Rosa. Das gab mir noch eine Weile Halt, bis du anfingst, die Stirn zu runzeln. Du merktest, dass ich geschrumpft war, mich tief in mich zurückgezogen hatte. Es war, als schrumpfte ich zu einem Miniaturmenschen, umgeben von einer Hülle, die sich nicht mehr richtig steuern ließ – so wie man auch nichts greifen kann, wenn man zu große Handschuhe trägt.

Meine Schwester legte mir eine Hand auf die Schulter und schrie mir was ins Ohr, und auch deine Lippen formten die Worte «Was ist denn?»

Wie aus weiter Ferne sah ich, wie du in mich hinein-spähtest, um zu gucken, wo ich geblieben war. Aber wie in einem Haus, in dem die Lichter aus sind, sodass man durchs Fenster nichts erkennen kann, versteckte ich mich im Dunkeln.

Ich merkte, dass dich das ärgerte, und das machte mich ratlos. Was, wenn du es eines Tages leid wirst, an die Scheiben zu klopfen? Was, wenn du eines Tages denkst, hier wohnt niemand, der es wert ist? Oder ge-nauer gesagt (denn das war meine eigentliche Angst): Was, wenn du eines Tages merkst, wie winzig ich bin? Ich hatte Angst, du könntest mein wahres Ich sehen, dieses unansehnliche, kaltblütige Tierchen, das sein Fell nicht ausfüllt, dieses verstockte Ding. Mit der Folge, dass ich mich erst recht zurückzog. Ich reagierte nicht mal mehr auf deine Frage.

In meinem Kopf ertönt in solchen Momenten eine Art Kreischen wie von einem Zug, der gerade einfährt, so-dass man am Bahnsteig seinen Luftzug spürt und in den Beinen den Nachhall der winzigen Bewegung, die nötig wäre, einen Schritt nach vorn zu machen.

Du hast mir auf die Schulter getippt, fragend das Kinn gehoben. «Was ist das Problem?», hast du gerufen. Deine Kiefermuskeln mahlten, Alarmstufe Rot.

Ich versuchte, mir ein Lächeln abzuringen und mit den Schultern zu zucken, dann begann ich reglos zu weinen: Jedes Mal wenn einer der hopsenden Studen-ten um uns herum gegen mich prallte, löste sich eine neue Träne.

Jahrelang habe ich geglaubt, dass du mich eines Tages verlassen wirst, weil ich mich, falls irgend möglich, schon längst verlassen hatte. Stets hab ich mich so gesehen, und dass ich jetzt durch Brüssel irre, ist nichts weiter als der Versuch, einer Version von mir selbst zu entkommen, für die ich besonders viel Verachtung empfinde: einem verspannten, freudlosen, wie erstarrten Wesen.

Wenn ich mich auflöste, konnte zweierlei passieren: Entweder du wurdest wütend, weil ich dich wieder mal im Stich ließ, oder aber du hast mich da rausgeholt.

Jetzt nahmst du meine Hand und zogst mich durch die Menge, am Türsteher vorbei hinaus auf die Straße, bis wir um die Ecke und damit aus dem Blickfeld der anderen verschwunden waren. Dort durfte ich stehen blieben und wurde von dir nach Kräften umhüllt. Deine Haut war warm und ein wenig verschwitzt. «Hey!», sagtest du mir ins Ohr, wobei mir die Worte in der Stille extrem laut vorkamen. «Komm zurück.»

Ich vergrub das Gesicht erst an deinem Hals und dann in deiner Achsel. Mit kleinen Lauten hast du mich wieder hervorgelockt, meine Haut liebkost, bis ich sie wieder ganz ausfüllen wollte.

Das Erste, was ich herausbrachte, war «Tut mir leid.» Du hast mich weiterhin festgehalten, eine Hand auf meinen Rücken, die andere um mein Handgelenk, um es zur klassischen Pose eines Tanzes zu heben, den keiner von uns beiden beherrschte. Du hast mich hin und her gewiegt, dich mit mir gedreht und mir völlig falsch ein Lied ins Ohr gesummt.

TAG 8

«Prima», sagst du, «dann suche ich einfach nach der Pausetaste für mein Leben. Oh, warte mal, die gibt es ja gar nicht.» Dein Tonfall ist zynisch, doch selbst am Telefon höre ich, wie du zwischen den Sätzen den Atem anhältst – aus Angst, deine Stimme könnte brechen. «Ich versteh ja, dass du Zeit für dich und mehr Freiraum brauchst, aber das dauert schon mehr als eine Woche. Ich schlage vor, dass wir das heutige Aufnahmegespräch ganz normal stattfinden lassen.»

Seit unserem Treffen im Schnee vor vier Tagen reden wir das erste Mal wieder miteinander. Das Blut rauscht mir in den Ohren, obwohl du deinen Anruf per WhatsApp angekündigt hast.

Als wir mit deinem Wagen nach Ukkel fahren, sind wir äußerst höflich zueinander. Du fragst, wo ich übernachte, so als wäre ich auf einer Städtereise, so als würdest du mir gleich ein nettes Lokal empfehlen, ein echter *Geheimtipp*. Ich erkundige mich nach deiner Arbeit, und du erzählst vom letzten Auftrag – ein Prozess, der wegen eines Verfahrensfehlers eingestellt wurde.

An einem der Zäune in diesem Villenviertel verkündet ein elegantes Schild: XX, Paartherapie. Wir klingeln.

Die Therapeutin, eine Frau mit kurzen blonden Haaren und weiter beiger Kleidung, führt uns zu einem kleinen Gebäude am Ende des Gartens. Eine Wand besteht komplett aus Glas. Darin stehen ein Stuhl, ein breites Sofa und ein Couchtisch, darauf eine Schachtel Papiertaschentücher, eine Laterne mit Kerzen und eine Schale voller Stressbälle. Vorsichtig nehmen wir beide auf dem Zweiersofa Platz, jeder genau in der Mitte seines Polsters, nicht zu dicht bei einander, aber auch nicht übertrieben weit voneinander entfernt.

Ich kann dein Aftershave riechen, darunter den Duft deiner Haut, und bilde mir ein, die Wärme zu spüren, die dein Körper ausstrahlt. Eine gespenstische Umarmung mit einer Armlänge Abstand. Dass ich es in den letzten Tagen vermieden habe, dich zu treffen, liegt auch daran, dass ich Angst hatte, keinen klaren Gedanken mehr fassen zu können, Angst, mein Gesicht an deinen Hals zu schmiegen. Unter dem wachsamen Blick der Therapeutin ist das ausgeschlossen. Er ruht auf meinen Fingern, die sofort aufhören, an Nagelhäutchen zu zerren.

«Erzählen Sie mir, was Ihrer Meinung nach los ist.»

Wir schauen uns an.

«Wie lange sind Sie schon zusammen?»

Ich sehe, wie sie den Strich und den Kringel einer Zehn schreibt, und kurz bin ich stolz, so als stellte sie uns ein Zeugnis aus.

«Und Sie sind verheiratet?»

Sie notiert eine Zwei und wartet kurz.

Nach jeder Frage schließt sie ein, zwei Takte die Augen, als wollte sie uns sagen, dass es nichts macht, wenn wir zögern, da sie sich ohnehin mit übermenschlicher Geduld gewappnet hat.

«Erzählen Sie doch erst mal von sich.»

Während die Therapeutin zustimmende Laute von sich gibt, um zu zeigen, dass sie uns zuhört, schildern wir ihr, wie wir ein Paar geworden sind, wie unsere Beziehung sich entwickelt hat. Ich umreiße, welchen ersten Eindruck du auf mich gemacht hast (der frechste Junge der ganzen Klasse), und du erzählst von deiner Neugier auf dieses zurückhaltende Mädchen, das sich dir ganz langsam geöffnet hat «wie eine Blume».

Letzteres sagst du in einem Ton, als hättest du Angst, es könnte zu poetisch, zu zärtlich klingen. Du richtest dich abrupt auf und zupfst deine Manschette zurecht.

Sämtliche Details dieser Geschichte haben wir uns unzählige Male erzählt. Sie sind mittlerweile so auf Hochglanz poliert, dass keiner mehr dahinter schauen kann, festgefügte Anekdoten, die schnell und zielsicher eingestreut werden. Auch das Bild von der sich öffnenden Blüte hast du bereits benutzt, und deshalb rührt mich dein Zögern. Das Krächzen in deiner Stimme ist ein erster Anhaltspunkt, wo ich anfangen könnte zu pulen.

Vom Beginn unserer Liebe können wir in perfekter

Harmonie erzählen, aber je mehr wir uns dem Hier und Jetzt nähern, desto weniger gut passen beide Hälften der Geschichte zusammen. Über manche Dinge, die uns die Therapeutin fragt, haben wir noch nie geredet.

Welche Beziehung habe ich zu deiner Mutter? Du schaust mich kurz an und antwortest stockend, anschließend muss ich versuchen, eine Antwort zu geben, die deine nicht entkräftet.

Deine begrenzte Nähe fühlt sich erstaunlich gut an, und ich möchte verhindern, dass die schmale Brücke zwischen uns einstürzt, dass sich die Therapeutin zwischen uns drängt mit ihrem «Danke, dass Sie uns an Ihren Gefühlen teilhaben lassen», mit ihrem «Und trotzdem hat Ihr Partner das anders empfunden».

Jetzt, wo wir uns dem Heute nähern, verhalten wir uns wie zwei nervöse Angeklagte, die keine Gelegenheit hatten, ihre jeweilige Version der Ereignisse aufeinander abzustimmen. Auf einmal klingt jede übereinstimmende Antwort, die wir bisher gegeben haben, verdächtig. Ich sehe, wie du das Kinn reckst und die Schultern zurücknimmst, wie immer wenn du dich bedroht fühlst.

Ich sage, dass ich mich schwer damit tue, dass du meinen Roman nicht lesen willst.

Erwartungsvoll wendet sich die Therapeutin an dich.

«Ich lese nicht so gern», lautet dein Kommentar. Und als sie dich bittet, das näher auszuführen, sagst du: «Hinterher sag ich noch das Falsche, wenn ich ihn ausgelesen hab.»

«Streiten Sie oft?»

Im Chor: «Nein.» «Ziemlich oft.»

«Worüber?»

Die Frage richtet sie an dich, so als hätte sie deine Verneinung nicht gehört. Und ganz so als hättest du dich selbst nicht gehört, beginnst du zu erzählen.

Du sagst, dass du mit mir streitest, weil ich nie auf dich höre. Du gibst mir einen Rat oder fragst mich etwas, könntest aber genauso gut gegen eine Wand reden.

«Das stimmt doch gar nicht!», erwidere ich.

Du drehst dich zu mir. «Nenn mir *nur ein* Beispiel, wo du mal was getan oder gelassen hast, weil ich es dir gesagt habe!»

Eine Pause entsteht, in der die Therapeutin und du mich triumphierend anseht.

Ich hole tief Luft und schweige.

Seit du mir gesagt hast, dass das gemeinsame Einkaufen mit das Abtörnendste ist, das du dir nur vorstellen kannst, besorge ich die Einkäufe, bevor du nach Hause kommst. Seit du mir gesagt hast, dass es wegen deiner kaputten Familie schmerzhaft für dich ist, wenn ich so viel von meinen Schwestern erzähle, habe ich die Benachrichtigungsfunktion unseres Gruppenchats ausgeschaltet. Seit du gesagt hast, dass dir das so besser gefällt, trage ich die Haare lang, aber auch hohe Absätze, Make-up, ein Lächeln im Gesicht. Ich habe dir nie erklären wollen, warum ich nach vier Uhr nachmittags keinen Tee mehr trinke. Irgendwann habe ich einfach damit angefangen, jedes Getränk abzulehnen, und du hast mich damit aufgezogen, wie mit vielen meiner Marotten. Du bist nie drauf gekommen, dass ich deshalb nichts trinke, damit ich abends nicht aufs Klo muss. Weil du mal irgendwann gesagt hast, dass dich die Vorstellung, mich zu lecken, nachdem ich Pipi gemacht habe, anekelt. Jeden Abend bevor du heimkommst, hocke ich mich in die Dusche, um mich im Schritt zu waschen. Das darfst du auch nicht wissen, du sollst glauben, dass ich von selbst so schmecke.

Du glaubst, dass ich nie auf dich höre, aber du bestimmst meine Kopfhaltung (denn ich weiß, dass du meinen langen Hals bewunderst). Du lenkst das Wiegen meiner Hüften genauso wie meine Unwissenheit in Politik, die du mir so gerne erklärst. Es gibt jeden Tag Hunderte von Dingen, die ich dir zuliebe tue oder lasse – so viele, dass dein Rat und mein Charakter nicht mehr voneinander zu trennen sind. Und mein allergrößter Liebesbeweis ist der, mir nichts davon anmerken zu lassen. Ich habe Angst, dass ich in deinem Ansehen sinke, wenn du merkst, dass ich die ideale Frau nur spiele. Ich habe Angst, dass du das Interesse verlierst, sobald du siehst, dass meine schlanke Silhouette – meine eiserne Routine, meine Entschlossenheit – nur dein langer Schatten ist, der hochkant steht.

Die Beklemmung, die ich empfinde, liegt nicht nur an dem, was du aus mir machst, sondern auch an dem, was du aus *dir* machst. Seit ein paar Jahren hast du ein einziges Wort für alles, was ich am meisten an dir mag: schräg. Maronencreme direkt aus der Tube in den Mund drücken: schon ein bisschen schräg. Deine Zähne: schräg. Ohrringe bei einem Mann: schräg. Dein Jugendtraum, Comedian: ein bisschen peinlich. Die Anziehungskraft, die andere schöne Männer angeblich früher auf dich ausgeübt haben und für die du absolut offen warst, ist inzwischen der Einstellung gewichen, dass du überhaupt nicht beurteilen kannst, ob Männer gut aussehend oder hässlich sind, so als fehlte dir ein Sinn dafür. Wie um alles in der Welt konnten wir uns bloß so verrennen?

Wenn ich den Mut hätte, all das laut auszusprechen, würde ich vielleicht feststellen, dass du dasselbe machst wie ich. Dann könnten wir einander aus dem Vollzeitjob entlassen, für den anderen stets perfekt sein zu müssen. Stattdessen betrachte ich die beige Therapeutin mit ihrer gut gemeinten Haarfarbe, beobachte, wie sie mit gespreizten Fingern nach ihrem Stift, ihrem Notizbuch und ihrer Teetasse greift, geübt nach jahrelanger Nagel-maniküre, und halte den Mund.

Mit grimmiger Genugtuung lauschst du auf meine Stille. Dass ich schweige, statt mich zu verteidigen, beweist, dass du recht hast. Genau das meine ich!, sagst du. Du streitest mit mir, weil ich nichts annehme, meilenweit weg zu sein scheine.

Und ich? Ich streite mit dir, weil du mir langsam die Luft zum Atmen nimmst.

Nachdem du unsere erste Sitzung so ruhmreich absolviert hast, bist du überaus höflich. Du nimmst die Klaue der Therapeutin in beide Hände, hilfst mir in den Mantel und eilst dann vorneweg, um mir auch das Gartentor und die Autotür aufzuhalten.

Während wir uns mit quietschenden Scheibenwischern durch den Verkehr von Brüssel schlängeln, wandern deine Hände am Lenkrad langsam nach unten. Du erzählst immer farbiger von deinen Kollegen, von dem Plädoyer, das du vorbereitest; ab und an schaust du, ob ich lache.

Ich lache. Du lehnst dich ein wenig in deinem Sitz zurück und lockerst deine Krawatte. Du bist in Hochform, und ich bin froh, dass ich dich bewundern kann.

Als wir meine Übernachtungsadresse beinahe erreicht haben, parkst du und zückst einen Umschlag, auf dem mein Name steht. «Hier hast du deinen Schlüssel zurück», sagst du. Und mit einem winzigen Lächeln: «Hoffentlich findest du noch nach Hause.»

Anschließend beugst du dich für eine ungeschickte Umarmung zu mir vor.

Der an deinem Hals haftende Duft folgt mir hinaus: Holz, Vanille, grüner Tee.

Bevor ich um die Ecke biege, schaue ich mich noch einmal nach dir um, aber da sind mindestens drei schwarze Autos, und hinter den spiegelnden Fensterscheiben kann ich deine Umrisse nicht erkennen.

Luc begleitet mich zu meinem Waggon, und wir verabschieden uns – ich ganz verlegen wegen des Schaffners, der schon auf mein Ticket wartet. Bis bald!, sage ich. Siebzehn Tage ... Ist das bald? Ich steige ein und finde meinen Fensterplatz. Luc wartet noch, seine rote Reisetasche zwischen den Füßen. Er macht seinen iPod an und steckt die Kopfhörer in die Ohren. Er runzelt die Stirn, schaut zum Zug, aber sieht mich nicht: Das Glas spiegelt, ich sitze zu weit weg. Dann greift er nach der Tasche und wendet sich zum Gehen. Ich habe Angst, er könnte mich nicht mehr sehen und stirnrunzelnd verschwinden. Ich lege die Hand ans Fenster; das Stirnrunzeln verschwindet. Er geht weiter. Ich beuge mich zum nächsten Fenster und presse meine Lippen darauf. Er lacht, wirkt auf einmal ganz jung und wirft mir eine unsicher flatternde Kusshand zu. Dann geht er mit ernstem Gesicht weiter, der einzige Rücken zwischen den Gesichtern, die zum Zug strömen. Ich schaue ihm nach, dem etwas krummen jungen Mann im hellblauen T-Shirt, die Tasche steif im Arm, während er den langen Bahnsteig entlangläuft und zwischen den Menschen verschwindet.

×

Du kannst gut erzählen, und du redest gern.

Es gibt Geschichten, die immer wieder hervorgeholt werden. Stark zugespitzte Anekdoten über deine Stunts mit der Enduro, darüber, wie du beinahe in einen Schacht gefallen wärst oder wegen eines illegalen Feuerwerks festgenommen wurdest. Bestimmte Wörter wiederholst du oder unterstreichst sie gestenreich. (Es fehlten gerade mal fünf Zentimeter. *Fünf* Zentimeter!), du arbeitest mit Übertreibungen, die Handlung steigert sich bis zum Höhepunkt, du benutzt deine ganze Armspannweite, um die Aufmerksamkeit zu fesseln.

Es ist eingeübt, es ist cool, trotzdem hat der begehrliche Blick in die Gesichter deiner Zuhörer auch etwas Verletzliches. Ich selbst fühle mich in solchen Momenten austauschbar, wie eine Art Ersatz für dein zukünftiges Publikum.

19.2.10

Gestern Abend hatte Luc seinen ersten Auftritt als Comedian: bei der Open Stage Night von X. Er war so nervös, dass er beim Betreten der Bühne, geblendet vom Scheinwerferlicht, über ein Kabel stolperte: Außerdem sagte er mehrmals in die Runde, dass er wahnsinnig nervös sei. Aber wenn man vom Stolpern und diesem Gerede einmal absieht, war kaum zu spüren, dass es ein Debüt war: Er hatte so eine wahnsinnige Ausstrahlung, dass ich ihn unwiderstehlich schön fand. Aufmerksamkeit steht ihm gut.

Ich war froh, dass mein Vater mit seinem nicht zu überhörenden Kichern dabei war, und ich fand, dass sich Luc wirklich gut schlug, vielleicht ein bisschen ernster als geplant. Ein einziges Mal – ich glaube, als er erzählte, dass er aus der Kneipe kam, und sein Kater zuhause schon auf ihn wartete –,

blieb es ihm zu still, sodass er noch hinzufügte: «Ich fand das
witzig. Dem scheint aber offensichtlich nicht so zu sein ...»
Einfach so, woraufhin doch wieder gelacht wurde.
Nach Luc kam ein älterer Kabarettist auf die Bühne. Er
war erfahrener, witziger, aber aus Loyalität lachte ich nicht.
Zum Glück. Meine Schwester, die erst bei Lucs Applaus
reingekommen war, erzählt mir später, dass Luc auf ihrer
Seite der Bühne durch den Vorhang gespäht hatte. Nach je-
dem Witz musterte er mein Gesicht, um zu gucken, ob ich
lachte: Ist er witziger als ich?
Anschließend setzte er sich in die erste Reihe, drehte sich
kurz um und zuckte entschuldigend mit den Schultern. Nach
der Vorstellung war er verschwunden. Nach einer Viertel-
stunde fand ich ihn auf der Toilette, wo er sein Gesicht unter
den Hahn hielt. Er zog eine Grimasse, als er mich sah, und
ließ sich nicht davon überzeugen, dass er gut gewesen war.

Mir sind die Geschichten lieber, die du mir abends im
Bett erzählst, nur ein einziges Mal, ohne sie auszu-
schmücken: Wie jähzornig du in der Grundschule warst.
Wie du mit Scheren und Klebstofftuben um dich geworfen hast, und wie deine Mitschüler sich einen Spaß
daraus machten, dich auf die Palme zu bringen. Wie du,
wenn das klappte, mitsamt deinem Stuhl vom Lehrer
vor die Tür gesetzt wurdest, und dass dein Vater stets
für den Lehrer Partei ergriff.

Du erzählst von deinem Traum, Politiker zu werden,
davon dass du glaubst, zu etwas Großem bestimmt
zu sein. Und von deiner Angst, für immer an diesem

unerfüllten Wunsch kleben zu bleiben: ein brüllender Kapitän an Land.

Du erzählst davon, wie die Beziehung deiner Eltern gescheitert ist. Dein Vater hatte einen Job, ein Auto, ein nagelneues kleines Apartment am Stadtrand von Amsterdam und dich, ein Kleinkind. Vom Frühstückstisch aus schaute er über die ganze Stadt, und die ganze Welt schien sein Glück zu bestätigen.

Deine Mutter, die ihm gegenüber saß, kaute auf ihrem Toast und sagte: «Du wirst fett.»

Bald darauf fing sie was mit einem anderen an, mit einem Abteilungsleiter, mit jemandem, der glamouröser war.

Diese Geschichten höre ich gern.

Wenn du redest, betrachte ich deinen Mund und warte auf dein Lachen.

Du siehst ein bisschen zu gut aus für einen Mann. Modelmäßig gut, vor allem wegen deiner Wangenknochen, die mittlerweile nicht mehr ganz so markant sind wegen all der Cola und Tortillachips, dank derer du die spätabendliche Aktenarbeit bewältigst. Du hast schöne Augenbrauen, die du mit einer Pinzette in Form hältst, aber offiziell weiß ich nichts davon, denn das ist schwul. Deine goldbraunen Augen sind von schwarzen Wimpern umkränzt. Seit ich mal im Fernsehen gesehen habe, wie jemand einen Seeigel aufbricht, um das bernsteinfarbene Fleisch zwischen den dunklen Stacheln hervor zu pulen, muss ich bei deinen Augen an Seeigel denken.

Bis du auf mich aufmerksam wurdest, war ich dermaßen von meiner Unattraktivität überzeugt, dass ich nicht
mal schön sein wollte: Es schien mir weniger schmerzhaft zu sein, an etwas zu scheitern, das ich gar nicht erst
anstrebte. Deshalb machte ich einfach, was ich wollte,
hatte eine kurze Stoppelfrisur und trug wild gebatikte
Latzhosen als weithin sichtbare Zeichen meiner inneren Schönheit. Ob ich die besaß, musste sich erst noch
erweisen, aber das konnte niemand überprüfen.

Deine glatten Züge machten mich zunächst misstrauisch, so wie alle schönen Menschen mein Misstrauen
wecken, weil ich weiß, dass sie nicht nett sein müssen,
um ihren Willen zu bekommen. Und deshalb bin ich
immer so erleichtert, wenn du lachst. Dabei entblößt du
ein winziges Kindergebiss, das für dein breites Grinsen
eigentlich viel zu klein ist; spitze Zähne, die sich völlig
ungeordnet in der Mitte deines Mundes zusammen-
drängen. Sie stehen schief, eine Gruppe von Freunden,
die sich um deine beredte Zunge scharen.

Das klingt niedlich, aber vielleicht finde ich deine
schiefen Zähne vor allem deshalb so beruhigend, weil
ich weiß, dass sie dich verunsichern. Und diese Unsicherheit ist eine Öffnung in deinem Schutzpanzer,
eine Wunde, über die ich Zugang bekomme, um mich
an dich zu klammern.

Seit ich dich kenne, gerätst du wegen deiner Zähne immer wieder in Panik. Auf einmal traust du dich kaum
noch zu lachen, weil du sie so hässlich findest, so gelb

und spitz – die Zähne eines Fleischfressers. Als du elf warst, und der Zahnarzt einen Abdruck von deinem Gebiss machte, weil du eine Zahnspange brauchtest, fandst du den trockenen Klumpen im Mund dermaßen eklig, dass du dankend auf den Rest verzichtet hast. Deine Eltern haben nur mit den Achseln gezuckt. Heute bist du sauer auf sie und auf dich und fragst mich bedrückt, ob du nicht doch mal zu einem Kieferorthopäden gehen solltest. Ich sage dann immer, dass ich deine Zähne toll finde, schön frech genau wie du, aber so leicht bist du nicht zu überzeugen. Du suchst weiterhin nach Fotos von Schauspielern, Politikern und Komikern, die du bewunderst. Alle haben eine strahlende, elfenbeinfarbene Zahnreihe zwischen den Lippen, der Sockel ihrer Wortgewandtheit. Du siehst darin einen Beleg für den Weitblick ihrer Eltern oder für ihr eigenes Durchhaltevermögen, auf jeden Fall das Ergebnis jahrelanger Disziplin, die du nie gehabt oder gelernt hast. Ihr ebenmäßiges Gebiss wird so zum Beweis für etwas, das sie haben, aber du nicht: Durchsetzungsvermögen, Stabilität. Ab und zu gehst du sogar so weit, dass du ein Angebot einholst, doch am Ende wiegt eine andere Angst jedes Mal schwerer: Dass man dich nicht mehr ernst nehmen wird mit so einem pubertären «Drahtesel» im Mund, wenn du Mandanten Rede und Antwort stehen musst.

Ich hatte schon eine Zahnspange, meine Zähne sind gerade und schön weiß. Trotzdem mache ich den Mund erst dann auf, wenn es gar nicht anders geht.

Weil ich jung, schmächtig und blauäugig bin, wirke ich bescheiden, doch das Gegenteil ist der Fall. Ich giere nach Worten, behalte alle für mich und packe sie abends heimlich in Hefte, die ich vor anderen verstecke. Wenn ich etwas sage, muss es ins Schwarze treffen.

Wahrscheinlich ist es mein Schweigen, das deinen Vater so nervös macht. Als Redenschreiber ist er noch gesprächiger als du: Viele deiner Geschichten sind eigentlich von ihm, deine Mimik erinnert an seine. Wenn er spricht, streicht er sich mit einer Hand über den Bauch wie Napoleon auf der Suche nach einem Knopfloch, während er mit der anderen imperiale Gesten macht. Wenn er sich einbildet, etwas besonders Sensationelles von sich zu geben (was ständig der Fall ist), wird seine Stimme unangenehm schrill. Dann wandern seine Brauen nach oben, und seine kleinen Augen werden aufgerissen, so weit es geht – ein Gesichtsausdruck, den er solange durchhält, bis sein Publikum ihn übernommen hat. Jeder Satz endet mit «Stimmt's?» oder «Hab ich recht?» und erzwingt Bestätigung.

Er ist ein wirklich lieber Mann. Ein hart arbeitender Mann, der dich überwiegend allein groß gezogen hat, und der trotz seiner Sprüche über schöne Frauen treu ist wie die Jungfrau Maria. Ich würde mir wünschen, dass wir uns gut verstehen, aber etwas an mir macht ihm Angst. Wenn ich unangekündigt vorbeischaue, sehe ich seine auf der Couch lümmelnde Gestalt hinter dem Fenster: die Haartolle über der beginnenden Glatze, die

Lesebrille auf der markanten Nase, eine Hand, die über das alte T-Shirt streicht, das über seinem Bauch spannt. Aber sobald er mich bemerkt, springt er auf, verschwindet nach oben und kommt erst nach zehn Minuten zurück, hinter einem Panzer aus Aftershave und frischer Kleidung. Und jedes Mal entschuldigt er sich für «das Chaos», räumt stapelweise Papier weg und beginnt unter nervösem Geplapper Essen anzuschleppen, egal zu welcher Uhrzeit.

Bestimmt hast du ihm mal erzählt, dass bei uns alle Flächen frei sind, und dass meine Mutter einen Kochplaner hat, mit dem sie jede Mahlzeit eine Woche im Voraus plant, um effizienter einkaufen zu können. Dass bei uns an der Pinnwand der Spruch «Ruhe, Reinheit, Regelmäßigkeit» hängt, und das Motto «PIA: Planung ist alles» groß geschrieben wird.

Ich dagegen mag das Chaos deines Vaters und muss auch um zehn Uhr vormittags kein Toastbrot mit Brie essen. Aber egal, was ich sage: Jeder Besuch wird zur Audienz.

Einmal im Jahr macht dein Vater Spargel, wofür er extra zu einem Bauern nach Otterlo fährt. Dann lässt er ihn eine halbe Stunde kochen, bis er wie Rotzschlieren vom Servierlöffel tropft. Du wirst bei solchen Gelegenheiten wütend auf mich. Nicht weil ich etwas dazu sagen würde – ich finde es nicht mal schlimm –, sondern weil du weißt, dass es mir auffällt.

*Paris. Fünfter Dezember. Zuhause lesen jetzt alle Gedichte
vor. Hier haben Luc und ich Streit, weil ich es schade finde,
dass wir Nikolaus verpassen. Luc fand das blöd, denn bedeutet das nicht auch, dass seine Gesellschaft bloß zweite
Wahl für mich ist?*

*Erst nach lautem Gebrüll und Versöhnungssex ist er mit
Folgendem rausgerückt: Dass bei ihm zuhause nie Nikolaus gefeiert wurde, und dass er Jahr für Jahr bloß einen
Schokoladenbuchstaben bekam, den sein Vater noch am
selben Abend aufaß.*

Du hast ein Aufnahmegerät gekauft, damit du deine
Stand-up-Comedy-Proben mitschneiden, sie dir anschließend anhören und dich verbessern kannst. Aber
es blieb bei dem einen Versuch, und nach der ersten
Begeisterung landete das Gerät im Schrank, wo es nur
noch rausgeholt wurde, um einen Liebesakt aufzunehmen.

7.6.14

*Luc ist übers Wochenende mit Freunden weggefahren. Be-
vor er aufbrach, gab er mir das Gerät und meinte im Spaß,
dass ich mir nur die Aufnahmen anhören muss, wenn ich
mich einsam fühle.*

*Ich probierte es aus. Ich befriedigte mich halbherzig und
hörte dann wieder damit auf. Offen gestanden hab ich das*

mit der Selbstbefriedigung nie ganz verstanden. Lust ist für
mich stets mit jemand anderem verbunden, sprich mit Luc.
Ich spulte vor, suchte nach seiner Stimme, und da war er
auch schon.

Bei etwas, das eindeutig eine Stand-up-Comedy-Nummer
werden sollte, erzählte er von seinen «Schwiegereltern» und
parodierte unsere Tischgespräche: die Selbstverständlich-
keit, mit der meine Eltern die Welt interpretierten («Wie
war's in der Arbeit? – «Na ja, es ging wieder mal um ‹so-
ziales Abtasten›. Sozioökonomisch hochinteressant, mittags
konnten wir dann zwischen Salat und Kroketten auswäh-
len»), den Kochplaner («Nächstes Jahr im April? Nein, tut
mir leid, da sind wir schon verplant»), die Akribie («Willst
du Zucker in den Kaffee? Und wenn ja, welchen: Würfel-
zucker, Streuzucker oder Rohrzucker?»)
Die Stimme, mit der er meinen Vater nachahmte, verletz-
te mich. Er ließ ihn verweichlicht klingen, imitierte sein
Kichern, während meine Mutter bei ihm brüllte wie ein
Feldwebel.
Das war nicht lustig, das war traurig, weil so viel Wut
darin mitschwang.

×

Statt meine Übernachtungsadresse aufzusuchen,
schlendere ich am Nachmittag nach der Therapie ziellos durch die Stadt. Ich lese die zweisprachigen Stra-
ßenschilder und betrachte die Gebäude mit den seitlich
angebrachten gewundenen Schornsteinen.

Oft scheint Brüssel von Haus zu Haus völlig andere Abmessungen zu haben. Von einem Gebäude zum nächsten verdoppeln sich die Proportionen. Nummer zwei ist halb so hoch wie Nummer vier, ein Treppengiebel wird von einem Monsterhochhaus überschattet, woraufhin die Stadt in alter Pracht fortgesetzt wird, bis fünf Türen weiter jedes Gefühl für Proportionen erneut zunichte gemacht wird. Viele Häuser warten mit blinden Mauern darauf, dass ihr Nachbargebäude gleich hoch wird, so als wüchse das Nebenhaus irgendwann von selbst.

Solch sprunghaften Veränderungen in puncto Maßstab und Stil begegnet man hier soweit das Auge reicht. Ich liebe Brüssel wegen des *Alice-im-Wunderland*-Gefühls, das es mir schenkt. Aber seit ich mich seit Neustem durch die absurden Straßen schleppe, kommen mir die Größenunterschiede immer wahnwitziger vor.

Alle paar Schritte eine völlig andere Perspektive, ist das nicht ein Anzeichen von Verrücktheit? Ein rationaler Mensch hat einen kohärenten Blick auf die Welt, zumindest einen, den er mit anderen teilt. Wenn weder meine Schwestern noch meine Eltern noch du noch unsere Freunde verstehen, was mich auf die Straße getrieben hat – ja, wenn ich die Einzige bin, und sie es wirklich nicht *erkennen* –, bin ich dann nicht verrückt? Vielleicht weiß ich nicht mehr, was groß und was klein ist?

Ohne es mir bewusst vorgenommen zu haben, bin ich zu unserer Wohnung gelaufen. Eine Hand findet sogar noch im Schlaf die Stelle, wo es juckt.

Ich denke an den Schlüssel, den du mir soeben zurückgegeben hast, sorgfältig in Blisterfolie verpackt. Er passt nicht ganz ins Schloss, man muss ein bisschen damit herumstochern, aber das ist auch schon die einzige Schwierigkeit. Kurz rumstochern, dann stünde ich in der Wohnung. Keine komischen Zimmer zur Untermiete, kein schweres Rucksackgeschleppe, kein Handy mit lauter nicht abgerufenen Fragen und Nachrichten. Kein schmerzhafter Abschied an Straßenecken. Auf diese Weise könnte ich problemlos die richtige Seite des erhellten Fensters erreichen – des Fensters, zu dem ich von der winterlichen Straße emporschaue. Aber ich tue es trotzdem nicht. Ich möchte nicht zurück zu dem Moment, vor dem ich geflohen bin, er ist noch da und wartet dort oben auf mich.

Bist du gut heimgekommen?

Du hast die Tür zu einer stillen Wohnung geöffnet. Kein Essensduft, keine Reaktion, ein leerer Kühlschrank. Vielleicht hast du Musik angemacht, um die Leere zu füllen – jetzt wo sie zum allererstenmal zu wenig von meinen Sachen enthält.

×

Als wir hier zusammengezogen sind, mussten zwei Einrichtungen in einer Wohnung Platz finden, die von

Anfang an zu klein war. Einige Sachen würden also daran glauben müssen, und für mich war sonnenklar, welche das sein würden: Statt meines kleinen Sekretärs kam dein zwei Meter breiter Anwaltsschreibtisch weg. Statt meines Vintage-Gelderland-Sofas dein weißes IKEA-Schlafsofa, das nach jahrelanger Benutzung verräterische Flecken aufwies. Von den zwei Toastern nahmen wir meinen, der im Gegensatz zu deinem nicht nach verbranntem Plastik roch, wenn er zweimal hintereinander benutzt wurde.

Du gabst mir in jedem Punkt recht, aber nachdem wir die Sachen erst mal die Treppe hochgeschleppt hatten, und sie mitten in unserem neuen Wohnzimmer standen, warst du empört: Fast alles war von mir.

Deine Verärgerung wuchs, als wir die Kisten auspackten und begannen, die Bücher einzuräumen. In ein Regal mit etwa zwanzig Fächern, das wir zusammen ausgesucht hatten. Du bekamst mit Müh und Not vier davon voll, meine Bücher füllten den Rest. Du hast die Fächer gezählt und eine Schnute gezogen.

«Was hast du bloß alles mitgenommen?», fragtest du.

Jede Menge Bücher. Fünf Kisten mit Andenken an meine Kindheit: Bastelarbeiten, Kladden mit eingeklebten Andenken, Mappen mit Aufsätzen aus meinem Studium. Ein halber Meter Fotoalben. Plus ein Meter Tagebücher, die für dich tabu waren, so die strikte Abmachung.

«Kannst du davon nichts wegwerfen?», lautete deine Frage.

Normalerweise schien ich eher wenig Raum einzunehmen. Ich sah und hörte in erster Linie zu. Aber allein dadurch, dass ich das so lange durchhielt, bekam meine Rolle als stille Zeugin doch sichtbares Gewicht. Vermutlich hast du das Ausmaß meines Wortflusses nie begriffen, der sich hinter meiner Stille verbarg – bis du ihn höchstpersönlich die Treppe hochgeschleppt hast, und er einen Platz in unserem Wohnzimmer bekam.

Dass ich den Großteil des Regals füllte, ärgerte dich; ich hingegen fühlte mich erdrückt von der Art, wie du das Zimmer beherrscht hast, wenn du dich darin aufhieltst.

Wenn du eines deiner Baller- oder Rennspiele zocktest, hatte man den Eindruck, du wüsstest nicht, wozu der Controller da ist. Auf jede Provokation eines Gegenspielers reagiertest du mit dem gesamten Körper: Du sprangst auf, warfst die Arme hoch, stießt ein Siegesgeheul aus oder warfst deinen Controller fluchend in die Sofakissen. Erst fand ich das noch lustig, später bat ich dich, Kopfhörer aufzusetzen. Das half ein wenig, aber noch immer hast du auf digitale Hinterhalte reagiert, indem du so laut nach Luft geschnappt oder bei einem Sieg so energisch einen Satz rückwärts gemacht hast und mit dem Sofa und allem Drum und Dran gegen die Wand geknallt bist, dass ich mich jedes Mal zu Tode erschrocken habe.

Deine Geräte waren an ein Gewirr aus Steckdosenleisten angeschlossen, deren Schalter nachts rot leuchteten. Mich machten diese roten Augen nervös, wenn ich schlaflos durch die Wohnung irrte, sodass ich sie auf dem Weg zum Bett ausschaltete. Eines Abends bekamst du das mit und wurdest wütend: Du dürftest rein gar nichts in dieser Wohnung, nicht mal atmen. Alles, was du machtest, wolle ich anders haben, alles nehme ich in Beschlag. Ich solle bloß mal zählen, wie viele Regalfächer mir gehörten! Und was sei mit dir? Wie viele Fächer gehörten dir?

Das Bücherregal wurde zu einem festen Bestandteil unserer Auseinandersetzungen. Alle paar Tage fanden wir wieder einen anderen konkreten Anlass, der so tat, als wäre er neu, hinter dem sich aber nur mal wieder der übliche Streit verbarg.

Ich vermute, dass du dich insgeheim oft nach einer Männer-Wohnung gesehnt hast – nach einem Loft wie im Film mit einer spiegelnden Glaswand. Nach einer Wohnung mit Barschrank und ohne unausgesprochene Vorwürfe, ohne Verbotszonen. Eine Wohnung, in der dich niemand vom Sofa aus kritisch beäugt, eisig schweigend zusieht, wie du und deine Freunde Bierflecken auf dem Esstisch hinterlassen, und über etwas Unsichtbares lächelt.

Wenn du mich, als wir noch getrennt wohnten, mit einem Tagebuch sahst, hast du manchmal gefragt, ob ich schon Fortschritte damit mache, unserer Liebe ein Denkmal zu setzen. Ob ich vorhabe, die Hefte irgendwann als Bausteine für den Tempel zu verwenden, den ich uns eines Tages errichten werde. Doch als wir dann auf engstem Raum zusammenwohnten und immer öfter stritten, war mein Tagebuch kein Sammelbecken für deine Heldentaten mehr, kein Kompost, auf dem dein Ruhm haushoch wuchern würde. Wenn ich mich nach einem Streit mit dieser verbotenen Kladde in meine Sofaecke zurückzog, verwandelte sich jede Seite in ein mögliches Strafregister, in eine Anklage, die ich nicht laut formulierte und gegen die du dich folglich auch nicht wehren konntest.

TAG 10

Während ich bei Sabine in meinem Zimmer sitze, bekomme ich eine SMS von dir.

Ein Fragzeichen.

Ich werfe einen kurzen Blick darauf, auf diesen kopfstehenden Angelhaken.

12.4.12

Worte verfolgen mich wie Wespen an einem Sommertag.
Sobald ich vom Leben kosten will, gehen sie auf mich los, mit
einem störenden Summen, im Zickzackkurs, auf der Suche
nach Süßem.
Luc ist das Nest.

«Woran denkst du?» «Woran denkst du?» Immer dieselbe Frage.

Du wolltest nicht aus meiner Traumwelt ausgeschlossen werden, und jedes Mal, wenn du mich dorthin entschwinden sahst, batst du mich, diese Welt mit ein paar Worten herauszupressen.

Immer wenn ich das versucht habe, ging es schief.

Ich brauchte einfach mehr Zeit, um allem, was mir auf der Zunge lag, nachzuspüren. Statt meine Gedanken zu sezieren, sagte ich in der Regel etwas völlig anderes, das ich mir spontan für dich ausdachte.

Jetzt verfolgen mich deine Fragezeichen sogar noch bis in mein Versteck.

Auf meinem Handy erscheint eine zweite SMS: *Hast du meinen Brief gelesen?*

Brief, welchen Brief? Ich greife nach meinem Mantel, suche in der Innentasche nach dem Umschlag aus Blisterfolie und reiße ihn auf. Neben dem Hausschlüssel scheint er tatsächlich noch etwas zu enthalten: einen dicht beschriebenen Zettel.

Ich erstarre, mir wird schwindlig, weil du, der du für dein Leben gern redest, mir zum ersten Mal einen *Brief* geschrieben hast. Etwas anderes ist dir wohl nicht übrig geblieben.

Das Blatt Papier, das ich mit zitternden Händen auseinanderfalte, markiert die Kluft, die sich in den letzten anderthalb Wochen zwischen uns aufgetan hat. Komisch, dass es bloß wenige Gramm wiegt.

Mit Bauchschmerzen lese ich den erstaunlich liebevollen Brief.

Kein Wort über unseren Riesenstreit. Stattdessen schreibst du, dass du wirklich, ja wirklich ganz fest an meine Schriftstellerkarriere glaubst, entschuldigst dich dafür, dass du sie als Hobby bezeichnet hast. Dafür, dass du meinen Debütroman nicht lesen wolltest. Dafür, dass du zu selbstverständlich davon ausgegangen bist, dass ich mich schon um den Haushalt kümmern. Dafür, dass du in der Kanzlei so viele Überstunden machst. Aber alles wird gut.

Das ist der beeindruckendste Brief, den ich je bekommen habe, aber er rührt mich insbesondere deshalb, weil er mich in vielerlei Hinsicht *eben nicht* berührt. Deine Hand, die das erste Mal seit Jahren gezwungen ist, einen Stift zu halten, tat sich sichtlich schwer mit dem Schreiben, aber vor allem der ernste Tonfall ist herzzerreißend. Die feierlichen, steifen Worte, die du mündlich niemals verwendet hättest, sind einfach zu plump für ihre empfindliche Fracht.

Dennoch. Aus oben genannten Gründen. Bin ich aufrichtig davon überzeugt, dass eine bessere Kommunikation die Lösung ist.

×

Ein anderer Brief fällt mir ein. Er wurde im letzten Jahrhundert vom Maler Jean Dubuffet geschrieben – natürlich nicht an mich, sondern an einen Freund Dubuffets, und der begann folgendermaßen: «Ich habe deinen Brief bekommen, formuliert in heiliger Sprache, in magischer Sprache.»

Anschließend erklärt Dubuffet, dass es zwei Arten von geschriebener Sprache gibt. Erstere, die Mumifizierte, ist Geschäftsbriefen und notariellen Urkunden vorbehalten; Letztere, die Lebendige, «Beschwörungen und Festen».

Mit toter Sprache kannte sich Dubuffet aus wie kein Zweiter, und zwar dank eines tyrannischen Vaters, der darauf bestand, dass er das klassische Französisch fehlerfrei beherrschte. Ein Versprecher oder eine schlechte Note bewirkten Tobsuchtsanfälle. Deshalb wandte sich der kleine Jean schon bald der Malerei zu, die er – wie er schrieb - als Kriegsmaschinerie gegen das Wort, gegen die Kultur und gegen die Unterwerfung des Geistes (für ihn ein- und dasselbe) betrachtete.

Dubuffet betrachtete die Sprache, der sich jedes Schulkind fügen muss, als heimlichen Hemmschuh.

Von Anfang an werden unsere Ohren, unser Mund und unsere Augen mit einer Sprache verstopft, deren Struktur und Bedeutung in Lexika und Grammatikbüchern fixiert ist. Es liegt an dieser Sprache, dass alles, was geschieht, die Struktur von Subjekt – Prädikat – Objekt annimmt; und derjenige, der spricht, hat keine andere Wahl, als die Begriffe zu verwenden, die ihm oder ihr vorgegeben sind. Was nicht benannt werden kann, existiert nicht. So ist das nun mal. Man kann das armselig finden. Tja, aber da kann man nichts machen, damit muss man sich eben abfinden. In Bezug auf die eigene Sprache hat man kein Mitspracherecht.

Dubuffet bevorzugte Bilder statt Worte und malte mit Zement, Erde und Lehm. Sein Leben lang suchte er nach einem bedeutungstragenden Chaos, das ihm helfen würde, dem Korsett der Sprache zu entkommen.

Wenn er ausnahmsweise doch mal einen Text veröffentlichte, war der vorzugsweise phonetisch geschrieben, wodurch der Leser gezwungen ist, die Worte auszusprechen, um ihre Bedeutung erraten zu können (wie in seinem Buch *Anvouaije par in ninbesil avec de zimaje* ... alias *Envoyé par un imbécil avec des images*: verschickt von einem Idioten, mit Abbildungen). Und nicht einmal dann schafft man es. Manchmal bestehen seine Texte sogar vollständig aus erfundenen Worten. *Jargon absolu* hat er das genannt.

Jargon: 1. Kauderwelsch. Unverständliches Gemurmel; 2. Sondersprache bestimmter durch Beruf, Stand, Milieu geprägter Kreise mit speziellem Wortschatz; 3. Rotwelsch (geheime Diebessprache).

Mehr noch als Diebe oder beruflich geprägte Kreise brauchen Liebende eine eigene Sprache. Etwas, um Aspekte ihrer Liebesgeschichte anzudeuten, die nur ihnen gehören.

Virginia Woolf erzählt in *Die Wellen* von der Suche nach so einer eigenen Sprache, einer *Little Language*.

«Wie heißt der Satz für den Mond? Und der Satz für die Liebe? Bei welchem Namen sollen wir den Tod nennen? Ich weiß es nicht. Ich brauche eine kleine Sprache, wie Liebende sie verwenden, einsilbige Wörter, wie Kinder sie sagen, wenn sie ins Zimmer kommen und ihre Mutter beim Nähen finden und einen Rest bunter Wolle in die Hand nehmen, eine Feder oder einen Streifen Chintz. Ich brauche ein Aufheulen; einen Schrei. Wenn der Sturm über das Marschland fährt und über mich hinfegt, dort, wo ich unbeachtet im Graben liege, brauche ich keine Wörter. Nichts Säuberliches. Nichts, das mit allen Füßen auf dem Boden landet. Keine dieser Widerklänge und lieblichen Echos, die sich brechen und Nerv um Nerv in unserer Brust zum Klingen bringen, wilde Musik machen, falsche Sätze. Ich bin fertig mit den Sätzen.»

Woolf – beziehungsweise die Figur, die sie erschuf – sehnte sich nach einer kleinen, zwanglosen Sprache, die spielerisch und veränderlich ist. Keine die Sinne betörenden Sätze, sondern grobe Sprachkrümel, Schnipsel, mehr nicht.

Mit meinen Eltern und Schwestern teile ich viele solcher Krümel. Kurze Ausdrücke wie «*Snip snap snop*», ein Überbleibsel aus einem Kinderlied, mit dem wir uns noch heute Guten Appetit wünschen. Und manchmal, wenn ich mich pudelwohl fühle, verwende ich Worte wie *PIA, nusdurke, freg* oder *frapia dosa* ..., um anschließend zu merken, dass sie außerhalb des sonnigen Wohnzimmers, in dem sie entstanden sind, nicht funktionieren.

Manche Familienworte teilen wir mit dir. Niemand von uns kann den Satz «Es ist wieder Zeit für Witze!» hören, ohne sofort vor sich zu sehen, wie du dein lachendes Gesicht durch die Wohnzimmertür steckst. Jeder von uns hat einen Kosenamen für dich. Wir nennen dich Lucky Luc, *Muskeln nach belgischer Art*, den Sonnenkönig oder «meine Lieblingstochter».

Viele andere Sprachkrümel gehören jedoch nur uns beiden. «Schmuseln»: Die Art, wie ich mich in deine Achsel und in dein Hemd vergrabe, die Nase schnuppernd an deinen Hals presse – vor allem wenn du länger nicht geduscht hast. «Der Grashüpfer»: eine Position, in der ich über dir hocke, aber auch ein Kosename: «He, kleiner Grashüpfer.»

Darüber hinaus gibt es noch die leisen Schrei- und Stöhnlaute, die ich vorzugsweise für zu große Dinge benutze.

Little language benötigt wenig Worte, um viel zu sagen. Doch je mehr man sich bemüht, bis zu ihrem Kern vorzudringen, desto weniger bleibt davon übrig. *Ein Aufheulen, ein Schrei.* Alles und Nichts berühren sich und verschmelzen miteinander.

×

Du und ich haben fast täglich dieselben Worte wiederholt, wie ein Gebet oder eine Beschwörung (Ich liebe dich, Du bist so schön), sodass unsere Sprache sich asymmetrisch abnutzte: Wie eine Skulptur, die dort anfängt zu glänzen, wo sie besonders oft berührt wird (am Kopf, an den Händen, an den Zehen), ansonsten aber mit einer dunklen Patina überzogen ist.

Die Berührung selbst hat sich nicht abgenutzt. Unsere

Hände wussten einander stets zielstrebiger zu finden und können inzwischen millimetergenau angeben, wo das Verlangen sitzt. Wenn ich dich eine Weile nicht gesehen habe, elektrisierst du mich.

23.8.08

Luc ist aus dem Urlaub zurück. Sprich: Ich konnte ihn anderthalb Wochen nicht anfassen. Heute Abend, auf der Überraschungsparty zu seinen Ehren, knisterte die Atmosphäre bereits. Ich fand ihn so wahnsinnig anziehend, und später meinte er, ich hätte gestrahlt, als wäre ich von einer leuchtenden Aura umgeben. «Hey, hast du dir die Haare geschnitten?», fragte er, als ich reinkam. Nein, das lag nur daran, dass wir uns so vermisst haben.

Als wir endlich allein waren, nahm er den Spiegel von der Wand und stellte ihn auf die Matratze, damit ich uns sehen konnte, während ich erst auf dem Rücken und dann auf dem Bauch lag, schließlich wieder auf dem Rücken. Ich sah seinen runden braunen Po mit dem großen Muttermal links, diese schmale Taille und die schlanken Beine, zwischen denen sein Pimmel so beunruhigend aufragt, als wäre er zerbrechlich. Ich wagte es kaum, hinzuschauen, hatte das Gefühl, dass das «zu heftig» war – so wie es zu heftig ist, fünf Kugeln Schokoeis zu essen.

Und als ich mich daliegen sah, und er meine Brüste küsste, die er umklammert hielt, begriff ich zum ersten Mal, was das ist: Brüste. Ich fand sie auch vorher manchmal schön, auf jeden Fall schön weich und warm – etwas, das man gedanken-

verloren berührt, wenn man in der Sofaecke sitzt und liest.
Aber warum so ein Trara darum gemacht wird, konnte ich
nicht verstehen. Doch jetzt, wo ich sie gesehen habe, wie er
sie sieht, weich, rund und weiß mit keckroten Brustwarzen,
erstaunlich groß und formbar zwischen seinen kräftigen
Fingern, glaube ich zu begreifen, was das ist: Brüste.
Seine Augen und sein nackter Hals im Halbdunkel. Begehr-
liche Blicke, lächelnde Blicke. Ich will diesen Moment für
immer festhalten und zwischen Seidenschals aufbewahren,
um ihn ab und an zu betrachten. Aber Worte sind so arm-
selig.

×

Wenn einem die Sprache dürftig vorkommt, kann man
nach Möglichkeiten suchen, sie mit Bedeutung aufzu-
laden.

Über den Ursprung der Wörter zum Beispiel.

Das Wort «frei» stammt vom germanischen *frija* und
das wiederum vom indogermanischen *prijo*, das seiner-
seits auf das altindische *priya* – «lieb, liebenswert» zurückzuführen ist. Aus «lieb» wurde «frei». Deswegen
heißt «freien» auch «lieben». Warum «lieben» dann
nicht «befreien»?

Auch die Buchstabenform kann eine Bedeutung hinzu-
fügen.

Wer seine Schreibhand verliert, entwickelt mit der
anderen eine Schrift, die der bisherigen stark ähnelt. Es

fällt schwer, dem keine tiefere Bedeutung beizumessen. Der Philosoph Leibniz glaubte, dass die Handschrift «die angeborene Gemütsart ausdrückt», und Goethe schrieb: «Dass die Handschrift des Menschen Bezug auf dessen (...) Charakter habe ist wohl kein Zweifel.» Bewegung wird jedenfalls vom Gehirn gesteuert, weshalb «man vielleicht einen Dummkopf, einen Narren und einen Mann von Geist schon von hinten unterscheiden könnte. Den Dummkopf bezeichnet die bleierne Schwerfälligkeit aller Bewegungen; die Narrheit drückt ihr Stämpel jedem Gestus auf; das Gleiche thut Geist und Nachdenken» (so Schopenhauer) – und das sieht man auch an der Bewegung eines Stiftes, «so klein sie auch sei.»

Meine eigenen Buchstaben neigen sich ausnahmslos Richtung Satzende, sie marschieren in Reih und Glied wie gedrillte kleine Soldaten. Nur hier und da tanzt einer aus der Reihe. Seit mir mein Tagebuch mal in eine Gracht fiel, habe ich sie mit wasserfester Tinte ausgestattet. Mit wasserfester und dokumentenechter Tinte, wohlgemerkt, die nicht verblasst. Dermaßen bewehrt protestieren meine Buchstaben gegen ihre Uniform: Sprache, heimlicher Hemmschuh, murmeln sie gehorsam und marschieren weiter.

Deine Schrift passt nicht zu den wohlformulierten Worten in deinem Brief. Jeder Buchstabe ist anders, Groß- und Kleinbuchstaben sind bunt durcheinandergewürfelt, außerdem sind sie krumm und schief wie die Exemplare in einem Regal, dem schon etliche Bücher entnommen wurden.

Ich versuche zu entziffern, was noch alles zwischen den Zeilen steht, was du nicht sagen konntest oder wolltest. Aber neben deinen steifen, gut gemeinten Worten kann ich mich nur an deinem Gekrakel orientieren.

Weil du normalerweise tippst, haben sich deine zu Papier gebrachten Buchstaben noch nicht abgenutzt und sehen kaum anders aus als noch in der Grundschule. Sie sind schwerfällig und verspielt; übermütig schießen sie von der Linie empor. Würdest du mehr von Hand schreiben, würden sie effizienter und sparsamer, kaum noch verwandt mit ihrer eigentlichen Form, genug, um lesbar zu sein.

Vielleicht bin ich auch tief in meinem Innern davon überzeugt – solange ich es noch nicht aufgeschrieben habe –, dass die Füllfederspitze funktioniert wie ein Seismograph, zitternd im Rhythmus des Herzschlags, der Atmung, der Erschütterung dessen, was *darin* ist und gegen die dunkelroten Wände des Körpers anbrandet.

Genau aus diesem Grund rührt mich eine ausgelassene Handschrift, gefangen in einer Anwaltsmitteilung.

×

6.5.12

Manchmal, wie auch jetzt, habe ich ganz kurz das Gefühl, dass ich ihn kaum kenne. Dass es komisch ist, dass er einfach meine Brüste berühren darf, dass unsere Seelen – selbst

wenn unsere Körper noch so innig miteinander sind – un-
widerruflich voneinander getrennt, ja sich sogar noch nie
begegnet sind.

Jetzt, wo ich meine Hand gedankenverloren auf dieselbe Stel-
le lege, sehe ich sie schlagartig wieder vor mir: seine dunklen
Hände auf meinen Hüften, die sich ins weiche Fleisch gra-
ben ... und dann diese Erkenntnis: Wessen Hände sind das
eigentlich? Ich kenne die Form der glatten, flachen Nägel
ganz genau, die rosa Halbmonde, den breiten Daumen, das
Muttermal rechts zwischen den Knöcheln – ich kenne die
Hände, die über meine Haut gleiten besser als derjenige, der
sie bewegt.

Oder erkenne ich in diesen Händen, in diesem ganzen
Körper, den ich Zentimeter für Zentimeter erkundet habe,
automatisch auch den Mann?

Wenn Worte nicht ausreichen, ist der Gedanke tröstlich, dass die Bewegungen von Händen, Schultern oder
Lippen eines Freundes oder Geliebten eine Gebärden-
sprache dessen bilden, was ihn im Kern ausmacht. Sex
war immer das, was uns am stärksten miteinander verbunden hat. Aber auch eine Gebärde, die nachts im Bett
aufgrund einer Gefühlsregung gemacht wird, kann das
Höchstindividuelle – *er* versucht *mir* etwas zu sagen,
wofür es keine Worte gibt – genauso gut ausdrücken wie
das Höchstallgemeine: Lust, Geilheit, der uralte Impuls.

Handschriftenkenner beugen sich am liebsten über einen ganz bestimmten Buchstaben und zwar über das M,

die Königin des Alphabets, die mehr Bedeutung trägt als alle anderen Buchstaben zusammen – und außerdem für den Laut steht, den man hervorbringt, wenn man einfach nur irgendein Geräusch machen will: «mmm», ich hör dir zu; «mmm», ich weiß nicht, «mmm», nicht so toll; «mmm», fantastisch. Das Wort «Mama» ist nicht umsonst so gut wie universell: Ein M kann man sogar noch mit einer Brustwarze im Mund artikulieren. Es ist das Geräusch, das einem brabbelnden Kleinkind am leichtesten fällt, und wenn ihm dann die Kinnlade runterfällt, entsteht ganz von selbst ein A. Mutter ist entzückt!

Das Bedeutungsvollste und das Bedeutungsloseste fallen in eins. *Ein Aufheulen, ein Schrei.*

Ein Antwortzeichen.

SPLASH.

Es stört mich, dass uns genau in dem Moment, in dem wir hochindividuell sein wollen, nichts Besseres einfällt als hochallgemein zu sein. Wir paaren uns – oder wir weinen.

Blut. Tränen. Samen. Erst, wenn wir Feuchtigkeit spüren, glauben wir, dass wir einen Menschen *wirklich im Innersten* berührt haben, ihm *wirklich* begegnet sind.

Deshalb fahren wir damit fort, uns den Mund mit Küssen zu verschließen, uns gegenseitig in die Zunge zu beißen und ungeschickt, wie Getriebene, nach der Innerlichkeit zu suchen, die wir nie, niemals aus unserem Geliebten herausbekommen; nach dem flüchtigen, silbernen Aufblitzen, das wir niemals einfangen werden.

Dein Briefpapier riecht nach dir: Schnuppernd finde ich die Ecke, die du mit deinem Duft besprüht hast. Ich seh dich vor mir, im Bad mit deinem Dior-Flakon. Der Duft beschwört das Gespenst deines Körpers herauf und sagt: Jetzt komm schon, egal wie lange wir darüber reden, am Ende willst du bei mir sein.

Ich lege den Brief weg und wiege mich auf einem Zeigefinger in den Schlaf.

Als ich am nächsten Morgen aufwache, spüre ich gleich wieder die Sehnsucht, die ich an meinen Fingern rieche.

SELBSTVERTEIDIGUNG

Die Sonne verbrennt mir die Arme und knallt mir auf den Schädel, als ich zum ersten Mal mit dem Rad zum Kurs fahre. Ich muss daran denken, wie mein Vater mir gezeigt hat, wie man mit einer Lupe das Sonnenlicht bündeln kann, bis es stark genug ist, um Dinge in Brand zu setzen. Ich hab es zuerst mit einem Blatt versucht und dann mit einer Wespe, die über die Fliesen gekrabbelt ist. Die Flügel verschmoren zuerst.

Jetzt folgt mir die Sonne wie ein Suchscheinwerfer auf meiner Fahrt über die schattenlosen Felder.

Jemand hat es auf mich abgesehen; zumindest meine Eltern glauben das. Du fängst an, aufzufallen, sagen sie, weil mich neulich jemand im Bus in den Hintern gekniffen hat.

Bis in den größeren Ort, in dem ich bald auf die weiterführende Schule gehen werde, ist es eine halbe Stunde mit dem Rad. Jedes Mal, wenn ich mich über die Pedale beuge, schlägt das schwarze Kästchen gegen meine Brust. Es hängt an einer Kordel um meinen Hals und verfügt über einen Stift. Wenn man den herauszieht – oder wenn das Kästchen aus Versehen am Tragegurt der Umhängetasche hängen bleibt –, ertönt ein schrilles Alarmsignal. Hundertzehn Dezibel, so meine Mutter. Das gibt dir genügend Zeit, wegzurennen.

Daraufhin meinte ich, dass mir hundertzehn Dezibel auch nicht groß weiterhelfen, wenn ich ins Gebüsch gezerrt werde. Jetzt muss ich nicht nur dieses Ding um den Hals tragen, sondern auch noch einen Selbstverteidigungskurs machen.

Als ich aus der prallen Mittagssonne in den Raum trete, ist mir mein funkelnder Lenker samt Fahrradklingel immer noch in die Netzhaut gebrannt.

Ich höre eine Stimme, und jemand kommt mir entgegen. Aber es dauert noch einen Moment, bis sich meine Augen an die Dunkelheit gewöhnt haben und ich sehe, wer vor mir steht.

Eine dünne, grauhaarige Frau zeigt mir, wo ich meine Sachen lassen kann, anschließend stoße ich zu einem schweigenden Grüppchen. Alles Mädchen zwischen zehn und fünfzehn Jahren, von denen jede genervt dreinschaut. Alle nehmen es den anderen übel, dass es genug Anmeldungen gab, um den Kurs stattfinden zu lassen.

Die erste Übung besteht darin, gegen Kissen zu treten.

Ich muss eines halten, indem ich den Arm durch die oberste Schlaufe stecke und die unterste festhalte. Wenn der Tritt kommt, legt sich das Kissen um mich, als wollte es mich verschlingen, und ich rieche den Geruch, den die Löcher im gelben Schaumstoff verströmen, ein Gestank nach Staub und Zigarettenrauch.

Die Lehrerin riecht ungefähr genauso. Ihr Atem stinkt

dermaßen nach Tabak, dass eine Kippe in ihrer Lunge weiterzuqualmen scheint. Man merkt sofort, dass niemand sie sympathisch findet, weil sie alt und barsch ist. Genau das, was zu befürchten war, als Brüder und Väter zu Hause Witze über diesen Kurs gemacht haben.

Die Bewegungen, die sie uns zeigt, sind kompliziert. Das Handgelenk packen und drehen, mit einer Hand in die Ellenbeuge fassen ... «Aber was, wenn er mit beiden Händen meine Handgelenke packt?», fragt jemand. «Was, wenn sie zu zweit sind?» Die Kursleiterin zuckt unbeholfen mit den Schultern.

Schreien ist immer das Beste, so ein Kerl ist einem körperlich immer überlegen.

«Wenn man euch verfolgt, müsst ihr in die nächstbeste Einfahrt einbiegen und so tun, als würdet ihr dort wohnen. Ihr müsst so aussehen, als hättet ihr alles Recht der Welt, dort zu sein.» Aber sie sagt auch, dass man abends am besten ein Stück vor der Ampel hält, damit man nicht im Schein der Laterne steht, das sei zu auffällig. Sollte man dennoch bemerkt werden, lässt man sich unter ein Auto rollen. Eigentlich besteht der Großteil dieser Kurseinheit aus Tricks, die nichts mit Selbstverteidigung zu tun haben, dafür umso mehr mit Versteckspielen.

Ich versuche, die Stimme der Lehrerin auszublenden und konzentriere mich stattdessen auf den Abdruck, den meine Fäuste in Kürze auf dem Kissen hinterlassen werden. Wenn ich schnell genug bin, kann ich es in Form boxen: Ich schlage ein Gesicht hinein, das mich stets wieder etwas anders anschaut, bevor es erneut verblasst.

70

Bei der nächsten Übung muss ich das Opfer spielen. Mein Angreifer ist ein stämmiges Mädchen um die vierzehn mit finsterem Blick und dick aufgetragener Schminke, das mich von hinten umklammert. Sie packt mich mit einer Hand am Oberarm und nimmt mich mit der anderen fest in den Schwitzkasten.

Ihr Arm drückt gegen meinen Kehlkopf, und das sowie ihr stinkendes Deo lassen mich nach Luft ringen. Sie bräuchte nicht so fest zuzudrücken, solange die Lehrerin noch redet. Ich spüre, wie meine Haut überall dort, wo sie mich berührt, pocht.

Genau in dem Moment, in dem die Kursleiterin das Signal gibt, habe ich die korrekten Bewegungen vergessen. Ich bleibe reglos stehen, trotzdem drückt das Mädchen fester zu. Die Kursleiterin schreit, dass ich wütend werden muss, ob ich mich wie ein Lamm zur Schlachtbank führen lassen wolle?

Wie von der Tarantel gestochen ramme ich dem Mädchen meinen freien Ellbogen zwischen die Rippen, stoße den Kopf zurück und spüre, wie mein Schädel gegen etwas Weicheres prallt. Dann bleibt mir noch genug Platz, um eine halbe Drehung zu vollführen und das dicke Mädchen über mein ausgestrecktes Bein zu ziehen. Das Ganze dauert gerade mal drei Sekunden, dann lässt meine Wut nach, und die Tussi fängt an zu kreischen, sie liegt ausgestreckt auf dem Boden, die Hände vor dem blutenden Gesicht.

Der Unterricht wird abgebrochen, das weinende Mädchen ruft ihre Eltern an, und ich darf auch meine Sachen packen. Während ich sie zusammensuche, verfolgen die

anderen jede meiner Bewegungen. Sie bilden Grüppchen,
glotzen und flüstern.

Während ich mir im Flur die Schuhe anziehe, setzt sich die Kursleiterin zu mir. Sie geht in die Hocke. Normalerweise hasse ich es, wenn Erwachsene so was machen, wenn sie sich überdeutlich darum bemühen, sich auf mein Niveau herabzulassen. Ich wappne mich für eine Strafpredigt. Aber die Kursleiterin schlingt die Arme um die Knie und schweigt; sie schaut bloß zu, wie ich mir die Schnürsenkel binde, als spielte das irgendeine Rolle. Dann streckt sie die Hand aus und berührt mit einem nikotingelben Finger kurz meine Wange – eine Geste, die so unglaublich zärtlich und unerwartet ist, dass sie mich beinahe zum Weinen bringt.

«Du brauchst nicht wiederzukommen», sagt sie. «Um dich mach ich mir keine Sorgen, du kommst schon klar.» Sie bläst mir ein Tabaklachen ins Gesicht und kehrt in den Unterrichtsraum zurück.

TAG 12

Im Flur des Mediationsraums ziehen gerade mehrere Leute freundlich schweigend ihre Schuhe aus. Eine junge Frau tauscht ihren Bleistiftrock gegen eine Jogginghose. Ich verstaue meinen Rucksack und versuche ihn hinter einem Stapel Decken zu verstecken. Anschließend nehme ich ein Kissen aus der Ecke und laufe auf Strümpfen in den Saal, um im Kreis Platz zu nehmen.

In der nächsten Stunde werde ich keinen Gedanken an die SMS verschwenden, die gerade reinkam:

Your host has cancelled your reservation. This is an automatic message, please do not reply.

Sabine hat einen neuen Mieter, und soeben wurde meine Airbnb-Buchung für heute Abend abgesagt. Ich stand mit meinem Rucksack auf der Straße, war gerade unterwegs zu der neuen Adresse, als ich die Mitteilung sah.

In Ermangelung eines anderen Ziels bin ich einfach wie geplant von der Metrohaltestelle Kruidtuin aus bergauf zu dem Meditationskreis gegangen, den ich letzte Woche habe ausfallen lassen.

Ich möchte im Moment nicht allein sein, ich möchte keine Entscheidung treffen, ich will, dass mich jemand beruhigt.

Der schwarzgewandete Lehrer zündet eine Kerze an und schlägt den Gong, alle senken den Kopf. Anschließend beginnt die Gruppe, völlig synchron folgenden Text zu summen:

Die Zahl der Wesen ist unendlich; ich gelobe, sie alle zu erlösen.
Gier, Hass und Unwissenheit entstehen unaufhörlich; ich gelobe, sie zu überwinden.
Die Tore des Dharmas sind zahllos; ich gelobe, sie alle zu durchschreiten.
Der Weg des Buddha ist unvergleichlich; ich gelobe, ihn zu verwirklichen.

Ich kann den Text inzwischen so gut wie die anderen, bekomme ihn aber nach wie vor nicht über die Lippen. Das scheint niemanden zu stören. Auch das Verneigen – drei Mal, bis die Stirn den Dielenboden berührt – mache ich nicht mit, aber man ist barmherzig mit allen Nichterleuchteten.

Mein Weg zum kleinen Buchweizenkissen begann vor vier Monaten mit diesem juckenden Ausschlag am Oberkörper.

Erst war da nur ein roter Ring, knapp unter meiner

linken Brust, der sich schuppte und langsam ausbreitete wie ein Ring im Wasser; in seiner Mitte wurde die Haut gelblich.

Der alte Apotheker, dem ich das Phänomen beschrieb, holte einen Ordner unter seiner Ladentheke hervor. In Klarsichthüllen steckten die schrecklichsten Fotos: eiternde, blaue, schäumende, sich schuppende Wunden; Gliedmaßen, die halb menschlich, halb pflanzlich aussahen, so verkrustet und schwarz verfärbt war die Haut. Ich schob den Ordner von mir weg, ohne mich für etwas entscheiden zu können.

Der Hausarzt wusste auch nicht, was das war, deshalb trug ich auf gut Glück alles auf, was es gegen Hautpilz gibt. Doch nichts davon half. Schon bald waren auch Rücken, Hals und Bauch von länglichen roten Flecken bedeckt, die angeordnet waren wie Tannennadeln: In fein säuberlichen Reihen zeigten sie abwechselnd schräg nach oben beziehungsweise nach unten, entlang unsichtbaren Zweigen.

Das Jucken machte mich wahnsinnig. Ununterbrochen kribbelte und brannte meine Haut, ständig stupsten mich Hunderte von Fingern an: Weißt du, dass du da lauter Flecken hast? Du siehst abstoßend aus! Ich musste die Fingernägel komplett herunterfeilen, sonst hätte ich mich mit bloßen Händen selbst gehäutet.

Kurz darauf blieben meine Tage aus. Erschrocken ging ich zum Hausarzt und legte mir bereits Gründe zurecht, warum ich *auf gar keinen Fall* schwanger sein durfte.

Aber der Arzt meinte schockiert, ich sei zu mager, um noch zu bluten. Mein Körper nahm mich in Schutz, als wäre ich wieder ein Kind.

Mit meinem Körper schrumpften auch meine Nächte. Irgendwann schlief ich gar nicht mehr. Stattdessen lauschte ich auf mein Herz, das gnadenlos weiterschlug, auf meine Atmung, die viel zu schnell zu gehen schien. Ich lag so steif da wie eine Luftmatratze, die längst aufgepumpt ist und trotzdem weiter aufgeblasen wird.

Kurz bevor der Wecker klingelte, schlüpfte ich aus dem Bett, um mich eine Viertelstunde flach auf den Holzboden zu legen. Dann wurde ich bleischwer und dämmerte beinahe weg – aufgrund einer Müdigkeit, die so groß war, dass ich mich nicht traute, ihr nachzugeben. Diese Viertelstunde war alles, was ich an Erholung bekam. Mein Puls hetzte mich durch den Tag.

Ich habe es durchaus mit Schlaftabletten versucht: ein einziges Mal. Ich nahm eine Tablette und musste für den Rest der Nacht miterleben, wie mein Bewusstsein gewaltsam zermalmt wurde, bis es unter Ächzen und Stöhnen zusammengepresst war wie Müll in einem Müllwagen. Gleichzeitig blieb ein Lichtspalt übrig, ein dünner Faden Bewusstsein, der mir sagte, dass irgendwas nicht stimmte, etwas Wichtiges, das ich nicht vergessen durfte, ein dünner Faden, den ich nicht loslassen durfte – koste es, was es wolle.

Meditieren, las ich irgendwo, könne helfen – wenn schon nicht gegen die Schlaflosigkeit und das Jucken, dann wenigstens dabei, beides zu ertragen.

Über ein dubioses Internetforum meldete ich mich für diese Meditationsgruppe an; per Mail bekam ich Anweisungen (eine Übung zum Thema «Loslassen»).

Beim ersten Mal traute ich mich kaum, am großen Tor des düsteren Hauses in der Middaglijnstraat zu klingeln. Da hing kein Zettel, ja nicht einmal ein Namensschild, und mir fiel ein, dass ich Luc die Adresse nicht genannt hatte. Während ich mich fragte, ob ich wohl spurlos verschwinden würde, und wenn ja, ob das so schlimm wäre (eine Übung zum Thema «Loslassen»), kam eine Frau um die vierzig anmarschiert, die mir zunickte und auf eine Klingel drückte. Sie blieb stumm, genauso wie der Mann, der aufmachte und uns hereinwinkte.

Um die gefliese Eingangshalle wand sich eine Holztreppe vier, fünf Stockwerke nach oben. Immer wenn wir einen neuen Treppenabsatz erreichten, versuchte ich zu begreifen, wie dieses riesige Haus konstruiert war; wem wohl die zig Fahrräder im Hausflur gehörten und wem die Mäntel und Jacken der endlosen Garderobe. In einem der Gänge standen Kinderschuhe in allen möglichen Größen; in einem anderen ein Sack Reis so groß wie eine Tonne, mit Messschaufel drin; eine Tür stand offen, aus der Essensgeruch kam.

Als ich mich nach der Toilette erkundigte, landete ich in einer Gemeinschaftsdusche. Neugierig spähte ich in den riesigen Wäschekorb, als wäre sein Inhalt die abgestreifte Haut eines riesigen Tieres: Wie viele Leute lebten hier eigentlich? Statt eines Einfamilienhauses schien dies eine kleine Lebensgemeinschaft zu sein, unbegreiflich, aber sympathisch.

Der Meditationsraum ist ganz oben auf dem Dachboden. Mitten auf den kahlen Dielen steht eine lila Orchidee, das Nationalsymbol der Insel der Glückseligen.

Wir sitzen mit geschlossenen Augen da und zählen unsere Atemzüge.

Ich empfinde die Stille als tröstlich. Es ist, als hörten einem die Leute wohlwollend und aufmerksam zu, aber ohne dass man was sagen müsste.

Ich liebe es zu schweigen. Ich schweige, weil ich wissen will, wie meine Gedanken aussehen, bevor ich ihnen eine für dich erkennbare, entzifferbare Form gebe (und ihnen dadurch bereits ein wenig *deine* Form gebe).

Diese Stille hingegen dient laut dem Dozenten dazu, die eigenen Gedanken in Ruhe hochkommen und sie in Ruhe weiterziehen zu lassen, ohne etwas damit zu machen. Wir sollen sie wahrnehmen. Würden wir etwas damit machen, würden sie zur Gefahr – zur Gefahr für unsere innere Ruhe.

Gier, Hass und Unwissenheit entstehen unaufhörlich; ich gelobe, sie zu überwinden.

Und was ist mit der Zahl der Wesen, die ich gelobe zu erlösen? Was ist mit diesen Lebensformen, ja mit den unzähligen Formen, die mein Leben auch annehmen könnte?

Der Lotussitz, den ich sooft einnehme – die Haltung, in der ich jetzt auf diesem Kissen sitze –, ist im Grunde die Angstlähmung, mit der ich zusehe, wie meine Gedanken platzen wie Seifenblasen, ohne dass etwas mit ihnen geschieht. Folgendes habe ich mir in den letzten Monaten versucht beizubringen: vollkommen stillsitzen, das aushalten und nirgendwohin gehen. Nicht aufstehen. Nicht fliehen. Dann wird alles gut.

Nichts verändern scheint nichts zu verändern.

Meine Reglosigkeit ist die eines ängstlichen Tieres, nicht die von Buddha. Ich bin keine Heilige, genauso wenig wie du ein Held bist: Genau deswegen konnte ich mich in dich verlieben, du Quälgeist, Clown, liebes Beuteltier.

In vollkommener Stille zerplatzen die Tränen hörbar an meiner schwarzen Hose. Die Frau neben mir verlagert kaum wahrnehmbar ihr Gewicht, ich höre, wie ihr langes Haar über die Kleidung gleitet, mehr aber auch nicht.

Nach der ersten Stunde dürfen wir noch sitzenbleiben, wenn wir das möchten, was ich allerdings noch nie getan habe.

Stets stehe ich wie die meisten auf – froh, mich wieder bewegen zu können, binde mir die Schuhe an den steif gewordenen Füßen und nehme die umlaufenden fünf Treppen nach unten, während mein Kreislauf kribbelnd wieder in die Gänge kommt.

Aber heute Abend bleibe ich sitzen. Ich bin müde.

Wir sind zu dritt; bald darauf zu zweit. Irgendwann sitze ich allein im flackernden Schein der Kerze. Ich warte, bis die Flamme ausgeht, schwöre mir, aufzustehen, sobald die Kerze erloschen ist.

Als ich wach werde, den Kopf unbequem auf das kleine Kissen gebettet, ist es halb drei. Im Gebäude ist es absolut still, das einzige Licht kommt von draußen.

Ich staple ein paar schwarze Fleecedecken aufeinander und bleibe liegen, warte, bis es Tag wird.

Gegen sechs wache ich erneut auf, noch steifer als vorher. Ich räume die Decken weg und bereite mich darauf vor davonzuschleichen – unbemerkt wie ich mir einbilde –, bis ich sehe, dass jemand ein Croissant und eine Thermoskanne mit Tee neben mein einsames Paar Schuhe im Flur gestellt hat. Daneben befindet sich eine Haftnotiz:

Unsui = Wolke und Wasser. Jemand ohne festen Wohnsitz.

Mein Lehrer freut sich sichtlich über eine so fanatische Schülerin.

Ich esse mein Croissant und sehe zu, dass ich von hier wegkomme.

Draußen ist es kälter als gedacht, außerdem regnet es. Ich laufe langsam bergab Richtung Hauptbahnhof, in der Hoffnung, dort ein warmes trockenes Plätzchen zu finden, vielleicht auch eine Tasse Kaffee.

In der Omwentelingsstraat kommt mir jemand entgegen. Aus der Ferne sieht die Person aus wie ein Kind, aber als ich näherkomme, sehe ich, dass es ein zerlumpter Mann ist, so groß wie ein Zehnjähriger. Er greift nach den weißen Müllsäcken, die überall an der Straße stehen, wirft sie in die Luft und lässt sie wieder los, sodass sie mit voller Wucht gegen die Fassaden purzeln, gegen die Autos und über die Autos hinweg auf die Straße, wo sie ihren Inhalt auskotzen. Ich zögere, beschließe, dass Umkehren noch auffälliger wäre als Weitergehen. Aus der Nähe sehe ich den wütenden Blick des Mannes und habe kurz Angst, er könnte auf mich losgehen, doch er läuft weiter. Hinter mir höre ich, wie er den nächsten Sack gegen die Wand wirft. Ich folge der Müllspur bergab, die er hinterlassen hat. In einem der aufgeplatzten Säcke pickt eine Möwe nach Brotkrümeln.

×

Weil mir das Meditieren schon damals nicht beim Schlafen half, ging ich letzten Herbst nicht zuletzt auf Lucs Drängen hin zu einer Psychologin. Es war eine Frau mit sanfter Stimme und Hennahaar, die Naomi hieß und in der Wohnung direkt unter uns praktizierte. Das ließ mich zunächst zweifeln, denn die Vorstellung, meine Beichtmutter im Hausflur zu treffen, war mir unangenehm. Aber das Angebot an flämisch sprechenden Therapeuten war begrenzt, und um wählerisch zu sein, war ich zu erschöpft. Also ging ich in die Wohnung ein

Stockwerk tiefer, die genauso geschnitten war wie unsere, nur dass die hier unbewohnt war. Es roch, als wäre schon seit Tagen niemand mehr da gewesen. Die Heizung war gerade erst aufgedreht worden, die Luft war schon warm, aber die Stahlrohrkonstruktion meines Stuhls noch kalt.

28.10.14

Sie wollte wissen, was mich zu ihr führt. Unwillig gestand ich ihr, dass ich mich in letzter Zeit unwohl in meiner Haut fühle. Sie nickte, gab einen Laut von sich, der besagte: «Ich höre Ihnen zu» und blieb still, bis ich das Schweigen (für sechzig Euro die Stunde) noch unerträglicher fand als das Reden.

Da sagte ich langsam: «Ich schlafe nicht mehr.»

Naomi senkte ihre Stimme und fragte ernst: «Woraus sind Sie denn erwacht?»

«Nein, im wahrsten Sinne des Wortes, ich kann nicht mehr schlafen.»

Als sie mich weiterhin schweigend und nickend ansah, zählte ich meine Beschwerden auf und machte sie auf die roten Flecken aufmerksam, die aus meinen Ärmeln und meinem Ausschnitt hervorkrochen.

«Und woher kommen die Ihrer Meinung nach?»

«Ich hab schon jede Menge ausprobiert: Sport, warme Milch, Meditation und einen festen Rhythmus, ich tue alles, was möglich ist. Es ist das Unmögliche, das mich wachhält – glaube ich zumindest.»

Man liegt wach, wenn man eine bestimmte Energie unterdrückt. Sie erzählte mir, dass man auf dem Gebiet der Psychologie für die menschliche Seele gern die Metapher von einem vollen Bus benutzt. Häufig sind bestimmte Fahrgäste dominant. Sie sitzen vorn oder sogar am Steuer und sind sehr streng zu allen, die hinten drin sitzen. Aber die hinten drin randalieren irgendwann. Tagsüber hat man genug Energie, um solche Unruhen zu ersticken, aber nachts bricht sich diese unterdrückte Energie Bahn. Schlaflosigkeit verweist auf einen inneren Machtkampf um das Steuer.

«Woran denken Sie, wenn Sie nicht einschlafen können?»
«Wer kämpft da mit wem in Ihrem Innern?»
«Waren Sie schon immer so, wie Sie jetzt vor mir sitzen?»
Ich schüttelte den Kopf. Natürlich nicht, seh ich so aus, als wäre ich tot zur Welt gekommen?

Naomi stellte zwei Stühle auf, einen links und einen rechts von mir. Anschließend erklärte sie, dass jeder dieser Stühle für einen anderen Persönlichkeitsanteil von mir stehe. Zum Beispiel für denjenigen, der hinten im Bus sitze und Krawall schlage. Oder für das Kind, das ich einmal gewesen sei. Ich solle auf den Ort zeigen, an dem sich dieser Anteil befinde, den Stuhl dorthin stellen und darauf Platz nehmen. Ich solle mich setzen, und Naomi werde sich dann mit diesem Persönlichkeitsanteil unterhalten.
Ich weigerte mich.
«Wovor haben Sie solche Angst?», fragte sie.
Dass ich nicht mehr zu bremsen bin.

Weil meine Beschwerden nicht verschwanden, ließ ich mich beim nächsten Mal doch auf Naomis Vorschlag ein. Den linken Stuhl – den des Fahrers – stellte ich direkt neben meinen, der rechte stand viel weiter weg. Ich musste mich erst auf den einen und dann auf den anderen setzen, während Naomi mich in der dritten Person über «Bregje» ausfragte, so als wäre sie eine Fremde für mich.

Der linke Stuhl machte keinen großen Unterschied. Ich saß etwas gerader als sonst, etwas regloser. Aber der rechte Stuhl war eine ganz andere Geschichte: Während ich redete, hatte ich, ohne es zu merken, die Füße hoch genommen und einen unter mich gezogen, während ich mit dem anderen wippte. Ich sprach lauter, so als griffe ich den Text von vorhin auf, und trüge ihn einem anderen Stil, in einer anderen Tonlage vor.

Genau wie letztes Weihnachten, als ich den alten Korb mit den Kostümen wiederfand, den meine Eltern einst weggegeben hatten, weil wir zu groß dafür geworden waren. Er stand in der Abstellkammer meiner vor Kurzem umgezogenen Tante, die ich auf der Suche nach der Toilette betrat. Zwischen all dem Krempel stand der ausgefranste Korb. Er war längst in Vergessenheit geraten, ich hatte auch nicht das Gefühl gehabt, etwas verloren zu haben, aber als ich ihn öffnete und die Kleider herausnahm (die Indianerhose, das Tutu, das Piratenhemd), zogen unzählige Szenen an meinem inneren Auge vorbei, so als sähe ich sie durch die Fenster eines vorbeifahrenden Zugs.

Jetzt, bei Naomi, war ich auch irgendwo hineingestolpert.
Besser, ich machte die Tür wieder zu, statt mich neugie-
rig umzusehen, doch ich war wie berauscht angesichts der
vielen Möglichkeiten.

Von da an träumte ich in den wenigen Stunden Schlaf, die ich zwischen vier und sechs Uhr früh fand, sehr intensiv. Meist von meiner Kindheit. Das Mädchen im rechten Stuhl drängelte sich im Bus ungeduldig nach vorn und negierte das Schild WÄHREND DER FAHRT NICHT MIT DEM FAHRER SPRECHEN.

×

Naomi empfahl mir auch ein Buch: *Der Heros in tausend Gestalten* von Joseph Campbell aus dem Jahr 1949. Ich bestellte ein gebrauchtes Exemplar voller Stockflecken.

Campbell war ein Spezialist für Mythen. Ihm fiel auf, dass sich Religionen und Heldensagen zwar in allen Erdteilen von der Form und den Details her unterscheiden, aber eine gemeinsame Struktur haben, eine, die er den «Monomythos» nannte.

Der Monomythos geht folgendermaßen:

Es war einmal ein Held. Dieser Held führt ein normales Leben. Dann wird er zu einer Reise berufen. Er verlässt seine gewohnte Umgebung und landet in einer magischen Welt, in der er sich mit riesigen Kräften messen muss. Wenn das gelingt und er obsiegt, kehrt er in seine

Heimat zurück – mit dem Schatz oder dem Wissen, das er sich angeeignet hat.

Laut Campbell ist das der Refrain, auf den sich alle anderen Lieder zurückführen lassen.

Auch dein Leben und meines. «Die letzte Inkarnation des Ödipus», schreibt Campbell, «und die der Schönen und des Biests mag diesen Nachmittag an der Ecke der Fifth Avenue und der zweiundvierzigsten Straße stehen und auf das Verkehrslicht warten, das ihm den Übergang freigibt.»

In Ermangelung von Drachen oder Göttern kann der Held von heute auch Abenteuer in jener magischen Zone erleben, die wir stets bei uns tragen: im Unbewussten. Ein wunderbarer, aber auch beängstigender Ort, der von verschiedensten Wesen bevölkert wird. Eine Art Phantásien. «Alle Ungeheuer und geheimen Helfer unserer Kindheit, deren ganze Magie, sind darin zu Hause und außerdem, was noch wichtiger ist, alle die Lebenskräfte, die wir nie zur Verwirklichung im erwachsenen Leben haben bringen können, jene anderen Teile unseres Selbst.»

Eine reizvolle Vorstellung: Irgendwo tief im Innern steckt eine andere, echtere Version von einem selbst. Man muss sich nur hinab begeben.

Früher hatte das einen festen Platz in der Gesellschaft: In Zeremonien oder Übergangsriten, manchmal in fast trance-artigen Ritualen, mit denen eine Lebensphase beendet und die nächste eingeleitet wurde: Pubertät, Fruchtbarkeit, Älterwerden, Geburt und Tod.

Solche Übergangsriten sind überholt. Jetzt, wo unsere Tempel zu Museen geworden sind, und wir nicht länger an Mythen glauben, müssen diese Übergänge von jedem von uns irgendwie selbst bewältigt werden.

Die Verbindung zwischen diesen beiden Welten ist zerstört worden, so Campbell. Man muss sie selbst reparieren, und das geschieht, wenn man schläft. Der Schlaf schlägt eine Brücke zwischen Ober- und Unterwelt, denn Träumen bedeutet, ins Unbewusste hinabzusteigen, an den Ort, der von allem bevölkert wird, was man nicht über sich wissen will.

Dass ich nicht schlafen konnte, denke ich, als ich das lese, lag vielleicht daran, dass ich Angst davor hatte.

×

In den letzten anderthalb Monaten, bevor ich fortging, verschlimmerten sich meine Beschwerden. Ich hatte stechende Bauchschmerzen, ein symmetrisches Muster aggressiv juckender roter Flecken auf Brust und Rücken, ich konnte kaum noch etwas essen und nicht mehr aufs Klo gehen, überhaupt nicht mehr schlafen. Sechzig Stunden, achtzig Stunden: Ich klammerte mich stur an das ausgefranste Seil meines Bewusstseins, ob ich nun wollte oder nicht.

Irgendwann ging ich erneut zum Hausarzt – ein mürrischer Mann von knapp fünfzig mit Lesebrille auf der Höckernase und mit einem gestreiften kurzärmeligen

Hemd, in dessen Brusttasche sichtbar eine Packung Zigaretten steckte.

Er hörte mich an.

«Sie müssen aufmüpfiger werden. Aufmüpfige Menschen landen nicht hier. Sie sind zu nett.»

Bis zum Wochenende schrieb er mich krank.

Extremer Schlafmangel mag dazu führen, dass man vor lauter Erschöpfung anfängt zu schielen und zu benebelt ist, um noch auf Fragen antworten zu können, aber manche Dinge sieht man dadurch auch klarer. Dinge, die einem Kraft geben – egal wie unbedeutend –, leuchten wie elektrisch aufgeladen; umgekehrt ist einem nach sechzig Stunden Wachsein unfassbar klar, welche Dinge man schon beim bloßen dran Denken nicht ausstehen kann.

Kein Bewusstsein erträgt es, so viele Stunden bis zum Zerreißen gespannt zu sein. Vielleicht ist das für jemanden, der regelmäßig gut schläft, schwer zu verstehen, aber es genügt, sich einen Ballon vorzustellen, der immer weiter aufgeblasen wird. Wie er verblassen sämtliche Sinneseindrücke, werden durchsichtig und körnig, bis alles, was eigentlich verborgen und zusammengehalten werden sollte, durch die Oberfläche der sichtbaren Wirklichkeit hindurchschimmert. Man ahnt schon, wie es sich anfühlt, wenn die dünne Haut, die einen zusammenhält, irgendwann reißt.

Unerträglich war beispielsweise die Vorstellung, weitere sechzig Stunden neben dir im Bett oder auf dem

Sofa zu liegen, ohne auf deine Zärtlichkeiten, deine Wut oder dein schlafendes Gesicht mit etwas reagieren zu können, das für dich oder mich als Liebe erkennbar war. Als ich vom Arzt nach Hause kam, und du dich offenbar ebenfalls krank gemeldet hattest, damit wir zusammen sein können, brach ich in Tränen aus.

11.7.10

Heute Nacht war die schönste Nacht meines Lebens. Reiner Zufall das alles – das Unwetter, wegen dem ich nicht nach Hause zurück konnte, der Unwille, den ich zunächst empfand, weil ich in Lucs warmem Zimmer bleiben musste und meine sonntagmorgendliche Schreibsession verpasste.

Es war schon seit Tagen drückend heiß. Während ich mit dem Rad unterwegs war, fielen die ersten Tropfen, dicke Tropfen, und ich sang «I'm singing in the rain». Als ich bei Luc ankam, ging es los: ein so heftiges Gewitter, dass wir sogar unter dem Vordach patschnass wurden. Es goss, stürmte und schüttete, innerhalb weniger Sekunden war alles klatschnass, der Sonnenschirm der Nachbarn wurde ins aufblasbare Schwimmbecken geweht, das draußen vor der Tür stand, der Himmel war pechschwarz und wurde ab und zu vom Blitz zerrissen. Ich war fröhlich-nervös und durchaus ein wenig beeindruckt. Schon bald begann auch das Vordach zu lecken, und wir mussten rein.

In Lucs Zimmer zog er seine Badehose runter, fast feierlich, und breitete die Arme aus. Ich war inzwischen auch nur noch in Unterwäsche, umarmte ihn und legte mich hin, allerdings auf *die Decke, weil es so warm war. Er machte sich erst noch ein bisschen am Fenster zu schaffen – erst zu, dann wieder auf – und dann an mir, während ich eigentlich noch dachte: Ich bin müde, irgendwie fühle mich ein wenig verpflichtet. Es war so klar, dass wir gleich Sex haben würden.*

Er sagte, ich sei wirklich was Besonderes und das dermaßen feierlich, dass ich ganz gerührt war. Ich tat mich schwer, gleich darauf zu reagieren und merkte, dass ich in der Regel diejenige war, die sagte: Ich dich auch.

«Werden wir füreinander die einzigen bleiben?», fragte ich.

«Ja», erwiderte er, «für mich bist du schon einzigartig.» Er grinste.

Mein Körper wurde unglaublich sensibel für jede Berührung, bis er anfing, mich mit Händen und Zunge zu liebkosen, damit an meinem Bauch hinunterzuwandern und an der Innenseite meiner Schenkel; anschließend drehte er mich auf den Bauch und steckte mir die Zunge zwischen die Pobacken. «Mein Zimtschneckchen» nannte er mich, und ich beschloss, das ausnahmsweise als Kompliment zu betrachten.

Er legte sich neben mich, damit ich ihn küssen konnte, seine Hand wanderte weiter, und draußen blitzte und donnerte es.

Irgendwann fragte ich mich, ob es stimmte, was er da sagte, nämlich, dass er niemals mit einer anderen zusammen sein würde. Und wie schlimm ich es eigentlich fände, niemals mit einem anderen zusammen sein zu können, auch nicht mit einer Frau, um herauszufinden, wer ich eigentlich bin.

Der Schein der Straßenlaterne fiel in einem schmalen Strei-
fen auf sein Gesicht, auf seine Wangenknochen und Augen,
eine Art Welle erfasste mich, wie bei einem Wutanfall, der
einen plötzlich packt und alles mitreißt; genau so ging es
mir in diesem Moment, es war eine Welle der Zugehörigkeit,
besser kann ich das einfach nicht ausdrücken.

«Ich liebe dich so.»

Wie bitte? Er schaut erschrocken auf.

«Ich liebe dich so. Nicht aufhören.»

«Nicht aufhören?», *flüsterte er, mit großen Augen, immer*
noch ein wenig erschrocken, aber er hörte nicht auf, und ich
klammerte mich mit einem Arm an ihm fest wie eine Er-
trunkene, während mich seine Hand wiegte, und ich weinte.
Ich konnte einfach nicht anders. Er wiegte mich auf seiner
Hand und flüsterte, dass er mich so sehr liebt, mehr als ich
mir vorstellen kann. Dass er immer, immer bei mir bleiben
wird, dass es keine andere gibt, dass ich die Richtige für
ihn bin.

«Du machst mich so glücklich!», *habe ich gesagt, auch wenn*
ich mich nicht mehr an alles erinnere, es ist im Gewitter
und in den Wellen verschwunden.

Und während er mir ins Ohr flüsterte, und ich lautlos an
seinem Hals weinte, kam ich zum Höhepunkt.

Wir blieben noch eine Weile so liegen; dann drehten wir uns
um, sodass ich auf dem Rücken neben dem offenen Fens-
ter lag, im Sommernachtwind, während er sich mit den
Händen über mir abstützte und in mich eindrang. Während
wir uns liebten, erst langsam und dann immer wilder, be-
gleitet von dröhnenden Donnerschlägen, redete er mit mir.

*So fest wie in diesem Moment habe ich es noch nie gewagt,
ihm zu glauben. Ich weinte vor Hingabe, in dem Gefühl, er-
löst zu sein, weil ich es wagte, ihm ohne jeden Vorbehalt zu
glauben, nicht einmal versteckt, nicht einmal unterbewusst;
ich wollte meine Seele herausheulen, zeigen, dass ich voll
und ganz zugegen war, bei ihm, in dieser Gewitternacht.
Dass ich ihn tatsächlich in mir spürte, führte dazu, dass ich,
sei ich nun Körper oder Geist, nichts zurückbehielt.*

«Willst du mich eines Tages heiraten?», fragte er.

«Ja.»

«Ich meine es ernst.»

«Ja.»

*(Ich kann das unmöglich aufschreiben, ich habe das Gefühl,
dass die Worte Löcher ins Papier brennen müssten, wenn es
denn die richtigen wären.)*

Ich zitterte am ganzen Körper. Wir liebten uns.

*Im ersten Jahr unserer Beziehung hat er schon mal gesagt:
«Angenommen, ich würde jetzt um deine Hand anhalten,
würdest du dann Ja sagen?» Damals war ich gerührt und
habe laut darüber gelacht. Jetzt lachte ich nicht.*

*Ich setzte mich rittlings auf ihn. Er richtete sich ein Stück
auf und lehnte den Kopf an meinen, und ich hielt ihn mit
einem Arm dort, während ich mich auf den anderen stütz-
te, meine Muskeln brannten vor Anstrengung. Er bohrte
mir seine Finger in den Nacken, in den Rücken und in die
Schultern, schmiegte sich ganz fest an mich und kam zum
Höhepunkt. Anschließend streichelte er die Stellen, wo sich
seine Nägel in meine Haut gegraben hatten, und fragte, ob*

das nicht weh getan habe, doch ich freute mich, zu fühlen, was er fühlte.

Er entschuldigte sich, dass er keinen Ring habe, er hätte eigentlich einen Ring besorgen und nach fünf Jahren Beziehung um meine Hand anhalten wollen; er sei nicht vorbereitet, sagte er entschuldigend. Aber genau das war ja das Schöne!

Auf dem Papier klingt das lächerlich, so ein Gespräch beim Vögeln. Aber alles passte perfekt: das Gewitter, die Nacht, der Sommer, der Körper, die Worte, der Geruch nach Schweiß und Sex, das unbeschwerte Glück. Ich werde es hegen und pflegen. Es ist mir egal, wenn es mir beim erneuten Durchlesen pathetisch vorkommt; ich hoffe nur, dass ich dann noch in der Asche das Feuer erkennen kann.

II.

DIE ANDEREN

~~TAG~~ NACHT 14

Meine Mutter schickt mir einen Artikel über die Auswirkungen von Schlafmangel auf die Zurechnungsfähigkeit. Ich lese ihn in der kahlen Dachkammer, in der ich mich eingemietet habe. Rücksichtsloses Verhalten, Halluzinationen, fehlendes Mitgefühl. Mit letzter Kraft widerstehe ich dem Drang, noch mitten in der Nacht blöd auf ihre Mail zu reagieren.

Als ob ich nicht selbst wüsste, wie wichtig Nachtruhe ist! Im Moment weiß ich nur, dass ich besser schlafe, seit ich gegangen bin. Jede Stunde, in der ich nicht wach bin, ist ein kleiner Sieg. Er bestärkt mich darin, noch länger umher zu irren.

Aber ab und zu gibt es nach wie vor eine Nacht wie diese, in der ich durchdrehe. Es ist eine Art Dominoeffekt: ein Stressreflex löst den nächsten aus. Es kann ganz harmlos anfangen, zum Beispiel damit, dass das Kissen meines Gästebetts zu kompakt ist. Dann höre ich meinen Herzschlag im festen Stoff, und das wilde Jagen meines Herzens wird zum Widerhall von damals, als ich neben dir lag und Finger für Finger die Schwielen an meiner Hand abknabberte.

Ein Geheimnis, das nur Schlaflose kennen: Nächte sind über ein unterirdisches Labyrinth miteinander verbunden. Zieht man sich in einen dieser Gänge zurück, ist das jedes Mal hochgefährlich: Man kann sich darin verirren.

Höre ich in diesen Katakomben etwas pochen, schießt mein Puls nach oben, wodurch sich auch meine Atmung beschleunigt, sodass sich die Brustbeinmuskulatur verkrampft, die Haut um meine Augen spannt und so weiter. So wie Panik keinen echten Grund braucht, um sich breit zu machen, erfasst sie auch den Körper. Hat es erst einmal angefangen, kann ich nur noch hoffen, dass es wieder verebbt und ich mich im selben Bett wiederfinde, in derselben Nacht.

Seit ich gegangen bin, gelingt mir das besser, aber in letzter Zeit läuft es wieder gar nicht gut, und ich arbeite mich um Jahre versetzt wieder aus diesen Attacken hervor. Manchmal sogar um zehn, zwanzig Jahre, als Kind oder Vierzigjährige; immer als ein merkwürdiger und nicht sehr liebenswerter Mensch, sodass mir die jetzige, selbst gewählte Einsamkeit überallhin folgt wie ein Straßenköter, den ich zu oft gestreichelt habe.

4.1.15

Drei Tage ohne Schlaf. Heute in der Arbeit war ich so müde, dass ich fast das Gefühl hatte, zu schweben. Als ich endlich zuhause war und mich vor den Kollegen nicht mehr verstellen musste, war ich am Ende meiner Kräfte. Alles, was ich sah, kam mir merkwürdig vor, so als hätte ich es noch nie gesehen: die reglosen Schuhhaufen, die in einen Übertopf gestopften Zimmerpflanzen, die Mäntel und Jacken an der Tür. Es war die Wohnung einer Fremden. Mein Blick stockte, als er auf der Suche nach Normalität der Fensterbank folgte: Sie wellte sich.

Mein Gedächtnis war ein flackerndes Neonlicht. Immer wenn es ausfiel, bekamen die Dinge messerscharfe Konturen. Sie wurden zweidimensional, ich kannte sie nur noch von vorn, so wie ich sie inzwischen sah, und wagte es nicht mehr, davon auszugehen, dass sie auch noch eine Seiten- oder Rückansicht hatten. Alles besaß viel zu viele Details. Die Formen des Palmwedels vor der weißen Wand waren schmerzhaft scharfkantig und von einer erschreckenden Intensität. Und dann wurde wieder alles für einen kurzen Moment dreidimensional, und ich konnte wieder durchatmen.

Ich suchte nach Halt und begann, durch die Wohnung zu irren, aber jedes Zimmer war gleich merkwürdig, ein Guckkasten voll flacher Papierfiguren. Im Bad fanden meine Hände automatisch die Zahnbürste, und die vertraute Putzbewegung beruhigte mich ... bis ich merkte, dass ich nicht mehr damit aufhören konnte.

Keine Ahnung, wie lange ich mir die Zähne geputzt habe. Der Spiegel zeigte ein beruhigendes Bild, von der Panik war nichts zu erkennen. Mein Körper gehorchte, meine Hand schob die Zahnbürste mechanisch hin und her. Der weiße Schaum quoll mir über die Lippen und wurde langsam rosa. Mein Spiegelbild war das Merkwürdigste überhaupt: ein vor Wut schäumendes Tier. Nicht die gummiartige Haut war

beängstigend, sondern das lebendige Auge darin, das glän-
zend hin und her flitzte und nach mir suchte.

Lucs Gesicht tauchte hinter mir auf, erst stirnrunzelnd und
dann entsetzt. Er packte mich am Handgelenk und schimpf-
te, weil ich ihn dermaßen erschreckte.

Dass ich nicht in Worte fassen konnte, was mit mir los
war, egal, wie er mich danach fragte, war vielleicht das
Schlimmste. Ich sei jung und gesund, werde geliebt und
lebe wie die Made im Speck: Je mehr Pluspunkte er aufzähl-
te, desto wütender wurde er, aber was ihn erst recht sauer
machte, war, dass ich ihm kleinlaut recht gab.

«Aber was hast du dann?», fragte er gereizt.

Als ich ihm sagte, dass es sich anfühle, als friere ich in mei-
ner eigenen Haut fest, zog er die Nase kraus. «Fest? Wieso
denn fest?»

Er redet in den letzten Monaten immer von dem Glückspla-
teau, das wir erreicht haben. Er möchte vor allem das fort-
setzen, was er gerade tut, erfolgreich sein, in einer festen
Beziehung leben, einen gut bezahlten Job haben und bald
ein Kind kriegen. Ich könne den vorgezeichneten Weg nur
deshalb so leichtfertig kritisieren, so Luc, weil ich mich ab-
gesichert fühle; ich, die ich in einer Bilderbuchfamilie aufge-
wachsen sei, habe vielleicht den Luxus, mich davon befreien
zu wollen, er jedoch nicht. Ich solle mich wenigstens ein
einziges Mal normal verhalten.

Er sieht bloß so seltsam aus, der rosa Schaum auf meinen
Lippen.

×

Langsam schaue ich mich bei Airbnb in niedrigeren Preiskategorien um. Nach dem Interior Design-Segment bin ich bei IKEA-Möbeln gelandet, deren Furnier sich schon von der Spanplatte gelöst hat.

Der Eigentümer der Dachwohnung, in der ich heute Nacht schlafe, hat die Begrenztheit seiner Mittel durch einen japanischen Minimalismus-Look kaschiert. Statt eines Bettes liegen Tatami-Matten direkt auf dem Boden, darauf eine dünne Matratze, die höchstens moralische Unterstützung bietet.

Auf den paar Regalbrettern befinden sich französische und japanische Titel, Tischtennisschläger aus Schildpatt und eine aufblasbare Weltkugel, der vielsagenderweise die Luft ausgegangen ist: Vor allem die Pole sind abgeflacht und eingefallen, während sich rundum Ozeane vorwölben.

An der geraden Wand steht eine Duschkabine, außerdem gibt es eine winzige Einbauküche: ein zweiflammiger Gaskocher, eine Kaffeemaschine und ein Bartisch, der aus irgendeinem Grund zwischen Kühlschrank und Dusche angebracht wurde, ergänzt um zwei Chromhocker.

Langsam wird es Tag. Es pocht in meiner Stirn. Mit den Zähnen zerre ich solange an dem zähen Hautstreifen unter meinen Nägeln, bis ein knallroter, feucht schimmernder Rand übrig bleibt. Als ich ihn anpuste, fühlt sich das kühl an, aber unter meiner Zungenspitze brennt die Wunde.

Mein Handy verkündet, dass es Viertel vor sechs ist, und dass du mir soeben geappt hast. *Ruf mich bitte an.*

Tief aus meinem Innern, anstelle einer Antwort: mein verrückt spielender Puls.

Ich starre eine Weile auf die Nachricht und lege mein Handy dann weg, mit dem Display nach unten, wobei der LED-Blitz darunter hervorscheint.

Um mich irgendwie zu beschäftigen, stehe ich auf und mache Tee. Im Schrank unter dem Herd finde ich Reiswaffeln, die ich mit einem Glas Zuckerrübensirup auf den Bartisch stelle.

Im Stehen frühstücken suggeriert ein begehrenswertes Leben, in dem neben heißem Sex und Alltagshektik keine Zeit bleibt, um sich zu setzen. Dieser Bartisch hingegen, der zwischen Feuchtigkeitsflecken und Linoleum schwebt, führt einem erst recht vor, was alles fehlt.

In unserer Wohnung haben wir genau denselben Tisch und dieselben Barhocker. Wir und Tausend andere.

Die Vorstellung stört mich, weil das Unpersönliche daran an allen Details nagt, die einst als Liebe durchgingen. Dass du immer zuerst direkt aus dem Tetrapak trinkst, bevor du die Milch in ein Glas einschenkst, auch wenn ich das nervig finde. Die Art, wie du dich an die Bar setzt, dabei mit deinem Knie gegen mein Knie stößt und dann sofort die Hand darauf legst – eine Entschuldigung, die so eingespielt ist, dass die Bewegung deiner Hand zeitgleich mit der deines Beins stattfindet. Solche Details scheinen aus dem Leben einer Fremden zu stammen, nicht aus meinem.

Ich verstreiche eine dünne Sirupschicht auf der Reiswaffel.

Wie war unser letztes Frühstück? Ich weiß es nicht mehr, ich habe nicht aufgepasst.

Du warst vor zehn Minuten das letzte Mal online, so Messenger. Es fehlt nicht viel, und ich rufe dich an. Über deiner Nummer leuchtet dein Profilbild auf. Es ist ein Foto, das ich auf dem Balkon eines sizilianischen Hotels von dir gemacht und das ich schon viel zu oft betrachtet habe. Es schmerzt, festzustellen, dass ich mich an nichts mehr von dem erinnere, was sich außerhalb des Bildausschnitts befindet. Nur dieses Bild ist noch übrig wie eine einzelne Kastanie, nachdem der Baum gefällt wurde.

TAG 16

Mit meinem Rucksack über dem Damenmantel gesel-
le ich mich zu den schwarz gekleideten Leuten, die
in der wackelnden Metro von überallher zusammen-
strömen und sich anschließend, kaum wachgerüttelt,
wieder verteilen. Weil ich in den letzten Tagen jedes
Mal eine andere Route genommen habe, kommt es
mir so vor, als wäre ich allein eine ganze Armee von
Arbeitnehmern; als müsste ich jeden dieser schwarzen
Mäntel auch noch füllen. Ich spüre die Erschöpfung
Vieler.

Beim Auktionshaus ahnen sie bereits, dass irgendwas
nicht stimmt. Sogar Von Salm lässt mich auffallend
lange in Ruhe, während ich den ganzen Vormittag damit zubringe, eine bronzene Fin-de-siècle-Nymphe
auf Hochglanz zu polieren. Mit Zahnstochern entferne
ich mühsam den Staub aus ihren Haaren. Zu *irgendwas*
muss Madame ja lieb sein.

Mittags trifft eine neue Warenlieferung ein.
Das Entfernen der Spanngurte und grauen Decken ist

jedes Mal wieder eine Art Kennenlernen. Ich entferne Staub, ziehe Schubladen auf, inspiziere Zapfenverbindungen, schnuppere und taste wie ein Tier und notiere mir so detailliert wie möglich alles, was ich sehe. Je mehr Details ich auflíste, desto mehr fällt dem Käufer auf, und desto schöner ist das Objekt auf einmal. Es gewinnt an Wert, einfach nur dadurch, dass es aufmerksam betrachtet wurde.

Zuallererst taxiere ich die kleine Kommode: französisch, Anfang 20. Jahrhundert, aus Makassar-Ebenholz, Chagrinleder und Elfenbein, «mit einer gestuften rechteckigen Deckplatte über vier Schubladen mit asymmetrischen Elfenbeingriffen», wie es später im Katalog heißen wird. Ich vermerke die edlen Materialien, den beeindruckenden Entwurf. Aber nicht den Tablettenstreifen mit Angsthemmern in der Geheimschublade. Was wir verkaufen, muss historisch verwurzelt sein, aber man möchte nur die Wurzeln haben, nicht den Sand.

Sand gibt es immer. Deshalb stehen wir von der Angewandten Kunst ganz unten in der Hackordnung des Auktionshauses. Ganz oben stehen die Gemälde, dann kommen die Skulpturen und anschließend der Schmuck, der zwar auch eine Form von angewandter Kunst ist, aber wenigstens nie schmutzig wird, und zu guter Letzt unsere abgegriffenen Gebrauchsgegenstände. Wobei es genau diese Abgegriffenheit ist, die die Dinge erst authentisch werden lässt. Sie verleiht ihnen Patina, eine Staub- und Fettschicht. Dieser von langer Benutzung herrührende Firnis ist das Einzige, was sich wirklich schwer fälschen lässt.

×

Eine Nacht darf ich noch in meiner japanischen Dachkammer bleiben, dann kommt wieder ein neuer Gast. Ich esse Pizza im Bett und mache Fettflecken auf das säurefreie Papier.

15.4.10

Gestern Abend, als wir uns liebten, und Luc so zitterte vor Auf- und Erregung, da nahm er behutsam die Stofftiere von meinem Kissen – Waschbär, Piwi und Lapje – und legte sie auf das Kopfteil, brachte sie so in Sicherheit. Bereits zitternd. Das fand ich schön.
Alles fühlt sich so stimmig an. Und er erzählt von später, wenn er ein großes Haus mit einer alten Bibliothek und so einer verschiebbaren Leiter hat, wenn ich mir keinerlei Sorgen mehr zu machen brauche und nur noch Prada trage. Wir, wir, wir – es ist herrlich. Ich weiß, dass ich Luc immer lieben werde, allein wegen dieser Erinnerung.

Es ist Wahnsinn, einen Rucksack mit lauter solchen Szenen von dir fort zu tragen. Je mehr ich lese auf meiner Suche nach dir desto mehr stoße ich auf eine Fremde: auf diese Tagebuchschreiberin, die alles in Tinte ertränkt, als wollte sie es verwässern.

Ich schrieb die SMS ab, die wir uns schickten; jedes Detail war wichtig. Schließlich habe ich dich geliebt. Und die Erinnerung daran. Ein Unterschied, den ich anscheinend nicht erkennen konnte, noch immer nicht erkennen kann, denn jetzt, wo ich in dieser fremden Dachkammer hocke, ist die gigantische Geschichtsschreibung, die ich für uns betrieben und überall auf dem Parkett ausgebreitet habe, das schwerwiegendste Argument dafür, dich auch weiterhin zu lieben. Ich habe das doch alles ernst gemeint – hier steht es, hier, hier, lies doch nur, Schwarz auf Weiß; wie kann das bloß verschwunden sein?

Das «Ich», dem ich auf diesen Seiten begegne, wird mir stets fremder. Wir können kaum ein- und dieselbe sei, denn welcher Mensch macht so was? Seitenlang auf die Ewigkeit hoffen und dann das Ende einläuten.

Gleichzeitig spüre ich, dass beides viel miteinander zu tun hat: Dass es eben deswegen verschwunden ist, weil ich es zu sehr festhalten wollte. Meine Aufmerksamkeit ist eine Glasglocke, unter der man nicht leben kann.

13.1.10

Ich lag gerade auf dem Bett und las, als Luc nach Hause kam. Er stieß einen theatralischen Seufzer aus, ließ noch an Ort und Stelle Tasche und Mantel fallen und schlüpfte aus seinen Sneakers. Anschließend zog er auch noch seinen

Pulli aus. Ermutigende Laute vom Bett aus, sodass er sich
weiter auszog, bis er nur noch seine Boxershorts trug. So
schmiegte er sich an mich, die angezogenen Knie an meiner
linken Hüfte, sein Bauch ein warmer Muff für meine Füße,
während sein Mund hochzufrieden Pupsgeräusche an mei-
nem rechten Oberschenkel produzierte. Als ich kurz mein
Buch weglegte und zu diesem Heft griff, erstarrte er mitten
in dem Dinosaurierakt, mit dem er gerade meinen Schenkel
eroberte. Das eine für mich sichtbare Auge wanderte zu mir,
und er fragte: «Und, komm ich heute einigermaßen gut weg
bei dir?»

×

Ab und zu steht mitten auf der Seite einfach nur: *Er ist*
es. Er ist es. Er ist es wirklich.

Eine Beschwörung.

Wenn die alten Ägypter einen Leichnam einbalsamier-
ten, entfernten sie das Gehirn mit einem kleinen Haken
durch die Nase. Das würde den Verwesungsprozess bloß
beschleunigen. Auch du brauchst in der Welt meines
Tagebuchs kein Gehirn. Das Denken übernehme ich
schon für dich, ich schiebe dich hin und her und lege dir
Worte in den Mund. Immer wenn ich den warmen Körper
neben mir im Bett besinge, bin ich dabei, ihn zu mumi-
fizieren. *Luc hat sich an mich geschmiegt, während ich das*
schrieb. Ich balsamiere dich ein, während du neben mir
liegst und trage den Tod in jede lebende Sekunde.

Und jetzt schön brav zurückblättern und tagträumen, nekrophil wie ich bin!

Ab und zu ächzt meine Dachkammer. Das Waschbecken gurgelt und rülpst Reste von der Tütensuppe hervor, mit der ich es gestern gefüttert habe. Als Reaktion darauf knurrt mein Magen, als wäre ich mit diesem traurigen Ort verschmolzen. Der Deserteur in dem verlassenen Haus. Was mache ich hier eigentlich? Ich vermisse dich.

Ich schnuppere an deinem weißen Hemd, das neben mir auf der Matratze liegt. Die Krageninnenseite ist grau. Während der letzten Wochen ist dein Duft langsam dem meinen gewichen. Je öfter ich es anfasse, desto mehr stinkt es nach Einsamkeit.

Ich hätte es auf keinen Fall einstecken und erst recht nicht bei mir im Bett aufbewahren sollen. Im Halbschlaf streckt es die Arme nach mir aus.

Wenn ich jetzt wieder nach Hause gehe – wenn ich jetzt einfach meine Sachen packe und die Straßenbahn nehme, meinen Schlüssel aus der Tasche ziehe und die Tür aufschließe, durch den Flur ins Schlafzimmer gehe, wo du warm und verschlafen ... – liefe die Zeit dann wieder in die richtige Richtung?, frage ich mich. Oder habe ich schon zu viel kaputtgemacht?

DER BAUM

Auf dem Spielplatz meiner Schule steht neben dem Sand-
kasten ein Baum, in den ich manchmal klettere. Wenn die
Mädchen beim Fangenspielen Jungs gegen Mädchen wieder mal von den Jungen im Schuppen eingeschlossen werden oder so was Blödes. Oder wenn ich einfach Lust habe,
die Welt von oben zu sehen. Es ist ein kleiner Baum, aber
hoch genug, um sich darin zu verstecken: Im Nu haben die
anderen vergessen, dass man dort sitzt und laufen unten
daran vorbei, ohne nach oben zu schauen, während ich die
Füße knapp über ihren Scheiteln baumeln lasse.

Es ist verboten. Die Lehrerin beschwert sich: Was wohl
dein Papa dazu sagen würde, wenn du demnächst vom
Baum fällst?

Mein Vater sagt, dass man nicht fallen kann, solange
man Dreierlei am Ast hat: zwei Füße und eine Hand oder
aber zwei Hände und einen Fuß. Das ist der Lehrerin egal,
es bleibt verboten.

Hält ein Vertretungslehrer den Unterricht, probiere ich
es gleich nochmal. Aber sogar der Vertretungslehrer weiß
von dem verbotenen Baum. Zwischen den Blättern kann
ich seinen Glatzkopf erkennen, er glänzt wie ein Ei in sei-

nem Nest. Er schaut nach oben und sagt: «Man hat mir bereits gesagt, dass du hier sitzen würdest.»

Am nächsten Tag ist der unterste Ast des Baumes verschwunden. An seiner Stelle befindet sich jetzt eine weiße Wunde: Ein klebriger Tropfen rinnt an seiner Unterseite über den grün gestreiften Bast. Vorsichtig betaste ich die abgesägte Stelle. Das ist alles meine Schuld.

Die Lehrerin, die mich dabei beobachtet, tritt hinter mich. «Tja!», sagt sie. «Wer nicht hören will, muss fühlen.»

Ich sage, dass der Baum keine Ohren hat, und dass es deswegen gemein ist, ihn das fühlen zu lassen, aber ihr ist das egal. «Darüber hättest du dir vorher Gedanken machen müssen, meinst du nicht auch?»

Eine Woche später – die anderen spielen gerade Krieg – klettere ich trotzdem wieder in den Baum. Sogar ohne den untersten Ast funktioniert das gut, und das Schönste daran ist, dass jetzt sonst niemand mehr hoch kann. Die anderen probieren es zwar, schaffen es aber nicht ohne den Ast. Die ganze Pause sitze ich in meiner grünen Wolke.

Als ich am nächsten Tag über einer Aufgabe brüte, ertönt ein Höllenlärm. Ich springe auf und sehe nach. Draußen, unter dem Baum, steht ein Mann mit einer Kettensäge.

Es dauert nur kurz, ein Aufjaulen, und schon spritzt Sägemehl. Anschließend kippt der Baum langsam zur Seite.

Als er auf dem Boden landet, federt er wieder ein Stück
nach oben.

Der Mann schaltet die Säge aus, legt sie auf die Sand-
kasteneinfassung und packt den Baum am Stamm.
Während er davongeschleift wird, streckt er die Zweige
nach mir aus.

TAG 18

Es ist schon eine Weile her, dass ich in einer Kletter-halle war, aber der Geruch ist mir nach wie vor vertraut, er beruhigt mich sofort: Staub, Magnesiumcarbonat und getrockneter Schweiß.

Ich leihe mir einen Gurt und Schuhe und nehme am Empfang all meinen Mut zusammen. Als zwei an-dere Kletterer dazu stoßen, komme ich mit ihnen ins Gespräch. Bereitwillig schlagen sie vor, dass ich mich ihnen anschließe, damit ich klettern kann, während mich einer von ihnen sichert. Es sind zwei Männer, Ende dreißig, Anfang vierzig. Der Jüngere hat eine einzelne Dreadlock im Nacken, der Ältere ist von den Handgelenken bis zum Kinn tätowiert.

Zum Klettern braucht man einen Partner, das ist der einzige Nachteil. Meist organisiere ich über ein Face-bookforum einen Kletterkumpel, aber manchmal gehe ich auch einfach hin und warte ab. Irgendjemand findet sich immer.

Ich beginne mit dem Klettern, anschließend tauschen wir die Rollen, und ich sichere den Mann mit den Tat-toos. Während ich das Seil halte und mit in den Nacken gelegtem Kopf seine Bewegungen beobachte, erklärt mir sein Freund mit der Dreadlock, wie ich den schwierigen Schritt vorhin hätte machen können.

Sobald mein Kletterer oben angelangt ist und sich in das Seil hängt, spannt sich mein Gurt um Hüfte und Schenkel. Ich stemme mich dagegen, aber der Gewichtsunterschied ist so groß, dass ich trotzdem nach vorn gerissen werde; meine Zehen berühren gerade noch den Boden, während ich den tätowierten Mann herunterlasse. Er landet halb auf mir, lacht und berührt meine Schulter; ich kann ihn riechen.

Vor Luc ist es mir fast nie aufgefallen, wenn mich jemand ansah. Ich achtete nicht darauf, so fest war ich davon überzeugt, nicht attraktiv zu sein, schließlich hatte mich kein Junge je angemacht. Und als ich dann mit Luc zusammen war, waren die anderen in gewisser Weise Luft für mich. Sie waren blass, sie gingen mich nichts an.

Das ist wie bei einem Computerspiel, bei dem man sich durch eine Welt bewegt, in der bestimmte Dinge aufleuchten, weil sie den Spielern zur Verfügung stehen: Fährt man mit der Maus darüber, glühen sie auf und vibrieren ein wenig. Der Rest ist statischer Hintergrund, dafür gibt es keine Knöpfe.

Bisher gehörten alle schönen Menschen zum Hintergrund, sie waren dekorativ, aber unerreichbar. Doch heute Nachmittag haben meine beiden Partner dieses helle Leuchten einer Potenzialität, und auch ich vibriere leicht. Ich sehe, wie ihre Rückenmuskeln hervortreten, ihr ganzer Körper beweist, dass sie zupacken können, vielleicht regt das ja meine Fantasie an. Oder aber es liegt an der totalen Konzentration, zu der einen die Höhenangst zwingt.

Ich erwidere den Blick des Tätowierten mit einem zaghaften Lächeln, mehr traue ich mich noch nicht.

Die Kletterhalle heißt Terres Neuves, weil sie in der Nieuwlandstraat liegt, dabei ist es die Älteste der Welt. Sie befindet sich mitten in Brüssel in einem Altbau: ein entkernter Prachtbau, dessen Decken und Böden entfernt wurden, um einem fünfzehn Meter langen Seil Platz zu bieten, an dem sich die Kletterer rauf und wieder runter bewegen können. Zwischen den an die Wand gedübelten Griffen, kann man an einigen Stellen die zierlichen Blendsäulen sehen, die einst Teil des einen oder anderen Salons waren. Jetzt sind sie mit Gold besprüht und von einer Schicht aus Fett und Magnesiumcarbonat bedeckt. Für mich symbolisieren diese Säulen Brüssel.

Manchmal kommt mir dieser Ort vor wie eine wilde Mischung aus jemandes Erinnerungen an eine Stadt und jemandes Albtraum einer Stadt. Da sind die kleinen, unauffälligen alten Häuser, der Regen, der dunkel im Craquelé der Fassaden aus dem 17. Jahrhundert hängen bleibt; und dahinter, darüber ragt ein Koloss aus verspiegeltem Rauchglas empor, manche Fenster sind mit Spanplatten verrammelt, auf denen das Wasser feuchte

Spuren hinterlässt. Das Goldene Zeitalter, der Jugendstil und die Sechzigerjahre existieren über- und nebeneinander wie halbfertige Gedanken: Ständig ändert die Stadt ihr Gesicht und lässt so gut wie keine Gnade walten, was ihr früheres Erscheinungsbild betrifft.

Brüssel scheint nicht in der Lage zu sein, sich selbst zu lieben, geschweige denn für sich selbst zu sorgen. Wunden werden nicht genäht. Alte Gebäude bleiben stehen oder werden abgerissen, wie es eben gerade passt; über den Straßen liegt ein Flickenteppich aus Reparaturen, die den alten Asphalt nach und nach komplett ersetzen werden. Um Schlaglöcher wird Absperrband gespannt, das dann wochen-, ja monatelang so bleibt und sanft im Wind flattert.

Es gibt ein Wort für diese Strategie: Brüsselisierung beziehungsweise *bruxellisation*. Nämlich die alten Gebäude absichtlich verwahrlosen zu lassen, damit sie verfallen und irgendwann nur noch ein Abriss infrage kommt. Oder aber: eine schleichende Neubebauung einzuführen, indem man mitten in die Altstadt Betonungeheuer setzt, die vor allem wegen dem, was ihretwegen abgerissen wurde, in Erinnerung bleiben.

Einst las ich folgende Beschreibung der idealen Stadt: ein Ort, der nur in eine einzige Richtung wachsen darf. Neubauwohnungen schießen am westlichen Rand empor, werden bezogen, beginnen zu verfallen und stehen dann einfach leer, um irgendwann von dem Dschungel verschluckt zu werden, der die Stadt vom Osten her verschlingt. So lässt die Stadt ihre Vergangenheit langsam hinter sich.

Luc lebt mit demselben Vergessenseifer.

×

Der Mensch hat eine Zeitlang nach dem «Engramm» gesucht: nach der bioelektrischen Spur, die eine Erinnerung wie einen Stempelabdruck im Gehirn hinterlässt.

Inzwischen sind Wissenschaftler zu der Auffassung gelangt, dass es so etwas nicht gibt. Es gibt keinen unabänderlichen Eindruck, keinen Aktenordner zwischen den Hirnlappen, in dem dieses oder jenes Ereignis abgelegt ist. Auf Molekularebene werden Erinnerungen bei jeder Aktivierung neu gebildet: Rekonsolidierung nennt man das. Es werden zwar Informationen gespeichert – Fakten, Namen, Sinneseindrücke –, aber das geschieht bruchstückhaft, und diese Fragmente müssen jedes Mal, wenn eine bestimmte Szene abgerufen wird, neu zusammengesucht und wie Legoteile zusammengefügt werden.

Eine Erinnerung ist daher stets frisch: Die *memory lane* wird angelegt, während man daneben steht, und zwar in die Richtung, die man haben will. Das Straßenpflaster muss etwas beweisen, entkräften, vorhersagen oder erklären, und genau zu diesem Zweck wird es instandgesetzt: Die Vergangenheit mag zwar das Material dafür liefern, aber das Hier und Heute bestimmt die Ausführung jedes Mal wieder aufs Neue.

Erinnerung handelt von der Zukunft. Erinnerungen sind eben deshalb so wandelbar, weil unser Gedächtnis *eben nicht* entstanden ist, um uns ein möglichst genaues, dauerhaftes Bild von unserer Vergangenheit zu geben. Das Gedächtnis hat die Hürden der Evolution überlebt, weil es uns mit Hilfe von Erfahrungen in die Lage versetzt, Zukunftsvorhersagen zu treffen. Das Gedächtnis ist nicht dazu da, dass man weiß, was passiert *ist*, sondern dazu, dass man weiß, was passieren *wird*. Es ist eine Art Einbildung.

Aufgrund dieser Vorhersagefunktion muss eine Erinnerung nicht nur mit dem übereinstimmen, was passiert ist. Sondern auch dem entsprechen, was man erwartet, glaubt und sich *im Moment des Erinnerns* wünscht. Daher kann es vorkommen, dass eine Erinnerung, die tatsächlich wahr ist, trotzdem verworfen wird, weil sie keinen Platz in der Geschichte hat, die man sich selbst von der Zukunft erzählt.

Wenn das eigene Gedächtnis unzusammenhängend ist und Geschehnisse verzerrt, ist das demnach kein Zeichen des Scheiterns, sondern des Erfolgs.

Die meisten Menschen wissen so gut wie nichts mehr von ihren ersten Lebensjahren. Erst wenn man Worte dafür hat, kann man Erinnerungen an ein Konzept gut abspeichern. Je besser ein Kind darin wird, Geschichten zu erzählen, desto besser kann es Informationen reaktivieren. Gleichzeitig wird die Erinnerung dadurch schneller verzerrt, macht sich andere Informationen zu eigen und bezieht diese in die Geschichte mit ein, wenn es ihr gerade in den Kram passt. Und was nicht passt, verschwindet.

×

Wenn der Mensch wirklich ein Gedächtnis entwickelt hat, um besser für die Zukunft gewappnet zu sein, ist das von Luc geeigneter als meines. Er hat schon immer behalten, was er brauchbar fand, die leichten, luftigen Souvenirs für die sonnigen Zeiten aufbewahrt, die noch auf uns warten sollten –, während ich mich mit allem abschleppte, was ich nur finden konnte, ein Messie, der die Polarnacht erwartet. Ich habe mir oft gewünscht, so hell und leicht zu sein wie er. Eine Zeitlang machte er mich auch schwerelos und brachte mich zum Fliegen, aber ich blieb ein Heißluftballon, der Angst hat, sein Ankerseil zu verlieren.

Vieles vergaß er im Nachhinein völlig, während ich sehr Vieles detailliert notierte. Mit dem Ergebnis, dass sich sein Bild von der Wirklichkeit zunehmend von meinem unterschied. Es machte mich traurig, dass es nicht in meiner Macht lag, diesen Riss zu kitten.

Wenn wir im Bett lagen und die schönsten Szenen unseres Liebeslebens Revue passieren ließen, war ich für die Show zuständig. Er kommentierte sie und staunte, wie sehr ich ins Detail ging. «Meine externe Festplatte» nannte er mich. Dass mein Gedächtnis so zuverlässig zu funktionieren schien, lag daran, dass ich sämtliche Details notierte, wenn sie noch frisch waren, und ihnen die Form gab, die sie behalten sollten.

Wenn Luc mir kurz über die Schulter sah und seinen Namen auf meiner Tagebuchseite entdeckte, fragte er: «Geht es um mich?» Er machte Witze über die dreißigbändige Biographie, die ich über ihn schreiben würde, und hatte für die einzelnen Episoden bereits Kapitelüberschriften parat. Unser Umzug nach Brüssel hieß «Der große Sprung nach vorn» und sein Job in den letzten Monaten «Wie auf den Leib geschneidert, Teil 1 bis 15».

×

Er vergaß nicht alles. Vor allem eine Episode vergaß er nie, weil sie seine größte Angst betraf, den einzigen Grund, warum er je Schluss machen würde.

Im vierten Studienjahr – damals war ich zweiundzwanzig und wir beide fast fünf Jahre zusammen –, wurde ich Mitglied der Utrechter Unisportgruppe «Klettern», ein Zusammenschluss von Alpinisten im flachsten Land der Welt.

Ich fand das toll, schließlich war ich als Kind sogar auf den Porzellanschrank geklettert. Am liebsten schlafe ich nach wie vor in einem Hochbett oder etwas, das an ein Nest erinnert.

Ich hatte das Klettern nicht verlernt, war aber nicht mehr so geübt, und als ich wieder damit anfing, waren meine Handflächen von Hautfetzen übersät, die an Cornflakes erinnerten.

In einer Kletterhalle auf einem Fabrikgelände im Norden der Stadt erlernte ich die Technik. Jede Kletterroute bestand aus Griffen derselben Farbe, am ersten war ein Zettel mit einem poetischen oder witzig gemeinten Namen befestigt, auf dem ihr Entwickler, der Schwierigkeitsgrad und das Datum der Entstehung vermerkt waren. Die meisten Routen blieben ein paar Wochen oder Monate bestehen, dann wurden die Griffe wieder abgeschraubt und für eine andere Konstellation verwendet.

Als ich den Schwierigkeitsgrad 6b+ erreicht hatte, wurden die Routen so kompliziert, dass ich an jeder lange genug tüfteln musste, um eine Vorliebe für bestimmte Entwickler zu entwickeln. Inzwischen wusste ich, dass der eine ziemlich große Routenbauer seine Griffe für meine Spannweite zu weit auseinander platzierte, und dass mir die Kompositionen eines anderen zu viel auf Kraft und zu wenig auf Technik setzten. Meine Lieblingsrouten stammten von einem gewissen Casimir. Das waren immer regelrechte Puzzles, die so raffiniert konstruiert waren, dass man den nächsten Schritt nur dann machen konnte, wenn man den Körper auf eine ganz bestimmte Art anwinkelte oder drehte. Sie spielten mit dem Gleichgewicht, zwangen einen oft, das Gewicht von der einen auf die andere Seite zu verlagern, bevor man auf einer Zehenspitze balancierend den nächsten Griff erreichen konnte – eine Position, die man sonst nie gewählt, ja sogar für unmöglich gehalten hätte.

In der Sprache ist diese Haltung das Wörtchen *Ich*. Wenn man es liest, hat man sich kurz in denjenigen hineinversetzt, der einem dieses Wort hinterlassen hat. Das Wort ist solange leer, bis man sich hineinbegibt. Es ist nichts als Druckerschwärze, eine Kasperlepuppe, die erst zum Leben erweckt wird, wenn eine neue Hand hineingesteckt wird. Es ist das eigene Dazutun, die eigene Geistesregung, die die Person zum Leben erweckt, mit einem selbst als Mittelpunkt.

Bis ich mit dem Klettern begann, kannte ich dafür eigentlich keine andere Form als die Sprache. Wer eine gut komponierte Route klettert, erlebt dieselbe Art von Verschmelzung. Der eigene Körper muss der Einladung folgen, tastend, aus eigener Kraft und nach eigenem Ermessen. Wenn dann alles stimmt, ist man die Ausführung des Gedankens eines anderen.

Die Griffe, Tritte, Drehungen und Sprünge, zu denen Casimir einlud, schufen ein Ich, in dem ich mich zuhause fühlte.

Ich konnte mir einen ziemlich genauen Eindruck von seinen Körpermaßen verschaffen (sein Rücken und seine Beine sind länger als meine, seine Arme ungefähr gleich lang). Und durch die Namen, die er seinen Routen gab, glaubte ich auch auf seine Interessen schließen zu können. Eine hieß *Der Zauberberg*, eine andere *Der Steppenwolf*. Ich ging davon aus, dass er Deutscher war und sehr präzise – ein Mathematiker vielleicht? Auf jeden Fall war er ein Leser.

Ich begegnete ihm erst Monate nachdem ich mit ihm Bekanntschaft gemacht hatte, und zwar auf der Jahresfeier der Unisportgruppe, die er als einer der Leiter mitorganisierte. Das Motto hieß «Kaiser und Gladiatoren.» Nicht, dass das große Bergsteiger gewesen wären, aber sie boten einen Vorwand, um in einem Lendenschurz oder in einer locker geknoteten Toga zu erscheinen und Lorbeeren für den hart erkämpften Bizeps zu ernten. Die Party fand in einem Studentenverbindungssaal statt, dessen Holzboden von Bier getränkt war. Ich hatte mir zu diesem Anlass zwei Meter Leopardenstoff auf dem Markt gekauft und diesen über meine Bluse drapiert. Außerdem trug ich einen kurzen braunen Wildlederrock und hatte Bänder an meine Stiefel geknotet, was entfernt an altrömisches Schuhwerk erinnerte.

Als ich reinkam, war schon jede Menge los. Eine Art Arena war vom übrigen Saal abgetrennt worden, und mittendrin stand ein mechanischer Stier.

Der Stier hatte weder Kopf noch Beine und erinnerte noch am ehesten an das altmodische Sportgerät, den Bock. An seiner Vorderseite war ein dickes Seil befestigt, an dem man sich mit einer Hand festhalten durfte. Nach Betätigung eines Knopfes begann das Ding zu bocken – erst langsam und dann immer schneller und abrupter –, sodass derjenige, der darauf saß, gezwungen war, die Bewegungen nachzuvollziehen und mit dem freien Arm herumzufuchteln, um die Balance zu halten.

Ich hätte das zu gern ausprobiert, wagte es aber nicht, mich vorzudrängen und nahm meinen kurzen Rock als Ausrede. Dafür blieb ich in der Nähe des Rings, um ab und zu zuschauen zu können, wie ein Kletterer nach dem anderen in die aufblasbaren Fallkissen geschleudert wurde.

Irgendwann setzte sich ein blonder junger Mann in den Sattel. Jemand, der nicht zu sehen war, kündigte ihn per Mikrofon an: Casimir.

Neugierig trat ich näher. Er trug ein weißes Bettlaken, das er schräg vor der Brust zusammengeknotet hatte. Unweit seines Schlüsselbeins war eine knallrote Narbe zu erkennen; auf dem Kopf trug er einen Kranz aus Plastikefeu. Er hatte grüne Augen und ein blasses Gesicht, außerdem eine markante Nase und ein langes Kinn – ein Gesicht, das in zwanzig Jahren attraktiv verwittert sein würde und jetzt an Chicorée erinnerte.

Das Rodeo begann. Casimir hielt sich im Sattel, folgte geschmeidig den vorprogrammierten ruckartigen Bewegungen – tief nach vorn gebeugt, um seinen Schwerpunkt näher an die Maschine zu bringen. Er war ein echter Hingucker, und ich glaubte in seinen Bewegungen den Balancekünstler zu erkennen, der sein Selbstporträt schon so oft an der Kletterwand zurückgelassen hatte.

Das erste Mal, dass ich Luc auf einem Pferd reiten sah, habe ich meinem Tagebuch nie anvertraut, weil es mir zu peinlich war, zuzugeben, dass seine Art, die Hüften zu bewegen, der Grund war, dass ich Interesse an meiner Großen Liebe entwickelte. Und weil ich diesen Moment nie festgehalten habe, hatte ich ihn im Grunde vergessen – bis zu dem Abend, als ich Casimir dabei zusah, wie er das Becken je nach Bewegung des mechanischen Stiers vor- und zurückkippte.

Als ich zuschaute, wie Luc das auf einem dicken braunen Pony tat, war gerade ein trüber Sommertag. Mit ein paar Klassenkameraden waren wir mit dem Rad ins nächste Dorf gefahren, in dem ein reicher Mitschüler wohnte – jemand, den wir eigentlich nicht besonders mochten, der aber eine Sauna und ein Schwimmbad besaß. Vom überdachten Pool habe ich eigentlich nur noch die schleimigen, auf das Sechsfache ihrer normalen Größe aufgequollenen Gummibärchen in Erinnerung, die dort im Chlorwasser trieben. Der Nachmittag nimmt erst dann wieder klare Konturen an, als wir alle am Gatter der Pferdekoppel stehen, und Luc ohne Zaumzeug und Sattel ein paar Runden trabt. Er sitzt kerzengerade und ist sich seines Publikums durchaus bewusst. Doch sein Blick ist nicht auf uns gerichtet, und seine Sehnen in Hals und Nacken reagieren ausschließlich auf die Bewegungen des Ponys, genau wie seine Hüften. Von dem Moment an, als mir diese Bewegung auffällt und ich sie auf eine andere, schemenhafte, verbotene Szene übertrage, ist es, als wären die anderen weit weg und ich ganz allein mit meiner Fantasie, und damit mit Luc.

Nach dieser Intimität fand ich, dass ich mich ruhig etwas öfter mit ihm unterhalten sollte. Gut möglich, dass damals alles seinen Anfang nahm.

Als ich Casimir auf dem Stier sah, der sich stets heftiger aufbäumte, hatte das eine ähnliche Wirkung auf mich wie die ersten Noten einer bekannten Melodie. Wäre der Stier nicht gewesen – hätte ich dann angefangen, mit zu summen?

In meinem Tagebuch habe ich nur wenige Worte über diesen Abend verloren. Ich beschreibe Casimir als jemanden, der «bestimmt gut tanzen kann, wenn er sich denn trauen würde» und notiere, dass ich ihn nach seiner eindeutig noch frischen Narbe gefragt habe. Die stamme vom Snowboarden, sagte er entschuldigend, als hätte er an einem Stierkampf teilnehmen müssen. Sein Niederländisch klang ein bisschen eingerostet.

Als wir gegen Ende der Woche was zusammen trinken gingen, stellte sich heraus, dass Casimir nicht Mathematiker war, sondern Geograph, nicht Deutscher, sondern halb Schweizer, halb Niederländer. Vor jedem Satz runzelte er nachdenklich die Stirn und ließ den Blick schweifen; er redete über Bücher und Fotografie und war sowohl neugierig als auch schüchtern. Dann war er wieder so direkt, dass ich nicht wusste, ob sein seltsamer Spruch auf den Sprachunterschied, auf seine Unbeholfenheit oder auf seinen Humor zurückzuführen war. Selbst an einem Kneipentisch schien er irgendwie schwerelos zu sein.

Zum Abschied küsste er mich plötzlich auf beide Wangen, so wie es unter Freundinnen üblich ist: Keine Ahnung, wie wir auf einmal dazu kamen. Wenn wir noch keine Freunde sind – und wie soll das innerhalb so kurzer Zeit gehen? –, sind wir dann einfach nur ein Mann und eine Frau nach einer Verabredung? Ich hätte es prätentiös gefunden zu sagen: Ich hab übrigens einen Freund. Ganz so, als bliebe ihm keine andere Wahl, als sich in mich zu verlieben ... Oder ist das jetzt naiv von mir.

Ohne Fragezeichen, und daher keine echte Frage. Ich war naiv. Oder besser gesagt, ich blieb der Geschichte von der einen großen Liebe ganz bewusst treu. Außerdem ging ich davon aus, dass Casimir, wenn ich ihm denn gefallen sollte, schon mein Facebookprofil anschauen würde, in dem brav stand, dass ich mit Luc in einer Beziehung war.

Immer öfter trafen wir uns zufällig in der Kletterhalle, bis wir aufhörten, das als Zufall auszugeben. Von da an verabredeten wir uns zum Klettern, und ich begann Casimir Quasi zu nennen, wie nach eigener Aussage all seine Freunde.

Während ich ihn in der Wand sicherte, schaute ich mir seine spinnenhafte Art zu klettern an.

Alles ging gut, bis er eines Nachmittags vor dem Klettern vorschlug, noch einen kurzen Spaziergang zu machen. Wir schafften es bis zur nächsten Straßenecke, und dort, im Nieselregen im Industriegebiet, gestand er mir ganz zaghaft seine Liebe. «Ich glaube, ich mag dich irgendwie.» Er war aschfahl.

Ich wusste nicht, was ich tun sollte. Ich suchte nach Worten; die einzige auf der Hand liegende Antwort lautete: «Ich dich auch», und genau das sagte ich, selbst wenn ich erschrocken hinzufügte, dass ich einen Freund habe, den ich nicht verlassen werde.

Casimir wusste das, hatte es aber gleichzeitig nicht wissen wollen – so wie auch ich im Grunde ganz genau gespürt hatte, worauf diese Quasi-Freundschaft hinauslief.

«Na ja», sagte er. «Dann werden wir uns eben nacheinander verzehren..»

25.11.10

Heute Morgen will ich aufstehen und lernen, aber Luc protestiert.

«Hast du etwa einen anderen?»

«Ja. Den Planeten»

«Ist er alt?»

«Sehr alt.»

«Ist er schlau?»

«Unglaublich schlau.»

«Oooooooh ...» (versteckt sich unter der Decke, sodass nur noch seine Plattfüße hervorschauen).

«Aber es ist total platonisch!»

«Das ist ja noch schlimmer! Weil er Sachen mit dir macht, die du nicht mit mir machst!»

Usw.

Und mich dann so verliebt anschauen, während ich mich anziehe.

Am selben Nachmittag gehe ich mit Casimir Kaffee trinken.

Der fragt sich, ob er vielleicht masochistisch veranlagt ist, weil er sich schon öfter in Frauen verliebt hat, die er nicht haben kann; um dann noch hinzuzufügen, dass er damals «nicht so doll verknallt war» wie jetzt.

Ich habe Casimir nie geküsst und bin ihm auch nie nahe genug gekommen, um zu wissen, ob er beispielsweise warme Hände hatte, wie seine Haut beschaffen war. Trotzdem wäre es gelogen zu behaupten, dass du zu Unrecht eifersüchtig warst. Körperlich hielt ich brav Abstand, aber ich weiß noch, wie ich Casimir ansah, mir vorstellte, wie er wohl als alter Mann wäre, als Vater. Seine ungeschickte Liebeserklärung und sein hartnäckiges darauf Beharren zwangen mich zum ersten Mal, mich zu fragen, wie es wohl wäre ohne dich mit einem anderen weiterzuleben.

Meine Vorstellung von Liebe war Folgende: auf Anhieb dem Richtigen begegnen. Es schmerzte, dass meine Liebesauffassung so dehnbar wurde, dass leicht zwei Männer darin Platz fanden.

Ich lebe jetzt schon seit Jahren mit derselben Zukunfts-vision: ein Haus mit Luc, ein paar Kinder, die ihm ähnlich sehen, die Vorstellung von stabiler Geborgenheit.

Angenommen, ich würde mich langsam von Luc lösen. Was dann …?

Dann kommt eine grelle, schneeweiße Zukunft, die mich blendet, aber dafür keinerlei Einschränkung oder Ein-engung kennt. Wie das wohl wäre?

Was zu der Frage führt: Wie wäre es, wenn ich mit Casi-mir …? Wieder füllt sich die Ebene, weist lauter Spuren auf. Wieder ist da ein Haus, in dem man sich dauerhaft nieder-lassen kann, eine neue Welt, die sich ebenfalls nicht mehr bewegt. Ein Ankerpunkt, der es mir verbietet, mich zu ver-laufen, und mich gleichzeitig davor bewahrt.

Ich weiß nicht, was mich mehr fasziniert und was mir mehr Angst macht: der helle Schnee, der zu Pulver zerfällt und verweht, in den ich allerdings jede Menge neue Linien malen könnte. Oder das Haus, die Immobilie, *die mir den Horizont teilweise verbaut.*

Heute Morgen stand Luc wieder kurz vor dem Aufbruch, mit seinem schönen, jungenhaften Lachen und seinem Käppi – so wunderbar lässig und verspielt.

Casimir dagegen bewegt sich immer wie auf dünnem Eis, dicht an der Wand, vorsichtig-verkrampft. Ich würde sei-nem Körper so gern zeigen, wie man sich locker macht, warm wird und rosig, sich jemand anders zuwendet. Aber das ginge nicht, ohne Luc und mich größtenteils zu zerstören, nur noch bruchstückhafte Reste von mir bei

ihm abzuliefern und auch nicht ohne ihm das stets vor-
zuwerfen.

Außerdem glaube ich, dass er mich unterschätzt. Dass er
mich zwar schön findet, vielleicht auch intelligent, aber
eben nicht weiß, wie giftig und unruhig ich sein kann, und
ich glaube nicht, dass er damit umgehen könnte. Ich merke,
dass ich ihn behandle, als wäre er deutlich jünger als ich,
als wäre er mein kleiner Bruder.

Je öfter ich an Luc/Casimir denke desto weniger schlafe ich
und desto elender fühle ich mich in jeder Hinsicht. Ich bin
nicht anständig. Ich bin nicht lieb, sanft und gut. Ich kann
mit dem einen Mann ins Bett gehen, während ich an den
anderen denke.

Du hast nur eine Chance, dachte ich mir, nur eine einzige Chance. Du kannst nicht die eine, ewige, allerletzte
Liebe auf die nächste folgen lassen.

Seitenlang überzeugte ich mich von dieser Tatsache,
von der Vorstellung, dass jede andere Liebesgeschichte
nach Luc nur noch ein schwacher Abklatsch sein und
einem knallharten Vergleich niemals standhalten würde. Jeder andere Liebhaber, den ich jemals haben würde,
würde es stets mit meinem Märchen vom Großen, Ersten und Einzigen aufnehmen müssen.

Ich frage mich, was an meinem Glauben an die absolu-
te, exklusive Liebe nicht stimmt. «Ich werde immer bei dir
bleiben» – trifft das nicht ohnehin nur vorübergehend zu?
Wird so ein Versprechen nicht erst dann besonders aussage-

kräftig, besonders wahr, wenn eine Trennung eine realis-
tische Option ist?

Das musste die Lösung sein: Wenn ich meine Neugier auf Casimir auf dem Altar der Großen Liebe opferte, würde das diese Liebe nur noch größer machen. Trennte ich mich dagegen von meiner Großen Liebe, konnte die danach nur noch kleiner sein. Die einzige Methode, sich solch schrumpfende Emotionen zu ersparen, war bei Luc zu bleiben.

Etwas in der Art sagte ich irgendwann auch zu Casimir.

Er kam mit dem großen Hut und den Lederschuhen seines Opas in die Kneipe, ein wandelnder Anachronismus. Der Mann, der zu spät kam.

Er begann sofort, von Platons Symposion zu erzählen – von der Theorie, dass der Mensch einst vier Beine, vier Arme und zwei Köpfe gehabt habe, aber als Strafe der Götter in zwei Hälften geteilt worden sei. Von da an seien diese gezwungen, nach ihrer anderen Hälfte zu suchen. Und er habe das Gefühl, ich sei die seine.

Schwere Geschütze, sodass ich erwiderte, dass Luc meine Große Liebe sei und nichts, was sich bereits erledigt habe; dass ich auf keinen Fall mit ihm Schluss machen könne; und dass selbst dann immer ein Schatten auf uns liegen werde, weil ich ihn immer mit seinem Vorgänger vergleichen und verbittert reagieren werde, sobald etwas an ihm nicht perfekt sei. Ob er das begreife? Er sah mich an, blaugrüne

Augen, im rechten davon ein brauner Fleck wie eine Extra-pupille. Er nickte.

Ich meinte, er werde ohnehin bald vergessen, was ihm an mir so gefalle.

«Es ist ja nicht so, dass ich denke: Oh je, ich werd nie mehr eine finden.»

«Das ist auch nicht so.»

«... aber jemanden wie dich, findet man nicht alle Tage.»

«Das wäre ja noch schöner», meinte ich.

«Haha ... ja!»

Endlich stahl sich ein wenig Wut in seinen Blick.

Insgesamt hatte dieses kleine Drama von der Liebes-erklärung bis zum Schlussakt anderthalb Wochen gedauert. Luc hatte ich nichts davon erzählt.

Erst Wochen später, als sich der Sturm längst wieder gelegt hatte, bekam er etwas davon mit, als die Freun-din, der ich alles erzählt hatte, bei einem Essen arglos fragte, «Und, hast du mal wieder was von dem Typen gehört, der so auf dich stand?»

Luc sah mich an, als hätte ich ihn geohrfeigt. Wäh-rend des ganzen Essens sagte er kein Wort mehr, sein Schweigen wuchs, bis er meine Freundin vergrault hat-te. Anschließend konnte ich zusehen, wie ich den Scha-den wieder behob. Ich log, es sei eine völlig einseitige Sache gewesen, ich habe ihn wegen so einer Nebensäch-lichkeit bloß nicht beunruhigen wollen.

Nikolaus.

Mein Vater hatte Lucs Namen gezogen und ihm etwas Schönes gebastelt, ein riesiges Gesetzbuch in Anspielung auf sein Studium, darin das Motto: Dura lux, sed lux. Das Licht ist hart, aber es ist Licht: Weil Luc sich ständig so über die schreckliche Neonröhre über dem Badezimmerpiegel beschwert. Das Geschenk, ein kleines atmosphärisches Lämpchen, war eher als Scherz gedacht.

Luc machte einen etwas eingeschüchterten Eindruck, vor allem als auch noch Gedichte auf Französisch, Deutsch und Spanisch zitiert wurden. Später im Bett fragte er: «Hab ich die Prüfung bestanden?»

Er hatte sich schöne Weingläser gewünscht, denn als Franzose wollte er etwas von Wein verstehen. Ich hatte Kristallgläser ausgesucht, dazu gab es folgendes Gedicht, wobei ich dem Nikolaus ein paar ermutigende Worte in den Mund gelegt hatte:

Lieber Luc,

seit fünf Jahren gilt dein Grinsen einem Mädchen dieser
Runde,
bist seit Langem unverzichtbar, so zumindest geht die Kunde.
Du fährst Ski mit vielen Schwestern, bist auch da an
Nikolaus
und bereicherst jede Story lebhaft hier in ihrem Haus.

Die Familie, die so oft du mit deiner Wenigkeit entzückst,
ruft im Chor, wenn sie dich sichtet: Welcher Scherz uns heut
beglückt?
Und darunter eine Dame, der das ganz speziell behagt.
Was ein bisschen Charme und Schönheit doch beim Weiber-
volk vermag!

Kling ich bitter? Ach ein bisschen, bin ja nur ein alter Mann,
der das Turteln und Umgarnen nicht mehr länger darf und
kann.
Für die Dauer dieses Reimes, ich dir kurz den Mund verbiet.
Daher musst du wohl ertragen, dass dir etwas Spott
geschieht.

Doch ich bin euch wohlgesonnen, bin doch selbst Romantiker;
junge Liebe, rein und mutig, die gefällt mir, guter Herr,
deshalb will ich darauf trinken einen guten roten Wein:
Rot heißt Liebe! Hoch die Gläser! Stets gefüllt soll eures sein!

Und das Glas, das hat zu klingen, rein und klar und glocken-
hell,
sauber singend wie die Liebe, nur zerbricht die nicht so
schnell.

Nikolaus.

Luc raste regelrecht durch das Gedicht und verhaspelte sich.
Nervös, wie er war, las er: «... nur zerbricht die so schnell.»
Vor der ganzen Familie wollte ich ihn lieber nicht korrigieren.

218

Später im Bett: Wie schön es doch wäre, mit unseren Kindern auch mal so Nikolaus zu feiern.

«Ja», sagte ich.

Mit Piepsstimme: «Möchtest du das denn? ... Mit mir?»

«Ja natürlich, allein dürfte ich das schlecht hinkriegen.»

Nicht sehr geistreich, aber er macht mich einfach nervös, mit dieser Kinderstimme. In Wahrheit bin ich natürlich wütend auf mich selbst: Es tut weh, an ihm zu zweifeln. Was spielt es schon für eine Rolle, dass er seine unregelmäßigen Verben nicht beherrscht? Dass er kein perfektes Nikolausgedicht verfassen kann? Dass er keine Bücher liest, dass wir sonst keine gemeinsamen Interessen haben? Er ist derjenige, der mich stets zum Lachen bringen kann, dessen Körper zu meinem spricht, und der (nach ein bisschen Quengeln) bereit ist, mir nachzureisen, um Abenteuer zu erleben. Der ideale Ausgleich zu meiner Schwermut. Außerdem der schönste Mann, den ich kenne.

Abends kann er nicht schlafen, wenn er mir vorher nicht noch kurz in die Augen geschaut hat, so als wollte er sich versichern, dass ich immer noch da bin.

Lieber Luc, du unterschätzt dich.

Wochenlang bemühte ich mich derart, ihn zu beruhigen, jedes Mal nur mit begrenztem Erfolg.

Ich beschloss, ihm was Schönes zu schenken, nicht bloß irgendwas Teures, sondern etwas, das alle Zweifel hinwegfegen würde. Das im Hinterkopf, kaufte ich ein gebundenes Notizbuch, das ich in den darauf folgenden Wochen füllte. Ich ging meine Fotonegative durch und ließ die schönsten erneut abziehen, ich plünderte die zahllosen Schachteln, Kisten und Umschläge, in denen ich schon seit Jahren Museumseintrittskarten, Broschüren und andere Souvenirs aufzubewahren pflege. Ich druckte alte Chats aus, suchte zärtliche Mails heraus und schöpfte aus meinem Tagebuch, aus dem ich die schönsten Stellen leicht variiert abschrieb und um neue Passagen ergänzte. Mir fehlte die Zeit, alles so hinzukriegen, wie ich es gern gehabt hätte, auch wenn ich mich heimlich Abend für Abend damit beschäftigte. Luc beschwerte sich, dass ich so viel arbeite.

Spontan schlug ich vor, zusammen zu verreisen. Nach mehrmaligem Drängeln war Luc bereit, nach Italien zu fahren. Am liebsten nach Sizilien – ein Ort, der seiner Vorstellung von Echten Männern, Romantik und Dolce vita am meisten entsprach. Wegen der billigeren Flugtickets ging es schließlich nach Neapel. «Auch dort gibt's die Mafia», hörte ich ihn vor seinem Laptop erwartungsvoll sagen.

Im Stillen nannte ich es die Wiedergutmachungsreise.

Das Überraschungsnotizbuch versteckte ich in meinem Gepäck.

Im Zug zum Flughafen sagte er: «Ich hab noch was für dich. Oje, das klingt, als wäre es sonst was. Na ja, ist es auch, ich war gerade noch in der Drogerie und habe das hier ... Aber eigentlich ist es der totale Blödsinn. Nein, ich geb es dir nicht. Du findest das blöd.»

Ich wollte wissen, worum es sich handelte.

«Na ja ... äh ... Es ist schon ziemlich spießig, *ziemlich spießig!*»

Dann zeigte er mir sein Geschenk: zwei Airmiles-Treuekarten. Damit wir beide im Supermarkt sparen und Punkte sammeln konnten. Er zückte sie mit einem dermaßen bedrückten Gesicht, dass ich wahnsinnig kichern musste. «Siehst du, es ist furchtbar», sagte er geknickt.

Nach der Landung setzte uns der Shuttlebus mitten auf der Piazza Garibaldi ab, Baustelle und Verkehrsdrehkreuz in einem.

Es nieselte leicht, wodurch die Gerüche der Stadt erst recht überwältigend waren. Fisch, Kaffee, Pisse, Frittierfett. Menschen unterhielten sich lautstark über eine belebte Straße hinweg, riefen von ihren Balkonen unter ihnen wohnenden Nachbarn etwas zu. Aus vielen Türen lehnte sich jemand hinaus, in weißer Unterwäsche, rauchend. Andere Türen standen weit offen und ließen Häkelgardinen erkennen, ein Bett mit einer glitzernden lila Tagesdecke, einen großen Fernseher.

Wir zogen unsere Rollkoffer über das unebene Straßenpflaster und machten Witze über Schwarze Romantik und *tough love*. Die Souvenirläden, an denen wir vorbeikamen, kokettierten mit dem Chaos und verkauften T-Shirts mit dem Aufdruck: *They call it chaos, we call it home.*

Die Wohnung im alten Arbeiterviertel Forcella war gelb – angefangen vom Lampenschirm bis hin zur Bettwäsche. Die Vermieterin, die sich in einer Mischung aus Französisch und Italienisch flott mit mir unterhielt, riss alle Schranktüren auf, zeigte mir, welches Bügeleisen ich benutzen durfte und welches nicht. Jedes Detail des winzigen Einzimmerapartments wurde gesondert hervorgehoben und erklärt. Bevor sie endlich die Tür hinter sich zuzog, versprach sie, noch mal mit Toilettenpapier zurückzukommen. Luc, vom Sofa aus: «Ob sie uns wohl auch noch erklärt, wie wir das benutzen müssen?»

Dass ich darüber laut lachen musste, stimmte ihn die nächste halbe Stunde hochzufrieden.

In der Altstadt aßen wir frittierte Pizza und andere panierte Sachen aus braunen Papiertüten voller Fettflecken. Und natürlich tranken wir Kaffee. Luc war beeindruckt von den *baristi* in ihren weißen Uniformen – davon wie der alte Mann, der unseren *caffè macchiato* machte, eine leere Milchflasche kurz unter die Dampfdüse hielt. Sobald das Plastik zu schmelzen begann, machte er die verschrumpelnde Flasche noch kleiner, indem er sie gegen den Tresen schlug und dann in einem perfekten Bogen in den Mülleimer warf. Ich befürchtete schon, Luc könnte ihn zuhause nachahmen wollen, denn er wollte unbedingt alles genauso machen wie die Italiener. Er fand die Menschen schön. Schon im Vorfeld hatte er sich über die Gepflogenheiten informiert und korrigierte mich,

wenn ich nach elf Uhr morgens Cappuccino bestellte – oder schlimmer noch – einen Löffel Milch-
schaum zum Mund führte. Ich durfte auch nicht zu
viel rühren und den Löffel vor allem nicht ablecken,
bevor ich ihn auf meine Untertasse legte. Wenn ich
protestierte und sagte, dass das Flecken hinterlasse,
behauptete er, für Italiener sei der Kaffeefleck der
Gipfel der Schönheit, vergleichbar mit dem *tache de
beauté*, dem Schönheitsfleck für Franzosen. Als ihn
jemand unterwegs auf Italienisch ansprach, um nach
dem Weg zu fragen, strahlte er übers ganze Gesicht,
was mich wiederum sehr rührte.

Ich dagegen war zufrieden, dass ich es schaffte, ihn
ins Museum zu schleppen, wo wir uns berühmte Kunst-
schätze aus der Antike, aus Pompeji oder Rom, anschau-
ten. Lucs Liebling war die «Venus Kallipygos», eine
hochgewachsene Marmorfrau, deren kurzes Gewand
ihr cremeweißes Hinterteil freiließ. Ihr Name bedeutet
«die Prachthintrige». Sie wurde ohne Kopf gefunden,
und der moderne Künstler, der ihr einen neuen verpasste, tat das so, dass sie sich wohlwollend um- und nach
unten schaut – eine kokette Ergänzung, die die Kallipygos von einem Fragment zur Legende machte.

Zuhause stellte Luc ihre einladende Pose für mich
nach. Er zog sich aus, wickelte die Gardine um seinen
unteren Rücken und wackelte mit seinem braunen, darunter hervorblitzenden Po.

Aus den Tagebuchseiten, die diese Reise schildern,
spricht Erleichterung, auch wenn ich schrieb:

Luc spürt nach wie vor eine Art Bedrohung und ist irgend-
wie misstrauisch. Als ich mein Tagebuch gestern nach
getaner Arbeit wieder unter ein paar Klamotten in meinem
Koffer verstaut habe, hob ich den Kopf und fing seinen Blick
auf, mit dem er mich halb fragend, halb vorwurfsvoll ansah.

×

«Ist es das?», fragte Luc, als wir in Herculaneum am
Rand der Ausgrabungsstätte standen. «Wenn du mir gesagt hättest, dass das Zeug fünfzig Jahre alt ist, hätte ich
es auch geglaubt.»

Die altrömischen Häuserblöcke waren verfallen, aber
das galt auch für die bewohnten Gebäude ringsum. Auf
den ersten Blick war der auffälligste Unterschied zwischen der Stadt von damals und der von heute, dass das
alte Herculaneum in einem Krater lag, zig Meter unter
dem heutigen Straßenniveau. Wir schauten von einem
Laufsteg darauf hinunter, umgeben von der heutigen
Stadt, und in der Ferne glitzerte das Meer.

Herculaneum, so hatten wir gelesen, ist die kleine Schwester Pompejis, die als Erste wiederentdeckt wurde: 1709
stieß jemand, der einen Brunnen ausschachten wollte,
aus Versehen auf ein antikes Theater tief unter der Erde.

Der König von Neapel bekam Wind davon und beauf-
tragte einen Militäringenieur, alles auszugraben. Die
Minenarbeiter, Soldaten und Gefangenen, die ab 1738
in die Stollen geschickt wurden, fanden tief unter der

Erde eine fast perfekt erhalten gebliebene Stadt vor, einschließlich Wandmalereien und Skulpturen. Sogar die Holzbalken waren noch vorhanden, mit sichtbarer Maserung. Unglaublich, was es da alles zu sehen und zu entdecken gab!

Aber der Ingenieur war im Minenbau ausgebildet, nicht in Geschichte, und sein Auftrag lautete, sich als Schätzgräber zu betätigen. Archäologie, vorsichtige Ausgrabungen, um Wissen zu erlangen – all das gab es damals noch nicht. Daher wurden die Stollen kreuz und quer durch Mauern getrieben, wenn das so praktischer war, und alles, was verkäuflich zu sein schien, wurde rausgerissen und in die Gemächer des Königs verbracht. Nichts wurde dokumentiert.

Die Gelehrten Europas rauften sich die Haare. Erbärmlich! Schamlos, dieses Graben aus Eigeninteresse! Sie beschimpften den Aufseher, der «genauso viel mit dem Altertum zu tun hat wie der Mond mit Garnelen.» Doch es half alles nichts, Stollen um Stollen wurde gegraben.

Aber Herculaneum lag tief unter der Erde; die Arbeit war anstrengend und gefährlich. Schon bald begann die Suche nach dieser anderen, größeren Stadt, deren Name überliefert war: Pompeji.

Unweit des Vesuvs gab es ein Stück Land, das *la civita*, die Stadt, genannt wurde, auch wenn niemand mehr wusste, warum. Bauern fanden ab und zu Marmorstücke. An diesem Ort wurde Pompeji wiederentdeckt. Die größere Stadt schien viel näher an der Oberfläche zu liegen – mit Ruinen, die sich nicht in einem Krater befanden, sondern schon bald malerisch aus dem Boden ragten. Das war deutlich attraktiver für die Touristen und Gelehrten, die aus ganz Europa herbeiströmten.

Herculaneum verwahrloste. Erst um 1920 nahm man die Ausgrabungen wieder auf, später mit viel Geld von der faschistischen Regierung. Die sah in Herculaneum, dem Relikt des mächtigen Römischen Reiches, eine Chance, die Größe Italiens stabil zu untermauern.

×

Vom Eingangstor brachte uns ein langer Tunnel zum einstigen Strand. Ein Steg führte über ein flaches, klares Gewässer, in dem Felsen erkennbar waren, abgeschliffen durch die jahrhundertelange Brandung, dazwischen feiner Sand. Einst reichte das Meer bis hierher. Jetzt ragte am Ort der früheren Brandung eine Steilwand aus zwanzig, dreißig Metern ausgehärteter Asche empor. Der Vesuv hatte so viel glühendes Gestein hervorgeschleudert, dass die Küstenlinie um Hunderte von Metern verschoben worden war. *Sous les pavés, la plage.* Unter dem Pflaster liegt der Strand.

Der einstige Strand war kühl und düster, für die Sonne unerreichbar. Auf den Steinen wuchs Moos und im Wasser etwas, das an Papyrus erinnerte.

Jahrhundertelang glaubte man, alle Einwohner von Herculaneum hätten es geschafft, zu fliehen, als der

Vulkan ausbrach. Erst 1982 wurde der einstige Strand freigelegt und damit auch die Bootshäuser. Sie enthielten mehr als dreihundert Skelette. Hier hatten die Menschen Zuflucht gesucht, vielleicht auch auf ein Schiff gewartet.

×

Herculaneum wurde also anders zerstört und anders erhalten als Pompeji.

Während die Einwohner Pompejis von stundenlangem Feuer-, Schutt- und Gesteinsregen belagert wurden, wurden die von Herculaneum auf einen Schlag von einer dicken Rauch- und Aschewolke überwältigt. Die war so heiß, dass Holz und andere organische Materialien sofort verkohlten. So blieben sogar Datteln, Getreidekörner und Walnüsse erhalten, die in Tonschalen bereitstanden – geschwärzt zwar, aber vor der Verwesung bewahrt. Irgendwo stehen noch ein paar schön bearbeitete dreiteilige Türen herum, früher aus Holz, jetzt aus Holzkohle und daher erhalten statt verfault. Sogar viele Dächer hielten stand, noch heute gibt es bis zu dreistöckige Häuser.

Von den Menschen blieb nicht so viel übrig. Die wurden von der um die 650 Grad heißen Aschewolke getötet, und obwohl man darüber streitet, ob menschliches Fleisch bei dieser Temperatur sofort oder erst nach drei Minuten verdampft, war kein Fleisch mehr an den Knochen, als die Asche zu Boden fiel.

In Pompeji wurden die Menschen dermaßen unversehrt vom Vulkan verschüttet, dass sogar ihr Schuhwerk, ihre Haartracht und ihre Mimik noch zu erkennen sind. Aber von den Einwohnern von Herculaneum sind bloß Skelette übrig, umschlossen von und gefüllt mit Asche.

×

Während ich neben Luc auf dem Steg stand, versuchte ich, mir das Rauschen der Wellen vorzustellen, die Sonne auf dem Meer.

Auch wenn am Tag des Ausbruchs keine Sonne geschienen haben dürfte. Stattdessen verdeckte eine Aschewolke den Himmel, und es war zu hören, wie die Menschen nacheinander riefen, während sie versuchten, sich im Dunkeln wiederzufinden. Die Dunkelheit war die eines geschlossenen Raumes, wenn das Licht ausgeht.

Das erzählte der Audioguide, den wir uns zweifach ausgeliehen hatten. Weil Luc sein Tonband etwas später gestartet hatte als ich, wandte er sich stets mit drei Sekunden Verspätung der nächsten Sehenswürdigkeit zu. Erst als wir unser Gerät beide sinken ließen, schauten wir uns die Skelette gemeinsam an.

Wir zählten die weißen runden Schädel auf engstem Raum – es waren fast vierzig, zu denen auch ganz kleine gehörten – und entzifferten die Körperhaltungen. Solang die Skelette nicht zu einzelnen Knochen zerfallen waren, waren es noch Menschen, denen wir sofort eine Geschichte zuschrieben. Einige saßen aufrecht an die Wand gelehnt, mit der ausgehärteten Asche verbacken. Luc machte mich auf ein Paar aufmerksam, das Löffelchen lag – «Hat er die Arme um sie geschlungen?» – und legte mir den Arm um die Taille. Die Unlust, mit der er mich hierher begleitet hatte, schien verschwunden zu sein. In hochdramatischem Ton sagte er, dass er auch gerne so sterben wolle und sang mit zittriger Stimme einen Song von The Smiths: *«To die by your side is such a heavenly way to die.»*

Ich war mir da nicht so sicher. Aus dem Führer, den ich dabei hatte, las ich ihm einen Auszug aus dem Forschungsbericht vor, der nach dem Fund der Skelette erstellt worden war. Daraus ging hervor, dass einige der Schädel in ihrem Innern schwarze Flecken aufwiesen, und zwar dort, wo das kochende Gehirn geronnen war. «Die Konturen des Flecks waren überall geradlinig, wie ein Kaffeerest in einem Becher. Wie sich herausstellte, stammten diese dunklen Flecken von Weichgewebe, das sich verflüssigt hatte und im Schädel geronnen war, wobei man an den Flecken die Position bestimmen konnte, die jeder Schädel kurz nach Eintritt des Todes hatte.»

«Du würdest bestimmt die allerschönsten Kaffeeflecken machen, mein Schatz», sagte ich und fuhr Luc durchs Haar.

Das Ausgrabungsgelände war mehr oder weniger verlassen. Hier und dort saßen Wachleute auf einem antiken Bordstein und beschäftigten sich mit ihren Handys. Auch wir verloren einander rasch wieder aus den Augen. Es war kalt und ein bisschen trüb.

Am Rande des Geländes spähte ich an der Mauer empor, vor der ich stand, zwanzig, dreißig Meter vulkanisches Material, das an der Oberkante nahtlos in die Mauer eines modernen Mehrfamilienhauses überging. Vor jedem Fenster war Wäsche zum Trocknen aufgehängt, und jemand hatte einen kletternden Weihnachtsmann an seinem Balkon befestigt.

Hinter dieser Steinwand ging die Stadt unsichtbar weiter. Schätzungen zufolge ist mehr als die Hälfte immer noch nicht ausgegraben. Dafür fehlt das Geld, außerdem: Sobald man etwas freigelegt hat, beginnt der Verfall.

An dem Abend nach der Besichtigung von Herculaneum, quetschten wir uns auf das kleine Sofa unseres gelben Apartments. Ich drückte dir einen Kuss auf die Wange, gratulierte dir vor lauter Nervosität ein wenig formell zu unserem fünfjährigen Zusammensein und gab dir das Notizbuch.

Du packtest es vorsichtig aus, stießt einen nur halb entzückten Schrei aus, als du den schmucklosen Umschlag sahst, und begannst darin zu blättern. Da dämmerte es dir langsam, und du begannst zu weinen.

Anfangs wusste ich nicht genau, ob du weinst, denn das tatst du normalerweise nie. Aber es stimmte, du weintest mit verzerrtem Gesicht, lautstark und mit nassen Wangen. Ich dachte kurz: Jetzt wirst du mir gleich gestehen, dass du etwas ganz Blödes getan hast.

Das dauerte bestimmt zehn Minuten. Ich hielt dich fest und küsste dich auf Stirn und Wangen, leckte dir die Tränen ab, bevor ich endlich fragte, was los sei. Weinend sagtest du, dass du mich liebst.

«Bist du glücklich?», fragte ich leise, und du nicktest, um weiterzuweinen.

Langsam bekam ich mehr aus dir heraus. Du hattest «einen etwas schrägen Monat» hinter dir. Und gestandst mir, dass du seit ein paar Tagen nicht mehr über «alles» nachgrübelst – der Name Casimir wurde nicht genannt. Trotzdem hättest du die ganze Zeit über nur das Schlechteste von mir angenommen, und jetzt lägen wir hier mit diesem Buch, das ich in der Zwischenzeit gemacht hätte. Die letzten Wochen wurden in deiner Erinnerung neu angeordnet und hellten sich auf. Schmelzwasser. Jedes Mal, wenn du das Heft aufschlugst, fielst du mir wieder um den Hals und stauntest lautstark über die Detailfreude und Sorgfalt, mit der ich alles aufbewahrt und eingeklebt hatte, über all die Gespräche, die ich festgehalten hatte, und die bei dir längst in Vergessenheit geraten waren.

Offiziell dokumentierte dieses Buch unsere Vergangenheit, aber in Wahrheit sollte es unsere Zukunft fest verankern. Ich weiß genau, dass du das auch so empfandst. Irgendwann mitten in der Nacht nahmst du meine linke Hand und fuhrst über meinen Ringfinger. Du befühltest das unterste Glied und sahst mich dabei an, ohne zu lächeln. Ich schaute zurück, ohne zu lächeln.

TAG 20

Es gibt ein paar Cafés, in die ich, seit ich mit Luc in Brüssel wohne, häufiger gehe, um dort zu arbeiten. Ich klappere sie nach einer festen Reihenfolge ab, bis einer meiner Lieblingstische frei ist. Dort lasse ich mich dann nieder, stets in einer Ecke, von der aus ich alles im Blick habe, aber selbst nicht auffalle. Ich mag es, den Passanten nachzuschauen und ihre Gedankengänge zu vervollständigen, wenn ich ihre Gesprächsfetzen auffange.

Meist ging ich am Wochenende dorthin. Um Luc nicht zu verletzen, verabredete ich mich dort mit nicht existierenden Freundinnen, über die ich nach meiner Rückkehr seufzend bemerkte, sie hätten mal wieder hauptsächlich von sich geredet, und dass ich mich auf niemanden mehr freue als auf ihn.

Freitags arbeite ich nur halbtags, und heute bin ich in ein Café zurückgekehrt, das ich seit Monaten gemieden habe: ins Mokafé in der Galerie du Roi. Trotz der winterlichen Temperaturen setze ich mich nach draußen.

Ich trage heute das Wärmste, das ich auf meine Odyssee mitgenommen habe: einen roten Wollpulli und eine graue Kaschmirhose mit hohem Bund, die ich mal bei Oxfam bei uns um die Ecke ergattert habe.

Als ich sie damals anprobierte, sah ich gleich, dass sie ein Loch im Schritt hat, wo die frühere Besitzerin vermutlich etwas zu aggressiv an einem Fleck rumgeschrubbt hatte. Ich fand die Hose so schön, dass ich sie trotzdem kaufte und zuhause mit einem Stück Stoff flickte, das ich aus einer von Lucs alten Boxershorts geschnitten hatte, ein kariertes Exemplar, das bereits in die Schuhputzkiste verbannt worden war.

Ich finde, dass es die Hose nur noch schöner macht. So wie bei *kintsugi*, dem japanischen Brauch, zerbrochene Keramik mit Lack und Pulvergold zu reparieren. Statt die Bruchstelle so gut es geht zu verbergen, wird sie als Hingucker hervorgehoben.

Jedes Mal wenn ich heute auf die Toilette gehe, meine Hose öffne und den karierten Stoffrest sehe, versetzt es mir einen Stich.

Da bist du. Ausgerechnet dort.

Lange, lange Zeit haben wir es geschafft, alles mit goldenem Versöhnungssex zu kitten. Das hat uns schon immer am stärksten miteinander verbunden und ist nach wie vor vorhanden.

Am liebsten würde ich zum Handy greifen und dir eine SMS schicken. Beim Gedanken, dir von diesem heimlichen Flicken zu erzählen, hebt sich meine Laune, gleichzeitig genieße ich das winzige Stechen, dieses Detail unserer Geschichte.

Was hast du an mir repariert? Wenn ich deine Unterwäsche sorgfältig zusammenlegte, bewies ich mir, dass ich tatsächlich liebesfähig war. Nicht dass die fein säuberlichen Stapel jetzt noch irgendeine Bedeutung hätten. Selbst wenn ich jede einzelne Boxershorts gebügelt und parfümiert hätte, ist und bleibt es eine Tatsache, dass ich gegangen bin und schon seit fast drei Wochen nicht mehr zurückgekehrt bin, obwohl ich weiß, wie sehr du leidest.

Eine wohlmeinende Tante hat mir neulich von einem Paar erzählt, das auch schon seit Schulzeiten zusammen war, als es sich getrennt hat. Jahre später hat es sich nach einer rein zufälligen Begegnung wieder ineinander verliebt. «Die Verbundenheit war immer noch da», sagte sie hoffnungsfroh. Ich konnte es beinahe hören, das befriedigende Klicken perfekt zusammenpassender Puzzleteile.

An dem Abend, als ich fortging, haben wir uns so sehr ineinander verbissen, dass ich mich frage, ob wir noch zusammenpassen. Und je länger ich umherschweife, desto unwahrscheinlicher wird es, dass sich unser Bruch noch kitten lässt. Natürlich male ich mir aus, wie das wäre. *Krack. Klick.* Wie viel Goldlack braucht man dafür, und woraus muss der bestehen? Aus Worten?

×

Das Versöhnungsbuch, das ich dir nach der Sache mit Casimir gebastelt habe, erfüllte seinen Zweck. Du griffst von dir aus danach, wenn du verunsichert warst.

Zum Beispiel als ich das erste Mal an einem Laientheaterstück mitwirkte, noch während unseres Studiums in Utrecht.

9.10.11

Freitag, 17 Uhr: die Premiere. Wir standen alle hinter dem Vorhang und lauschten auf unseren Herzschlag, auf die Leute, die gerade den Saal betraten. Ich erkannte die Stimme meines Vaters und die von Luc.
Die Musik begann, wir fingen an, hinter dem Vorhang zu tanzen, um unsere Nervosität abzureagieren, und schon hatte es begonnen. Es war herrlich, vor Publikum zu spielen: die Reaktionen, das häufige Lachen – auch als ich das erste Mal eine meiner übertriebenen Posen auf dem Sofa einnahm, absurd zurechtgemacht mit Perücke, Leoprinthose und Pailletten. Und wie schnell es wieder vorbei war!
Applaus und danach Champagner in der Umkleide, ein Kuss vom Regisseur, mich umziehen und dann an die Bar.
Lucs Vater war auch da und meinte, es habe ihm sehr gefallen. Meine Schwestern fanden es toll. Bloß Luc stand mit Leichenbittermiene daneben. Ich sah sofort, dass etwas gründlich nicht stimmte, und sein Vater verriet mir, er sei ein bisschen eifersüchtig. Ein bisschen?
Nach einer Weile nahm ich meine Wimpern, meine Perücke

und die dickste Schminke ab und fuhr mit dem Rad direkt zu Luc, der bereits früher gegangen war.

Er stritt ab, böse auf mich zu sein, blieb aber wütend. Als ich aus der Dusche kam, kehrte er mir im Bett den Rücken zu: wütend.

Da war ich es leid, aber zu mir nach Hause gehen kam nicht infrage, weil dort gerade eine Party stieg. Also versuchte ich, ihn mit Worten zu besänftigen.

Und was war das große Problem? So kenne er mich gar nicht, er sei durcheinander; ja, er wisse, dass das Theater gewesen sei, aber ich bedeute ihm so viel, das könne er nicht einfach so auseinanderhalten; natürlich erschrecke es ihn, wenn ich plötzlich in so eine andere Welt abtauche: ich habe auf offener Bühne mit dem Typen geflirtet, und ob ich mit ihm geflirtet habe, ich habe ihn immerhin gefragt, ob er was mit mir trinken gehen wolle; mir würde es doch bestimmt auch nicht gefallen, zu sehen, wie er eine andere so anschaut? Jeder habe mir unter den Rock gucken können; und der eine Typ habe an meinem Bauch rumgefummelt! «Ich liebe deinen Bauch über alles!»

Na ja.

Irgendwann reichte es mir, und das sagte ich ihm auch. Zum Glück kam Luc – langsam – wieder zur Besinnung. Nach ausgiebigem Schweigen stand er auf, machte das Licht an, nahm das Buch aus der Schublade, das ich für ihn angefertigt hatte, schlug es auf und las darin, während er mitten im Zimmer stehen blieb.

Nach einer Weile sagte ich, «Hast du vielleicht Lust, was mit mir trinken zu gehen?»

Da war alles wieder gut.

Er meinte, es mache ihm Angst, dass ich die Einzige bin, bei der er sich verletzlich fühlt. Dass es lange eine große Kluft zwischen ihm und der Welt gegeben habe.

Die habe ich über die Jahre geschlossen, und jetzt bin ich ihm ganz nah, und da will ich auch bleiben. Außerdem: All das, was ich mich nie trauen würde, wenn ich nicht wüsste, wie sehr er mich liebt.

Heute Morgen sind wir zusammen aufgewacht. Damit meine ich, dass wir im Beisein des jeweils anderen wach wurden, uns dessen sogar noch im Schlaf ganz bewusst waren, ohne auch nur einmal «Wo bin ich?» zu denken. Denn mein Körper weiß, dass ich bei ihm bin und verlässt sich darauf.

×

Als ich vor ein paar Monaten ebenfalls draußen auf der Terrasse saß, kam die Cafébetreiberin, um mir zu sagen, dass «*ce monsieur*» mich auf ein Getränk einlade. Sie zeigte mit dem Kinn auf jemanden, der zwei Tische weiter Platz genommen hatte, ein schmächtiger Mann um die dreißig mit roten Locken und einer markanten Nase. Ich hatte seinen Blick schon eine ganze Weile auf mir gespürt und mich noch tiefer über das Heft gebeugt, in das ich schrieb – stirnrunzelnd, wobei ich so tat, als ginge ich ganz darin auf, bis es tatsächlich stimmte.

Jetzt konnte ich ihn nicht länger ignorieren. Weil ich zögerte, sagte die Bedienung hilfsbereit: «Rotwein?»

Ich nickte.

Kaum prostete ich ihm zu, stand er auch schon an meinem Tisch, ganz verlegen über seinen Mut, und machte mir stotternd ein Kompliment über die Konzentration, die ich da an den Tag lege. Er habe noch nie jemanden gesehen, der so sehr in seiner Welt aufgehe.

Er fragte, was ich schreibe. Ich sagte, «Tagebuch» und klappte es zu, in Wahrheit, um ihm keinen Einblick in meine Text zu gewähren, was er jedoch so interpretierte, dass ich fertig geschrieben hätte. Er setzte sich.

«Je vous reconnais, je vous ai déjà remarquée. Vous venez souvent ici?» – «Ich erkenne Sie wieder, Sie sind mir schon einmal aufgefallen. Kommen Sie öfter hierher?» Er hatte mich im Café Daringman gesehen und sich gesagt: Wenn ich ihr noch mal begegne, spreche ich sie an. *«Et vous voilà!»* – *«Und da sind Sie!»*

Indem er einen Anfang wählte, dessen logische Fortsetzung dieses Treffen war, ließ er seinen Annäherungsversuch wie eine Notwendigkeit erscheinen.

Er schreibe auch gerade, sagte er, einen Artikel über Tiersymbolik in der zeitgenössischen Kunst, und darüber unterhielten wir uns eine Weile. Außer Kritiker sei er Gitarrist in einer Band, für die er auch die Songs schreibe. Ich stellte ihm eine Frage nach der anderen, denn solange ich nichts von mir erzählte, fühlte ich mich in Sicherheit. Ein zweites Glas Rotwein lehnte ich ab, mit der Ausrede, dass ein Freund auf mich warte.

Ein Freund, unbestimmter Artikel. Während ich mich noch schneller als sonst zwischen den Einkaufenden hindurchschlängelte, um mich auf den Heimweg zu machen, dachte ich an das eine Possessivpronomen, das mir einen Ausweg bot.

Du hast auf dem Sofa gesessen und auf dem Fernsehschirm ein Chaos aus Gewehrsalven und quietschenden Reifen entfesselt. Als ich reinkam, hast du ertappt und gleichzeitig erleichtert gewirkt, bei deinem Spiel die Pausetaste gedrückt.

Noch bevor ich meinen Mantel ausgezogen hatte, beichtete ich dir, was gerade passiert war – alles bis auf den unbestimmten Artikel.

Du hast den Kopf schräg gelegt und die Lippen gespitzt. «Das kann ich dem Mann schlecht vorwerfen. An seiner Stelle hätte ich dasselbe getan.» Trotzdem wolltest du alles über ihn wissen, und als ich bei meiner Schilderung errötete, warst du ganz gerührt.

Später sprach ich mit einer Freundin darüber, die mich erstaunt fragte, ob es mir denn nie so gehe. Nein, eigentlich nie. Ich schaue keine anderen Männer an, ich sei schließlich mit Luc zusammen.

«Sag mal, in welcher Welt lebst du eigentlich? Was ist das für eine mystische Ehe? Natürlich schaut man sich andere Männer an. Und wenn du das noch nie getan hast, solltest du langsam Übung darin bekommen. Da hast du was zu lachen.»

Als ich das nächste Mal mit der Brüsseler Metro fuhr, beschloss ich, Blickkontakt zu einem Mann herzustellen.

Vor lauter Nervosität muss ich ganz böse geschaut haben, denn jeder sah sofort weg. Bis an der letzten Haltestelle auf dem Gleis gegenüber eine Metro hielt, darin ein gut aussehender schwarzer junger Mann, der plötzlich ganz nah war. Getrennt durch zwei Glasscheiben und die Gewissheit, dass er gleich in die Gegenrichtung fahren würde, traute ich mich, ihn anzusehen. Ganz langsam kam ein Lächeln zum Vorschein und wagte die Reise von meinem Mund zu seinem. Er schaute erstaunt drein, dann freudig-triumphierend – und schon war er weg, während ich die Metrotreppen hinauf und durch die Straßen nach Hause rannte, um dir sofort von diesem Erfolg zu berichten.

Du hast gelacht und mir übers Haar gestrichen, mich aufs Sofa gezogen, mich mit dem Gesicht an die Wand gepresst und aggressiver gevögelt als sonst. Nicht unbedingt entmutigend.

×

Als ich dem Sänger mit den roten Locken das zweite Mal begegnete, begrüßte er mich mit einem Wangenkuss wie eine alte Bekannte.

Er setzte sich erneut zu mir und verwickelte mich in ein Gespräch. Er sagte, er sei gerade dabei, eine Ausstellung mit verschiedenen Künstlern zu organisieren und

zeigte mir ein paar Zeichnungen: drachenartige Ungeheuer, dürre Tintenfiguren, halb bedeckt mit Farbfle-
cken und mit expressiven, an Klauen erinnernden Händen. Eine der Zeichnungen zeigte eine Frau, die sich in
der Wanne sitzend das Haar kämmte. Vom Bauchnabel
abwärts besaß sie den Körper einer Schlange. Als ich sie
als obskur bezeichnete und fragte, ob er sich in diesen
Zeichnungen wiedererkenne, erzählte er von einem
Freund, der manchmal solche Albträume habe, und ich
erzählte von den Albträumen einer Freundin von mir.

Er hatte blaue Augen und die Angewohnheit beim
Sprechen in die Ferne zu schauen, als gäbe es dort etwas Lustiges zu sehen: Der Anflug eines Lächelns erschien auf seinem Gesicht, bildete Grübchen in den
Wangen und blieb solange darin hängen, bis er wieder
verschwand. Über den Grübchen hatte er beidseitig, in
einer fast perfekten Symmetrie, zwei farblose, erhabe-
ne Muttermale. Immer wenn er einen Satz beendete,
kam seine Zunge ganz kurz zwischen den Lippen hervor,
als reinigte sie diese für den nächsten Satz. Die Zunge
irritierte mich.

Auf einmal stand Wein auf dem Tisch, und wir erzählten freiheraus von uns.

Als Kind, so sagte er, habe er einmal sein Dinosaurier-
stofftier an eine Luftballonschnur geknotet. Er schilderte mir, wie das Tier zwischen den Ästen eines Baumes
entschwebt sei, wie er von da an fest davon überzeugt
gewesen sei oder überzeugt sein wollte, dass es Baum-
saurier gibt. Ich erzählte von meinem Lieblingsdino-

saurier – ein kleiner Triceratops aus Plastik, so ein nashornähnliches Vieh mit drei Hörnern und einem riesigen Nackenschild. Von meiner stummen Trauer, als diese Art vor ein paar Jahren ein zweites Mal ausstarb, weil sie gar keine eigene Spezies zu sein schien, sondern nur die Jungtierversion eines Torosaurus. Er fand, dass Kinder eigentlich einen eigenen Artennamen verdient hätten; ich erzählte von Raufereien in der Grundschulzeit, vom Feuermachen in einem Bauwagen mit dem Nachbarmädchen.

Da merkte ich, dass ich ihm alles Mögliche erzählen konnte, ohne dass er mit «Typisch!» oder «Das passt doch gar nicht zu dir» reagierte. Gierig trank ich Wein und aß eine Handvoll Nüsschen. Dann erschrak ich, weil es schon so spät war.

Als ich Anstalten machte, aufzubrechen, zog der Lockenkopf ein paar DIN A-4-Blätter aus seiner Tasche. Während er sie auseinanderfaltete und mit der bedruckten Seite an seine Brust presste, verkündete er, er habe einen Liedtext geschrieben. Diese Ausdrucke seien eigentlich für den Sänger bestimmt, den er gleich treffen werde, aber vielleicht hätte ich ja Lust ihn zu lesen? Es gehe schließlich um eine Straße, die ich gut kenne.

Ich zögerte, geschmeichelt und misstrauisch zugleich, nahm dann seine Blätter entgegen und sah erst, als ich schon draußen stand, dass er unten auf der zweiten Seite seine Kontaktdaten notiert hatte. Er hieß Alexandre.

Die Blätter waren zerknittert: Er trug sie eindeutig schon länger mit sich herum, und währenddessen war die Lässigkeit, mit der er sie hatte präsentieren wollen, langsam von Flecken und Falten zunichte gemacht worden.

Der Text handelte von der Passage, in der wir uns kennengelernt hatten. Er war einer nicht näher benannten Passantin gewidmet, die im Verkehrsgetümmel verschwand. Sie war so wie alle anderen Frauen in Songs – jung, schön und unschuldig –, trug aber meinen petroleumblauen Mantel.

Ich hätte Luc nichts davon erzählen müssen, aber es gab zu diesem Zeitpunkt schon so viel anderes, dass sich falsch anfühlte. Die gebügelten Hemden, die er morgens anzog, bevor er zur Arbeit ging; die täglichen Fragen – Wie war's im Büro, was hast du gemacht, wollen wir uns was im Kino anschauen, was trinken gehen, was essen gehen. «Gehen» hatte in diesem Kontext nichts mehr mit Bewegung zu tun. Inzwischen war ich schon was trinken gewesen und hatte mich bewegt. Ich glaubte, Luc könnte mir das ansehen, auf jeden Fall aber meine Weinfahne bemerken.

Deshalb sagte ich beim Nachhausekommen, dass ich erneut Alex über den Weg gelaufen sei und zeigte Luc den Liedtext, den er sich mit ironisch hochgezogenen Brauen durchlas.

«Und?», sagte er. «Kann er was?» Er reckte das Kinn und straffte die Schultern. «Als Verführungsversuch ist das doch schon mal gar nicht schlecht. Du wirst ja sogar rot.»

Erst da wurde ich wirklich rot.

Am selben Abend im Bett. Ich schmiege mich an ihn, küsse erst seinen Hals, dann seinen Mundwinkel und schließlich seinen Mund. Ich suche behutsam nach seiner Zunge, um mal vorzufühlen, damit ich – sollte er lauwarm reagieren – immer noch lässig Gute Nacht wünschen kann.

Aber genau in dem Moment, als wir so weit sind, und ich mich auf ihn gesetzt habe, um seinen Steifen noch stärker zu spüren, beißt er mir brutal fest in die Zunge. Ich versuche, zu protestieren, aber seine Zähne lassen mich nicht mehr los – ein, zwei, drei Sekunden, bis er mich wegstößt und sich abwendet.

Aus dem Kokon, den er nun bildet, gibt er mir nach und nach folgende Erklärung: Ich küsse anders als sonst. Das habe ich bestimmt von jemand anders gelernt. Die Vorstellung habe ihn völlig verrückt gemacht.

Als ich das endlich aus ihm herausbekommen habe, folgt ein Sperrfeuer aus «Was machst du nur mit mir?» und «Du wirst bestimmt noch mal so einem Künstlertyp begegnen». Ich bin extra verständnisvoll und lieb – einerseits um ihn zu beruhigen, andererseits um ihm vor allem klar zu machen, wie ungerechtfertigt das alles war.

Aber wie ungerechtfertigt war es eigentlich wirklich? Ich kehrte in das Café zurück. Und als ich Alex dort nicht antraf, fügte ich ihn bei Facebook als Freund hinzu, um die einmal begonnene Kommunikation in einem Chatfenster fortzusetzen. Abends saß ich dann an meinem Schreibtisch und tippte wild drauflos, während Luc auf dem Sofa hockte und fragte, «Worüber lachst du?»

Ich erzählte ihm nur die Hälfte von dem, was da gerade lief; ich sagte, ich habe mich neu mit jemandem angefreundet. Die Chatprotokolle druckte ich aus und legte sie zwischen die Seiten meines Tagebuchs.

Ich redete mir ein, keine kritische Grenze zu überschreiten. Zumindest keine körperliche. Aber an den Tagen, an denen ich die Galerie du Roi aufsuchte, um dort zu arbeiten, zog ich bewusst meinen blauen Mantel an und meinen grauen Wollpulli, der eine Schulter frei- und etwa BH-Spitze hervorblitzen ließ. Die Gedanken sind frei, dachte ich.

Im Grunde habe ich Alex dort nur wenige Male getroffen. Aber selbst wenn er nicht auftauchte, war alles, was ich an diesem Tag tat, mit zusätzlicher Bedeutung aufgeladen, – eben weil es bemerkt werden könnte. Ich war neugierig, ich war hungrig. Ich hatte Lust, von mir zu erzählen, und zwar noch einmal von Anfang an.

×

Während ich nach wie vor draußen in der Kälte sitze, bekomme ich eine SMS von Lucs Stiefmutter Jasmijn.

Sie habe alles Mögliche über mich gehört und könne kaum glauben, dass das stimme.

Was denn?, schreibe ich zurück.

Sie geht sofort online.

Na ja, dass ich Luc schon so lange vernachlässige, mich standhaft weigere, ihn den Leuten aus meinem Verlag vorzustellen (*den wichtigen Leuten*). Dass ich ihn wegen eines anderen fallen gelassen habe wie eine heiße Kartoffel. Er sei fest davon überzeugt, dass es da noch jemanden gebe.

Sie schreibt, dass ich mir sicherlich zu gut für dich sei – jetzt, wo ich eine ISBN habe.

×

Nach jahrelanger Schufterei ist mein Buch erschienen. Die Verkaufszahlen waren bescheiden, aber die Kritiken gut, außerdem wurde ich zu einem Literaturfestival eingeladen. Ich sollte auf einer «Debütantenbühne» Platz nehmen, um von einem Mann interviewt zu werden, den ich aus dem Fernsehen kannte.

Im Vorfeld bekam ich das Programm zugeschickt. Dort, zwischen den bekannten Namen, war auch meiner abgedruckt. Und was noch unglaublicher war: Weil ich aus Brüssel anreisen musste, wurde mir ein Hotelzimmer gebucht. Plötzlich gehörte ich zu den Leuten, die in Hochglanzbroschüren vorkommen und sich Cola aus der Minibar nehmen dürfen. Luc durfte auch mit.

In der Eingangshalle des Festivalgebäudes gab es zwei Schalter: einen für Gäste und einen für VIPs. Ich zögerte, mich bei Letzterem zu melden, ich traute mich nicht, wurde dann aber trotzdem dorthin geschickt, während Luc strahlend vor Stolz hinter mir her lief: «Da siehst du mal!»

Ich bekam ein offizielles Schlüsselband mit Namensschild und eine Handvoll Getränkegutscheine, die wir gegen Wein eintauschten. Zusammen mit Luc schlenderte ich an den Tischen vorbei, auf denen stapelweise Bücher auslagen, alle von Festivalautoren geschrieben. Ab und zu sahen wir sie vorbeilaufen, Gesichter, die ich von Buchumschlägen kannte, und die hier einfach so herummarschierten, als wäre ein lebensgroßes Bücherregal umgefallen.

Auch Der Welpe war zu kaufen. Luc sah das Buch zuerst und zog mich zu dem Tisch, auf dem es auslag, flankiert von größeren Namen. Ich lachte und wurde rot, genierte mich für meine kindliche Freude, weil ich Angst hatte, zu offensichtlich dazugehören zu wollen. Aber Luc ließ seinem Stolz freien Lauf. Jedes Mal, wenn ein Besucher nach meinem Buch griff, zog er eine wilde Grimasse; legte derjenige es dann nach der Lektüre des Klappentexts wieder zurück, drohte er hinter seinem Rücken, ihn zu erwürgen. Ich schämte mich ein wenig für seine rührende Überschwänglichkeit, aber noch mehr schämte ich mich, dass ich mich dafür schämte.

Wir standen nach wie vor bei den Büchertischen, als eine Rothaarige im Festival-T-Shirt auf mich zukam. Ob ich mir den Backstage-Bereich ansehen wolle?

Luc stand ein Stück weiter weg, hatte mir den Rücken zugekehrt und blätterte in irgendwas.

«Ja», sagte ich. «Jetzt gleich?»

Das kam völlig spontan. Ich dachte nur: Einen Moment lang
bloß eine Sache auf einmal sein, keinen Balanceakt vollführen müssen. Ich ging einfach mit ihr mit, ohne Luc Bescheid
zu sagen, zu einer Glastür, die von Männern mit einem
Knopf im Ohr bewacht wurde. Sie scannten ihren Mitarbei-
terausweis. Als sie uns gerade durchließen, hörte ich Lucs
Stimme, die «Hey!», rief, und sah, wie er auf uns zukam, als
winzige Reflexion in der Glastür, die sich vor mir öffnete.

Wir betraten einen Gang und verschwanden um die Ecke.
Ich sah mich nicht um, als Luc von den Männern an der Tür
aufgehalten wurde.

«Backstage» entpuppte sich im Nachhinein als nichts Besonderes (Steckdosen, Garderoben, Praktikanten mit
Fertigsalaten aus dem Supermarkt), aber in diesem Moment fand ich alles daran besonders. Das war also der geheime Ort, hier saßen sie also alle, die Leute aus der Zeitung,
Figuren aus einer anderen Wirklichkeit, die jetzt, wo ich
ihnen zum ersten Mal leibhaftig begegnete, trotzdem von
einer seltsam-virtuellen Aura umgeben waren. Mir war, als
wäre ich auf einem Kostümfest gelandet, wo alle anderen
stur ihre Rolle spielen – selbst im grellsten Neonlicht und
in Chipstüten wühlend. Es gab etwas zu essen, es gab Kühl-
schränke voller Getränkedosen, und auf dem Tisch standen
Schalen mit M&Ms und Trauben.

Die Rothaarige stellte mich meinem Interviewer vor. Er begrüßte mich wie eine aus den Augen verlorene Freundin

und bat mich, an einem der Tische Platz zu nehmen, damit wir das Gespräch kurz vorbereiten könnten.

Die Fragen sollten in erster Linie um mich kreisen. Ob ich schon immer habe schreiben wollen. Wie ich einen Verlag gefunden habe. Ob es eine einsame Arbeit sei. Und wenn es nicht um mich ging, ging es um meine Protagonistin. Wie alt sie eigentlich sei. Ob ich als Kind selbst so gewesen sei? Ich erwiderte, dass mein Buch mehr über mein heutiges Leben aussage als über meine Jugend.

Irgendwann nahm er eine Traube aus der Schale. Er wischte die Wachschicht ab, und während er die Frucht zwischen seinen Zähnen zerplatzen ließ, fragte er: «Und diese Szene mit der Ratte, ist das echt passiert?»

Vor allem das interessierte ihn. War das alles wirklich wahr? Ich blieb gefasst, war manchmal sogar richtig witzig – zu meinem eigenen Entsetzen, aber auch zu meiner großen Freude. «Es ist die Wahrheit abzüglich der Tatsachen», sagte ich. «Die Wahrheit mit extra viel Raum für mich, weil ich dem Blick anderer auf die Welt keinen Platz einräumen muss. Also wenn Sie mich so fragen: Es ist echter als echt.»

Meine kleine Flucht bezahlte ich mit vier verpassten Anrufen und einer bösen SMS. Als ich Luc endlich aufgestöbert hatte, nahm er meine Erklärung – ich habe ihn nicht finden können – verärgert murmelnd entgegen. Bei meinem Auftritt saß er in der ersten Reihe.

Mir bricht der Schweiß aus, wenn ich nur daran zurückdenke. Der Interviewer wiederholte mehr oder weniger die

Fragen von vorhin doch diesmal war ich kurz angebunden.

Ob ich lange auf diesen Moment hingearbeitet habe.

«Wie alle anderen auch.»

Ob ich mit meinem Buch zufrieden sei.

«So einigermaßen.»

Ob meine Jugend so gewesen sei.

«So möchte ich sie darstellen.»

Und diese eine Szene, in der die Ich-Figur am Ende des Buches mit einer Freundin in der Badewanne ...?»

«Frei erfunden.»

Der inzwischen verärgerte Interviewer machte eine kleine Pause und lehnte sich mit skeptischem Stirnrunzeln in seinem Stuhl zurück. «Nun, meine Damen und Herren, vorhin hinter der Bühne, klangen ihre Antworten noch ganz anders. Etwas ausführlicher. Und auch nicht ganz so bescheiden.» Gelächter. Ich lief knallrot an.

Immer wieder suchte mein Blick den von Luc, doch wegen des Spaliers an Bühnenscheinwerfern konnte ich den Ausdruck in seinen Augen nicht erkennen.

Beliebtheit war immer schon Lucs Domäne gewesen. Unser Rollentausch machte ihn stolz, aber auch nervös. «Wenn ich was poste», sagte er, «bekomme ich fünf Likes. Aber wenn du einen Furz lässt, bekommst du hundert.» Und: «Für zwei gescheiterte Schriftsteller und ein Pferdegesicht ziehst du dich schöner an als für ein Abendessen mit mir.»

Ersteres küsste ich weg. Letzteres sorgte für Streit.

HIMMELSKÖRPER

«Es war keine Absicht», sagt er. «Es war meine Uhr, die hängengeblieben ist. Schau doch nur, das Rädchen steht vor!» Er wackelt mit dem Handgelenk, sodass die Glieder klappern.

Joey ist mein bester Freund. Aber im Moment eher nicht.

Anstelle einer Antwort hebe ich nacheinander die Oberschenkel, um meine Hände darunter zu schieben, die Handflächen liegen auf dem Stuhl.

«Das war ein Versehen!», wiederholt Joey, eindringlich – jetzt wo sich das Klappern hoher Absätze rasch nähert und im leeren Flur widerhallt. Als ich zur Seite schaue, sehe ich, dass ein trockener Grashalm aus seinen Locken hervorschaut, den ich bewusst verschweige. Er ist einen Kopf größer als ich, und ich bin stolz, dass ich ihn zu Boden gerungen habe.

Dann kommt Joyce herein. Sie bleibt kurz in der Tür stehen, damit sie ihre Wirkung auch ja nicht verfehlt, sagt seufzend unsere Namen und stellt einen Stuhl vor uns hin, auf dem sie Platz nimmt.

«Sehen Sie, Frau Lehrerin!» Joey fletscht die Zähne, um die neue Lücke in seinem Gebiss vorzuführen. Joyce atmet scharf ein und schaut mich mit weit aufgerissenen Augen an.

«Das war ein Milchzahn!», sage ich verärgert. «Der hat schon gewackelt.»

«Junge Dame, die Schulhofaufsicht hat mir erzählt, dass du Joey geschlagen hast. Kannst du mir sagen, was da los war?»

«Er hat mich an den Haaren gezogen.»

«Stimmt doch gar nicht.»

«Doch, weil ich ihm den Ball weggenommen hab. Da hat er ganz fest an meinem Zopf gezogen. Und mich mit seiner Eisenkette geschlagen.»

Ich zeige auf das Ding, das an Joeys Hose baumelt. Als wir Streit bekamen, hat er die Kette abgemacht und kreisen lassen, sie funkelte in der Sonne, als stünde sie unter Strom. Im Grunde weiß ich jetzt schon nicht mehr, ob er mich wirklich geschlagen oder bloß damit gedroht hat, aber das ist mir egal.

Joey schüttelt so heftig den Kopf, dass sein Stuhl quietscht.

Manchmal ärgert er mich.

«Er hat das gemacht, er hat jenes gemacht ... Das habe ich aber ganz anders gehört! Erzähl deine Geschichte gefälligst in der Ich-Form.»

«Ich wurde geschlagen.»

Die Lehrerin schnalzt mit der Zunge und schickt Joey mit einer Kopfbewegung aus dem Zimmer. Als er draußen und außer Hörweite ist, sagt sie, dass ich in der Pause ausnahmsweise drinbleiben muss. «Und denk daran: Wenn

du das nächste Mal geschlagen wirst, kommst du zu mir.
Nicht einfach zurückhauen.»

Joey schließt mich aus. Er redet mit den anderen Jungen in einigen Metern Entfernung, sodass ich sie nicht hören kann, und dann lachen sie. Nach der Schule wartet er wie immer am Zaun, bis ich mein Rad geholt habe, fährt dann aber mit den anderen ganz schnell weg, als ich komme. Wenn ich etwas dazu sage, tut er so, als wüsste er nicht, wovon ich rede. Und manchmal ist es plötzlich wieder genau wie früher, dann fragt er, ob ich beim Fußball mitspielen will. Ich weiß nicht, ob Joey das extra gemacht hat, als mein Kopf bei unserer Partie heute Nachmittag abrupt nach hinten gerissen wurde, aber es gibt genug Gründe, warum ich ihn gern verprügeln würde.

Nach der Pause haben wir eine Stunde, in der das Weltall durchgenommen wird.
    «Weiß jemand, was ein Himmelskörper ist?», fragt Joyce.
    «Ihrer, Frau Lehrerin.»
    Schleimer!
    Als Joyce uns bittet, Beispiele für Planeten zu nennen, sagt Joey: «Der Mond.» Jemand anders ruft: «Die Erde.»
    «Sehr gut.»
    Ich sage laut: «Der Mond ist kein Planet.»
    Die Lehrerin ignoriert mich, aber Joey dreht sich auf seinem Stuhl um und sagt, «Und ob!»
    «Du hast Gras im Haar.»
    «Es reicht. Sehr gut, Joey, der Mond.»

Jetzt stehe ich auf. Das weiß ich genau, ich habe mich mal mit meinem Vater darüber unterhalten, und wir haben damals extra nachgeschaut. Der Mond ist ein Mond. Ein Mond kreist um einen Planeten. Und ein Planet kreist um die Sonne.

Bevor ich ausreden kann, stehe ich auch schon draußen auf dem Flur.

Als ich aus der Schule komme, steht ein fremdes Auto in der Einfahrt. Ich stelle mein Rad daneben ab und schleiche erst einmal ums Haus, um zu gucken, wer da ist.

Im Wohnzimmer sitzen mein Vater und meine Lehrerin am Tisch. Er hat die Hände übereinander gelegt und sich zu ihr gebeugt, übertrieben aufmerksam. Auch Joyce macht ein betont freundliches Gesicht. Das ändert sich schlagartig, als sie mich sieht.

Sie haben mich entdeckt. Es bleibt mir also nichts anderes übrig, als reinzugehen.

Mein Vater begrüßt mich feierlich und nennt mich bei meinem Vornamen. Als ich es ihm gleichtue, schlägt er mit den Knöcheln auf den Tisch, zum Zeichen, dass ich mich setzen soll. Er sagt, dass Joyce ihm gerade von meinem Streit in der Pause erzählt hat und von meinem Verhalten heute Nachmittag bei einer Gruppenarbeit.

«Ich fand, dass ich das mit deinem Vater besprechen sollte», sagt Joyce mit samtweicher Stimme.

Als mein Vater Joyce zu ihrem Auto begleitet, suche ich nach dem Zeitungsausschnitt, an den ich vorhin im Unterricht denken musste. Ich finde ihn nicht gleich, weiß aber, dass das Weltall auch im großen Atlas behandelt wird, und ja, es stimmt: Ein Mond bewegt sich bloß mit. Ein Mond ist ein Planet ohne eigene Ideen, also etwas ganz anderes. Ein Mitläufer. Mit meiner Mappe voller Zeitungsausschnitte und dem Atlas warte ich mit einem verschwörerischen Lächeln auf meinen Vater.

Kaum kommt er wieder ins Zimmer, lege ich auch schon los. Ich erzähle sofort von dem Mond und lasse Joey und Joyce bei meiner Schilderung der Ereignisse noch etwas dümmer und meine eigene Antwort noch etwas brillanter erscheinen. Mir ist jetzt das richtige Wort wieder eingefallen, Himmelskörper, bis mein Vater mich mit dem Satz unterbricht: «Darum geht es nicht. Laut Joyce bist du arrogant.»

Das überrumpelt mich dermaßen, dass ich nervös auflache. «Aggressiv und arrogant», sagt er.

Von all dem, was in diesem Moment in mir hochkommt, sprudelt «Joyce hat *künstliche Fingernägel*» aus mir heraus.

«Genau das meine ich. Du musst etwas mehr Respekt zeigen.»

«Aber es stimmt doch? Das mit dem Mond?»

«Ja», sagt er kurz angebunden. «Das stimmt.»

Ich habe das Gefühl, dass meine Haut an mir herumschlabbert, und davon wird mir schwindelig.

Kurz glaube ich, weinen zu müssen. Dann wird es zum zweiten Mal an diesem Tag gleichzeitig schwarz und heiß in meinem Kopf. Ich knalle so fest ich kann den Atlas zu und anschließend auch die Tür, und zwar dermaßen energisch, dass alle Zettel an der Pinnwand im Flur aufflattern und mit einem Rascheln wieder in ihre ursprüngliche Position zurückkehren. Einige lösen sich von ihrer Stecknadel und wirbeln zu Boden, um erneut aufzuflattern, als mein Vater fluchend die Tür aufmacht. Er packt mich am Oberarm, führt mich zurück ins Wohnzimmer und drückt mich grob in meinen Stuhl. Er findet, dass ich mich entschuldigen soll.

Ich reibe mir den Arm und starre auf sein Hemd, wünsche mir sehnlichst, mit meinem Blick ein Loch hineinbrennen zu können. Er bittet mich erneut darum. Ich starre weiterhin auf das winzige Fischgrätmuster seines Polohemds, bis er sagt: «Dann gehst du eben auf dein Zimmer und denkst nach, bis du so weit bist.»

Der Nachmittag zieht sich endlos hin. Obwohl ich stolz bin, dass ich rechtbehalten habe, werde ich dieses mulmige Gefühl einfach nicht los.

Irgendwann muss ich Pipi. Auf dem Rückweg von der Toilette begegne ich meinem Vater im Flur. Als ich einen Schritt nach links mache, um ihm auszuweichen, tut er dasselbe und folgt auch meiner Bewegung nach rechts, sodass wir uns direkt gegenüber stehen, keine Handbreit voneinander entfernt.

Ich schaue meinen Vater an, ohne den Kopf zu heben, so weh meine Augen auch tun, weil sie sich in ihren Höhlen so verdrehen müssen. Trotz all der Falten ist das Gesicht meines Vaters angespannt. Er zieht das Kinn ein und streckt die Brust raus. Hätte ich nicht solche Angst – ich würde laut lachen. Mit drohender Stimme fragt er, ob ich inzwischen bereit für eine Entschuldigung sei.

Entschuldigungen, Ausreden, Notlügen. Der Mond ist kein Planet, deshalb schweige ich. Knapp über meinem Gesicht hüpft der Adamsapfel meines Vaters lautstark auf und ab. Die Haare, die dort wachsen und manchmal wegrasiert werden, haben sich unter die Haut zurückgezogen, wo sie graue Hubbel bilden.

Ich wünsche mir nichts sehnlicher, als dass er mich tröstet und in den Arm nimmt, aber die einzige für mich denkbare Art, ihm zu zeigen, wie traurig ich über diese plötzliche Distanz bin, besteht darin, nicht bei etwas einzuknicken, bei dem wir stets zusammengehalten haben. Wenn er unbedingt gemeinsame Sache mit Joyce machen will, halte ich uns eben als Einzige die Treue.

«Nein», sage ich.

Mit überschäumender Wut platze ich damit heraus, dass er verrückt geworden ist.

Aufgebracht verfolgt er mich durch den ganzen Flur bis in den Garten und treibt mich am Zaun in die Enge. Er hat die Faust erhoben, als würde er mich gleich schlagen, und als ich es nach ein paar Sekunden des Gelähmtseins wage, ihm ins Gesicht zu schauen, sehe ich das eines Kindes in Todesangst. Er keucht, seine Pupillen verengen und weiten sich, als machte er wie ich ein Foto von diesem Moment. Dann lässt er den Arm wieder sinken.

Als ich über die Wiese renne, kommt er mir nicht nach.

Den untersten Ast der Kastanie erreiche ich nur über das daran befestigte Seil, aber von da an gehen alle Äste horizontal vom Stamm aus und bilden eine Wendeltreppe. Irgendwann werden sie so dünn, dass mein Vater, der oft mitklettert, aufgeben muss. Nur ich bin leicht genug, über den Punkt hinauszukommen, wo sich der Stamm teilt und dann noch mal teilt.

Schon bald kann ich den Boden nicht mehr sehen, nur lauter Grün und fingerförmige Blätter. Der Baum hat Hunderte von Händen unter mir ausgebreitet. Ich spreize meine eigenen Finger und lasse sie im Wind flattern, meine Hand ein viel zu kleiner Flügel.

Es weht ein starker Wind. Je höher ich komme desto unabhängiger voneinander bewegen sich die Zweige. Ich klettere bis in den Wipfel. Als ich meinen Fuß in die allerletzte Astgabel stelle, ragt mein Kopf gerade so zwischen den Blättern hervor. Von hier aus habe ich einen ungehinderten Blick aufs Dorf und die säuberlich angeordneten Felder. Überall sind Leute unterwegs, Autos, Radfahrer, die über die Ebene sausen. Da hinten führt die Nachbarin ihren Hund aus. Ich beobachte die Menschen, die sich langsam fortbewegen, immer dieselben Runden drehen.

Der Ast, an dem ich mich festhalte, knackt und ächzt in seiner grünen Laubwolke, und zwar in seinem ganz eigenen Tempo zwischen den anderen. Langsamer als sie biegt er sich im Wind und federt dann wieder zurück, ganz vorsichtig, als wollte er mich nicht zu Fall bringen. Er ist ein lebendiges Wesen. Der Baum hat mehr Leben in sich als viele Leute, die ich kenne.

Mein Vater sagt, dass der Baum nach wie vor wächst. Jedes Mal, wenn ich in ihn hineinklettere, versuche ich, etwas Neues zu entdecken und hoffe, weiter in die Ferne schauen zu können. Alle Orte, die ich von hier aus sehen kann, sind welche, die ich bereits kenne. Aber da draußen wächst und wächst die Welt aus meinem Blickfeld.

In der Ferne glitzert ein Auto. Als ich den roten Volvo meiner Mutter zwischen den Feldern hindurchschleichen sehe, klettere ich wieder herunter. Ich halte mich jeweils mit beiden Händen an einem Ast fest und schlüpfe darunter hindurch, die Füße bereits auf dem nächsten. Vom untersten Ast lasse ich mich fallen. Ich renne zum Haus, genau in dem Moment, in dem meine Mutter in der Auffahrt hält. Von ihr beschützt schlüpfe ich ins Haus.

Später am Abend kommt meine Mutter zu mir ins Zimmer. Sie setzt sich neben mich auf das kleine Sofa und sagt, dass mein Vater mich sehr lieb hat. Er mache sich einfach nur Sorgen. Meine Mutter streicht mir übers Knie, und während sie sorgfältig nach den richtigen Worten sucht, berührt sie nacheinander die Zehen meiner hochgezogenen Füße.

«Mach es den Menschen nicht so schwer, dich zu lieben, Schätzchen! Du musst dich ein bisschen mehr anpassen. Sonst wird es einsam um dich werden.»

Aggressiv und arrogant. Ich mag zwar recht haben, was

das Weltall anbelangt, aber das von mir begangene Unrecht ist größer.

Zum Glück bleibt meine Mutter sitzen, bis das Schlimmste vorbei ist, ihre Hand warm um meine Füße gelegt, sodass ich mich nicht so alleine fühle. Aber ihr Blick ist schrecklich: geduldig und voller Schmerz.

TAG 21

Obwohl sie fünf Tage die Woche arbeitet und an drei Abenden die Woche Besprechungen hat, scheint meine Mutter stets am Küchenfenster zu stehen. Auch jetzt, wo ich mit meinem Rucksack die Einfahrt betrete, sehe ich, wie sie sich dort zu schaffen macht, das graue Haar von den Lämpchen der Dunstabzugshaube angestrahlt, eine gesetzte Hausgöttin mit goldener Aureole. Kaum hat sie mich entdeckt, lässt sie ihr Schneidebrett im Stich, um mich an der Haustür zu begrüßen.

Ich hatte mich vor diesem Moment gefürchtet, weil ich nicht wusste, was mich erwarten würde, aber meine Mutter umarmt mich fest, eingehüllt in den vertrauten Duft von Orangenschalen und Wolle. Anschließend nimmt sie mein Gesicht in beide Hände («Du isst ja wie ein Spatz», befindet sie), um mich daraufhin energisch zu füttern.

Erst als ich meine Suppe ausgelöffelt habe, und meine Mutter fragt, was eigentlich los sei, sehe ich, wie mitgenommen sie ist. Wir sitzen zusammen auf dem Sofa, und sie spielt mit dem Ring an ihrer linken Hand, bevor sie fragt: «Glaubst du, das renkt sich wieder ein?»

Als ich mit den Schultern zucke, wird sie rot, erst ihr Hals, dann ihr Gesicht und schließlich ihre Augen.

Noch nie im Leben habe ich so etwas gesehen: Meine Mutter weint. Ohne die Miene zu verziehen. Ganz so als gäbe es ein Leck, ein plötzliches, unheilstiftendes.

Ich erhebe mich vom Sofa und hole ein gebügeltes Taschentuch aus der Kommode.

×

Auf dem Schreibtisch in meinem Kinderzimmer wartet etwas auf mich: ein weißer Umschlag, darin eine halbe Postkarte. Sie wurde beschrieben und anschließend entzweigerissen. Auf der Vorderseite erkenne ich das legendäre Schwarzweißfoto vom küssenden Paar vor dem Hôtel de Ville, das in Tausenden Souvenirläden als Poster verkauft wird – in Paris, aber nicht nur da. Ich starre auf den Riss. Bei dem Anblick wird mir sofort übel, so als hätte ich einen Tritt in die Magengrube bekommen. Wir hatten diese Karte in Paris überm Bett hängen.

Der gewellte Riss geht mitten durchs Gesicht des Mannes. Auch der Text auf der Rückseite ist zerfetzt.

... erschrocken über ... schient so glücklich zu sein ... nicht alles kann perfekt ... hoffe, dass ihr da beide ...

Ich glaube, die Schrift einer meiner Tanten zu erkennen. Sie dürfte die andere Hälfte an Luc geschickt haben. Es ist eine aggressive Geste, verpackt in wohlmeinende Besorgnis.

Nein, nicht alles kann perfekt sein. Aber es kann auch nicht alles schwarzweiß sein. Ich frage mich, ob meine Tante eigentlich weiß, dass das Paar auf dem Foto gegen Bezahlung posiert hat. Dass es sich wenige Monate nach Entstehung des Bildes getrennt hat, und dass die Frau vierzig Jahre später einen Prozess angestrengt hat, um noch mehr Geld aus dem Fotografen herauszuleiern. Der ursprüngliche Abzug, den sie damals von ihm bekommen hat, signiert und nummeriert, hat sie meistbietend von einem Auktionshaus wie meinem versteigern lassen, und zwar für eine Rekordsumme. *Le cliché sera adjugé 185 000 Euro*, schreibt Wikipedia.

185 000 Euro für das Klischee.

×

Es hat sich herumgesprochen, dass ich da bin; noch am selben Abend trudeln meine Schwestern ein.

Wochenlang habe ich auf ihre Nachrichten kaum reagiert. Kurz nachdem ich gegangen war, habe ich jedem einmal Rede und Antwort gestanden. Kurze, bestürzte Gespräche, in denen ich erzählen musste, dass Luc vielleicht nicht mehr ihr Bruder war. «Offen gestanden verstehe ich das nicht, Breg.» Als ich auflegte, fühlte es sich eher so an, als wäre ich nicht mehr ihre Schwester.

Alle nehmen sie mich irgendwann separat beiseite (im Bad, beim Befüllen der Waschmaschine, in meinem Kinderzimmer), sodass ich mich immer wieder erklären muss, mit Formulierungen, die Lucs Verunsicherung und mein Gefühl des Eingeengtseins immer energischer transportieren. Nicht dass ich etwas erfinden würde, das nie passiert ist. Aber indem ich alle Eifersuchtsanfälle der letzten zehn Jahre aneinanderreihe, mache ich aus unserer Geschichte eine Tragödie, die auf ihr unabwendbares Ende zusteuert.

Nicht, dass das jemanden überzeugen würde.

«Na ja, Breg, ich kann mir schon vorstellen, dass es nicht leicht ist, mit dir zusammenzuleben.»

Und das sagt ausgerechnet die Schwester, mit der ich mir jahrelang ein Zimmer geteilt habe. *Verified user*, ein Stern.

Alle weinen, nur ich nicht.

Ihre Welt wird lediglich um eines ärmer: um ihren ersten Sohn, ihren Adoptivbruder. Meine Welt liegt zwar in Trümmern, doch durch die Ritzen sehe ich ein Panorama aufblitzen: Es gibt eine Zukunft, und zwar mehr als nur eine.

×

20.4.08

Wir vögelten in meinem alten Kinderbett und zwar so toll, dass ich wirklich dachte: mehr, tiefer, ich will dich bis in die Fingerspitzen spüren.

Anschließend lagen wir selig-verliebt zusammen in dem schmalen Hochbett – das dachte ich zumindest –, bis Luc

sagte: «Du bist so toll, bist du nicht böse auf mich? Nicht
genervt? Nicht enttäuscht? Was willst du bloß von mir?»
«Du weißt selbst am besten, wie toll du bist», sagte ich und
wartete auf sein breites Grinsen, aber es kam nur ein ganz
kleines: «Nicht alle finden mich toll.»
Daraufhin ich: «Das liegt daran, dass sie nicht so einen gu-
ten Geschmack haben.» Ich küsste sein zartes Ohrläppchen
und die Stelle dahinter.
«Alle wollen ständig von mir wissen, was du eigentlich an
mir findest», sagte er.
«Wer alle?»
Das wollte er mir nicht sagen.
«Na dann streich die mal von der Liste der wichtigen
Menschen in deinem Leben.»
Daraufhin er: «Du bist doch die Einzige, die darauf steht.»

×

Wenn wir gemeinsam hier übernachteten, holten meine Eltern eine Matratze vom Dachboden, die wir allerdings nie benutzten: Mein Hochbett war breit genug für
uns. Ich lag auf der Seite, eng an dich geschmiegt. Vom
Nacken bis zu den Knöcheln spürte ich einen Luftzug –
dort, wo die Einpersonendecke einen Spalt ließ. Und
wenn sich einer von uns umdrehte, wackelte das Bett
wie ein Trampolin. Alles irrelevant: Solange ich einen
Arm und ein Bein um dich legen konnte, war ich so zufrieden wie ein Handy am Aufladegerät.

Jetzt liege ich hier, und jedes Detail hält mich wach.

Der gelbliche Laternenschein, der durch die weißen Gardinen ins Zimmer fällt. Das Knacken der Heizung. Das leise Schnarchen meiner Mutter.

Ich denke an all die Spiegeleier, die ich dir in diesem Haus gebraten habe, in der Hoffnung, ihr Duft könnte dich aus dem Bett locken. An die ritualisierten Scherze, die du mit meinen Schwestern gemacht hast, und an den schelmischen Blick, mit dem du jedes Mal die Pfanne an dich gerissen und gesagt hast, «Und, was esst ihr?»

Ich denke an die ganz besondere Ausgelassenheit, die nur du und niemand sonst bei meiner Mutter hervorrufen konntest. Du warst genau im richtigen Maße frech und wusstest gleichzeitig, wie du ihr schmeicheln, wie du sie aufziehen musst, sodass sie sich, als du mal wieder auf dem Sofa deine Reden schwangst, einmal sogar auf dich draufgesetzt hat, um dich zum Schweigen zu bringen. Dein zierlicher Körper verschwand unter ihrem, und nur deine langen Plattfüße schauten noch hervor, die Zehen gekrümmt, während meine Mutter zum lautlosen Schluckauf deines herzhaften Gelächters sanft mitwippte.

Ich denke daran zurück, wie wir mal mit der ganzen Familie einen Spaziergang gemacht haben, und meine Mutter und du eine Zeitlang händchenhaltend voneweg liefen. Mein Vater, der neben mir ging, versetzte mir einen Stoß mit dem Ellenbogen und nickte. Als du dann später zu uns gestoßen bist, meinte er nur: «Na, mein Junge, du hast echt Glück. Mir gelingt das schon seit Jahren nicht mehr.» Du wusstest nicht, wo du hinschauen solltest.

*

Ich denke an unsere Hochzeit, die wir vor noch nicht mal zwei Jahren hier im Garten gefeiert haben, genau wie meine Eltern dreißig Jahre vor uns. Damals war ich vierundzwanzig.

22.6.13

Ich konnte noch nie viel mit der Vorstellung anfangen, dass die Hochzeit «der schönste Tag des Lebens» sein soll. Damit assoziierte ich nur hysterische Sahnetortenbräute und kitschige Glückwunschkarten. Aber jetzt, wo ich bis über beide Backen strahle vom heutigen Trubel, von der Erschöpfung und vom vielen Lachen – ich hab richtig Muskelkater in den Wangen –, muss ich gestehen: Ein Tag mit so viel geballter Energie, mit so vielen Verwandten, Freunden, Leuten, die einen unheimlich gern haben, die gemeinsam unterm Sternenhimmel tanzen, in einem Garten, der schier explodiert vor Musik und Rausch. Ein Tag, der für einen einzigartigen Freudentaumel sorgt. So viele Stunden ungetrübtes Glück habe ich bisher noch nie erlebt. Und ich merke, dass ich einen ganzen Tag lichterloh gebrannt habe.
Natürlich können wir nicht schlafen. Eine braune Hand blitzt auf, die eine Unterschrift leistet, Gesichter von Gästen, das Kleid in seiner Schutzhülle auf meinem Schoß im

Zug. Ein Erinnerungsfetzen von der Rückfahrt: Alle Gäste drängen sich in einem Waggon, der Brautstrauß liegt auf den Knien eines zufälligen Pendlers. Mein Vater, der um eine Entwertersäule tanzt.

Heute Morgen wurde ich mit Fieber und völlig verschnupft wach. Ich fühle mich wie die Asche des Phönix. Aber es wird schon. Alles wird gut. Wir werden glücklich.

Ich stehe auf.

Oben im Flur lausche ich ein, zwei Minuten auf die langsame Atmung meiner Eltern hinter der Schlafzimmertür. Meinen Vater höre ich kaum. Die Atmung meiner Mutter gerät in ihrer Nase manchmal ins Stocken und muss dann mit einem kleinen Ruck wieder in Gang gebracht werden. Ich frage mich, ob sie sich wohl im Schlaf berühren: ineinander verschlungene Beine oder eine Hand auf einem Unterarm.

Mit einer Tasse Milch, die ich in der Mikrowelle zwanzig Umdrehungen habe machen lassen, klettere ich zurück ins Bett.

Zwischen zwei und fünf Uhr nachts gerät die Welt unmerklich in eine Schieflage. Alles, was tagsüber da war, ist auch jetzt noch da. Man kann es anfassen, es ist genauso groß, hart oder weich, genauso schwer. Und trotzdem ist alles anders.

Als Kind hatte ich eine Zeitlang Angst, ich könnte in der Welt hinter dem Spiegel verschwinden. Diese Angst befiel mich vor allem dann, wenn ich an dem mannshohen Exemplar auf dem Treppenabsatz vorbeikam. Der an der Wand, wo die Treppe um die Ecke biegt, und der bis zum Teppich reicht, sodass es nicht mal mehr eine Schwelle zwischen dieser und der anderen Welt gibt. Sie gehen unmerklich ineinander über.

Auf den ersten Blick scheint mit dem Ort hinter dem Glas alles in Ordnung zu sein – es ist schließlich derselbe wie immer. Es gibt dort auch ein Bad, eine Treppe mit Teppich und eine Tür zum Schlafzimmer, aber was um die Ecke ist, kann ich unmöglich erkennen.

Vielleicht gar nichts. Eine Pappkulisse und dahinter das Nichts, Löcher, Schwärze. Nachts kroch die Schwärze hervor, umzingelte unsere Inseln aus Licht: die meines Vaters, der lesend am Esszimmertisch saß; die meiner Nachttischlampe. Alle vertrauten Gegenstände saugten sich damit voll, verloren ihre vertraute Form und gingen darin unter. Ich hatte das Gefühl, dass sich gleich um die Ecke, gleich auf der Rückseite der Dinge, alles in Auflösung befand. Wenn ich ein Buch aufschlug, käme eine klaffende Wunde zwischen den Seiten hervor. Wenn ich meinen Teddy vom Schrank nahm, würde der Kopf nachgeben und die Füllung knisternd auf die Dielen rieseln. Die Kleidung, die über der Stuhllehne hing, sah aus wie ganz normale Kleidung, aber sobald ich wegschaute, glitt das Bündel langsam vom Stuhl, um über die schwarzen Streifen auf dem Teppich auf mein Bett zuzukriechen, wobei die Knöpfe aufblitzten wie Augen und der Reißverschluss wie eine Reihe spitzer kleiner Goldzähne.

Nachts verschluckte die Spiegelwelt die unsere. Und

ich hatte eine Todesangst davor, auf der anderen Seite des Glases aufzuwachen und nicht mehr zurückzukönnen. Mein Atem würde den Spiegel beschlagen, und auf der anderen Seite wäre niemand zu sehen, niemand, um mich herauszulassen.

Manchmal wusste ich nachts im Bett nicht mehr, auf welcher Seite ich mich befand. Oder ob das, was ich in meiner Umgebung wahrnahm, echt war. Es sah echt aus, es fühlte sich echt an – aber vielleicht war ich ja die Einzige, die das so sah? Vielleicht war ich allein in dieser Version von der Welt.

Während ich zuhöre, wie meine Eltern ihre Morgenrituale vollführen, beobachte ich, wie die Fische an der Wand gegenüber von meinem Kinderbett ganz allmählich aus der Dunkelheit auftauchen. Einmal habe ich die ganzen Weihnachtsferien auf der Trittleiter verbracht, mit einem Aquarellfarbkasten in der Hand. Ich malte Fische, Quallen, einen Rochen, einen Hai und ganze Korallenriffe. Bis auf die Augen des Tintenfischs ließ ich kein Fleckchen Weiß übrig. Von der Sockelleiste bis zur Decke wogt türkisblauer Ozean. Dahinter rauscht der Küchenwasserhahn und brodelt der Wasserkocher.

Utrecht, 17.5.10

Mein Vater hat mich völlig unvermittelt angerufen, um sich nach mir zu erkundigen. «Total scheiße», sagte ich, noch

nicht wach genug, um mir was auszudenken. Ich begann
zu weinen.

Papa findet, ich müsse «versuchen, mich damit abzufinden».
DER KANN MICH MAL. Als ob er sich je mit irgendwas
abfindet! Es ist schließlich nicht so, als wäre etwas mit mir
nicht in Ordnung, verdammt nochmal! Ich muss mich mit
nichts abfinden, ich will mich nicht flügellahm überall hin-
schleppen müssen.

Er hat nicht aufgehört, nach dem Grund zu fragen. Ich
müsse zumindest Ursachen nennen können, einfach nur
unglücklich sein, sei obszön.

Aber vor allem bin ich wütend auf mich selbst. Dass ich blo-
ckiert bin, dass man mir das anmerkt.

Ich hasse das Gefühl von Stagnation, von Stillstand, von
Rückschritt. Wenn man eine Steigung nimmt und aufhört,
Gas zu geben, rollt man sie blindlings wieder hinunter. Ge-
nau so fühle ich mich: Als würde ich ich rückwärts rollen
und irgendwo reinfahren, an meinem eigenen Hinterkopf
zerschellen.

Halb vier. Luc hat nach seinem Seminar vorbeigeschaut.
Wie sich herausstellte, hat er mit meinem Vater geredet,
darüber, dass sie sich beide Sorgen um mich machen und
glauben, dass was mit mir nicht stimmt. Ich sei schwach
und blass, ich verlange mir zu viel ab. Ich solle mich «ein-
fach mal» verwöhnen, ausschlafen, schöne Bücher lesen.
Kann er sich denn nicht ausmalen, wie toll es ist, es mit mir
selbst aushalten zu müssen? Ich spüre den Ekel hinten auf
der Zunge.

Er war unglaublich zärtlich. Ich wollte mir dermaßen ver-
zweifelt entfliehen, dass ich am liebsten den Kopf gegen
die Wand geschlagen hätte, um ein Loch hineinzumachen,
einen Notausgang. Luc versuchte, mich davon zu über-
zeugen, dass ich etwas Besonderes bin, dass ich hinreißend
bin, doch ich sagte: Manchmal habe ich Angst, dass du gar
nicht weißt, wer ich eigentlich bin. Ich bin schön anzusehen
und intelligent, aber im Grunde bin ich kein liebenswerter
Mensch ... Nur dass ich die Einzige bin, die das weiß, weil
ich die Einzige bin, die mir in den Kopf schauen kann. ICH
TU NUR SO ALS OB.

Er meinte: Ich finde dich ganz großartig.

Ich schaute ihn an. Laut schluchzend und zitternd versuch-
te ich, in seinen Augen zu versinken, durch seine Augen
zu verschwinden, durch seine braunen, goldgrün umran-
deten Augen, die meinen so nahe kamen, dass ich hin und
her schauen musste – und ich zitterte vor Angst, dass ihn
etwas verraten würde, ein Anflug von Zweifel. Sein Blick
aus braunen Augen war unbeirrbar, zuverlässig. Ich sah
nichts anderes darin als ganz klein mich selbst, umgeben
von seinem Braun.

Nachdem ich mich wieder beruhigt hatte, hielt er mich
fest und sagte, dass er mich solange in den Schwitzkasten
nehmen werde, bis ich zugäbe, dass ich toll sei.

Darauf ich: «Da kannst du mich lange in den Schwitzkasten
nehmen.»

«Dann spiel ich eben die Dunkelkammer», sagte er. Er sah
mich halb provozierend, halb verschmitzt an, so als wollte
er mir gern ein bisschen drohen und sich aufspielen, ohne

recht zu wissen, ob er sich damit eine Blöße gab. Ich stellte mir vor, was das wohl war, die Dunkelkammer, und musste lachen, immer lauter. «Bedeutet das, dass sich einem jemand auf den Kopf setzt?»

«Ja!», sagte er erstaunt und fiel in mein Lachen mit ein, verbarg den Kopf unter der Decke, ohne mich aus seinem Schwitzkasten zu entlassen und verwandelte sich wieder in den kleinen Judokämpfer von früher.

SO schaut ein wunderbarer Mensch aus! Bei dem wandern die Ohren nach oben, weil er übers ganze Gesicht lacht.

Luc hat sich an mich geschmiegt, noch während ich das schreibe. Er hat den Arm um meine angezogenen Beine gelegt, und an meinem Schenkel spüre ich, wie sein Atem stumm sagt: Ich bin da, ich bin da, ich bin da.

Ich streichle seinen Hals und frage, ob er auch manchmal weint. Ganz kleinlaut: «Ja, natürlich.»

Ich bin schockiert. Worüber weint er bitteschön? Der junge Mann, der sich stets so pudelwohl in seiner Haut fühlt? Seine Antwort bringt mich fast wieder zum Weinen.

Er sagt: «Darüber, dass nichts je gut genug für dich ist.»

×

Dass du es sooft geschafft hast, mich aus meiner Schwermut zu reißen, ist mit ein Grund, warum meine Eltern dich so ins Herz geschlossen haben. Sie kennen meine Stimmungsschwankungen schon seit Jahren.

Sie erzählen mir, dass ich als Kleinkind keinerlei körperlichen Schmerz empfand, aber bei Verletzungen, die nicht äußerlich sichtbar waren, jämmerlich weinen konnte. Ich lief zum Beispiel mit einem Finger her-um, bei dem erst nach sechs Wochen festgestellt wur-de, dass er gebrochen war, um währenddessen wegen Kleinigkeiten zu heulen. Wegen kaum wahrnehmbarer Sachen wie Brüchen und Quetschungen, die in einer an-deren Welt stattgefunden hatten – hinter dem Spiegel zum Beispiel.

Ein Nikolausgedicht, das mir stets in Erinnerung ge-blieben ist, handelte davon, wie ich in meinem Bett lag. Es enthielt die Zeilen:

In einem Hochbett, meilenweit über der Erde
Liegt die Zartbesaitetste aus unserer Herde

8.12.90

Breg hat ein sehr empfindliches Gemüt. Beim Abtrocknen sang ich den Schlager Huilen is voor jouw te laat *von Corry Konings («Heulen nützt dir nun auch nichts mehr»). Sie begann laut zu schluchzen. «Och, Breg ...», sagte ich ge-rührt. Und sie (schluchz): «Nein, nein, ich bin der Große Böse Wolf ...!»*
Sie weint vor allem jämmerlich wegen irgendeiner Be-merkung oder wegen anderen «Nichtigkeiten». «Breg, iss deinen Teller leer» *kann da schon genügen. Oder: «Nein, Mama ist gerade beim Einkaufen.»*

Schönes Wetter. Ich mache Schinken-Käse-Toasts zum Mittagessen. Bregje kommt aus dem Flur und sagt gefasst, aber nachdrücklich, «Papa, mein Zeh tut weh. Es ist schon ein bisschen schlimm.» Und tatsächlich: Ein Hautfetzen des großen Zehs schaut unter dem Nagel hervor. Es blutet heftig. Ein anderes Kind hätte laut gebrüllt, aber Bregje murmelt zufrieden: «Ich hab nicht geweint.»
Kurz darauf schnieft sie erbärmlich: Ihr Buch über Pilze ist verschwunden.

«Nicht heulen, Breg, reden», sagte meine Mutter damals, und wischte mir die Tränen mit einem Teelöffel ab, den sie mir anschließend in den Mund steckte. «Oh, was für eine schöne dicke Träne. Los, mach noch eine, na los!» Wenn sich der Kummer schon mal blicken ließ, musste er auf schnellstem Weg wieder internalisiert werden.

Meine Mutter fand auch, dass ich «Schwielen auf der Seele» bräuchte, und weil ich nicht wusste, wie das gehen sollte, gewöhnte ich mir an, barfuß herumzulaufen, ja kroch sogar mehrere Stunden auf den Knien über den Plattenweg ums Haus, in der Hoffnung auf eine dicke Schicht Hornhaut. Doch offen gestanden hoffte ich noch mehr auf Blut. Schwielen, das ist eine Wunde ohne großes Trara.

MITTLERWEILE: TAG 22

Mein Vater und ich machen eine Radtour. Ich betrachte seinen sehnigen Körper in seiner verschlissenen Lieblingsjacke, sein Gesicht, das Sätze formuliert, aber nicht ausspricht. Seine Lippen bewegen sich, seine Stirn legt sich in Falten, ich weiß, dass er etwas im Schilde führt.

Mein Rad fährt auf dem glatten Asphalt lautlos bergab. Links wirft der Wald einen bemoosten Schatten, rechts befindet sich ein wogendes Feld, auf das die Sonne fällt. Ich trete energischer in die Pedalen, bis meine Oberschenkel brennen, und beuge mich tief übers Lenkrad: Ich bin jung, stark und gesund, und das weiß ich auch. Für eine Minute bin ich überglücklich. Es fühlt sich falsch an, aber ich habe nichts auszusetzen an dem Wind, der mein Gesicht wachpustet – angefangen bei meiner Nasenspitze bis hin zu meinen glühenden Ohren – und mir die Haare aus dem Nacken streicht.

Wir halten an, um etwas zu trinken.

«Vermisst du Luc?», fragt mein Vater. Seinem Tonfall entnehme ich, dass er glaubt, alles würde schon wieder alles gut.

Ich frage ihn, ob er es mir übel nimmt, dass ich gegangen bin.

Er überlegt: «Nein, ich versteh das schon. Ich habe gesehen, wie du in den letzten Jahren immer weniger geworden bist. Es ging dir nicht gut, das war offensichtlich. Natürlich fragt man sich dann, ob es nicht einen Mittelweg gegeben hätte. Und natürlich ist es traurig, dass du das Problem nicht lösen kannst, ohne die gesamte Familie auseinanderzureißen. Aber ich nehme dir nichts übel, nein, das nicht.»

Auseinandergerissen. Die gesamte Familie.

×

Meine Mutter hat meinen Vater mit sechzehn kennengelernt, auf einer Segelfreizeit im friesischen Langweer. Dort hatten sie kaum Kontakt: Ihr einziges Gespräch endete in einem Streit über etwas Nebensächliches – über die Etymologie von «Wind aus den Segeln nehmen» oder so was Ähnliches –, und sie waren beide zu stur, um ihn beizulegen. Als sie wieder zuhause war, schrieb sie ihm trotzdem einen Brief.

Aus «Hallo» wurde «Lieber» und am Ende sogar «Lieber, lieber». Obwohl er inzwischen wieder zu «Lieber» wurde, frage ich mich, ob meine Eltern in den letzten dreißig Jahren jemals länger als eine Woche voneinander getrennt gewesen sind. Seit ihrer Studentenzeit wohnen sie in ein- und demselben Haus, in einem Dorf in der Veluwe, von dem aus sie beide mit dem Rad zur Arbeit fahren können. In einem Haus, in dem sie die anderen Mieter nach und nach durch Kinder ersetzt haben, das aber von den streng gläubigen, calvinistisch-protestantischen Nachbarn immer noch «das Studentenhaus» genannt wird.

Wegen der Nachbarn, die ihre dreizehn Kinder ins Haus riefen, wenn wir rauskamen, um mit ihnen zu spielen, dachte ich lange, wir wären fortschrittlich. Wir waren «des Teufels» und das klang sehr modern. Aber trotz dieses Rufs ist in meiner gesamten Familie – meine Mutter kommt aus einer Familie mit acht Kindern, mein Vater aus einer mit fünf – noch nie jemand geschieden worden. So etwas tut man nicht, das Wort «Liebe» wird in der Einzahl gelebt. Und wenn dem nicht so ist, redet man nicht darüber.

Dieses Haus ist kein Ort, an dem etwas auseinandergerissen wird, sondern höchstens repariert. Draußen, an einer windgeschützten Nordwand, ist immer noch das Straßenkreidegekritzel zu sehen, das meine Schwestern dort hinterlassen haben, als wir noch klein waren. Die Teebecher verblassen in der Geschirrspülmaschine, und die allererste Tasse, aus der du vor zehn Jahren bei uns getrunken hast, die mit der Mohnblume, gibt es noch immer, obwohl der Henkel abgebrochen ist, und die Blütenblätter inzwischen zu einem Altrosa verblichen sind. Alle paar Jahre lassen meine Eltern die Wände neu streichen und ersetzen den Sofabezug. Eines der Zimmer – das, in dem einst mein Kinderbett stand – wurde neu isoliert: Es hat neuen Stuck und einen neuen Kaminsims bekommen, sodass alles genauso aussieht wie früher, bloß noch perfekter und ein winziges bisschen kleiner, weil jede Wand zehn Zentimeter dicker ist als vorher. Man sollte meinen, dass man das gar nicht merkt, trotzdem bekomme ich darin jetzt Beklemmungen.

×

Gedächtnisforscher sagen, dass die Ereignisse zwischen spätem Jugend- und frühem Erwachsenenalter besonders viel Raum in unserem Gedächtnis einnehmen. *Reminiscence bump* heißt das, Erinnerungshügel. Das sind genau die Jahre, die ich mit dir verbracht habe, und dieses Haus birgt den Erinnerungshügel des ersten Mals, dass ich deinen Steifen gespürt habe, oben im Gästebett. Während du dich von hinten an mich geschmiegt hast, hast du mir *mit einer Hand* den BH geöffnet. Ich hab mich zu Tode erschreckt. Später hast du zugegeben, dass du das zuhause geübt hast, mit dem BH deiner Stiefmutter, den du um ein Kissen gespannt hattest.

Angeblich ist jede Erinnerung fest mit dem Ort verbunden, an dem sie entstand: Feine Fäden führen zur damaligen Szenerie, zur Geräuschkulisse, zu den Gerüchen. Das ist auch der Grund, warum man Augenzeugen an den Ort des Verbrechens zurückbringt.

Doch jetzt bin ich die Täterin, und um auf Freispruch zu plädieren, muss ich die Details meiner Aussage sorgfältig auswählen, diese ja, diese nicht. Dieses Haus enthält jede Menge Beweise, die gegen mich sprechen.

×

Nach der Radtour lege ich mich wieder aufs Bett, in der Hoffnung, doch noch ein wenig Schlaf zu bekommen.

Der bleibt allerdings aus. Ich höre Schritte und Stimmen, das Haus ächzt, die Dunstabzugshaube des Herds brummt: die Familienglückmaschinerie, die bei mir in einer Sackgasse zu enden scheint.

Ich ziehe meinen Ring ab, es ist ein dünner Bandring aus Roségold. Auf der Innenseite steht Lucs Name, in seiner Handschrift. Ihm wäre lieber gewesen, der Graveur hätte das ordentlich geschrieben, aber ich wollte eine genaue Kopie seines Gekritzels haben – je krakeliger desto besser.

Es fühlt sich an, als würde ich von diesem schmalen Metallband überwacht wie ein beringter Vogel, so als landeten all meine Bewegungen irgendwie bei Luc. Ich habe schon überlegt, den Ring an einer Kette zu tragen. Aber immer, wenn ich ihn abziehe, verleiht die kleine rote Druckstelle an meinem Finger der Hand etwas Nacktes, Einsames.

Ich stecke den Ring zwischen die Lippen und lasse meine Zunge damit spielen. Als die Tür zu meinem Zimmer plötzlich aufgeht, verschlucke ich den Ring. «Es gibt Kaffee», sagt meine Mutter und verschwindet wieder. Ich richte mich abrupt auf und huste den

Schmuck hervor: Blitzartig schießt er zwischen Matratze und Bettrahmen.

Fluchend rapple ich mich auf, ziehe die Matratze zur Seite und sehe, dass der Ring noch weiter nach unten rutscht. Mir wird heiß und kalt, während ich auf dem Rand des Hochbetts balancierend Matratze und Lattenrost anhebe. Aufgrund meines verzweifelten Wühlens verklemmt sich der Ring in einem Spalt der Holzkonstruktion; ich pule mit den Nägeln daran, drücke das glatte Metall aber nur noch tiefer hinein.

Da steckt er. Ich sehe ihn schimmern, kann ihn aber unmöglich erreichen.

×

Zeit ist nicht ohne Weiteres sichtbar. Während sie uns begrapscht, sehen wir nur ihre Fingerabdrücke, die uns langsam schmutzig machen. Weil wir keinen eigenen Sinn für Zeit haben, fällt es schwer, sich zu erinnern, wann genau etwas passiert ist. Alle meine Erinnerungen an Luc purzeln durcheinander. Ich weiß nur noch: Damals haben wir in Utrecht studiert, damals waren wir in Paris, damals haben wir in Brüssel gewohnt.

Für Raum habe ich wie jeder andere auch ein viel besseres Gedächtnis. Ich erinnere mich an jeden Ort, an dem ich je gewohnt habe. Mit geschlossenen Augen kann ich immer noch mein Kinderzimmer ablaufen und sehen, wo meine Stofftiere liegen, wo der Rattenkäfig steht, das kleine Sofa, die Sammlung aus Zweigen und

Muscheln, die ich in einem Regal angeordnet habe. Das ist mein Gedächtnispalast.

Er beginnt schon im Eingangsbereich. Da ist der Flur mit den eleganten Jugendstil-Fliesen, über die ich in meiner Meerjungfrau-Phase bäuchlings schlitterte – zwei Beine in einer Hosenröhre und Waschlappen an den Füßen, um sie in Flossen zu verwandeln. Der Flur mit der Schwingtür, hinter der ich stehen musste, wenn ich was angestellt hatte, der Flur, in dem Luc und ich uns endlos voneinander verabschiedeten, wenn er abends wieder nach Hause musste. Immer wenn ein Familienmitglied vorbeikam und uns störte, fingen wir wieder von vorne an.

Von diesem Flur führt eine Treppe mit ochsenblut-rotem Geländer nach oben, dessen Pfosten den Käfig bildeten, dem ich in der Phase, in der ich ein Leopard war, entschlüpfen musste.

Gleich neben der Treppe ist die Tür zu meinem Zimmer. Die Tür, an der immer noch ein Schild hängt, auf dem eine zahme Ratte und der Text VORSICHT. HIER WACHE ICH zu sehen ist. Die Tür, hinter der ich meine schwülen Pubertätsfantasien auf die weibliche Schaufensterpuppe ohne Arme projizierte, die ich bei der Geschäftsaufgabe einer Boutique ergattert hatte, und die in einer Zimmerecke hoch erhobenen Hauptes meinen Avancen standhielt. Die Tür, die du später mit verschmitztem Gesicht hinter dir abgeschlossen hast.

Die Macht der Erinnerungen, die dieses Haus herauf-beschwört, wird durch dessen unveränderte Einrichtung zusätzlich verstärkt. An der Pinnwand: dieselben vergilbten Zettel, über die du dich lustig gemacht hast («Ruhe, Reinheit, Regelmäßigkeit, nur darum geht es»). Im Wohnzimmer: der papierne, an seiner Schnur hin und her schaukelnde Eisvogel, bewegt von der aufsteigenden Wärme der Heizung, die sich zu bestimmten Zeiten einschaltet – ein Vogel, der immer lebensechter aussieht desto verstaubter er wird.

Was sich hier dagegen *sehr wohl* verändert hat, sticht umso mehr ins Auge.

×

Wie ich jetzt feststelle, gibt es bei uns auch für Trauer ein festes Protokoll.

Nachdem er eine Weile neben mir gesessen hat, sagt mein Vater: «Es wäre einfacher, wenn man dir etwas mehr Traurigkeit anmerken würde.» Damit meint er vermutlich, dass ich *weinen* sollte, mit Kleenex und Meeresfrüchte-Pralinen in einer Sofaecke. Doch jetzt, wo es angebracht wäre, kriege ich das einfach nicht hin.

Es gibt kaum noch etwas, das meine Gedanken zusammenhält. Die salzigen Tränen, das Keuchen und Brennen und Reiben und Tupfen – ich kann das nicht mehr. Was so ganz ohne Luc noch von mir übrig ist, habe ich unter eine Glasglocke gelegt. So fühlt es sich an. Oder besser gesagt, es fühlt sich nach gar nichts an.

Ich frage mich, ob ich versteinert bin oder schon immer so hart war.

Seit ich gegangen bin, kann ich mich nicht dazu aufraffen, mir etwas zu kochen, Musik aufzulegen, etwas gefühlvoll zu tun, es mir gemütlich zu machen. Jetzt, wo niemand mehr da ist, zu dem ich sagen könnte «Ich dich auch», empfinde ich keinerlei Liebe mehr – nicht dir gegenüber, nicht mir gegenüber, im Grunde überhaupt keine mehr.

Vielleicht war die Zärtlichkeit, die du mir immer angedichtet hast (*Tierchen, Schätzchen, Kindliche Kaiserin*) im Grunde deine eigene, eine unerschöpfliche Zärtlichkeit, die du unpassend fandst für einen Mann (*mein Liebling, mein Harlekin, mein Mann mit den hochschnellenden Ohren*). Die lieh ich mir solange aus, spiegelte sie zurück wie ein Aluminiumreflektor. Jetzt fehlt sie mir.

×

Nach dem Mittagessen ziehe ich mehrere Fotoalben aus dem Wohnzimmerregal. Während ich auf dem gelben Teppich sitze, lasse ich die Neunzigerjahre Revue passieren, als bunte Bildfetzen, die durch Pergaminseiten voneinander getrennt sind.

Ich suche nach Fotos aus der Zeit *vor* dir, vielleicht um zu spüren, dass ich hier auch einmal ohne dich zuhause war. Deinen Schattenbildern stelle ich meine gegenüber: Wir sind viele, pass nur auf!

Von der einstigen Bregje habe ich viel vergessen. Deshalb mustere ich lange ein etwa zehnjähriges Kind, das breitbeinig in einem Gartenstuhl zusammengesunken ist und in die Kamera schaut. Es trägt nichts außer einer kurzen Hose. Der Mund steht offen, es scheint zu sprechen. Würde ich die Zukunft dieses Kindes nicht kennen, hielte ich es für einen Jungen: die kurzen Haare, der magere Oberkörper, die kräftigen Schultern. Aber das bin ich. Das bin ich *auch*.

Plötzlich fällt mir wieder ein, wie in der Umkleide nach dem Grundschulsport einmal ein Mädchen rief: «Bregje hat schon Brüste!» In Wahrheit kündigten sich echte Brüste erst Jahre später an; statt Milchdrüsen hatte ich Muskelbündel, weil ich in jeder Pause an der Kletterstange hing. Sie sind auf dem Foto zu sehen.

Zu jedem Jahr gibt es *mindestens ein* Album. Und im Regal unter den Alben reihten sich früher jeweils vier Hefte aneinander, die jedes Kind einzeln begleiteten – vom Baby- bis zum Teenageralter. Jetzt sind sie weg, denn als wir achtzehn wurden, bekamen wir sie mit.

Mein Heft war schon von außen am Foto erkennbar: ein Porträt von mir als Leopard. Ich bin auf allen Vieren und trage das Kostüm, das mein Vater mir genäht hat, und dessen Knie zum Zeitpunkt des Fotos bereits ein zweites Leben bekommen hatten. Das erkennt man an den ockerfarbenen Stoffresten, die er hinter die Löcher genäht hat. Das Leopardenmädchen wurde sorgfältig ausgeschnitten, sodass der dicke blaue Teppich, auf dem es sich befand, nicht mehr zu sehen ist. Stattdessen schwebt es über dem schwarzen Hintergrund, gefangen hinter einer durchsichtigen Schutzfolie. Es schaut seitlich in die Kamera, mit gefährlich zusammengekniffenen Augen, und von seinem Mund ist nur der dünne rosa Streifen der Oberlippe zu sehen.

Du bist der Einzige außerhalb meiner Familie, dem ich dieses Heft je gezeigt habe. Während du darin geblättert hast, wanderten deine Ohren so weit nach unten, wie es nur ging. «Schön», sagtest du. «Ich müsste mal fragen, ob meine Mutter auch noch irgendwo Babyfotos von mir hat.»

×

22.9.88

Die Geschichte beginnt in der Nacht von Dienstag auf Mittwoch. Gegen halb zwei spürt deine Mutter etwas, so als wolltest du dich drehen. Um vier Uhr weckt sie mich mit Küssen: «Unser Kind kommt.»

Ungefähr zwanzig Seiten weiter gibt es ein Foto von mir als Kleinkind, kugelrund und knallrot angelaufen mitten auf dem Plattenweg um unser Haus. Ich bin ein Jahr alt und weine offenbar vor Wut. Im Hintergrund ist unscharf meine ältere Schwester zu sehen, die mit einem Sandkastenförmchen in der Hand verblüfft zuschaut. Die Beschriftung lautet: *Jantje Beton regt sich auf.* Das war damals mein Spitzname, nach einem bekannten Logo mit einem die Faust reckenden Jungen.

Viele der Anekdoten, durch die ich blättere, sind mir bereits bekannt: Ich habe sie schon mal gelesen, oder sie wurden so oft bei uns am Esstisch erzählt, dass sie eher fremde Erinnerungen zu sein scheinen als meine eigenen.

Zum Beispiel die, dass meine Eltern mich am Ende meines ersten Schultags im Mantel hinter meinem Pult vorfanden: Ich hatte mich den ganzen Tag strikt geweigert, ihn auszuziehen, sechs Stunden lang dick eingemummt dagesessen und zugeschaut, ohne ein einziges Wort zu sagen.

Oder damals, als wir in den Sommerferien alle gemeinsam zum Kajaken in Frankreich waren. Mein Vater paddelte links und ich rechts, in einem Kanu, das im Zickzackkurs den Fluss hinunterschwamm, weil ich entweder zu schnell ruderte oder, wenn man mich deswegen tadelte, überhaupt nicht.

Andere Anekdoten erstaunen mich: Sie scheinen so gar nicht zu mir zu passen. Dass ich irgendwann gern und gut getanzt habe zum Beispiel. War das wirklich so? Was ist daraus geworden?

Ich tanze nicht nur in diesem Heft, ich haue auf den Tisch, ich quietsche, habe Lach- und Wutanfälle und möchte unterhalten werden. Ich bin «ein Rudeltier und eine Macherin».

*Bregje rennt den ganzen Tag hinter Rollhockern oder hin-
ter ihrem Laufwagen freudig quietschend durchs Haus. Ein
ausgelassenes Mädchen.*
*Auf Kos hat sie sich als totales Papakind entpuppt. Sie wollte
nur mit mir ins Wasser, um dort so wild wie möglich her-
umgeschleudert zu werden.*

Solange ich mich nicht artikulieren kann, brabble ich
allen die Ohren voll, so meine Eltern. Aber als mir mit
anderthalb endlich richtige Worte zur Verfügung stehen, werde ich «kurz angebunden». Ich rede vor allem,
wenn ich allein bin oder mit meiner Schwester im Bett
liege. Und ich «singprovisiere» ständig selbst ausge-
dachte Lieder.

*Breg bleibt etwas reservierter als L. Sie will zum Beispiel
nicht von jedem angefasst werden. Dafür quengelt, koket-
tiert und jammert sie weniger. Breg ist stur und direkt.
Wenn sie etwas machen möchte, das sie noch nicht so gut
beherrscht – wie im Moment auf L.s großem Dreirad fahren –, kann sie ganz schön jähzornig werden. (...) Sie lässt
sich auch nicht mehr widerspruchslos von L. ausschimpfen,
sondern überbrüllt ihre große Schwester einfach.*

Das Rudeltier verschwindet klammheimlich von den Seiten. Die Etiketten, die stattdessen hängenbleiben, lauten: querköpfig, stur, trotzig. Nicht sehr sozial. Eine Träumerin und eine Heulsuse. Ein Kind, das voller Überzeugung in jede Rolle schlüpft – nur nicht in die, um die man es bittet. Man ist nicht in der Lage, mich fürs Klassenfoto zu einem Lächeln zu bewegen.

Waren das wirklich die Worte, die am besten zu mir passten, oder passte ich mich den Worten an?

8.10.92

Gestern beim Schlafengehen durften L. und Breg abwechselnd fragen, wie man etwas auf Französisch sagt. So ging es los:

B: «Wie sagt man ‹Nein›»?

Ich: «Non.»

L: «Wie sagt man ‹Darf ich bitte›?»

Ecce femina.

×

Meine Mutter hat mal zu mir gesagt: «Hätten wir dich nicht so streng erzogen, wärst du ein echtes Miststück geworden.»

Ich habe versucht, diese Charakterisierung abzuschütteln. Ich meldete mich selbst zum Welpenkurs an, trainierte Streichelfähigkeit und Unschuld. Aber manche Worte haben Widerhaken.

20.12.10

Gestern Abend: Essen bei den Eltern. Wir reden über Lehrer. Über Meneer Minks. «Der damals meinte, dass ich so arrogant bin!», sagte ich.

«Das warst du auch», erwiderte mein Vater.

Minks hatte ihm das damals beim Elternabend mitgeteilt, und er hatte es mir im Anschluss unter die Nase gerieben. Ich sei arrogant, ich müsse besser aufpassen, wenn ich so weitermache, werde ich später keine Freunde haben. Eine Rüge, die ich als völlig ungerechtfertigt empfand. Aber sie blieb hängen.

Nachdem er mich gestern Abend mit diesem Wort belegt hat, schlang er mir den Arm um die Schultern und sagte so was wie: «Ach Breg, das macht doch nichts, das ist doch schon so lange her.»

Da stand ich auf und ging schnurstracks auf mein Zimmer.

Als ich an diesem Abend im Bett lag, wurde zwei Mal leise geklopft. Ich reagierte nicht darauf. Als ich heute Morgen um zehn Uhr aus dem Tiefschlaf erwachte, war eine Karte mit einem Trauergedicht von Margaretha Vasalis unter der Tür durchgeschoben worden. Sie stammte von meinem Vater und hatte folgenden Text: «Du musst dir Dinge, die so lange zurückliegen, doch nicht mehr dermaßen zu Herzen nehmen?»

Aber das Wort «arrogant» ist nicht lange her, es liegt jetzt noch vor mir auf dem Tisch.

*Nach einer Weile kam er in mein Zimmer und fragte, ob ich
noch böse sei. Ich verneinte, aber das war auch das Einzige,
was ich gesagt habe, während er weiterredete – gefolgt von
«Tee» als Antwort auf seine Frage «... oder Kaffee?»
Er ließ es nicht dabei bewenden. Bevor ich nach Utrecht zu-
rückfuhr, redete er noch vehement auf mich ein. Er meinte,
ich habe so viel Sturm und Drang mitbekommen, dass meine größte Herausforderung die sein werde, zu lernen, mit
mir selbst zurecht zu kommen. «Leben zu lernen», sagte er.*

Es ist schon lange her, dass man mich als Miststück bezeichnet hat, aber Erinnerung findet im Hier und Jetzt
statt. Dass ich hart bin – wie könnte ich das leugnen,
jetzt, wo ich einfach so gegangen bin, dich ewig warten
lasse und nicht einmal auf deine vorsichtigen Nachrichten antworte? Wenn ich das lese, verliere ich die Hoffnung, dich oder sonst wen je wieder lieben zu wollen.

×

Das erwarte ich von meinem Tagebuch: die nackte Wahrheit über mich. Dass ich mich entblöße, einschließlich meiner Wunden. Damit sie schön an der
Luft trocknen können.

Trotzdem scheint jedes Eingeständnis eines zu verbergen, das noch peinlicher und düsterer ist. Ich habe
Angst, dass ich – sollte ich wirklich in die Tiefe gehen
und alle Schichten der sogenannten Selbstreflexion
freilegen – nicht bei dem Mädchen im Leoparden-

kostüm Halt mache, sondern erst bei dem Tier, das darin steckt. Und dass die Worte, die ich am liebsten abschütteln würde, am besten zu mir passen.

×

Meine Mutter setzt sich mit zwei Bechern Tee neben mich. Sie schaut mir über die Schulter und muss lachen über das Foto vom rot angelaufenen Kleinkind. «Ach du meine Güte! Weißt du eigentlich, dass du dich als Kind vor lauter Wut übergeben konntest? Und bei den Acht-uhrnachrichten hast du heiße Tränen geweint. Es war von Anfang an klar, dass du es dir selbst schwermachen würdest.»

Mein Vater, der sich zu uns setzt, ergänzt: «Du hast alles persönlich genommen.»

Ich war schon immer schwierig: Deshalb trifft die Schuld nicht nur die junge Frau, sondern auch den Welpen, der ich einmal war. Sogar Erinnerungen, die dir vorausgehen und nichts mit dir zu tun haben, finden Eingang in die Große Erklärung, warum ich dich verlassen habe. Es muss Gründe geben, am besten unausweichliche.

Draußen im Gras hüpft ein Eichhörnchen in eleganten bogenförmigen Sprüngen vorbei. Es klettert senkrecht am Stamm einer Linde empor und dann gut sichtbar auf Ästen weiter, die noch immer kahl sind. Im Sprung folgt ihm sein Schwanz und beschreibt dabei exakt den Bogen, den auch der Körper gemacht hat – wenn auch einen Sekundenbruchteil später. Als das Tier die dünnen Zweige erreicht, peitscht der lange rotbuschige Schwanz halbkreisförmig durch die Luft – nicht wie toter Ballast, sondern wie eine Art Gegengewicht, das für Balance sorgt. Wenn man seine Vergangenheit doch so tragen könnte!

Als ich hartnäckig schweige, sagt mein Vater betrübt: «Du warst schrecklich launisch, bevor du Luc kennengelernt hast.»

Ich hatte eigentlich bis Montagmorgen bleiben wollen, aber das ertrage ich nicht. Noch vor dem Abendessen stecke ich meine Sachen wieder in den Rucksack und verabschiede mich.

Während ich meine Tasche zum Bahnhof schleppe, frage ich mich, welche Worte ich dir nachtrage, und ob du, genau wie ich, in eine Ecke gestellt worden bist, eingeengt von einem restriktiven Relativsatz nach dem anderen.

TAG 24

Was von deiner Kindheit übrig ist, passt in einen Schuhkarton. Zum ersten Mal beneide ich dich darum.

Der Karton, braun mit weißer Schraffur, enthält
eine Handvoll Fotos von dir als pummeligem Kleinkind sowie eines von einem rosa Knubbel, aus dem
alle möglichen Kabel zu sprießen scheinen wie blasse
Ausläufer einer Kartoffel: Das bist du im Brutkasten.
Aber auf den meisten Fotos bist du ein karamellfar-
bener schmächtiger Junge. Du hast glattes Haar, das
dir dein Vater selbst schnitt oder vergaß zu schnei-
den, bis es bis zu deinen Wimpern reichte. Stupsnase,
wacher Blick. Wenn ich an diese Fotos denke, will
ich jedem, der dir jemals wehgetan hat, den Hals
umdrehen.

Es gibt viele Fotos von dir mit deiner Mutter und von
deiner Mutter, die sie dir geschenkt hat: Sie hat kurze
schwarze Haare und eine schmächtige Figur, die du von
ihr erben solltest.

Ansonsten gibt es nur noch einen Bericht aus der
Kinderkrippe, gelb, mit lachenden Sonnenblumen, in
dem deine zwei Erzieherinnen in runder Mädchen-

schrift fein säuberlich notiert haben, wie viele Danones du an diesem Tag gegessen hast.

Der Schuhkarton ist aufgetaucht, als wir in meinem letzten Studienjahr zusammen dein Kinderzimmer aufräumten. Das alte Zeug, einschließlich der Sonnenbank deines Vaters, musste weg, um Platz für Bücherregale und einen großen Schreibtisch zu machen: von nun an war das dein Büro.

Weil ich einen Master machte, der zwei Jahre dauerte, warst du ein Jahr vor mir mit der Uni fertig. Nach zwanzig Jahren Unterricht hattest du den heiligen Gral endlich erreicht: ein gutes Zeugnis in einem nützlichen Fach. Aber auf dem Höhepunkt der Finanzkrise gab es nicht mal für einen Juristen sofort Arbeit. Du hast dich beworben, aber als du keine Stelle fandst, wurdest du depressiv und unsicher.

8.11.11

Rot vor Aufregung kam Luc nach Hause: Sein Vater und er haben einen Plan: Sie wollen gemeinsam eine Firma gründen. Ernst wird bald seinen Job verlieren und möchte in Kürze als Freelancer Reden scheiben, und Luc wird ihm dabei helfen (Papierkram??), während er sich einarbeitet. Gemeinsam werden sie die Rednerkultur in den Niederlanden revolutionieren, unsere calvinistische Zurückhaltung einer rhetorischen Brachialkur unterziehen und irgendwann die Politik erobern.

So gut gelaunt war Luc schon seit Wochen nicht mehr. Er

wollte mich sofort zum Essen ausführen, um den zukünftigen Reichtum zu feiern. Er war dermaßen beseelt von seinem Plan, dass er, wild drauflos plappernd sogar vergaß, seinen üblichen Witz zu machen, nämlich beim Imbiss stehen zu bleiben und zu sagen, «So, da wären wir.»

×

Luc kaufte sich einen Anzug und begann, sich täglich zu rasieren. Die widerborstigen Stoppeln, die bereits nach wenigen Stunden hervorstanden, verschafften mir einen roten Schnurr- und Kinnbart vom Knutschen.

Statt der Anwaltsserie *Suits* schaute sich Luc jetzt *Mad Men* an und nahm täglich den Zug zu dem Haus, in dem er aufgewachsen war, beziehungsweise zu *Große Worte*, wie die Firma hieß. Sein Vater und er ritten gemeinsam in der Heide aus, sie spielten Tennis oder gingen in die Sauna, lauter Methoden, kreativ zu werden, die Ernst aus Business-Ratgebern hatte und mit wohlklingenden Worten untermauern konnte. Außerdem hielten Luc und er Besprechungen bei Pizza & Pizza am Ortsrand ab.

Die Firma bekam eine Webseite mit professionellen Fotos von Luc und seinem Vater, beide in Dunkelblau. Das eine Foto konzentriert sich auf Luc und auf den Vordergrund, das andere auf das Gesicht seines Vaters schräg hinter ihm.

Auch ich werde auf der Webseite genannt, als Schlussredakteurin. Am liebsten hätte Ernst mir denselben

Nachnamen verpasst – «Dann ist es gleich eine ganze Dynastie!»

×

Die viele gemeinsame Zeit mit dem Vater rief Anekdoten von früher in Erinnerung, als Luc und er aufeinander angewiesen waren, damals nach Lucs Mutter und bevor sein Vater eine zweite Ehe mit Jasmijn einging. Ernst machte zu jener Zeit viele Überstunden in Den Haag, und wenn er dann gegen acht nach Hause kam, war der Kühlschrank häufig leer. Vater und Sohn aßen sehr oft beim Griechen, unter denselben Plastikweinranken, unter denen sie heute Akquise-Besprechungen abhalten. Dank ihrer Vorgeschichte konnten sie noch immer die Sätze des jeweils anderen beenden. «Überleg doch mal, was für ein Wahnsinnseinverständnis», sagte Luc lachend.

Die paar Anekdoten aus seiner Jugend, die ich von früher kannte, wurden erneut erzählt, nur mit anderem Schwerpunkt. Während seines Jurastudiums war es vor allem um Konflikte mit tyrannischen Autoritäten gegangen (der Lehrer, der ihn kurzerhand vor die Tür setzte; der mürrische Nachbar, der fand, dass Luc zu viel Geld fürs Rasenmähen nahm und dessen Fenster er mithilfe eines selbst gebastelten Katapults mit Trauben beschoss). Jetzt ging es eher um die Retourkutschen, die Luc in der jeweiligen Situation gegeben hatte. Er erzählte, wie er als Kind einmal die Erlaubnis bekommen hatte, Zugdurchsagen zu machen und zwar mit einem solchen Publikumserfolg, dass der Zugführer ihn bei jeder Haltestelle erneut ans Mikrofon holte.

×

17.6.12

Luc ist immer öfter bei seinem Vater und übernachtet auch dort. Wenn er nach ein paar Tagen zurückkommt, merke ich, wie lange er bei seinem Vater gewesen ist. Seine Kleidung riecht nach Kater und Kaminfeuer. Seine Art zu gehen – mit nach außen zeigenden Füßen – und seine Mimik, die der seines Vaters ohnehin ähnelt, werden dann immer prononcierter. Oft erzählt er Anekdoten, bei denen ich schwören könnte, dass sie eins zu eins von Ernst stammen, und dann habe ich das Gefühl, dass Luc sich ganz langsam in ihn verwandelt. Er zieht jetzt auch die Brauen hoch und macht ein überraschtes Gesicht, lässt die Stimme am Ende eines Satzes in die Höhe schießen wie er. Demnächst wird er genau wie sein Vater immer dieselben Witze erzählen.
Das macht mir Angst: Die Vorstellung von der ewigen Wiederholung, die immer extremer wird, ohne jede Weiterentwicklung außer der zur Karikatur.

Ich mochte deinen Vater, weil er dir ähnlich war. Jetzt begann ich ihn zu hassen, weil du ihm ähnlich warst, ihm immer ähnlicher wurdest. Du hast dich unausweichlich genauso entwickelt wie er, wodurch du zu etwas wurdest, das kein Mensch war, sondern eine bedrohliche Aussicht.

Die Firma lief mäßig. Nach fast zwei Jahren machte *Große Worte* immer noch nicht genug Umsatz, um eine Person zu ernähren, geschweige denn zwei. Ernst verbrauchte seine Abfindung, um seinem Sohn ein anständiges Gehalt zahlen zu können. Alles steckte in der Planungsphase, und die Pläne wurden immer größer: Nach einem Saunaabend war in der niederländischen Politik nichts mehr so wie zuvor. Währenddessen wurde ein größeres Büro angemietet, zwei Zimmer, die anschließend mit Sofas bestückt wurden, in denen man entspannt nachdenken konnte. Hier würde die Kreativität nur so sprudeln. In der Realität – zumindest in der, in der ich lebte – konnten Luc und sein Vater fünf Stunden an einer SMS an einen potenziellen Kunden herumformulieren.

×

Wir zogen zusammen. Ohne das groß zu planen, schleppten wir deine Studentenmöbel in ein kleines Apartment; meine Sachen stellte ich solange bei meinen Eltern unter.

Solche Entscheidungen werden vermutlich häufiger in einem leidenschaftlich-zerwühlten Bett getroffen. Luc musste so oder so aus seinem Wohnheim ausziehen, und wir stellten es uns gemütlich, ja sogar romantisch vor. Nach Hause kommen, und du bist schon da!, schwärmte er. Und ich malte mir aus, dass dann immer jemand da wäre, zu dem ich sagen kann: «Siehst du, wie die Staubteilchen im schräg einfallenden Licht tanzen?» Und dass die Antwort nicht lauten würde: «Wir sollten wieder mal putzen.»

Wir fanden eine kleine Wohnung unweit des Dorfs, in dem unsere Eltern wohnten. In Arnheim, einer Stadt, in der wir niemanden kannten und ansonsten nichts verloren hatten, außer dass die Miete günstig war, die wir hauptsächlich von Lucs Gehalt bezahlten. Die Sonne fiel in der Tat schräg ein, und Sonntagmorgens gab es Spiegelei. Es lief harmonisch, solange wir uns nicht allzu intensiv mit unseren Finanzen beschäftigten, und solange ich Lucs Träume nicht kaputtmachte. Tagsüber gelang mir das ganz gut, aber wenn ich nachts mit geschlossenen Augen im Bett lag, ging ich unsere Situation durch, als betastete man mit der Zunge einen wehen Zahn, wobei einem jedes winzige Loch wie ein Riesenkrater vorkommt.

×

Auch ich beendete mein Studium, auch ich absolvierte ein Praktikum und ein Bewerbungsgespräch nach dem anderen. Manchmal hatte ich eine befristete Stelle, außerdem arbeitete ich freiberuflich. Ansonsten schrieb ich an einem Roman, um den mich niemand gebeten hatte. Trotzdem verdiente ich vor unserem Umzug nach Brüssel, also bevor ich bei dem Auktionshaus anfing, so gut wie nichts.

Weil ich fast immer zu Hause war, schien es selbstverständlich zu sein, dass ich mich um den Haushalt und ums Einkaufen kümmerte. Zumindest Luc schien fest davon auszugehen. Er kam heim, warf seine Tasche in die Ecke und fragte, was es zu essen gebe.

«Wie, ich gehe selbstverständlich davon aus?», sagte er, als ich ihn darauf ansprach. «Das sehe ich nicht so.»

Ich beschloss, ihn auf die Probe zu stellen.

Eines Samstags ging ich nicht einkaufen und wartete.

Fürs Frühstück hat es noch gereicht; beim Mittagessen habe ich mich in weiser Voraussicht vollgestopft.

Gegen sechs begann Luc in den Küchenschränken nach Erdnüssen zu suchen. Es wurde Abend, und er beschloss, sich mit einem Computerspiel zu amüsieren, setzte den Kopfhörer auf, den er hin und wieder abnahm, um eine Reiswaffel mit Erdnussbutter zu essen – solange bis wirklich alles alle war. Ich las auf dem Sofa und beobachtete ihn, ohne etwas zu sagen.

Gegen acht setzte er sich schließlich auf meinen Schoß und meinte, er habe einen ziemlichen Hunger. «Was gibt's zu essen?», erkundigte er sich.

«Keine Ahnung», sagte ich und liebkoste seinen Hals.

Erstaunt sah er mich an. «Hast du nichts gekocht?»

«Nein. Du?»

«Hä?», meinte er begriffsstutzig.

Da hatte ich ihn überführt. Er war beschämt genug oder
aber hungrig genug, um mich zum Essen einzuladen.

×

Die neue Frau von Lucs Vater, Jasmijn, war einst eine
vielversprechende Turnerin. Kurz vor einem internatio-
nalen Wettkampf zog sie sich einen Kreuzbandriss und
einen Bänderriss im Sprunggelenk zu. Als sie endlich
wieder geheilt war, war sie zwanzig: zu alt. Aber man
kann es heute noch sehen. Sie hat den sehnigen Mäd-
chenkörper behalten, die alarmierenden Hände.

Sie wurde Sportmasseurin. Walkte anderer Leute
Muskeln durch, wurde aber immer häufiger krank, bis
sie ihre Praxis aufgeben musste. Seit Monaten liegt sie
jetzt schon auf dem Sofa oder im Bett, eine Zigarette
zwischen den zitternden Fingern, reglos und schweigend. Selbst wenn ihre Krankheit ihr mal eine kurze
Verschnaufpause gönnt, und es ihr gut geht, ist sie so
schweigsam wie Ernst redselig ist, wobei sie allerdings,
wenn er seine langen Reden zuverlässig mit einer Bitte
um Bestätigung beendet – «Stimmt's, Jas?» – mitunter
einen kaum verständlichen Einwand murmelt. Dank
solcher Momente scheint sie mir einen besseren Reali-
tätssinn zu haben als er. Sie ist nett und intelligent, ich
mag sie gern, auch wenn ich mich oft nicht traue, sie zu
fragen, wie es ihr geht – aus Angst, sie könnte aus weiter
Ferne ins Hier und Jetzt zurückkehren, mich anschau-
en und ganz langsam sagen: «Nicht gut». In solchen

Momenten kommt sie mir uralt vor, empfindlich wie Krepppapier. Ein Seufzen genügt, und schon hört man sie rascheln.

Ernst kümmert sich um sie. Ihre langen Phasen von Abwesenheit (sie ist zwar da, aber unerreichbar, und manchmal nicht wiederzuerkennen), sitzt er geduldig aus, bis sie wieder mal kurz auflebt. Das Haus hängt voller Zeichnungen, die sie in diesen Phasen anfertigt: strahlende Frauenfiguren im Profil, umgeben von Filzstiftlinien wie von sich ausbreitenden Wellen, eine pulsierende Aura aus Energie und Farbe.

Geht es ihr schlecht, zwingt Ernst sie, trotzdem etwas zu essen, egal ob sie nun Appetit hat oder nicht. Oft spricht er in der dritten Person von ihr, während sie neben ihm auf dem Sofa sitzt, die Beine übereinandergeschlagen, die Hände in den Schoß gelegt. «Jasmijn hat heute wieder eine Zeichnung gemacht. Stimmt's, Jas?»

23.3.13

Es ist offiziell: Ich mache ein Praktikum bei xxx in New York, laut ArtReview *(die ich allein schon deswegen als absolute Autorität anerkenne) eine der fünf wichtigsten Galerien weltweit. Ich darf ein halbes Jahr, unter Umständen sogar ein ganzes Jahr bleiben. HA!*

Natürlich sehe ich bereits alles vor mir: meine Wohnung, eine Streichholzschachtel in einem Viertel, das meine Mutter mit Sorge erfüllt; die tägliche Fahrt mit der U-Bahn; der nette Imbiss-Mann, bei dem ich mir morgens meinen Kaf-

fee hole; meine Stadtkenntnisse, die sich zunächst auf klei-
ne Inseln beschränken werden (auf die nähere Umgebung
meiner Wohnung, die der Galerie, die um ein paar Museen,
alle durch U-Bahn-Linien miteinander verbunden), um
dann zunehmend um das ergänzt zu werden, was ich auf
Spaziergängen in meiner Freizeit alles erkunde.
Ich habe sofort damit angefangen, mir ein Zimmer zu
suchen.

(Am selben Abend)

Ich hatte Luc mit einer SMS darüber informiert und war
gerade dabei, die Tortenform auszulegen, als er nach Hau-
se kam. Er blieb in der Tür stehen, misstrauisch, mit dem
ironischen Blick, der ihm so schlecht steht. O je.
Und tatsächlich.
Als ich sagte, dass ich ein Festessen zubereite, um die Neuig-
keit zu feiern, meinte er: «O, du willst da also echt hin? Ich
dachte, wir würden das erst noch gemeinsam besprechen.»
«Natürlich geh ich da hin», sagte ich, «was glaubst denn
du?» und darauf er: «Und ich hab da überhaupt kein Wört-
chen mitzureden?» Innerhalb kürzester Zeit gab es Streit.
Ich hatte mir über die genauen Konsequenzen noch gar
keine Gedanken gemacht. Geld – woher sollte ich das Geld
nehmen? Ob ich denn nicht wisse, wie unbezahlbar New
York sei? Und was solle er dann machen? Seinen Job kün-
digen? Er habe doch nicht zwei Jahre in den Aufbau einer
Firma investiert, um ihr dann den Rücken zuzukehren,
ausgerechnet jetzt, wo es gerade so richtig losgehe. Er könne

Ernst doch nicht im Stich lassen, das sei Vatermord. Und wenn er nicht mitkomme, und ich für ein Jahr so weit weg ziehe, setze ich unsere Beziehung mutwillig aufs Spiel.

Ich fragte, warum er das denn nicht vorher gesagt habe. Er wisse seit Langem von meinem Plan, den er immer gutgeheißen habe, er passe zu seinem Bild von uns als glamourösen Weltbürgern. «Mach das, mein Schatz!» Im Brustton der Überzeugung, voller Vertrauen. Aber jetzt, wo es verdammt noch mal geklappt hat, bekomme er es mit der Angst.

Er meinte, ich werde furchtbar enttäuscht werden, es sei einfach nicht machbar, und wenn er mitkomme, werde er seine Oma nicht mehr lebend wiedersehen, ob ich sie mir in letzter Zeit eigentlich mal genauer angeschaut habe? So rappeldürr wie sie sei. Aber das wichtigste Argument blieb die Firma. Dass er sie aufgeben müsste für dieses Praktikum, das mit Sicherheit in eine Enttäuschung münden werde.

Lieber vielleicht scheitern als mit Sicherheit scheitern!, platzte es irgendwann aus mir heraus.

Aus dem Ofen kam Rauch: meine Pflaumentarte. Auch aus Lucs Ohren rauchte es. Dass ich nicht an Große Worte glaube! Er habe es schon immer geahnt, es immer schon gespürt, all das Unausgesprochene zwischen uns, doch jetzt habe ich es endlich mal gesagt. Ich glaube nicht an ihn.

Der Qualm, die Luftnot, sein unaufhörlicher Wortschwall. Ich wollte nur noch weg, das war einfach zu viel für mich, ich war so wütend, dass ich Angst hatte, Schäden anzurichten, die sich nicht mehr kitten ließen. Als ich nach meinem Geldbeutel und meinem Schlüssel griff, verstellte mir Luc den Weg. Er lehnte sich mit dem Rücken gegen die Tür und stieß mich fort, als ich versuchte, an die Klinke hinter ihm zu kommen.

«Lass mich raus.»

«Nein», sagte er. «So lass ich dich nicht auf die Straße.»

Ich griff erneut nach der Klinke, aber er packte mich an den Handgelenken: Ich sei völlig außer mir, nicht mehr bei Sinnen. Ich sei hysterisch, das Maulkorbwort, speziell für Frauen.

Kaum hatte er es ausgesprochen, bewahrheitete es sich auch schon: Ich kann es nach wie vor nicht aufschreiben, ohne dass mir das Herz bis zum Hals schlägt, und ich am liebsten laut schreien würde. Ich riss mich los und rannte ins Schlafzimmer, in dem ich mich einschloss.

Jenseits der Tür redete Luc auf mich ein. Ich solle mich nicht so aufführen, ich verhalte mich wie ein kleines Kind. Als ich nicht reagierte, in feierlichem Ton: Es sei schon okay, er verstehe das schon, das liege am Schlafmangel, ich sei in diesem Moment einfach ein bisschen psychisch daneben.

Um ihm nicht länger zuhören zu müssen, öffnete ich heimlich das Fenster und kletterte über den Zaun der Nachbarn nach draußen. Über einen weiteren Zaun erreichte ich irgendwann die Straße und den gepflasterten Weg, der die nach hinten hinausgehenden Gärten voneinander trennt.

Ich nahm den Zug zu meinen Eltern. Erst Stunden später rief ich Luc an, der einen Riesenschrecken bekommen hatte, als es ihm endlich gelungen war die Tür aufzumachen und er sah, dass ich verschwunden war.

Als er mich abholte, ging er nicht hintenrum, sondern klingelte an der Vordertür wie ein Fremder.

Es fällt leicht, dir im Nachhinein die Schuld dafür zu geben, dass ich nicht nach New York gegangen bin. Die praktischen Einwände, die du vorgebracht hast, waren zum Teil durchaus berechtigt, aber in erster Linie waren sie eine Art Dünger für meine Verunsicherung. Vielleicht war das x-te unbezahlte Praktikum doch keine so gute Idee. Vielleicht war es tatsächlich arrogant, sich in Schulden zu stürzen und noch einen Master in Oxford oder Cambridge draufzusatteln. Vielleicht dachte ich einfach zu groß. Jetzt und bei anderen Gelegenheiten übernahm ich diese Vorstellungen fast schon erleichtert, weil sie es mir ersparten, es wirklich ausprobieren zu müssen. Ich hätte standhaft bleiben sollen. Statt «Luc findet, Luc sagt» hätte ich meine Geschichte auch mit den Worten «Ich denke, ich möchte» beginnen können.

In meinem Tagebuch steht: *Ich muss meine Träume ständig runterschlucken, mir ist schon ganz schlecht davon.*

×

Berührt man eine Seepocke, saugt sie sich sofort ganz besonders an dem Stein fest, auf dem sie lebt und ist nicht mehr wegzubewegen. Genau so hast du dich an *Große Worte* geklammert, genau so habe ich mich an dir festgebissen.

Wenn ich nicht schlafen konnte, recherchierte ich, wie teuer es ist, ein Festzelt zu mieten, und wie viele Kuchenteller, Weingläser und Vasen wir für unsere

Hochzeit brauchen würden. Seit du bei diesem Sommergewitter einen Antrag improvisiert hattest, stand das Hochzeitsdatum fest, nämlich der Tag, an dem wir genau siebeneinhalb Jahre zusammen sein würden. Unsere Eltern halfen uns, einer meiner Onkel kümmerte sich um das Catering und wieder ein anderer würde die Fotos machen; dein französischer Onkel entwarf ein Kleid für mich. Die Einladungen schrieb ich per Hand.

Die Spuren dieser Vorbereitungen – die Listen mit Namen, erforderlichen Besorgungen und Kosten – unterbrechen die Berichte von stets heftigeren Auseinandersetzungen.

2.5.13

Was mich verzweifeln lässt, ist, dass Luc in zwei Realitäten zu Hause ist; in der von Ernst, in der Vater und Sohn am Anfang einer fantastischen Familiendynastie stehen und sich weiterhin auf das Zweierteam verlassen, das sie seit Lucs Kindertagen bilden. Und in der unsrigen, in der Luc und ich zusammen Auslandsreisen unternehmen, in der Luc der unabhängige Mann ist, der sich nicht von seinem Vater gängeln lässt und einmal als Comedian oder Anwalt berühmt werden wird.

Es zeigt sich immer mehr, das ein- und derselbe Mensch nicht in beiden Geschichten gleichzeitig vorkommen kann. Schon gar nicht wenn ich, die heimliche Dritte, Erstere für ein Märchen halte und nicht zulasse, dass Luc das verdrängt.

Die Kluft zwischen seinem Traum und der Realität ist ein-
fach riesig: gut, das ist erlaubt, das gehört dazu, wenn man
große Pläne hat. Auch ich fantasiere von Buchverträgen
und Fünfsterneregen. Unternehme dann aber die nötigen
Schritte, um diese Kluft zu verkleinern. Tue etwas. Und
zwar mehr als nur die Webseite noch mal zu überarbeiten.

Er hat erzählt, dass sein Vater ihn heute im Büro gefragt
hat, was er, Luc, in den letzten zwei Jahren gelernt habe.
Luc zählte Lektionen auf, gespickt mit Zitaten von Ernst,
von Obama, ja sogar aus Der Pate, *verdammt noch mal!*
Um dann zurückzufragen, ob sein Vater auch was von ihm
gelernt habe.
Schweigen.
Ernst schaffte es nicht mal, so höflich zu sein, sich was aus-
zudenken.
Und trotzdem fragt mich Luc: «Glaubst du an die Firma?
Vertraust du mir bei dem, was ich mache?»
Gibt es ein größeres Verbrechen, als nicht mehr an jeman-
den zu glauben? Vielleicht bin ich ja eifersüchtig. Vielleicht
sollte ich ihn bedingungslos unterstützen, aber ich sehe
einen jungen Mann, der sich kleinmacht, um unter Papas
schützende Fittiche kriechen zu können, einen komplexen,
vielseitigen jungen Mann, der sich verrenkt, um zur platten
Karikatur eines Mannes zu werden.

Aber was ist mit dem Geld? Was ist mit der Miete? Irgend-
wann läuft es nach langem Reden und Weinen immer dar-
auf hinaus: Luc beißt sich deshalb so an der Firma fest, weil

er «ein guter Mann» für mich sein will. Das behauptet er zumindest. Er ist wahnsinnig lieb, trotzdem könnte ich ihm eine reinhauen, weil er sich selbst so kaputtmacht.

Ein guter Mann sein, das bedeutet, die eigene Frau zum Essen ausführen können, einen guten Anzug tragen, ein beeindruckendes Profil auf LinkedIn haben. Es bedeutet etwas zu tun, worunter sich auch der Opa und der Nachbar etwas vorstellen können (einen richtigen Beruf haben), es bedeutet Manschettenknöpfe und jeden Tag Sex. Selbst wenn man kaum geschlafen hat, selbst wenn es sich um Versöhnungssex um vier Uhr früh handelt.

Ein guter Mann sein, bedeutet nicht, sagen, was einen stört, unsicher sein und sich fragen, warum; es bedeutet nicht Tiefkühlpizza, wenn das Geld alle ist («Richtiges Essen»); es bedeutet nicht, etwas ausprobieren und wieder damit aufhören, wenn es offensichtlich nicht funktioniert.

Ich selbst tue auch gern so als ob, zumindest wenn die gewählte Rolle den Wesenskern eines Menschen berührt oder diesen stärkt. Aber am meisten tut man in der «echten Welt» so als ob, wird immer wieder auf ein- und dieselbe, hartnäckige Rolle zurückgeworfen.

Keine Fischlaute mehr, kein Dinosaurierakt. Akquise, Visionen, Kundenkontakt. Er kleidet sich so, wie sich das seiner Meinung nach gehört. Seine Ohrläppchen ohne die glitzernden Ohrstecker («unprofessionell») sind abends knallrot, weil er unwillkürlich daran herumzupft.

Als wir neulich shoppen waren und ich ihn beraten sollte, fand er alles, worauf ich zeigte «ein bisschen schräg». Zu einem japanischen Hemd sagte er mit angewiderter Miene:

«So ein typisches Schriftstellerhemd.»

«Ich schreibe auch», sagte ich.

«Stimmt.»

Ich weiß nicht, wann ich ihn das letzte Mal lachend erlebt habe. Und damit meine ich nicht das ironische Grinsen, das unmerkliche Nicken mit herabhängenden Mundwinkeln, sondern das fast lautlose Schluckauflachen, das schrille Quietschen, bei dem die Augen verschwinden, und der Mund die Hälfte seines Gesichts einnimmt. Das Lachen mit den krummen, schiefen Zähnen.

Dasselbe könnte er auch von mir sagen. Nachts merke ich manchmal, wie ich mein ganzes Gesicht verkrampfe und mit den Zähnen knirsche. Wenn ich die Augen nicht zusammenkneife, öffnen sie sich, und dann starre ich auf die zwei Kabel, die aus der Decke ragen, und an denen wir immer noch keine Lampe befestigt haben, weil wir uns jedes Mal fragen, ob wir wohl diesen Monat die Miete zusammenkriegen, kurzum, ob sie sich überhaupt lohnt, diese Lampe, oder ob wir bald in der Garage meiner Eltern wohnen werden.

Irgendwie kommt das Geld immer gerade noch rechtzeitig rein, und irgendwie ist es nicht möglich, darüber zu reden, damit aufzuhören und etwas anderes zu tun. Wenn ich auch nur die kleinste Andeutung mache, geht er sofort an die Decke und fühlt sich angegriffen, verraten. Er glaube doch auch an mich! Seit Jahren schon! Und, habe ich schon ein Buch veröffentlicht? Na also!

Wie oft haben wir immer wieder denselben Streit? Einen endlosen, nächtlichen Streit, bei dem Luc mir erst Vorwürfe

macht (ich untergrabe ihn, ich sei eifersüchtig) und irgend-
wann voller Angst sagt, dass er unglücklich sei, dass ihn
sein Vater wie ein kleines Kind behandle, dass er nur die
blöden Sachen erledige und sich null weiterentwickle.

Es stimmt, dass ich ihn untergrabe. Zumindest Große Worte. *Ich habe Luc bereits vor die Wahl gestellt: Entweder du*
verlässt die Firma, oder ich verlasse dich.

Nicht gerade Fair Play. Bin ich eifersüchtig? Vielleicht.

Aber egal, was der Grund ist, ich glaube tatsächlich, dass
er da weg muss, so wie er tatsächlich glaubt, dass er blei-
ben muss, dass er seinen Vater nicht im Stich lassen darf.
«Dieser Mann ist sonst völlig auf sich allein gestellt. Dieser
Mann hat mehr mitgemacht als deine ganze Familie.»

Gestern Abend hat er mal wieder beschlossen, auszusteigen
und sich woanders zu bewerben. Ich: total verknallt und
überglücklich.

Und dann kommt er heute Mittag mit verkniffenem Mund
zurück, um mir zu sagen, dass sein Vater und er einen
Mietvertrag für zwei Jahre unterschrieben haben, für
Büroräume.

Wann er denn dann aussteigen wolle? «Ernst geht in zwölf
Monaten in Rente.»

Es dauert nicht mehr lange, und wir drehen alle komplett
durch.

×

Heute stehe ich stundenlang mit einem Aquarellfarbkasten auf einer Trittleiter, um die Stellen auszubessern, an denen bei einem antiken Bücherschrank der Lack abgeplatzt ist. Verboten, aber lukrativ. Ab und zu verlagere ich das Gewicht, und dann klappert die Leiter auf den Fliesen.

Kurz vor sechs klingelt mein Telefon. Der Rezeptionist ist dran. «Ihr Mann ist hier.»

Mein erster Gedanke ist der, mich zwischen den Möbeln zu verstecken oder durch den Liefereingang zu verschwinden. Ich will mich verleugnen lassen, aber er hat mich bereits verraten: *Ihr Mann*, diese Worte nageln mich fest. Ich lege auf und suche meine Sachen zusammen. Ich schlüpfe gerade in meinen Mantel, als auch schon die Tür aufgeht.

Lucs Kopf ist kahlgeschoren. Sein Gesicht ist weiß umrahmt, wo ihn sein Haar noch bis vor Kurzem vor der Sonne geschützt hat. Drum herum braune Stoppeln, die Haartracht eines frisch eingezogenen Soldaten.

Er begrüßt mich ganz vorsichtig und versucht ein Lächeln.

Nach so langem Schweigen ist es schwer zu wissen, wo wir den Faden wieder aufnehmen sollen. Wir schauen uns an und versuchen zu erspüren, was noch da ist. Wut, Liebe, Unbehagen?

Was noch da ist: eingefleischte Gewohnheiten. Jetzt auf ihn zugehen, dann ein Kuss, kurz meine Nase in seinem Nacken vergraben. Es reißt mich beinahe nach vorn.

Auf einmal weiß ich nicht mehr, warum ich gegangen bin. Keiner der Gründe, die ich Luc, mir und allen andern genannt habe, fällt mir noch ein. Ich starre ihn weiterhin an und warte, dass irgendwas zurückkommt. Aber mir fällt bloß noch ein, wie schön es immer war, ihm über die kurzen Stoppeln zu streichen, wenn er das Haar kurz rasiert hatte, vor allem am Hinterkopf. Dessen Konturen zu folgen, beginnend bei den Sehnen an der Schädelbasis, die auf einmal so sichtbar sind. Auch jetzt muss er unglaublich weich sein, obwohl er aussieht, als wäre er erst vor Kurzem zusammengeschlagen worden.

Es sind seine Augen. Die Haut um seine Augen ist braunviolett, fleckig, und sein Blick ist leer.

Als ich ihn endlich frage, wie es ihm geht – bescheuerte Frage, sieh ihn dir doch an! – sagt er, dass er zum ersten Mal im Leben nicht mehr schlafen kann. Jetzt ist er also derjenige, der nachts meine Rituale ausführt: Oropax aus rosa Wachs kneten, die Tasse heiße Milch, das endlose Zähneputzen, um den Moment hinauszuzögern, in dem man ins Bett muss. Ich fühle mit ihm, bin aber auch sauer. Weil er es nicht wahrgenommen hat.

Ich schaue ihn an, seine Knastfrisur und seinen Anzug.

«Gut siehst du aus», sagt er, und ich weiß nicht, ob das ein Vorwurf oder ein Kompliment sein soll. Nervös fahre ich mir durchs Haar. Ich sehe, dass sein Blick meiner Hand folgt. Sofort muss ich an das Firmenfest letztes Jahr denken: *Wer war dieser Typ? Du bist dir durchs Haar gefahren, als du mit ihm geredet hast.* Ob er jetzt auch glaubt, ich würde mit ihm flirten?

Er wendet den Blick nicht von meiner Hand ab.

«Du trägst deinen Ring nicht mehr.» Zitternde Stimme, ruhiger Tonfall.

Ich will sagen, dass ich ihn aus Versehen verloren habe, aber selbst ich merke, wie wenig überzeugend das klingt. Ich zeige auf die Werkbank in der Ecke: «Ich habe ihn daheim gelassen, ich musste heute etwas kleben.»

Besser geht es nicht. *Etwas kleben.*

Er geht nicht darauf ein.

«Irgendwann wirst du mit mir reden müssen», sagt er. «Du kannst nicht allein aufhören, verheiratet zu sein.»

Noch eine Woche!, sage ich und verspreche, dann anzurufen.

Barsch: «Und wofür brauchst du diese Woche noch? Was *machst* du?»

Ich weiß nicht, was ich darauf antworten soll, ich senke den Kopf und starre auf meinen Bauchnabel. *Geh weg, geh weg, geh weg.*

Seine glänzenden Schuhe machen kehrt und tragen ihn davon, bleiben aber an meinem Schreibtisch stehen. Luc setzt sich auf die Tischplatte. Er verschränkt die Arme und schiebt das Kinn vor. Gleich wird er furchtbar wütend werden.

In diesem Moment kommt jemand rein. Es ist Vicky

vom Empfang. Sie begrüßt Luc begeistert, und er ist zu höflich, um keinen Smalltalk zu machen.

Ich knöpfe mir den Mantel zu, greife nach meiner Tasche, sage, dass ich spät dran bin für meine Verabredung. Kurz bevor ich durch die Tür bin, schaue ich mich schnell um, aber es sind nur seine Augen, die mir folgen.

TAG 25

Mein Hotel in der Herdersstraat habe ich mehr oder weniger aufs Geratewohl ausgesucht, und erst als ich eincheckte und die Prospekte am Empfang las, begriff ich, dass es mal ein Stundenhotel war. Daher also die Spiegel um Bad und Bett, die ausufernden Formen und Pastellfarben, die Pfauenfedern, der Brokat, das schwüle Dekor. Daher die Frage, ob ich «allein bleibe» heute Nacht. Und ob!

×

Es fällt schwer, die Monate rund um unsere Hochzeit im Licht der x-ten fremden Nachttischlampe Revue passieren zu lassen, etwas anderes zu sehen als das Ende, das seinen Schatten vorauswirft. Und trotzdem gab die Wahrheit über diese Monate Anlass zu Hoffnung, und Hoffnung hätte auch ihre Schilderung wecken müssen.

Wir suchten uns für unsere Hochzeitsreise völlig unironisch den romantischsten Ort aus, der uns einfiel; ohne jede Bitterkeit gingen wir in Venedig Austern essen und Spumante trinken. Ohne, dass irgendein Schatten auf uns gefallen wäre, flanierten wir abends in unseren schönsten Kleidern über kleine Brücken und tranken zu viel, betrachteten die versunkenen Sterne, die wie flinke weiße Fische knapp unter der Wasseroberfläche zu zappeln schienen. Wunderschöne Szenen ohne jeden unheilvollen Asterisken. Der wurde erst später hinzugefügt.

Dass ich wie eine Besessene in meinen alten Aufzeichnungen lese, bedeutet auch, mit schmutzigen Schuhen in unserer Vergangenheit herumzutrampeln, auf alles zu zeigen, was nicht perfekt war. Ich bin ständig damit beschäftigt, Haarrisse zu Bruchlinien zu vergrößern, mit dem Brecheisen des Heute.

Während ich schreibe, ja während ich versuche, mich zu erinnern, was passiert ist, verändere ich alles und presse es in eine Form, die sich aller Befürchtung nach nie mehr rückgängig machen lässt.

Ich möchte sie beide nebeneinander existieren lassen: die zärtlichen Szenen im Licht unserer gemeinsamen Zukunft und darin bereits enthalten das unabwendbare Ende, das – eben weil es sich schon seit langem angekündigt hat – nicht ausschließlich meine Schuld sein kann.

×

Die Woche, die wir in Venedig verbracht haben, war dermaßen glücksschwer, dass ich Nacht für Nacht nach dem Sex wieder aufstand und zu meinem Tagebuch griff, um alles zu notieren. Ich konnte so oder so nicht schlafen. Die Tage wurden bruchstückhaft zu Papier gebracht: was wir gesehen hatten; wo wir gegessen hatten; Dinge, die du gesagt hast und ich gedacht habe; wie du in den Schaufensterscheiben beiläufig nach deinem Spiegelbild gesucht hast, nachdem du spontan einen viel zu teuren Hut gekauft hattest, der dir genauso gut stand wie dein Ehering; dazu ich an deinem Arm, in meinem kürzesten Sommerkleidchen, und diese Stadt, die eigens als Kulisse für Frischverheiratete erbaut zu sein schien.

Als wir am Ende dieser Woche auf einer schmalen Treppe saßen, die zu einem Kanal führte, fiel das Tagebuch aus meiner Umhängetasche. Es landete auf der obersten Stufe, breitete die Flügel aus, als wollte es noch abheben, um dann doch ins Wasser zu plumpsen, das sofort über die Seiten schwappte und die hellblaue Tinte, mit der ich sie beschrieben hatte, vom Papier löste, sie erneut verflüssigte.

So schnell ich konnte, stolperte ich hinterher und fischte das Tagebuch aus dem Wasser, bevor es endgültig versank, aber natürlich war das Unheil bereits geschehen.

Ich habe die ganze Nacht geschrieben. Noch einmal fing ich ein, was schon beim ersten Versuch kaum zu beschreiben gewesen war, und diesmal fand ich vor allem die Worte wieder, die ich davor verwendet hatte. Mit

Hilfe der leichten Vertiefungen, die die Spitze meines Stifts hier und da im Papier hinterlassen hatte, konnte ich ganze Passagen rekonstruieren. Das Meiste war und blieb unlesbar.

Am vorletzten Abend bekam ich einen Weinkrampf im Innenhof des Restaurants, in dem wir Spaghetti alle vongole aßen. Wir saßen an einem wackligen Tischchen in der Ecke, vor einer verwitterten Steinmauer, von der ich mir jedes Detail einprägte. Die Steine wirkten riesig und ihre Farben grell in der Abendsonne: Rostrot, gebranntes Sienagelb mit Flechten wie blaugrüne Schneekristalle. Ich starrte darauf, starrte endlos lange darauf, als würde die Sonne dann nicht hinter der Mauer aufgehen, als könnte das in den Ritzen blühende Unkraut in meinen Augen Wurzeln schlagen. Ich wappnete mich innerlich und klammerte mich an allem fest, an jedem Detail dieses Augenblicks, und machte dir eine Heidenangst, weil ich mit weit aufgerissenen, starren Augen weinte. Ich wollte nicht mehr zurück. Ich wollte hier bleiben.

An unserem letzten Morgen in Venedig hast du kurz das Café verlassen, in dem wir frühstückten, um mit deinem Vater zu telefonieren. «Was Geschäftliches», hast du gesagt.

Du kamst mit einer völlig anderen Miene zurück als der, mit der du an diesem Morgen neben mir aufgewacht warst, mit einem völlig angespannten Gesicht. Deine Kiefer mahlten, und du warfst mir einen Blick zu, der wohl besagen sollte: Na los, sag's schon, wenn du dich traust!

Bevor wir zum Flughafen mussten, besichtigten wir noch den Dogenpalast. Während wir uns im sonnigen Innenhof für eine Eintrittskarte anstellten, wurde mir schwindelig. Du batst mich flehentlich, etwas zu essen. Das Einzige, was wir dabei hatten, war ein Stück Brot mit Coppa di Parma. Ich gehorchte, bekam die faserigen, fetten Schinkenstücke aber nicht hinunter. Sie wurden zu einem zähen Brocken, der immer kompakter wurde, je länger ich drauf kaute. In den Palasträumen suchte ich nach einem Mülleimer, den ich, durch einen Prunksaal nach dem anderen irrend, nirgendwo finden konnte.

Wandmalereien, Seeschlachten, mächtige Treppen. Der lauwarme, salzige Klumpen in meinem Mund wurde immer schleimiger. Ich versuchte, ihn unter meiner Zunge oder in der Wange zu verstecken, aber er produzierte überall jede Menge Speichel und entglitt mir wieder, ein halsstarriges Tier, das nicht aufhörte, sich zu wehren, obwohl es bereits seit Monaten tot war.

Genau in diesem Moment hast du mir den Arm um die Taille gelegt und gesagt, dass du dich so wohlfühlst mit mir, dass du dich auf alles freust, was kommt.

Ich beugte mich vor und spuckte den zähen Fleischbrocken in meine Hand.

Tut mir leid.

×

Ich neige nicht dazu, an Vorhersehung zu glauben. Aber als du wenige Monate später überraschenderweise von einer Brüsseler Anwaltskanzlei hörtest, mit der du mal Kontakt aufgenommen hattest, und als um deine Bewerbung gebeten wurde, begrüßte ich das mit offenen Armen als Große Befreiung und dankte allem und sonst wem, woran ich nie geglaubt hatte: dem Schicksal, Gott und deinem Vater, der dir keinerlei Steine in den Weg legte.

Ich kam mit zum Bewerbungsgespräch, auch wenn meine Schlaflosigkeit damals schon so extrem war, dass ich mit Oropax neben dir im Zug saß. Das Quietschen der Gleise und die Schlaglöcher in den Brüsseler Straßen taten mir körperlich weh – vor lauter Erschöpfung, wie ich wusste, aber es fühlte sich an, als wäre ich über diese Stadt gebreitet, in deren Hände ich insgeheim mein Schicksal gelegt hatte, sodass jede Wunde im Pflaster und jede Erschütterung des Busses meine Wunde, meine Erschütterung waren.

Du bekamst den Job. Du würdest ein Spezialist für Europäisches Recht werden. Sobald wir eine Wohnung gefunden hatten, ludst du unsere Eltern ein und zeigtest ihnen Brüssel, als wäre es dein Reich, so stolz warst du auf die Jazzbar, in der Brel noch aufgetreten war, auf die eleganten Straßen des Zavelviertels, auf den Blick vom Justizpalast auf die darunter liegende Innenstadt.

Nach einem langen Aufstieg hattest du endlich den Gipfel erreicht, und die Landschaft, von der du nicht mit Gewissheit sagen konntest, dass es sie überhaupt gab, auch wenn du es immer erhofft hast, tauchte plötzlich vor dir auf. Da waren sie endlich: der Arbeitsvertrag, der Leasingwagen, die große Wohnung mit Blick über die Dächer, die Maßanzüge, die Fußballmannschaft aus Europaabgeordneten und Bankern, die Biere auf der Place Lux, das Glücksplateau.

TAG 26

«Ich hab dich schon vermisst», sagt Karen, als ich meine Unterhose runterziehe und auf ihrem Behandlungstisch Platz nehme. «Warst du im Urlaub?»

«So was in der Art.»

Ich gehe immer zu Karen, eine stämmige Irin, die einen Kosmetiksalon gegründet hat, weil sie sich als Expatehefrau langweilte. Inzwischen hat sie eine zweite Niederlassung, und wenn man ihre Dienste in Anspruch nehmen möchte, muss man zwei Wochen im Voraus buchen. Karens Laden brummt, weil sie die Kunst beherrscht, einen zu beruhigen, wenn man halbnackt und mit gespreizten Beinen daliegt. «*I love waxing*», sagt sie. «Würdest du bitte dein rechtes Bein anwinkeln, Schätzchen? Perfekt.»

Während sie wartet, bis das Wachs warm genug ist, plappert sie ununterbrochen und stemmt sich gegen das Gewicht zweier riesiger Brüste. Nichts weist darauf hin, dass sie sich etwas Schöneres vorstellen kann, als heißes Wachs auf den haarigen Schamlippen Wildfremder zu verteilen und es mit Hilfe eines Eisstiels wieder abzureißen. *I love waxing*. Keine Frau bucht einen Enthaarungstermin, weil sie ihr Haar loswerden will: Wir wollen unsere Scham loswerden. Und darin ist Karen unerreicht.

«Schauen wir mal.»

Ich senke den Blick. Mein Venushügel ruht wie ein träges Tier zwischen meinen Hüftknochen. Karen macht eine Art Streichelgeste.

«Alles weg?»

«Alles.»

«*Lovely.*»

Ihr Blick ist wohlwollend, während sie das grüne Zeug in meine Leistenbeuge spachtelt. Wer weiß, vielleicht träumt sie nachts von bärtigen Muscheln.

Als sie loslegt, wende ich den Kopf ab und schaue auf den dampfenden, knisternden Apparat neben mir. Daneben wiederum steht auf einem Hocker meine Tasche, aus der mein Handy ragt. Das Lämpchen blinkt blau auf, und mein Magen zieht sich zusammen.

Seit ich dich verlassen habe, bist du überall. Alles, was ich tue, wird von der angespannten Stille begleitet, die zwischen uns entstanden ist und sich vervielfacht. Übers Telefon, über Mails, Apps, Messenger, Instagram, Facebook, Pinterest, Snapchat, Twitter und so weiter schallt es mir zehn-, zigfach entgegen. In allen möglichen Fenstern kann ich, genau wie du, das Gespräch betrachten, das schon seit zehn Jahren ununterbrochen andauert, und das ich so abrupt abgebrochen habe.

Manchmal stockt mir der Atem, wenn ich auf einmal das Wort *online* sehe.

Deine digitale Gestalt kann immer und überall auftauchen. Das Auge meiner Kamera ist eines deiner Augen. Du betrachtest mich auf jedem Foto, das ich poste, über sämtliche soziale Medien, aber auch über deine Freunde, denen ich auf der Straße begegne, über den Kollegen, der deinen Kollegen kennt, ja sogar über meine Eltern und Schwestern. Immer wenn ich glaube, kurz in Sicherheit zu sein, schneide ich mich an deinem Blick, der erstmals so scharf ist.

«Tut es so weh, Mädel?», fragt Karen. «Du hättest nicht so lange warten sollen.»

«Tut mir leid, ich weiß auch nicht, was mit mir los ist.»

«Wenn du's nicht weißt, sind es die Hormone.» Sorgfältig wischt sie den letzten Wachsrest mit einem ölgetränkten Tuch weg. «So! Du bist so gut wie neu.»

×

Ich habe aufgehört, zur Arbeit zu gehen, Sollen sie doch schauen, wo sie bleiben, Madame hat sich krank gemeldet. Es heißt übrigens Mademoiselle.

Was ich mache?

Lesen. Fast hab ich's geschafft.

DAS BAD

Ich habe immer noch Streit mit Joey. Er sagt jedes Mal, dass ich nicht mitspielen darf beim Fußball. Und jetzt, wo wir paarweise arbeiten dürfen, schiebt er seinen Stuhl neben einen anderen Jungen. Sie schauen sich nach mir um und lachen. Bisher ist elf sein nicht besonders schön.

Ich gebe mein Bestes, ungerührt zu wirken, während ich abrupt stehen bleibe, den eigenen Stuhl in der Hand. Ich fange den Blick von Hilde auf, ein Mädchen mit durchsichtiger Haut und einem kastanienbraunen Bob, das weiter hinten sitzt. In Joeys Folterkammern taucht Hilde regelmäßig auf: Zeichnungen, auf denen die Opfer auf einer Art Laufband an Feuer, Lanzen, Elektroschocks und anderen technischen Gräueln vorbeitransportiert werden, und auf denen der rote BIC-Kugelschreiber großzügig zum Einsatz kommt. Manchmal zeigt er Hilde so eine Zeichnung und verlängert dann rasch ihre Haare, damit sie nicht wiederzuerkennen ist, wenn die Lehrerin kommt.

Hilde schaut mich ausdruckslos an. Erst, als ich ihr zuwinke, steht sie auf und sobald sie sich neben mich gesetzt hat, beugt sie sich über das Aufgabenblatt.

Aus dieser Nähe müsste ich Hilde riechen können. Jeder sagt, dass sie stinkt, weil sie drei Tage hintereinander dasselbe anhat. Und dass sie eine Schleimerin ist.

Neugierig beuge ich mich vor. In Hildes Armbeuge entsteht eine Welt. Am Rand des Blattes erscheint eine Laubhütte; davor sitzt ein Mädchen mit Fellumhang. Neben seinen Füßen schießt das Gras in die Höhe, Vögel fliegen niedrig darüber hinweg, und im Gebüsch lauert ein haariges Ungeheuer.

In diesem Moment landet ein zusammengeknülltes Blatt Papier auf meinem Tisch. Ich schnappe es mir und falte es auseinander: Es ist eine Folterkammer, in der jemand an einem Fuß aufgehängt wird, während ihm das andere Bein abgesägt wird. Ein Pfeil zeigt darauf, der mit «Hilde» beschriftet ist.

Hilde ist knallrot geworden, aber sie zeichnet weiter. Sie hat einen kaum merklichen angespannten Zug um den Mund, der die Lippen ein wenig dünner und das Kinn etwas spitzer macht; mehr nicht.

Ich drehe die Zeichnung um hundertachtzig Grad und füge einen Boden hinzu, sodass Hilde nicht mehr hängt, sondern steht. Die Säge wird zu einer nach oben führenden Treppe, die mit einem roten Läufer geschmückt ist. In einer Ecke des Blattes durchbohre ich zwei Gestalten mit einem Speer, die ich zur Sicherheit beschrifte. Anschließend knülle ich das Blatt erneut zu einem Ball, den ich Joey zuwerfe. Zur Sicherheit zeige ich ihm außerdem den Mittelfinger. Die Lehrerin sieht das und hält mir eine Strafpredigt.

Erst als die Aufmerksamkeit wieder auf jemand anders gelenkt wird, blickt Hilde von ihrem Blatt auf.

Noch nie bin ich so angeschaut worden. Mit beiden Augen wird mein Gesicht gehalten und fest auf beide Wangen
geküsst. Hilde guckt nicht nur, sie *liest*. Ihr Blick ist starr
und beweglich zugleich. Der Flug eines Rotkehlchens. Es
dauert nur kurz, nur wenige Sekunden, in denen Hilde
unglaublich schön ist. Dann ertönt der Gong.

Bei Schulschluss sehe ich, dass Hilde sich am Tor rum-
drückt. Erst als ich aufs Rad steige, fährt Hilde, ohne sich
umzusehen, vor mir her, langsam schlingernd, bis ich
sie eingeholt habe. Sie fragt, ob ich zu ihr zum Spielen
kommen will.

Ihr Haus steht am Ortsrand, versteckt hinter schwarzen Koniferen. Im kühlen Eingangsbereich riecht es nach
feuchtem Putz, im Flur nach Weihrauch.

Erst als Hilde das Licht anmacht, sehe ich, dass alles
kunterbunt ist. Hier und da hängen Holzfiguren an der
Wand: ein Engel, ein Igel, ein Pfeil, der zur Küche zeigt,
und einer zur Toilette, so als wäre dieses Haus dermaßen
groß und unergründlich, dass sich sogar seine Bewohner
darin verlaufen. Das Erstaunlichste aber ist nicht das phänomenale Durcheinander, sondern die Tatsache, dass Hilde innerhalb dieser vier Wände sehr wohl spricht, flüssig
und völlig selbstverständlich, als hätte ihr Mikrofon sonst
wegen der anderen einen gestörten Empfang und funktionierte erst hier richtig.

Als ich danach frage, erzählt Hilde, dass sie die Figuren
selbst bemalt hat. Genau wie die Türen und das Treppengeländer, das aussieht wie eine Schlange. Ich fühle mich fast

ein bisschen unwohl angesichts des bunten, haushohen Selbstporträts, das Hilde aus diesem Ort gemacht hat.

Je weiter wir durch Flure, Zimmer, Garderobe, Treppenhaus, Wohnzimmer und noch ein Wohnzimmer gehen, desto wärmer wird es, bis wir in der Küche sind, in der ein großer Gasherd steht. Der brennt Tag und Nacht, ist gelb und verfügt über fünf Öfen. Hilde stellt einen Teller mit Sirupwaffeln in eines der Fächer. Wir essen mit dem Rücken zum warmen Gusseisen und drücken den flüssigen Sirup mit unseren Zungen aus den Waffeln.

Im Wintergarten steht ein Behälter mit Sägemehl, über dem eine UV-Lampe hängt. Auf der Holzstreu liegt ein Ei, das einer Henne weggenommen wurde, die ihre frühere Brut totgehackt hat. Das Ei ist jetzt drei Wochen alt, das Küken kann jeden Moment schlüpfen: Die Schale hat bereits ein Loch, hinter dem sich ein gelbliches Vlies rasch hebt und senkt, so als keuchte das Ei.

Wir stehen nebeneinander und beugen uns über den Behälter. Unsere Köpfe berühren sich nach wie vor nicht, aber Hildes Pony streift manchmal ganz sanft den Flaum an meinem Haaransatz, sodass ich das erste Mal die riesige Bandbreite zwischen Anfassen und Nichtanfassen zu spüren bekomme: Meine Haare ertasten Hildes Nähe wie Fühler.

Wir lassen unsere Gesichter eine Weile von der Hitze wärmen, fünfzehn, zwanzig Minuten, aber bis auf ein Piepen und ein paar ruckartige Bewegungen passiert nichts. Daraufhin schlägt Hilde vor, meine Eltern anzurufen und zu fragen, ob ich bei ihr übernachten darf.

Ich darf.

Zufrieden und aufgedreht wegen dieser Nachricht und überhaupt lassen wir uns mit Chips und Limonade in den großen Rattansesseln nieder. Es liegen stapelweise vergilbte Comics herum. Als wir Hunger bekommen, schiebt Hilde eine Tiefkühlpizza in den Ofen, von dem Salat, der schon im Kühlschrank bereitsteht, essen wir nur die Kirschtomaten.

Als ich frage, wann Hildes Eltern nach Hause kommen, sagt sie, das müssten sie selbst wissen. «Ich bin schließlich nicht ihr Aufpasser.» Sie grinst; an einem ihrer spitzen Eckzähne hängt ein rotes Tomatenhäutchen. Sogar ihre Augen haben eine intensivere Farbe als sonst.

Das Loch im Ei ist jetzt daumenbreit und hat Risse, die sich in alle Richtungen fortsetzen. Immer wieder wird die Schale etwas angehoben, die Risse werden größer. Trotzdem dauert es fast noch eine Stunde, bis gelber Flaum hervorschaut. Als die Schale endlich bricht, bleibt das Tier reglos darin liegen.

Es ist ein hässliches Ding, feucht und mager, mit viel zu großen Augen. Es sieht aus, als hätte jemand versucht, ein Huhn zu modellieren und wäre daran gescheitert, hätte den weichen Ton enttäuscht mit beiden Händen wieder zu einem Klumpen zusammengeknetet und zurückgestopft, in der Hoffnung, dass es noch einmal und zwar schöner zur Welt käme. Aber nein.

Das Küken dreht sich und rollt dann endlich heraus, mit dem Hintern zuerst, während der Kopf liegen bleibt. Er ist noch zu schwer für den Hals. Es dauert beunruhigend lange, bevor sich das Tier wieder bewegt. Es strampelt, um die Eierschale loszuwerden und ruht sich dann wieder erschöpft aus, bevor es sich umdreht und die Stummelflügel ausbreitet. In der zurückgelassenen Schale klebt gelbgrüner Schleim. Ich will das Tier in die Hand nehmen, aber Hilde sagt, dass es erst trocknen und sich erholen muss.

Wir gehen ins Bad, es ist Hildes Idee.

Die Wanne steht auf vier Füßen auf den Dielen – ein großer Krebs, der sich jeden Moment seitwärts die Wand entlang bewegen kann. Sein Gesicht ist der Hahn mit einer Triefnasse und rollenden Augen.

Hilde legt ohne zu zögern ihre Kleider ab. Sie lässt sie auf einem Haufen liegen und steigt dann ins heiße Wasser. Ohne Kleidung ist ihr Körper überraschend groß und fleischig. Auf ihrem Unterbauch locken sich ein paar einzelne Haare, auch ihre Brüste sind bereits zu erkennen.

Sie hat so heißes Wasser eingelassen, dass es uns bis zu einer scharfen Linie an unseren Schultern rot färbt. Hilde drückt die Flasche mit dem Badeschaum leer, bis der knisternd über den Wannenrand quillt.

Es passt gerade so: Meine Füße schauen neben Hildes Kopf aus dem Schaum hervor und ragen aus dem Wasser. Sie scheinen unendlich weit weg zu sein, diese Füße, und fremd, als gehörten sie zu Hilde, die sich verknotet hat. Umgekehrt befinden sich Hildes Füße ganz nah an meinem Gesicht. Es sind lange, dünne Füße mit derselben leicht verschrumpelten Haut, mit demselben Geruch

nach Schwielen und Badeschaum, in derselben Farbe wie
meine. Ich halte meine Hand dagegen, eine entfernte Ver-
wandte: Der Daumen sieht aus wie ein verrutschter großer
Zeh, der Daumenballen ist die Ferse, und sowohl Hand-
als auch Fußgelenk besitzen die runde Gelenkkugel, dort
wo die Knochen nicht schön glatt weggehobelt werden
konnten.

Hilde sagt: «Du siehst aus, als würden dir Füße aus den
Schultern wachsen.»

«Und Hände aus dem Bauch!»

Abwechselnd lassen wir neue Körperteilkombinationen
aus dem Schaum ragen, um seltsame Wesen zu bilden. Am
schönsten ist die Mischung aus unseren beiden Körpern,
deren Teile merkwürdig arrangiert, aber doch so gleich-
artig sind, dass sie eindeutig zusammengehören.

«Zwei Rücken!» Hilde schlingt mir die Beine um die Hüften, klemmt sie ein und zieht mich zu sich her, während
sie gleichzeitig näherrutscht.

Erschrocken über ihre plötzliche Nähe lasse ich mich
nach hinten ins Wasser sinken und verstumme.

Eine Weile ist es sehr still. Die Schaumbläschen knis-
tern leise, während sie zerplatzen, mehr ist nicht zu hören. Das Wasser schwappt im Rhythmus unserer Atmung
kaum merklich in der Wanne hin und her. Ebbe und Flut
auf Menschenmaß.

Sofort bereue ich den Abstand, den ich zwischen uns
geschaffen habe, mit dem die Nähe von vorhin so etwas
Zweideutiges bekommen hat. Um es wiedergutzumachen,
ziehe ich Hildes Fuß aus dem Wasser und lege ihn mir er-

neut auf die Schulter, wie vorhin als unser Spiel begann. Hilde tut es mir nach.

Der Fuß neben meinem Gesicht ist inzwischen ganz verrunzelt. Als ich mit einem Finger über seine Sohle fahre, macht Hilde dasselbe bei mir. Es wirkt, als wäre die Berührung eine Art Klang, der hier gebildet und dort empfangen wird. Hier bei mir habe ich einen Fuß und dort spüre ich ihn. Hilde und ich sind in diesem Krebspanzer zusammengepfercht, zu einem einzigen Stück lebendigen Fleisch gepresst.

Hilde leckt mit der Zungenspitze über die zarte Innenseite meines Fußes. Ohne den Blick abzuwenden, presst sie das dunkelrosa nackte Fleisch, das in ihrem Mund versteckt lag, zwischen meine Zehen.

In diesem Moment teilt sich alles. In den großen warmen Wassermassen unter dem Schaum zeichnet sich meine Hautgrenze glasklar ab. Mein Körper pocht und brennt, das Fleisch enthielt die ganze Zeit über einen Kern, der plötzlich keimt, ein anderes Herz, das tiefer schlägt. Und überall in meinem Körper wird dieses Pochen wahrgenommen. Meine Nackenhaare stellen sich auf, der Flaum auf meinen Armen spürt mit tausend Fühlern das Zittern des Wassers. Noch nie zuvor habe ich so deutlich und mit jedem Millimeter Haut gespürt, wo diese fängt, und inwiefern sich mein Körper von dem eines anderen unterscheidet.

Ich beiße so gierig in Hildes Zehen, dass ich das Wasser aus der Wanne schwappen lasse. Ich nehme sie in den Mund und sauge daran, vom Kleinen bis zum Großen, an

einem nach dem anderen. Mit beiden Lippen fahre ich
den Rand des Fußes entlang und knabbere an der salzigen
Hornhaut.

Ein Laut dringt von draußen herein: Irgendwo klingelt
ein Telefon.

Hilde lässt meinen Fuß los. Sie legt ihn behutsam neben
sich auf den Wannenrand und lässt die Hand unter Wasser gleiten. Dann bewegt sie sich nicht mehr. Obwohl sie
mich weiterhin anschaut, verschwindet sie hinter ihren
Augen, als entfernte sie sich von einem Fenster. Jetzt, wo
ihre Augäpfel so blicklos sind, wirken sie wie seltsame
Murmeln.

Auch ich gebe Hildes Fuß frei und lasse mich nach hinten
sinken, unter Wasser. Mein Po quietscht auf dem Wannen-
boden. Ich bleib so lange unten, wie es geht, und wünsche
mir, dass Hilde in der Zwischenzeit aus der Wanne geklettert ist und mich allein gelassen hat, aber die rührt sich
nicht vom Fleck, auch wenn es sich plötzlich falsch anfühlt, dass unsere Körper sich von Kopf bis Fuß berühren.

Als ich wieder hochkomme und mir das Wasser aus den
Augen wische, scheint alles wieder normal zu sein. Hilde
fängt mit beiden Armen die letzten Schaumreste ein und
klebt sie sich als Bart ins Gesicht. Sie pustet; er fliegt in
Flocken durch die Luft. Dabei lacht sie.

In dem Moment, in dem Hilde das Wasser verlässt, kann
ich noch einen kurzen Blick in ihren Schritt werfen. Kurz
bildet das Wannenwasser eine glitzernde Schnur, die aus
der innersten Hautfalte hervorragt; dann löste sie sich in
einzelne Tropfen auf.

Wir legen eine Gästematratze neben Hildes Bett und holen einen Schlafsack vom Dachboden.

Kurz nachdem wir uns hingelegt haben, fällt irgendwo eine Tür zu, danach wird Hildes Atmung tiefer. Erst als ich mir sicher bin, dass sie schläft, wage ich es aufzustehen, um im Dunkeln ihr Gesicht zu betrachten. Aus der Nähe rieche ich Zahnpasta und Hilde.

Sie schmatzt im Schlaf; ihr Mund ist ein wenig geöffnet. Ich schaue ihn an und denke an den Moment, als sie aus der Wanne geklettert ist, an die beiden Lippen, die unter Wasser unhörbar miteinander geredet haben, neue Fabelwesen, die mit einem anderen Mund sprechen.

Am nächsten Morgen müssen wir ganz normal zur Schule. Sobald wir das Klassenzimmer betreten, schrumpft Hilde zum Bruchteil eines Menschen zusammen, so als schluckte jedes andere Kind einen Teil von ihr.

«Hast du bei ihr übernachtet?», flüstert Joey, als ich an seinem Tisch vorbeigehe. Ich strecke ihm die Zunge raus. Er lispelt ein wenig, so ohne Schneidezahn.

TAG 27

Von Salm ruft mich heute schon das dritte Mal an. «Madame geruht, dranzugehen», sagt er.

Als ich ihn reden höre, merke ich erst, wie viel Angst ich vor diesem Mann hatte. Jetzt scheint seine Stimme aus einer anderen Epoche zu kommen. Er hat nichts mit mir zu tun, er und ich sind falsch verbunden. Im Grunde gar nicht verbunden. Was hält mich noch? Alles hing an Luc: meine Anwesenheit in Brüssel; mein Job, um diese Anwesenheit bezahlen zu können; die Freunde, die ich in der Arbeit fand, um dort durchzuhalten. Dass ich gegangen bin, hat all das abrupt über den Haufen geworfen.

Der Fisch fragt mit einer gefährlich freundlichen Stimme, ob es mir schon etwas besser gehe und erinnert mich anschließend daran, dass ich ein Attest vorlegen muss, wenn ich zurückkomme.

Das habe ich nicht und kann es im Nachhinein auch nicht mehr besorgen.

Noch bevor ich gründlich darüber nachgedacht habe, knalle ich es ihm einfach so vor den Latz: «Nein.»

«Was, nein?»

«Ich komme nicht mehr zurück», sage ich.

Noch während seines empörten Lachens lege ich auf.

Gleich danach schreibe ich ihm eine E-Mail. Mit nach wie vor zitternden Fingern tippe ich meine offizielle Kündigung. Bevor ich mich einbremsen kann – *du bist schon seit Jahren viel zu defensiv, Breg* – drücke ich auf Senden. Nasse Achseln und ein Triumphgefühl. Wie einfach das doch ist.

Jubelnd und noch ein bisschen wacklig auf den Beinen beschließe ich, essen zu gehen. Bei Cirio mach ich es mir in einer Ecke gemütlich und bestelle ein Steak Tartare und Rotwein.

Noch ehe es serviert wird, beginne ich zu rechnen. Fünfundzwanzig Euro. Und ich habe noch ... mal gucken ... Ich habe das letzte Jahr viel gespart, aber ich kann nicht ewig so weitermachen.

Das Blut pocht mir in den Ohren. Ja, das war eine schöne Geste, aber jetzt fühle ich mich wie einer von diesen Idioten, die von einer Renovierungssendung im Fernsehen verführt fröhlich trällernd eine tragende Wand einreißen. Wie komme ich eigentlich dazu, dermaßen Kleinholz aus meinem Leben zu machen?

Mit zugeschnürter Kehle starre ich auf das rechteckige Stück Rind vor mir.

×

Ab und zu bin ich seltsam leichtsinnig.

Kurz nach der Romfahrt – damals war ich sechzehn –, beschloss ich, mir die Haare wachsen zu lassen. Ich hatte sie mit Ausnahme von einer Zopfphase, als ich um die neun Jahre alt war, immer kurz getragen, sodass man mich wegen meiner Kleidung und meinem hartnäckig kindlichen Körper immer noch oft als Junge wahrnahm.

Aber wenn ich mir die Mädchen so ansah, die für kurze Zeit deine Freundinnen waren, und jene, die du auf Postern und Fotos lautstark bewundert hast – konnte ich daraus nur den Schluss ziehen, dass meine Chance, bei dir zu landen, mit der Haarlänge zunehmen würde. Selbst nachdem du meine nächtlichen *Nipples of Venus* bereits angenommen hattest, war ich nach wie vor fest davon überzeugt, dass ich dir mit langem Haar besser gefallen würde – etwas, das du übrigens bestätigt hast. Von da an ließ ich es wachsen.

Das Haar reichte mir über die Ohren, wuchs bis zum Kinn und fiel mir auf die Schultern – ein Zeitstrahl, der die Dauer unserer Liebe angab. Und dennoch hielt ich mich die ganze Zeit über für ein Mädchen mit kurzem Haar. Man sah es bloß nicht, weil es von langem Haar überwuchert war.

In meinem zweiten Studienjahr wollte ich dringend etwas ändern. Ohne mich mit dir abzusprechen, ging ich zum Friseur. Während ich stocksteif dasaß, schaute ich zu, wie mein Gesicht freigelegt wurde, wie mein Kinn unter den Locken hervorkam.

Als ich mit dem Rad nach Hause fuhr, kitzelte der Wind meinen kahlen Nacken. Ich fühlte mich stark und unglaublich sichtbar, ich konnte es nicht lassen, das wegrasierte Haar an jeder Ampel zu betasten.

Ich schickte dir eine SMS, um dich vorzuwarnen, und du kamst in mein Studentenzimmer, als hätte ich ein Attentat auf dich vor: Du hast die Tür aufgestoßen und kurz gewartet, bevor du über die Schwelle getreten bist.

«Tada!», sagte ich verlegen, weil du mich wortlos gemustert hast.

Ich wappnete mich innerlich.

«Es ist schon recht kurz geworden», sagtest du vorsichtig.

«Ich find es schön.»

«Prima.»

«Ist das alles?»

Es gab Streit. Du fandst, dass ich, wenn ich sie mir einfach so abschneiden lasse, nicht erwarten könne, dass es dir auch gefalle. Und ich wollte, dass du mich vorbehaltlos begehrst, trotz oder sogar wegen meiner kurzen Haare.

Du warst immer noch wütend, zumindest dachte ich das an dem Abend, denn du hast mein Gesicht ins Kissen gedrückt und mir die Hand in den ausrasierten Hinterkopf gelegt, damit ich mich nicht umdrehen und zusehen konnte, wie du mich von hinten nahmst – und zwar dermaßen brutal, dass ich mit dem Scheitel immer wieder gegen die Wand prallte. Ich biss die Zähne zusammen, wild entschlossen, mir nicht das Geringste anmerken zu lassen, und spürte, wie mir deine Finger durchs kurze Haar fuhren. Nachdem ich die Kissen mühsam weggeschoben und einen kurzen Blick auf dich erhascht hatte, sah ich, dass du nicht wütend dreinschautest. Der Mund stand dir offen, Entsetzen lag auf deinem Gesicht.

Der Schmerzensschrei kam letztlich von dir. Als du mich losließt, und ich mich umdrehte und aufsetzte, hast du dich über deinen Schwanz gekrümmt.

«Ich glaub, ich hab ein Knacken gehört», sagtest du besorgt. Du hattest es übertrieben, daneben gestoßen, und da war er abgeknickt. Mit Tränen in den Augen hast du den halb erschlafften Schaft betastet.

Ich suchte die Nummer deines Hausarztes heraus, nicht ohne heimlichen Triumph. Sogar als meine Haare wieder lang genug für einen Flechtzopf waren, konnte man die Narbe an deinem Schwanz immer noch spüren.

×

Als ich auf Facebook gehe, um Luc nachzuspionieren, sehe ich, dass er sein Profilfoto geändert hat. Das Foto von uns beiden auf Hochzeitsreise wurde durch ein Einzelporträt von ihm aus Studententagen ersetzt. Er musste Jahre zurückgehen, um eine Aufnahme zu finden, mit der er sich noch identifizieren kann. Er kauert auf einer Backsteinmauer, breit grinsend, eine Bierflasche in der Hand. Ein gut gelaunter Typ in einem gestreiften Hemd, zum Zeichen seiner Wut.

Ich habe alle Fotos von Luc, die online zu bestaunen sind, mindestens fünfzigmal angeschaut; ich kenne das jeweilige Datum und die Bildunterschriften auswendig. Und trotzdem wird der Schock immer größer: All die Haut, die ich hergegeben habe, das lachende Gesicht. Er lacht noch immer, einfach so in den Äther.

Die Erinnerung an seine Mimik verblasst langsam. Je öfter ich die Fotos betrachte, desto mehr verwandeln sie sich in Totenmasken. Doch mit jedem neuen Foto scheint sich das starre Gesicht kurz zu bewegen, nur einen Sekundenbruchteil, um einen neuen Ausdruck anzunehmen. Er redet, er schaut, und das macht süchtig.

Das neueste Bild ist eine professionelle Aufnahme, die für die Website seiner Firma gemacht wurde. Ein glatt gebügeltes Gesicht, das ich nicht ausstehen kann, weil ich es sooft verzerrt gesehen habe – beim Weinen oder kurz vor dem Orgasmus. Aber das Seltsamste daran ist, dass es einen Ausdruck hat, den ich ihm nie entlocken konnte.

Als ich mich weiterklicke, lande ich automatisch bei dem Foto von uns beiden auf einer Party in Paris, das wir einmal für unser gemeinsames Tinderprofil benutzt haben.

Ich hatte dir durchaus erzählt, dass ich auf Mädchen stand. Oder besser gesagt, dass ich, vor dir, nur noch in Mädchen verknallt war.

All das machte unsere Romanze ganz besonders romantisch: Du hattest nicht nur über alle anderen Männer, sondern auch über alle anderen Frauen triumphiert, kurzum, niemand auf der Welt hatte eine Chance gegen dich. Außerdem warst du so sehr von deiner Männlichkeit überzeugt, dass du glaubtest, mein Verlangen nach Frauenliebe ein für allemal erstickt zu haben. Wir waren über solche Kategorien erhaben, eine Erklärung, die ich dir selbst vorschlug und bestätigte – voller Erleichterung, dir das gesagt zu haben und dir trotzdem noch genau so nah zu sein wie vorher.

Natürlich gärte da was.

Ich hätte hinter deinem Rücken etwas mit einer Frau anfangen können. Ein paar Mal gab es Frauen, zu denen ich mich hingezogen fühlte, und um die ich verlegen herumschlich – neugierig, vorsichtig, um mir ja nichts anmerken zu lassen. Aber ich wollte nicht fremdgehen. Außerdem glaubte ich mindestens ebenso sehr wie du an die Geschichte von unserer Liebe; um sie aufrecht erhalten zu können, musste ich jeden Schritt, der mich von dir entfernen würde, auch vor mir selbst als Schritt hin zu dir auslegen können. In diesem Fall als Schritt hin zu einem immer wieder aufregenden und neuen Liebesleben, das die perfekte Beziehung charakterisiert.

Um dich dazu zu bringen, einen Dreier in Erwägung zu ziehen, und auch das nur als Teil unserer Ausnahmebeziehung zu betrachten, erzählte ich dir von der großen Liebe zwischen Sartre und Simone de Beauvoir. Total polygam und trotzdem im selben Grab beerdigt. Damals wusste ich noch nicht, wie sehr De Beauvoir darunter litt, dass Sartre so viele junge Geliebte hatte, und du dürftest wiederum nicht gewusst haben, dass Sartre schielte und hässlich wie die Nacht war. «Genau wie Sartre und De Beauvoir» wurde ein neuer feststehender Begriff in unserer Liebesbeziehung, ein Code für das Unkonventionelle, für die lebenslange Treue, die so bezeichnend für uns sein sollte.

Wir beide würden eine junge Frau in unser Bett locken und sie benutzen, wie wir auch diesen Vibrator benutzten, mit dem du eines Tages ankamst. Das sei auch schon alles, sagte ich und glaubte es sogar. Das war keine Heuchelei, oder wenn ich denn heuchelte und irgendjemandem etwas vormachte, dann vor allem mir selbst. Ich wollte das glauben.

Vielleicht schlug ich etwas vor, wozu dir nur der Mut fehlte. Auf jeden Fall legtest du sofort ein Tinderprofil an, etwas, das es, als wir noch single waren, gar nicht gab, und mit dem du dich angeblich null auskanntest. Wir entschieden uns für ein Foto von uns beiden und schrieben dazu, dass wir nach einer jungen Frau suchten. Während des ganzen nächsten Tages schicktest du mir von der Arbeit aus Screenshots der jeweiligen Antworten. Zwei davon fand ich gut, eine davon wollte sich noch am selben Abend verabreden: eine Chilenin auf der Durchreise. Gefahrloser ging es gar nicht.

Wir verabredeten uns mit ihr in der hipsten Cocktailbar, die wir kannten, im Keller der ehemaligen Vatikan-Botschaft auf dem Zavelplein. Ich ärgerte dich, indem ich einen Männercocktail bestellte, etwas mit Rum und einer brennenden Zimtstange, sodass du Angst hattest, das könnte einen falschen Eindruck wecken. Welchen wolltest du nicht verraten. «Okay, gewagt», sagtest du mit hochgezogenen Brauen.

Während wir auf Alice warteten, war ich fest davon überzeugt, dass sie gar nicht auftauchen würde. Ich versuchte, mich auf dich zu konzentrieren, aber auch du warst eindeutig schon mit einer Dritten im Gespräch.

Sie kam. Eine kleine junge Frau mit langen Haaren und Stupsnase. Genau wie ich trug sie ein schwarzes Kleid und schwarze Stiefel, die Mitesser am Kinn hatte sie mit Concealer abgedeckt – ein Detail, das mich nervös machte, weil mir klar wurde, dass sich für eine Frau Zurechtmachen in etwa so ist, als wollte man einem Antiquitätenhändler einen IKEA-Schrank andrehen: da kann man schleifen, streichen und lackieren so viel man will, man sieht auf den ersten Blick, wie das Ding gemacht ist. Während ich insgeheim die Tricks durchging, die wiederum Alice durchschauen würde, musterte sie mich und nahm dann sichtlich beruhigt Platz.

Sie war cool und sympathisch, erzählte von ihren Weltreisen, von ihrem Studium in Brighton, von ihrer chilenisch-britischen Familie. Wir tauschten uns über Brüssel aus. Du hast deine Lieblingsanekdoten erzählt, ganz elektrisiert vor Aufregung. Direkt nebenan wartete schon der interessantere Teil des Abends, den wir gleich haben würden.

Weil Alice sichtlich fror, gingen wir nach einer Weile ins Archiduc. Du bestelltest begeistert Cocktails, aber das genügte nicht, um locker zu werden. Irgendwann schnitt ich behutsam das Thema an – «*It's our first ever Tinder date*» –, und hopp, schon ging es wieder um die vielen Überstunden in der Anwaltskanzlei.

«*We don't live too far from here*», hob ich an und überzeugte Alice davon, dass sie immer noch sehr friere. Dadurch landeten wir in unserem Wohnzimmer, in dem wir Wein tranken und uns über die Vorzüge der europäischen Flagge und des Union Jack austauschten.

Als Alice auf dem Klo war, schlug ich vor, dass du dich kurz zurückziehst. Wir wussten beide sehr genau, wie man rumknutscht, aber nicht in einer Situation, wenn der zu Küssende weder du noch ich war.

Als sie zurückkehrte und mich allein vorfand, setzte sich Alice näher zu mir als vorher. Ich beugte mich ein paar Zentimeter vor, wobei ich auf ihren Mund schaute. Das genügte. Der hauchdünne Firnis der Normalität bekam Risse, und alles, was wir uns bis dahin bloß ausgemalt hatten, drang in die Wirklichkeit vor.

Alice hatte einen trockenen Mund und küsste mit viel Lippe und wenig Zunge; sofort veränderte sich der Kuss, den ich seit Jahren bei dir praktizierte, ein wenig. Sie behielt die Augen zu und gab keinerlei Laute von sich. Sie roch nicht schlecht, aber auch nicht appetitlich, außerdem hatte ich das Gefühl, dass sie ein paar Grad zu kalt war. Als ich ihr einen kleinen Schubs gab, legte sie sich gleich rücklings aufs Sofa, als hätten wir das so vereinbart.

Ich spürte kaum etwas. Ich hatte weder Schmetterlinge

im Bauch noch war mir schwindlig noch war ich aufgeregt. In erster Linie staunte ich über die Selbstverständlichkeit, mit der das alles geschah, darüber dass diese Handlungen – ihr die langen Haare aus dem Gesicht streichen, ihre Ohrmuscheln lecken und mit der Fingerkuppe der Linie ihres Halses folgen – nur so wenig von der Normalität entfernt waren. Es bedurfte nur einer winzigen Bewegung, um vom einen zum anderen überzugehen.

Ich zog ihr das schwarze Kleid und den BH aus, küsste ihre Brüste – feste, große Brüste mit fast farblosen Brustwarzen – und dachte erneut: Das gibt mir nicht viel. Erst als ihre Hände die Innenseiten meiner Schenkel berührten, begann etwas zu glühen.

Auch mein Kleid und mein BH wurden ausgezogen; Alices Hand wanderte zu meinem Schritt.

Du bliebst verschwunden. Erst als ich dich rief, bist du im Türrahmen aufgetaucht und hast dich aufs andere Sofa gesetzt. Ich musste dir meinen letzten Stiefel entgegenstrecken, bevor du ihn mir ebenso wie die Strumpfhose abzogst.

Alice war mit ihrem kalten Zeigefinger inzwischen schon in mich eingedrungen, und ihr unvorhersehbares Reiben war zart und zielsicher.

Endlich stelltest du meinen Stiefel aufs Parkett und fingst an, Alice zu küssen.

Ich zog erst ihre Strumpfhose und dann ihren Slip aus.

Ihre Möse war völlig nackt, was ihren Unterbauch zu einem seltsam länglichen Ding machte, mit einer bescheidenen Ritze und braunrosa Schamlippen, die nicht weit hervorragten, aber dennoch für so viele zusätzliche Falten sorgten, dass ich nach dem Eingang suchen musste. Ich hatte das seltsame Gefühl, mich selbst zu berühren. Ich kannte die Hubbel, die glatte Festigkeit des Fleisches, das nass war wie das Innere eines Mundes und auch dieselbe Temperatur aufwies: Das hatte etwas Verstörendes. Eben weil es genauso warm war wie meine eigene Haut, schien es jegliches Empfinden für Wärme oder Kälte aufzuheben. Mir fiel auf, dass der Geschmack ihrer Möse der ihres Mundes ähnelte, dem Duft ihrer Haut und dem, der bei ihrem Schweiß dominierte. Ein trockener, warmer, staubiger Geruch, Lavendel in einem Wäscheschrank.

Alice machte keinen Mucks; sie fuhr nur sanft mit ihren langen Nägeln an meinem Arm auf und ab, wenn sie es genoss.

Nach einer Weile drehte sie sich um, öffnete deinen Hosenschlitz und nahm deinen Steifen ohne Kondom in den Mund – etwas, das wir im Vorfeld eigentlich ausgeschlossen hatten. Du hattest im Forum von *Viva* gelesen, dass das gefährlich sein kann. Doch jetzt, wo ich es sah, ließ es mich kalt. Selbst als ich vielleicht anderthalb Stunden später neben dem Sofa saß und Alices wackelnde Brüste betrachtete, während du sie von hinten nahmst, dachte ich alles außer: Das ist mein Mann, weg mit dem Mädel. Stattdessen dachte ich: So sieht das also aus. Schöne feste Brüste an einem jungen Torso. Ein breiter Schoß. Kalte Füße mit schmal zulaufenden Zehen. An den angespannten Sehnen ihrer

Sohlen konnte ich sehen, worauf sie sensibel reagierte. Ich strich ihr über den Rücken, dessen Flaum ich nur fühlte, aber nicht sah.

In deinem Gesicht erkannte ich die Weggetretenheit, die dich bei großer Erregung überfällt und die ich je nach Selbstwertgefühl unterschiedlich interpretiere. Wenn ich mich gut fühlte, sah ich manchmal eine Art Blindheit darin – wie wenn man von zu grellem Licht geblendet ist, so als wärst du Platons Gefangener außerhalb der Höhle. Fühlte ich mich schlecht, war dieser Gesichtsausdruck der Beweis, dass ich versagte, so als würdest du dir einen Bildschirm davor ziehen, auf den projiziert war, was zu deiner Fantasie noch fehlt. Es war eine Blindheit, bei der ich mich zum ersten Mal nicht einsam fühlte, da ich mit Sicherheit wusste, dass die Chilenin genau wie ich noch da war, an der Oberfläche all dieser Haut, in der du dich versenkt zu haben schienst. Ich fing ihren Blick auf, nahm ihre Hand, und sie beantwortete meinen Druck.

Es war ein Moment der Erkenntnis. Vielleicht auch ein Moment von Berauschtheit. Als sie dich leckte und ich sie, umständlich suchend, kam mir ihre Möse kurz vor wie ein verbotener Zugang zu etwas anderem. Ich spürte, dass da noch *mehr* wäre, *mehr* wenn du nicht dabei wärst, *mehr* wenn ich dieser stärker werdenden Duftspur folgen würde. Allerdings nicht der von Alice, sondern der von der Richtigen, der Appetitlichen, von derjenigen, deren Haut meinen Hunger weckte.

Das war der Moment, in dem die Nähte der Geschichte, die ich mir da zurechtgebastelt hatte, für mich erkennbar zutage traten. Der Moment, in dem das Archiv geknackt wurde. Da kamen sie hervorgetaumelt, die anderen ersten Verknalltheiten (vergessen? verdrängt?): die Hockeytrainerin, die mir ein T-Shirt gab, das ich nie gewaschen habe; die Freundin, die ich heimlich unter der Campingplatzdusche beobachtete, und dann, als sie nackt war, der Schock über ihre so viel größeren Brüste, darüber dass sie von Muttermalen regelrecht übersät waren. Meine darauf zurückgehende Vorliebe für Stracciatella.

Es wurde kaum geredet. Als es irgendwann vorbei war und wir erschlafft auf dem Sofa lagen, durchbrach ich die Stille, indem ich «*Here's to Tinder*» sagte. Ein vorsichtiges Grinsen. Sie sagte, «*I need the toilet*», und vollzog damit den Übergang so wie «*I like your bathroom*» das Letzte gewesen war, das sie gesagt hatte, bevor wir loslegten.

Sie hatte ihre Klamotten mit ins Bad genommen, und auch wir schlüpften so schnell wie möglich wieder in unsere. Als sie zurückkehrte, schüchtern wie ein Kind, war die unsichtbare Grenze wieder da und sie bloß eine vage Bekannte, die sich leicht unbehaglich fühlte.

Im Nu war sie verschwunden. Eine halbe Stunde später teilte sie uns noch mit, dass sie heil nach Hause gekommen sei, bedankte sich für eine *wonderful time* und wünschte uns weiterhin alles Gute.

Als du an diesem Morgen wachwurdest: «Wenn ich wieder mal einen Dreier plane, nehme ich mir aber den nächsten Tag frei.»

Jetzt, wo der Test erfolgreich bestanden war, warst du selig. Wir redeten über unser Abenteuer wie über einen Triumph unserer Liebe, was die alles ermögliche, weil sie komplex und dehnbar genug sei, um solche Extras miteinzuschließen. Du hast mich zu meiner fehlenden Eifersucht beglückwünscht, dich vorsichtig nach deiner Performance erkundigt und warst stolzgeschwellt bei der Vorstellung, das deinen Freunden zu erzählen, denn «das glauben die nie und nimmer.»

In mein Tagebuch schrieb ich.

Wow. Ich hätte gedacht, dass ich mich danach wie ein völlig anderer Mensch fühle. Erfahrener und irgendwie befreit. Ist das so? Schwer zu sagen. Ich fühle mich auf jeden Fall gerädert.

Als der Kater endlich nachließ, blieb das Gefühl zurück, vom Alltag umgeben zu sein wie von einer unsichtbaren Hülle, die ich erstaunlich leicht durchbrechen konnte. Jenseits davon war ich jemand anders – nicht mehr oder weniger echt, einfach nur eine andere Version –, ohne dass es ein Original gegeben hätte. Das war ein ernüchterndes, aber auch aufregendes Gefühl, das mich umso mehr beeindruckte, weil es mir irgendwie bekannt vorkam, auch wenn ich nicht wusste, woher.

Wie jeder Mensch dachte auch ich manchmal über die vielen Leben nach, die parallel zu meinem existieren – Leben, die ich auch hätte führen können, ja die ich mir selbst heimlich ausmalte. Aber ich hatte stets geglaubt, dass die Abzweigung zu jedem dieser Parallelleben weit in der Vergangenheit läge, sodass ich sie bereits unwiderruflich passiert hätte. Dass man, um an einen bestimmten Punkt zu gelangen, von Anfang an eine ganz andere Route hätte nehmen müssen; dass unsere Geschichte, die jahrelangen Gewohnheiten, meine zunehmende Schüchternheit schon so viel Fahrt aufgenommen hätten, dass ihr nicht mehr zu entkommen wäre. Umkehren ist nur was für Tote, dachte ich.

Ich fand es erschreckend, dass der Abstand zwischen diesen möglichen Leben und meinem eigenen plötzlich so klein zu sein schien. Eine winzige Bewegung, mehr war nicht nötig, um von einem ins andere zu gelangen. Es hatte genügt, sich ein paar Zentimeter vorzubeugen. Auf einmal vermutete ich, dass es versteckte Nähte gab, Stellen, an denen man die Hülle enger oder aber weiter fassen kann.

Erst später, als du beim Sex anfingst, Erinnerungen an den Dreier zu aktivieren – und vor allem wenn du den Satz «Das war so was von geil» wiederholt hast –, wich meine anfängliche Aufregung Misstrauen.

Es war geil, mehr aber auch nicht: Es wäre naiv, sich mehr zu erwarten. Ungewohnter Sex mit einer Fremden im eigenen Wohnzimmer. Wenn diese Handlungen dem Alltag so nah, ja so mühelos erreichbar sind, sich so selbstverständlich ergeben können – heißt das dann nicht, dass auch diese Handlungen völlig normal, völlig banal sind? Jenseits der Konventionen gibt es neue Konventionen. In der Illusion, das Heft selbst in die Hand zu nehmen, hatte ich unbewusst die Rolle in einem uralten Drehbuch übernommen, das der Fantasie eines anderen entsprungen war. Deine Freunde und Kollegen seien sehr neidisch, meintest du.

«Soll ich unser Profil dann jetzt löschen?»

Ich zuckte nur mit den Schultern, meinte, das sei mir egal. Tinder blieb auf deinem Handy installiert, das Icon ein Fenster ins Nirgendwo.

DER TRITT

Als ich das zweite Mal bei Hilde übernachte, kommen wir am nächsten Morgen zu spät zur Schule. Deshalb sind wir nach der Mittagspause damit dran, die Tische abzuwischen. Während wir mit säuerlich riechenden Lappen beschäftigt sind, sehe ich, dass Joey am Ende des Flurs rumhängt, er und noch drei Jungen.

Ich beschwere mich über die Lehrerin und frage, was Hilde heut Nachmittag vorhat, aber sie reagiert auf keine meiner Bemerkungen. Je näher die Jungen kommen, desto schneller bohnert sie die Tische. Weil sie es so eilig hat, sie zu umrunden, stößt sie mit der Hüfte gegen die Platten. Als sie ihren Lappen ausspült und gehen will, stehen die Jungen in der Tür und versperren ihr den Weg.

Hilde zögert kurz und macht dann einen abrupten Vorstoß, um zwischen ihnen hindurch zu schlüpfen. Doch sie stemmen sich mit den Schultern gegen sie und protestieren laut, sie solle gefälligst schauen, wo sie hinlaufe? Sei sie etwa blind? Und nicht nur blind, sondern auch noch taub? Blöd sei sie sowieso.

Das ist der Moment, in dem ich etwas sagen muss. Das Herz schlägt mir gegen die Rippen, und ganz so als wäre das Protest genug, bleibe ich zögernd stehen, den stinkenden Lappen noch in der Hand.

Hilde unternimmt einen neuen Vorstoß Richtung Tür und wird wieder zurückgeschubst. Beim dritten Mal so fest, dass sie hintüber fällt, mir direkt vor die Füße.

Wir bilden einen Kreis um sie, die vier Jungen und ich.

Hilde schaut zur Seite, zu mir. Nicht flehend, eher stolz. Mit demselben Blick, mit dem sie meinen Fuß in der Wanne so ungerührt neben sich platziert hat: So als wollte sie nichts von mir, erwartete sich nichts.

Ich weiß, dass es nicht fair ist, trotzdem habe ich das Gefühl, dass Hilde mich im Stich lässt. Ich spüre, wie meine Wangen brennen. Die vier Jungen sehen inzwischen mich an. Ich will nur, dass dieser spöttische Blick aufhört, der schwer auf mir lastet. Wenn schon nicht Hilde, dann eben ich.

Ich hole aus und gebe Hilde einen Tritt in die Seite.

Die anderen geben ihr noch schnell zwei Tritte, in den Rücken und in die Seite, dann drehen wir uns zu fünft um und rennen zur Tür. Ich erreiche sie gleichzeitig mit Joey, und bevor er mir entwischen kann, schubse ich ihn um: Er knallt gegen den Türrahmen und stürzt.

Ich renne weg, renne immer weiter, vorbei am Kinderspielplatz und am Fußballfeld. Ich denke an Hildes Brustkorb und die erstaunliche Wölbung darunter, über der Hüfte. Ich weiß als Einzige, wogegen ich getreten habe, und wie schön das ist. Deshalb renne ich immer weiter, eine Runde um das sonnenverbrannte Spielfeld und dann noch eine, bis mir der aufgewirbelte Sand in der Kehle stecken bleibt. Ich würde gerne weinen. Ein Beweis für meinen Kummer würde alles besser machen. Stattdessen brennen mir die Augen wegen der trockenen Luft. Irgendwann bleibe ich stehen, keuchend und hustend, fest davon überzeugt, dass ich am Fuß immer noch spüren kann, wo ich Hildes Flanke getroffen habe.

TAG 28

Ich habe meinen Rucksack dabei, als ich wegen der Paar-
therapiesitzung bei dir vor der Tür stehe. Du musterst
ihn traurig, und ich werfe ihn schnell in den Kofferraum.

Bei unserer zweiten Stunde behandelt uns die Therapeutin so, als wären wir bei ihr zu Besuch. Kaum
haben wir auf ihrem Sofa Platz genommen, stellt sie
uns Tee und Muffins hin, angeblich selbst gebacken.
Sie nennt uns bewusst beim Vornamen und fragt uns
beide nach einem Detail, das sie mit Sicherheit gerade erst nachgeschaut hat. «Und, Luc, wie läuft der
Prozess?»
　Sie bittet uns beide, zu sagen, was los ist. Du fängst
an und erzählst extrem höflich. Der große Abstand, den
wir auf dem Sofa zwischen uns gelassen haben, wird
plötzlich in Worte übersetzt wie «Ich weiß nicht, wie
du das erlebt hast, aber für mich ...»
　Während ich an dem Muffin zupfe, versuche ich mich
an die Vertrautheit zu erinnern, mit der wir jahrelang
nebeneinander eingeschlafen und aufgewacht sind, an
die unwirsche Rührung, mit der ich deine Brotkrümel

aus der Margarine geholt habe, doch ich betrachte dich mit dem ungeübten Blick einer Fremden: ein junger Mann in einem teuren Flanellanzug, der ihn dazu zwingt, aufrecht zu sitzen.

Obwohl du schnell und viel redest, klingt deine Stimme leise. Du sitzt auf deinen Händen. Jede Beschwerde wird unter Vorbehalt geäußert und in ein «aus meiner Sicht» verpackt – bewusst zur Schau gestellte Subjektivität, die dich besonders objektiv wirken lassen soll. Neutral, vernünftig, schaut nur, wie vernünftig ich bin! Mir wäre es lieber, wenn du einfach so wie früher ein Loch in die Tür schlagen würdest.

Vermutlich hat dir der Kollege, der dir diese Therapeutin empfohlen hat, auch eine Lektion in Sachen Ehekrise erteilt. Während du mich schräg von der Seite ansiehst, sagst du: «Du hast es bestimmt nicht so gemeint, aber auf mich hat es gewirkt, als ob ...» – und dann kommt die Pointe, die ich bereits kenne: «als ob ich nie gut genug für dich bin.»

Du schweigst kurz und wiederholst dann, inzwischen schon etwas wütender, dass für mich nie etwas gut genug ist.

Die Therapeutin möchte ein Beispiel hören.

Schnippisch: «Es gibt so viele Beispiele.»

Ich wappne mich innerlich. Jetzt geht es los!, denke ich. Jetzt wirst du etwas anführen, das ich nicht leugnen kann. Aber dir fällt kein Beispiel ein. Entweder du bist noch vergesslicher als ich dachte. Oder aber loyaler.

Ein Beispiel, das du jetzt nicht nennst: Dass ich oft

niedergeschlagen bin, völlig ohne Grund. Und dass du das schwierig findest, weil ich dir, wenn ich trotz deiner Anwesenheit traurig bin, das Gefühl gebe, nicht zu genügen.

Noch ein Beispiel: Dass ich überall Probleme sehe. Die Sonne scheint? Ich google «Melanom». Wir backen einen Kuchen? Du naschst vom Teig, und ich sage «Salmonellen». Im Urlaub: «Schau nur, die Kühe kommen näher.» Ich: «Die bringen Bremsen mit.»

Noch ein Beispiel: Dass ich mir einen Dreier gewünscht habe und auch bekam, dass drei aber anscheinend nicht genug waren, da ich anfing, von einer offenen Beziehung zu reden.

Du verschweigst der Therapeutin auch, wie du mich neulich im Bad vorgefunden hast, wo ich mir mechanisch die Zähne putzte, bis mir der rosa Schaum den Hals hinunterlief.

Während du nach Anekdoten suchst, halte ich den Mund, spiele brav meine Rolle in diesem genau choreographierten Streit, aber ich spiele, um zu gewinnen. Als ein konkreter Vorwurf ausbleibt, wächst mein Selbstvertrauen.

Fragt mich die Therapeutin dagegen nach einem Beispiel, habe ich immer eines parat. Oder zwei. Oder drei. Soviel sie nur will.

Eifersucht? Zum Beispiel, als du einen Touristen beschimpft hast, weil er ein Foto von mir gemacht hat.

Als du angerufen und gefragt wurdest, ob du damit einverstanden wärst, wenn ich, deine Freundin, in einem Porno mitspiele. Ich hätte bereits Ja gesagt, aber man wolle doch erst deine Zustimmung einholen. Da bist du durch die Decke gegangen und hast mich völlig außer dir angerufen, um nachzuhaken, während ich gerade mit einer Freundin im Urlaub war. Ich erinnere mich noch an den scharfen Ton und die neugierigen Gesichter in der Kneipe beim Piccadilly Circus, als ich anfing hysterisch zu lachen – in der Hoffnung, dir klar zu machen, das sei bloß ein absurder Scherz von deinen Freunden. Als ich dich später bei einem erneuten Eifersuchtsanfall daran erinnerte, wie schnell du bereit seist, das Schlimmste von mir anzunehmen, schienst du das völlig vergessen zu haben. Und auch jetzt, wo ich diese Anekdote vor der Therapeutin ausgrabe, fragst du sichtlich erschrocken: «Das hab ich gemacht?»

An die Gespräche, die ich manchmal wortwörtlich wiedergebe, kannst du dich kein bisschen erinnern. Meine Kränkungen haben keinerlei Spuren in deinem Gedächtnis hinterlassen. Du bist zwar bereit, es zu glauben, bittest mich mit ernster Miene, *mehr* zu erzählen, aber ich sehe, dass du alles vergessen hast. Ich kenne niemanden, der Erinnerungen so gut selektieren kann wie du. Alles, was stört, kommt weg.

Ab und zu runzelst du die Stirn und sagst, das sei ganz anders gewesen. Ich zucke mit den Schultern.

Einmal platzt es aus mir heraus: «Ich kann es nachschlagen, wenn du willst.»

Du reagierst nicht. Was solltest du auch sagen? Ich

habe potenziell immer recht. Du kannst meine Erinnerungen nicht kontrollieren, denn die Quelle, auf die ich mich berufe, ist für dich unerreichbar.

Während du lauter wirst, bleibe ich so was von ruhig; die Therapeutin beginnt, meine Sätze mit zustimmenden Lauten zu kommentieren. Blöde Kuh!, denke ich, du gehst mir in die Falle. Dass ich so vernünftig wirke, liegt daran, dass ich so gut formulieren kann; wer die Dinge am besten in Worte fassen kann, hat recht.

Dir steht die Wut im Weg. Ich spüre, wie sie am anderen Ende des Sofas in dir brodelt. Du hast die Arme verschränkt und lehnst in den Kissen, während dein Fuß sich in deinen vernünftigen Männerschuhen krümmt: Das glänzende Leder wölbt sich.

Nach anderthalb Stunden fragt die Therapeutin, wie wir uns die nächsten Sitzungen vorstellen. Die ersten beiden dienten dem Kennenlernen. Bevor sie weitere Schritte unternehme, treffe sie eine Vereinbarung mit ihren Klienten, in der stehe, dass beide Parteien grundsätzlich noch einen Sinn in der Beziehung sehen. «Denn sonst bringt eine Therapie meiner Erfahrung nach wenig.»

Aber ... geht es nicht genau darum? Dass wir nicht wissen, ob wir noch einen Sinn in der Beziehung sehen?

Ich spüre deinen brennenden Blick auf der Wange und starre weiterhin stur geradeaus.

«Es gibt Herausforderungen», sagt sie beschwichtigend. «Aber die sind nie unüberwindbar. Solange Sie beide daran glauben.» Bei dem Wort «glauben» ballt und schüttelt sie die Fäuste, um ihre Handgelenke klirrt Gold.

Wir versprechen, uns wegen eines weiteren Termins zu melden. Dann verabschieden wir uns und laufen zum Auto. Doch kurz hinter dem Gartentor bleiben wir auf dem fast ländlichen Weg stehen, der zum Parkplatz am Fuß des Hügels führt.

Du beginnst, eine Anekdote zu erzählen, eine Anekdote über einen Kollegen, die völlig aus der Luft gegriffen ist; deine Augen huschen panisch über mein Gesicht. Ich versuche mehrmals, das Gespräch zu beenden, mache sogar zwei Mal einen Schritt bergab, aber du bleibst stehen, die Aktentasche zu deinen Füßen, und redest und redest und redest.

Es beginnt zu dämmern. Nach einer Weile kommt plötzlich die Therapeutin höchstpersönlich aus dem Gartentor. Sie nickt und eilt an uns vorbei, in einer Daunenweste und Jogginghose – verlegen, jetzt wo wir einen Blick auf *ihre* Privatsphäre erhaschen können.

Irgendwann unterbreche ich dich – «Luc» – und versuche so sanft wie möglich zu klingen. «Bei mir brauchst du nicht den Entertainer zu spielen.»

Du verstummst abrupt. Nachdem du ein paar Mal den Mund aufgemacht hast, stößt du hervor: «Du schüchterst mich ein.»

So etwas hast du noch nie gesagt, aber das Schlimmste ist, dass ich dir sofort glaube. Und das obwohl du ständig redest und ich ständig zuhöre, lächle und äußerst leise spreche. All meine Äußerungen sind gepolstert. Nur zerbrechliche oder äußerst scharfkantige Dinge werden in so viel Weichheit gehüllt: Wir haben beide stets so getan, als wäre ich zerbrechlich.

Jedem, der mich fragt, sage ich: *Ich* fand es nicht schlimm, dass bei Luc zu Hause so eine Unordnung geherrscht hat. *Ich* fand es nicht schlimm, dass er seine unregelmäßigen Verben nicht konnte. Es hat ihn bloß so verunsichert und eifersüchtig gemacht, und das hat uns letztlich den Rest gegeben.

Wer glaubt das eigentlich? *Ich* nicht.

Bevor ich etwas erwidern kann, nimmst du den Faden wieder auf und quasselst weiter, bis ich sage: «Luc, ich will jetzt gehen.»

Kurz sieht es so aus, als würdest du gleich anfangen zu weinen.

Erst im Auto streiten wir. Du hörst nicht mehr auf zu reden; rasend vor Schmerz wirfst du mir einen Vorwurf nach dem anderen an den Kopf. Endlich genießt du die verletzenden Worte. Ich gönn es dir, sprich, ich gönn es mir selbst. Der Schmerz, den ich empfinde, gibt mir, die ich dich gerade erniedrigt habe, das Gefühl, doch noch ein Mensch zu sein.

«Weißt du, was das Problem ist? Du bist keinen Gegenwind gewöhnt. Du willst bequem durchs Leben segeln. Alles eitel Sonnenschein, dazu ein Eis und Picknicksandwiches, die genau richtig geschnitten sein müssen. Aber sobald es kompliziert wird, bist du weg.»

Dass ich kein Durchhaltevermögen habe, ist nun wirklich das Letzte, was man mir vorwerfen kann. Aber das macht nichts, du findest etwas Neues und schleuderst es mir ins Gesicht.

Ich ertrage es. Ich glaube nicht mehr an Veränderung. Der erbrachte Beweis, dass wir beide schon so lange altbewährte Muster wiederholen, wiegt einfach zu schwer.

Du hörst nicht auf, Dinge kaputt zu machen, die sich kaum noch reparieren lassen. Für jede deiner Bemerkungen bräuchte man eine eigene Sitzung, und vor meinem inneren Auge sehe ich die sich endlos aneinander reihenden Nachmittage bei der Therapeutin förmlich vor mir, eine Therapie mit Muffins, danach einen explosiven Streit und eine neue Therapie, ein gruseliger Bild-im-Bild-Effekt.

Bis du irgendwann ins Schwarze triffst. «Du tust immer so überlegen! Du bist hart, knallhart!»

An einer Ampel auf Höhe des Königlichen Parks springe ich aus dem Auto.

Plötzlich ändert sich deine wutverzerrte Miene. «Geh nicht! Bitte!»

Du schaust mich völlig verängstigt an, während ich mein Gepäck nehme. Wie gelähmt sitzt du da, die Hände ums Lenkrad geklammert, festgeschnallt in deiner Großmannshülle. Die Ampel springt auf Grün. Hinter dir wird gehupt. Das Geräusch verfolgt mich, während ich gegen die Fahrtrichtung davonlaufe. Ich laufe, bis das Hupen aufhört, während mir der Rucksack auf dem Rücken hin und her hüpft.

III.

UNTERWELT

TAG 33

Die Straßen von Neapel sind so eng, dass die Autos nur wenige Millimeter von der Hauswand entfernt parken. Sie haben ausnahmslos zerschrammte Seiten. Hier und dort sehe ich, dass jemand eine Schicht Schaumgummi an der Wand befestigt hat, etwas Weiches, gegen das die Wagen ihre Wange schmiegen können.

In den Quartieri Spagnoli, in denen ich wohne, hupt man am Anfang der Straße und rast dann in wahnwitzigem Tempo hindurch. Ich bin schon so oft um ein Haar verfehlt worden, dass ich so langsam glaube, die Autos hier sind irgendwie elastischer, können sich geschmeidig an Passanten vorbeiquetschen und mir schon irgendwie Platz machen. Deshalb erschrecke ich mich zu Tode, als ein Autospiegel meinen Oberarm berührt, und muss kurz zwischen zwei Mülltonnen verschnaufen.

Ich habe erst heute Morgen beschlossen, hierher zu reisen. Brüssel zog auf meinem Laptopbildschirm in Form einer endlosen Aneinanderreihung von Kellerwohnungen und Stockbettenzimmern an mir vorbei. Aus einer spontanen Eingebung heraus, tippte ich «Naples» in das Suchfenster von Airbnb. Vielleicht ist es Aberglaube, an den Ort zurückkehren zu wollen, an dem ich einst meine Zweifel an Luc besiegte, aber die Vorstellung tat mir einfach gut: Kurz in eine Stadt fliehen, in der ich niemandem begegnen kann, der mich kennt.

Das Zimmer von damals habe ich nicht wiedergefunden, aber weil es genauso teuer zu sein scheint, wegzufliegen wie in Brüssel zu bleiben, habe ich ein Ticket gebucht.

Mein Eindruck von der Stadt ist ein anderer als vor vier Jahren:schmutziger, düsterer.

Gegenüber von meiner Wohnung: das Gerippe eines Motorrollers, ohne Räder und ohne Verkleidung. In dem Skelett steckt ein aufgespannter Regenschirm – ein Hauch von Fürsorge, so als hoffte jemand, dass die Mechanik noch zu gebrauchen ist. Doch vielleicht wurde der Regenschirm ebenso ausrangiert wie der Motorroller, und beide bewahren noch einen Rest Würde, während sie warten.

Afrikaner ziehen grüppchenweise durch die Stadt, ärmlich gekleidet und mit Touristenkäppis oder einem Hello-Kitty-Rucksack, dessen Träger nur noch an wenigen Fäden hängen. Es gibt viel mehr Bettler, als ich das in Erinnerung habe, und sie sind fast alle jung.

Plakate fordern, was längst der Fall zu sein scheint: *Arbeit, Krankenversorgung, Wohnungen: Italiener zuerst!* Es gibt viele Graffiti mit Protestslogans gegen Einwanderung, als Emblem fungiert eine nackte römische

Büste aus weißem Marmor. Wissen sie denn nicht, dass solche Skulpturen bunt bemalt waren, dass nur wir sie so reinweiß kennen? Dass man in Pompeji auch indischen und ägyptischen Göttern gehuldigt hat, und dass mehr als die Hälfte der Herculaneer Sklavenvorfahren hatten?

Außerdem: Endlos viele Pimmeldarstellungen, mannshoch an die Wände gesprüht. Ein Stand verkauft Teigwaren in Phallusform.

Die mürrische Art der Menschen schüchtert mich ein. Ich versuche ein Gebäck zu bestellen: Seufzend quält sich der Mann von der Pasticceria aus seinem Stuhl, um mir etwas zu verkaufen. Drei Mal verlasse ich ein Café wieder, ohne etwas bestellt zu haben, weil ich die leeren Blicke und das Schweigen nicht ertrage. Ich möchte begrüßt werden, mehr nicht.

Ich weiß nicht, ob sich diese Stadt innerhalb von vier Jahren wirklich so verändert hat, oder ob ich einfach nur das Negativbild von deiner Anwesenheit zu sehen bekomme. Vielleicht fühlt sich für dich jetzt jeder Ort so an. Ich glaube, dass du mehr leidest als ich; meine Tränen sind längst aufgebraucht. All die nachtblinde Panik und der namenlose Kummer neben dir im Bett waren im Nachhinein die Vorbereitung.

Der Schmerz, den ich nun spüre, ist nur noch Fremdschmerz. Ich zucke zusammen, wenn ich mir vorstelle, wie du morgens in meiner Betthälfte aufwachst, weil du im Schlaf nach mir gesucht hast. Wie du demselben Kollegen, dem du stolzgeschwellt von unserem Dreier erzählt hast, jetzt sagen musst, dass ich nicht mehr zum Betriebsausflug mitkommen werde, wodurch der Stolz etwas Bemitleidenswertes bekommt.

Da ich nicht die Kraft habe, es allein mit den Kellnern aufzunehmen, kaufe ich mir in einem der Minisupermärkte etwas zum Abendessen. Erst nach mehreren Versuchen und stummen Zeigegesten fällt mir das Wort *formaggio* wieder ein. Die Ladeninhaber sind ein betagtes Ehepaar, bestimmt um die achtzig. Sie zeigt die Menge an, und er schneidet den Käse. Nachdem die Frau alles in verschiedenen Plastiktüten und anschließend in einer großen Plastiktüte verstaut und mir diese gereicht hat, überrascht sie mich damit, mir zum Abschied drei rasche Küsse zuzuwerfen. Mit Tränen in den Augen verlasse ich den Laden.

DER CAMPINGBUS

An dem Tag, an dem ich Hilde getreten habe, gehe ich früh zu Bett. Ich lege mein Handy unters Kissen. Um halb drei höre ich es durch die Daunen singen, bringe es rasch zum Verstummen und stelle auf Strumpfsocken mein Überlebenspaket zusammen: Batterien, Teelichter, Pasta, Tomatendosen, Wasserflaschen – lauter Sachen, die meine Mutter zigfach im Keller hat. Aus der Wohnzimmerschublade nehme ich noch schnell die Schlüssel für den Bus einschließlich Ersatzschlüssel. Das Schwierigste ist, Felis zu finden, aber die schaut zum Glück vorbei, als ich anfange, das Katzenklo durch die Gegend zu schleifen.

So leise wie möglich trage ich alles in den Campingbus. Ich muss vier Mal gehen, und jedes Mal lausche ich auf der Schwelle angespannt auf neue Geräusche, doch das schlafende Haus blubbert, tickt und schnarcht ungerührt weiter.

Als alles fertig ist, schließe ich die Autotür und betätige die Zentralverriegelung. Das Klicken kommt aus vier Richtungen.

Ich werde davon wach, dass jemand heftig gegen die Scheibe klopft. Als ich die graue Gardine zur Seite ziehe, schaue ich ins erschrockene Gesicht meines Vaters. Schon bald blickt es wutentbrannt und danach verbissen. Ich schließe die Gardinen – so lange bis er aufhört zu klopfen und zu fluchen – und halte sie auch geschlossen, als es meine Mutter versucht. Ich harre aus, während meine Eltern feststellen, dass der Ersatzschlüssel ebenfalls verschwunden ist, woraufhin sie noch wütender zurückkommen.

«Das ist doch Wahnsinn. Heißt das, wir sollen die Fenster einschlagen? Sag endlich, was los ist.»

Ich bin darauf vorbereitet und halte einen Notizblock an die Scheibe. Darauf steht, dass ich nicht mehr zur Schule will. Für die meisten Fragen kann ich die nächste Seite verwenden, auf die ich bereits nachdrücklich das Wort NEIN geschrieben habe.

Meine Eltern beratschlagen sich ein paar Meter vom Bus entfernt. Vielleicht fragen sie sich, ob sie die Tür aufbrechen sollen. Das habe ich im Vorfeld recherchiert: Dann müssten sie die Schlösser ersetzen lassen, für Hunderte von Euro, während die Schlüssel sichtbar auf dem Armaturenbrett liegen. Schon das Einschlagen eines Seitenfensters kostet zweihundert Euro.

Irgendwann beschließen sie, ihre Tochter im eigenen Saft schmoren zu lassen, und gehen.

Im eigenen Saft schmoren ist genau das, was ich will. Ich habe Musik, Schokolade, einen vollen Wassertank und sogar eine kleine Toilette, die ich aus einem der Schränke vorziehen kann. Ich habe mein Lieblingsbuch und ich habe Felis, außerdem bin ich noch lange nicht gar.

«Und?», sagen meine Eltern am nächsten Morgen. «Bist

du es langsam leid?» Sie verstehen nicht, wie ich es auf dem wenigen Raum aushalte und erwarten, dass ich mich jeden Moment geschlagen gebe. Das zeigt nur, dass sie rein gar nichts von dem Bus begriffen haben.

Ich habe gelesen, dass die Lunge dermaßen gefältelt ist, dass sie, könnte man sie vollständig entfalten, die gesamte Fläche eines Tennisplatzes bedecken würde. Genau so verhält es sich mit dem Innenraum des Busses. Es gibt das Auto mit einem vorderen und einem hinteren Bereich, es gibt eine Sitzgruppe, bestehend aus einer Bank und zwei Sitzen, die sich gemütlich zu ihr herumdrehen lassen. Es gibt eine Küche, aus der ich einen kleinen Gasherd hervorzaubern kann, mit Anrichte, ja sogar mit einem Abtropfgestell fürs Geschirr. Unter der Bank kann man einen Tisch hervorziehen. Außerdem gibt es zwei Schlafzimmer. Um Ersteres zu erreichen, ziehe ich die Bank zu einem Doppelbett aus. Ich muss mich an den Vordersitzen festhalten, um das schwere Ding zu mir ziehen zu können. Um ins zweite Schlafzimmer zu gelangen, drücke ich das Aufstelldach des Busses nach oben. Wenn ich einen Griff betätige, genügt ein Stups, und schon stellt es sich seufzend auf, bis das Zeltsegel straff ist. Dann kann ich eine stabile Matratze vom Dach schnallen, und schon habe ich ein Bett.

Aber es gibt noch viel mehr Möglichkeiten, den Bus zu vergrößern. Ich übe blind, die Musik anzumachen, von meinem Hochbett zum Sitz und von dort zur Bank zu kommen, ja sogar mit geschlossenen Augen Limonade zu machen. Das Innenleben meines Busses ist riesig – jetzt, wo meine Fingerkuppen das Maß aller Dinge sind. Beim

210

Tasten ergeben sich neue Hindernisse, wie der grobe Klett-
bandstreifen am Rand meines Bettes, der immer nach meinen Haaren greift. Aber auch neue Freuden wie das leise
Klicken, mit dem der Küchenschrankgriff nachgibt, wenn
ich danach greife, oder das schwarze Klebeband, mit dem
mein Vater einst nach und nach die angehauenen Ränder
der Innenausstattung abgeklebt hat. Die Kanten stehen
verführerisch ab, darunter befinden sich Leimbläschen.

Meine Nase wohnt wiederum in einem anderen Bus,
in dem sich der Bezug des Beifahrersitzes von dem des
Fahrersitzes unterscheidet, und in dem grün-moosige
Gerüche in der Schlafzimmer-Zeltwand hängen. Da sind
die Schokolade, das Gas, die schlechte Luft, die langsam
aus der Spüle und der Chemietoilette aufsteigt. Und da
sind die Duftmarken, die die Pfefferkörner zwischen den
Laken hinterlassen, wenn sie vor dem Messer davonsprin-
gen, mit dem ich sie zermahlen will. Gerüche kennen keine festen Konturen oder Kanten. Jeder Geruch reist mit
dem Luftstrom.

Wenn ich nur lausche, gibt es noch weitere Räume. Der
Bus kann so klein sein wie mein Kopf, wenn ich ihn unter die Decke stecke und die Daunen rascheln lasse, oder
aber groß genug, um Vögel, rauschende Bäume und die
Autobahn in der Ferne zu beinhalten sowie all die Orte, zu
denen die Autobahnautos und Vögel unterwegs sind.

Wenn ich oben liege, und der Wind auffrischt, kann ich
spüren, wie sich der Bus sanft hin und her wiegt, als wäre
ich auf See.

Meine größte Sorge ist eher die, ob Felis das aushält, aber die
protestiert kaum. Sie spielt mit der Holzkugel-Sitzauflage
des Fahrersitzes; die Kugeln drehen sich, wenn sie danach
schlägt. Sie putzt sich endlos. Sie hat ihr Katzenklo, aus dem
ich ihre Köttel fische und aus dem Fenster werfe. Wenn sie
nervös wird, lasse ich sie nach einer an einer Schnur bau-
melnden Socke jagen. Nachts schläft sie unten auf der Bank
oder zusammengerollt neben mir auf meinem Kissen.

«Komm doch einfach raus.»

«Sich zur Abwechslung einfach mal anpassen.» Und:
«Du wirst das einfach akzeptieren müssen.»

Wenn dieses Wort benutzt wird, muss man sich in Acht
nehmen. Dann wird man zu etwas gezwungen, das alles
andere als einfach ist.

«Einfach» bedeutet, dass man sich an etwas zu gewöhnen hat. Immer wenn man sich an etwas Absurdes gewöhnen muss, wiederholen sie es wie eine Beschwörung:
einfach einfach einfach.

Eines Mittags steht Joey vor dem Fenster. Er klopft und
hebt zögernd die Hand. Ich öffne ihm zwar das Fenster,
aber nicht die Tür. Man kann nie wissen, ob das ein Trick
ist. Er hat von mir gehört: Während ich hier hocke, macht
ein Gerücht die Runde. Darin bin ich die Hauptperson,
und das gibt mir ein Gefühl von Macht. Joey will alles wissen, aber ich sage so wenig wie möglich und hoffe, dass er
eine dramatische Geschichte daraus machen wird. Trotzdem schaue ich ihm bedauernd nach, als er wieder mit

dem Rad davonfährt; es ist, als nähme er einen Teil meines Abenteuers mit, hinaus in die wirkliche Welt, vielleicht sogar den besten.

Am fünften Tag ist die Tomatensauce alle. Was bleibt, ist Pasta mit Olivenöl.

Ich könnte nachts aufstehen und neue Vorräte klauen, aber das Risiko ist mir zu groß. Außerdem habe ich Angst, meine freiwillige Verbannung aufzugeben.

Meine Eltern haben es inzwischen aufgegeben, mir zu drohen. Sie schauen regelmäßig vorbei, halb amüsiert, halb verärgert. «Du machst keine halben Sachen», sagt meine Mutter, und obwohl es eine Strafpredigt sein soll, werte ich es als großes Kompliment.

Sie haben den Stecker aus dem Bus gezogen, und mit einem leeren Akku kann ich weder Musik hören noch die Lampe benutzen. Sie setzen auf Langeweile. Aber Langeweile ist was für Langweiler.

Im Weltatlas fahre ich mit dem Finger alle möglichen Routen von hier bis Bangkok nach; dabei male ich mir aus, dass ich diese Strecke zurücklege. Doch ich komme nie dort an, weil ich mich unterwegs immer wieder in Abenteuer mit mongolischen Pferden oder indischen Güterzügen verstricke.

Aber ich muss essen, Felis muss fressen, und die Toilette wird auch langsam voll. Irgendwann wird jemand die Tür aufbrechen. Ich versuche, meine Vorräte zu rationieren, aber sie bleiben endlich.

Nachts schrecke ich hoch, weil ich mir einbilde, dass jemand neben dem Bus steht und ans Fenster klopft, aber es
ist nur der Regen.

Ich schnuppere regelmäßig zwischen meinen Beinen – ein
Geruch, der von Milch zu Joghurt zu Käse gerinnt.

Abends liege ich in der Unterhose auf dem Bett. Ich
fantasiere übers Verknalltsein. Von allen Abenteuern, die
die weiterführende Schule für mich in petto hat, sind das
diejenigen, auf die ich am ungeduldigsten warte. In meiner
Fantasie bin ich schön, groß und stark, aber auch irgendwie hilflos. Letzteres scheint unabdingbar zu sein, denn
obwohl ich mir dass Sich-Verlieben nur als Überrumpe-
lung vorstellen kann, gelingt es mir nicht, mir ein über-
zeugendes Szenario auszudenken, in dem ich das zulassen
würde – außer ich würde gefesselt, entführt oder in einem
Krieg erbeutet, stets von gut aussehenden jungen Männern, die jede Menge Respekt vor meiner Unerschrocken-
heit haben. Sie necken mich, quälen mich auch manchmal
und hängen mich in Ketten über einem Feuer auf oder ziehen mich an einem Seil im Kielsog ihres Schiffes mit, auf
dem ich als blinder Passagier mitgefahren bin. Sie suchen
nach meiner Schmerzgrenze und finden sie nicht. Irgendwann müssen sie trotz ihrer anfänglichen Übermacht erkennen, dass ich ihnen überlegen bin. Ich bin unerreichbar.

Meine Fantasien bestehen nur aus Vorspiel. Nicht, dass
ich nicht wüsste, wie es weitergeht: Natürlich habe ich
nach Sex gegoogelt und auf einen Bildschirm voller Minia-
turen gestarrt, die sich bewegen, wenn ich mit der Maus

darüberfahre. Ein paar habe ich angeklickt. Die Mädchen schreien *Oh my God, yeah* und starren mich mit verschwommenem Blick an. Einige rufen das mit einem total verrückten Akzent, man hört, dass sie nicht richtig Englisch können. All die geäderten Pimmel und gespreizten Pobacken sorgten dafür, das mir warm wurde, gleichzeitig empfand ich so etwas wie Traurigkeit.

Deshalb konzentriere ich mich auf immer wieder neue Anläufe zum allbekannten Unbekannten. Immer wenn es fast soweit ist, kommt es in meiner Geschichte zu einer überraschenden Wendung, die den Moment noch weiter hinauszögert. Ich habe alles noch vor mir, brauche noch eine klitzekleine Verschnaufpause, bevor ich die Welt hereinlasse.

Schon vor Jahren – ich weiß nicht mal mehr, wann genau –, habe ich entdeckt, dass es sich gut anfühlt, die Hände unter meinem Becken zur Faust zu ballen und mich dann mit meinem ganzen Körpergewicht dagegen zu drängen. Das geht auch, wenn ich vollständig bekleidet bin und bewahrt mich dadurch vor dem Gefühl, etwas Komisches zu tun. Zum alten Trick gesellten sich später der Duschstrahl und der Kopf der elektrischen Zahnbürste, der in einen Waschlappen gewickelt wurde. Ich führe nie etwas in meinen Körper ein, auch keine Finger. Lieber halte ich ein wenig Abstand zwischen dem Mädchen in meiner Fantasie und meinem Körper.

Aber jetzt, wo ich im Bus eingeschlossen bin, sehne ich mich stärker denn je nach jemandem, der meine Unantastbarkeit überwindet. Nach jemandem, der mich berührt.

Ich warte auf jemanden, der mich zu finden weiß, sogar
noch im Versteck meiner Fantasie, und mich daraus hervorlockt.

Regentropfen prasseln gegen die Fenster und aufs Dach.

Ich lasse die Knie auseinanderfallen, um die Katze sehen zu können, die zu mir aufs Bett klettert. Ich stelle meine Füße weiter auseinander. Felis drückt ihre Schnauze gegen den Baumwollstoff meiner Unterhose. So als strahlte dieser Ort etwas aus, als erzeugte er ein Geräusch in einer unhörbaren Frequenz. Ich selbst spüre es auch. Ich schiebe den Stoff zur Seite und ziehe mit dem Zeigefinger eine feuchte Spur nach oben, bis zu dem Ort, wo mir das Herz zwischen den Beinen schlägt.

Felis schnuppert erneut. Ihre Nase schickt Schockwellen durch meinen Körper. Ich wiederhole den Trick mit dem Finger und mache die Stelle extra feucht. Mein Herz schlägt überall. Ich weiß, dass das verboten ist und habe Angst vor Felis' Zähnen, vor ihrer rauen Zunge – gleichzeitig spüre ich, wie sich Bauch und Becken anspannen, zu etwas unterwegs sind, es ist ein inneres, zielsicheres Einrasten. Dieses Einrasten geschieht ganz von selbst, ohne dass mir je davon erzählt worden wäre. Mein Körper spannt sich an, und als die Katze ein zweites Mal zum Schnuppern kommt, bin ich bereit und halte still. Ich zittere nur ein bisschen von der Muskelanspannung.

Dann leckt mich Felis mit ihrer Raspelzunge, zu fest. Ich klappe zusammen, und die Katze saust davon.

Ich drehe mich auf den Bauch und fege mein Kissen beiseite. Die aufeinander gelegten Hände schiebe ich unter mein Becken. Wenn ich meinen Körper jetzt anspanne und Schultern und Füße anhebe, ruht mein gesamtes Körpergewicht auf den Fäusten. Es ist unmöglich, noch länger ruhig zu atmen. Ich halte die Luft an, bis Wangen und Hals ganz prall sind mit Blut. Auch nachdem die Anspannung plötzlich verebbt ist, bleibt ein Gefühl zurück, ganz tief in meinem Innern, wie Haut, die zulange in der Sonne gewesen ist.

TAG 35

Ich bin schon früh am Bus, der mich vom Hafen nach Pompeji bringt. Die Autobahn Richtung Sorrent wurde aus dem Schutt erbaut, der aus der altrömischen Stadt abtransportiert wurde: So enorm sind die Ausgrabungen. Fünfzehntausend Häuser, 640 000 Quadratmeter. Wollte ich die Altstadt nur einmal umrunden, bräuchte ich eine Dreiviertelstunde.

Pompeji, einst eine unbedeutende Provinzstadt, gilt heute als eine der am besten erhaltenen Römerstädte. Es gibt unzählige Bücher, Romane, Fernsehserien, Filme und Computerspiele darüber, sogar ein Brettspiel, *Der Untergang von Pompeji*, für zwei bis vier Personen.

Der Vulkanausbruch, der Pompeji verwüstete, wurde detailliert beschrieben: Es ist der älteste Augenzeugenbericht einer Naturkatastrophe überhaupt. Rein zufällig war ein Schriftsteller in der Nähe: Plinius – im Spätsommer von 79 n. Chr. gerade mal ein achtzehnjähriger Student. Er sonnte sich gerade in einem Küstenort in Kampanien, als alles zu wackeln begann.

Plinius: «Außerdem sahen wir, dass das Meer zurückflutete und durch die Erdstöße gleichsam zurückgetrieben wurde. Jedenfalls hatte sich der Strand erweitert und hielt viele Meerestiere im trockenen Sand fest. Auf der anderen Seite wurde eine schauerliche schwarze Wolke von feurig-zuckenden Schlangenlinien zerrissen und spaltete sich immer wieder in lange Feuergarben: sie glichen Blitzen, waren aber größer.» Ein schreckliches Knirschen ertönte, so als würde der Berg in Stücke gerissen. Felsbrocken wurden durch die Luft geschleudert, so hoch wie die Berge selbst, gefolgt von einer riesigen Feuer- und Rauchwolke.

Die Menschen ergriffen die Flucht, auch Plinius. «Schon fiel Asche, aber zunächst noch wenig. Ich schaute zurück. Hinter uns drohte dichter Qualm, der sich über die Erde ergoss und uns wie ein Gießbach folgte.» Anschließend wurde es stockfinster, und die Asche verdichtete sich.

Plinius entkam, aber alles, was näher am Vulkan war, bekam ein federleichtes, maßgeschneidertes Grabmal. Als der Ascheregen aushärtete, schloss er Pompeji, Herculaneum und ein paar andere Städte luftdicht ab.

Man fand einen Korb mit Eiern, Glasflaschen, Feigen. Sogar die Brote, die damals im Ofen waren, gibt es noch – verkohlt, aber ansonsten intakt. Der Vulkan hat Pompeji erhalten, indem er es vernichtet hat, und zwar *beides in einem*.

×

An der Kasse miete ich einen Audioguide. Der Umfang der Ausgrabungen ist so überwältigend, dass ich erleichtert bin, als ich den gelben Zettel sehe, der auf das Gerät geklebt ist: In einer ordentlichen Mädchenhandschrift sind die Nummern der pompejanischen Gebäude vermerkt, die aktuell zu besichtigen sind. Und tatsächlich verstecken sich große Teile der Stadt hinter Sichtschutzblenden, Bauzäunen und Gerüsten.

Auf dem gesamten Gelände ist ein Klappern, Hämmern und Klirren von Gerüststangen zu hören. Beim berühmten Isis-Tempel sind gerade zwei Männer in knallorangen Jacken dabei, Gesteinsbrocken in eine Schubkarre zu werfen. Ihre gelben Helme sowie ein Eimer mit Mörtel stehen auf den im Gras liegenden Überresten einer Marmorsäule. Auf der Mauer dahinter sind noch Freskenfragmente erhalten geblieben. Sie sind mit durchsichtigen weißen Blättern bedeckt wie Büffelmozzarella in einem Lebensmittelladen.

Ich gehe an einem geschlossenen Eingang nach dem anderen vorbei. Viele Fenster und Türöffnungen sind von Stahlbalken blockiert, die den Türpfosten stützen; die Zimmer dahinter sind voller Konstruktionen, die Decken oder Wände vor dem Einsturz bewahren sollen.

Auf dem berühmten Orpheus-Fresco ist der Sänger kaum noch zu erkennen; mühsam rekonstruiere ich das Motiv, das früher in meinem Lateinbuch abgebildet war. Die Farben müssen kräftig gewesen sein, als sie nach Jahrhunderten das erste Mal wieder ans Tageslicht kamen. Die Häuser, die Anfang des letzten Jahrhunderts ausgegraben wurden, wirken noch frisch. Wenn sie weitere hundert Jahre den Elementen ausgesetzt sein werden, dürften sie genauso verblassen wie die anderen. An Wänden, die schon im achtzehnten Jahrhundert ausgegraben wurden, sind oft nur noch Fragmente der Fresken übrig. Sie sind dermaßen ausgeblichen, dass sie kaum noch zu entziffern sind.

Pompeji ist dafür berühmt, dass die Zeit in dieser Stadt stillgestanden hat: Sie gilt sowohl als Grabmonument als auch als Zeitkapsel für das altrömische Leben. Aber falls sich die Zeit hier anders verhalten hat, dann vor allem in dem Sinne, dass sie sich nicht so gehetzt hat, und diese Trägheit holt sie nun wieder auf. Sobald die schützende Erde entfernt war, ist die Zeit nach Pompeji zurückgekehrt, um den Verfall zu erzwingen, den sie nach zweitausend Jahren für ihr gutes Recht hielt.

So kommt es, dass die Stadt zum Denkmal für eine doppelte Vernichtung geworden ist: für die durch den Vesuv und für die von heute – eine Katastrophe, die dem Publikum rund um die Uhr dargeboten wird. Im Jahr 2008, 1929 Jahre nach dem Vulkanausbruch, hat der italienische Staat den Notstand verhängt.

×

Auf meinem Plan sind verschiedene mögliche Routen eingezeichnet. Sie dauern unterschiedlich lang, je nachdem wie viele Stunden der Besucher hier verbringen möchte. Ich beschließe, keiner davon zu folgen. Ich

biege rechts ab und verliere mich in dem Straßenla-
byrinth, nehme jedes Mal die Richtung, die mich am
meisten anspricht.

×

Am 9. November 1943 schrieb die *Times* einen Artikel
über «*Bomb damage to Pompeii*»: Darin heißt es, dass
der Tempel des Jupiter im Westen des Forums getroffen und der Tempel des Apollon sowie das Haus des
Triptolemus nördlich der Via Marina schwer beschädigt
wurden.

Mehr als hundertfünfzig Bomben der Alliierten fielen
auf die Römerstadt: Man glaubte, dass sich deutsche
Soldaten in den Ruinen versteckt hielten.

Gar keine so abwegige Idee. Für Mussolini und seine Faschisten war die Römische Antike ein Garant für
eine mindestens so illustre italienische Zukunft. Pompeji wurde als jahrtausendealter Beleg für die Größe der
noch blutjungen Nation angeführt.

Als die ersten Schatzgräber hier auftauchten, gruben
sie zwar antike Objekte aus, suchten aber nach der Zukunft. Die Ausgrabungen sollten Reichtümer bringen,
der Regentschaft eines neuen König Glanz verleihen
und Arbeit schaffen. Sie sollten die erlauchten Gäste
unterhalten. Wurde etwas Wichtiges gefunden, vergrub man es erneut, damit derselbe Fund im Beisein
eines hohen Tieres noch einmal spontan wiederholt
werden konnte. Ein Augenzeuge beschrieb 1847, wie

eine Bacchus-Skulptur bei der zweiten Ausgrabung die
Nase verlor.

×

Vor dem Amphitheater liegt ein schmutzig weißer Hund
auf dem Boden, der nicht reagiert, als ich näherkomme.
Er hebt nicht mal den Kopf, sodass ich kurz zweifle, ob
er überhaupt noch am Leben ist. Nur sein blaues Auge
öffnet sich einen Spalt und folgt mir.

Mein Audioguide erzählt in dramatischem Tonfall
von den Menschen, die bei dem Vulkanausbruch in die
Katakomben flohen, und lässt das Wehklagen sterben-
der Gladiatoren hören. Ich stelle mir das Tonstudio vor,
in dem zwei Amerikaner vor einem Mikrofon herum-
röcheln und stöhnen.

×

In Pompeji ist mehr erhalten geblieben, als wir erhalten
können: mehr Zäune, Fensterläden, Obstkörbe, mehr
Latrinen, mehr Hausrat. Jede Straßenecke weist mindestens zehn Details auf, die ich nennen könnte, um
den altrömischen Alltag heraufzubeschwören: die tie-
fen Spuren, die Wagenräder auf dem Straßenpflaster
hinterlassen haben; eine improvisierte Regenrinne aus
alten Krügen, die jetzt aus der Wand hervorragen, in
die sie von ihrem sparsamen Besitzer einst eingeputzt
wurden; mit Kalkfarbe an die Hausfassaden gemalte

Wahlslogans. Genauso gut hätte überall *carpe diem* oder *memento mori* stehen können.

Noch der banalste Anblick berührt einen wegen des Unheilsterns, der über allem stand: Oh, an so einem Tisch haben sie also gegessen, über diesem Loch hat gerade jemand gekackt, aus diesen Fässern hier wurde Bier serviert, als der Vulkan ausbrach. Statt Mittelmaß zu demonstrieren, machen die banalsten Details die Realität der Katastrophe bloß noch eindringlicher. Heute befindet sich in den Vitrinen nicht der am besten erhaltene Schmuck, sondern verformte Glasflaschen, die durch die Hitze beim Vulkanausbruch halb geschmolzen sind. Sie werden gezeigt, *eben weil* sie nicht perfekt sind.

×

Ich begegne einer amerikanischen Familie. Ein Junge (mit einer blauen Kappe in Form eines Hais, der sein Maul aufreißt, um den Schädel zu verschlingen) und ein Mädchen (mit einer rosa Mütze mit Häschenohren), beide mit einer Trinkflasche und einer Packung Dinosaurierkekse ausgerüstet. Die Mutter sagt: «Bitte nicht, bleibt hier, nicht auf die Mauern klettern.»

Ich denke an den Zauber, den ein Ort wie dieser noch als Sechzehnjährige auf mich ausgeübt hat, als ich auf unserer Romfahrt durch das Wasserabflusssystem des altrömischen Badehauses von Ostia gekrochen bin. So etwas würde ich mich jetzt nicht mehr trauen, auch wenn niemand mehr neben mir steht, der sagt, «Warte, komm her, lass das» – oder vielleicht gerade deshalb: Jetzt bin ich diejenige, die das tut, jetzt sage ich bei so Vielem «Lass das», dass die Freiheit, die mir mit meiner Volljährigkeit gewährt wurde, größtenteils hypothetisch ist.

Was ich mir unter Erwachsensein vorgestellt habe, scheut den Vergleich mit dem Heute, auch meine Kindheitserinnerungen sind vermutlich nichts weiter als aneinandergereihte Märchen..

×

Während ich durch Pompeji latsche, fallen mir ausgerechnet die Dinge auf, die man an einem Ort wie diesem eigentlich ausblenden sollte: der starke Akzent meines Audioguides; die vielen Zäune und Mülleimer, die hier und da zwischen den Ruinen aufgestellt wurden; die Cafeteria, die sich hinter dem Forum Romanum versteckt. Der gelangweilte Fremdenführer, der eine rote Fahne mit dem Text MAMMA MIA hochhält. Meine kalten Füße. Die banalen Details, kurzum jene, die sich dem durchgeplanten Touristenspektakel entziehen, wodurch sie meine Erfahrung im Hier und Jetzt verankern und erst richtig zu meiner werden lassen.

Die Vergangenheit, die ich mit mir herumschleppe, fühlt sich in den letzten Wochen so unecht an, dass ich dankbar für diese Verankerung bin. Ich lächle dem Führer mit der Fahne zu und würde am liebsten die

Apfelaufkleber von den Mülleimern pulen – einfach nur weil sie in ihrer Banalität zufällig vor Ort sind.

Ich schaue zu oft auf mein Handy, in Erwartung einer Nachricht von dir. Du hast sie in den letzten Wochen weiterhin verschickt, in sehr förmlichem Ton und meist nicht aus echter Notwendigkeit heraus: Ein Brief von X ist gekommen, soll ich ihn dir einscannen? Y hat bald Geburtstag, ist es okay für dich, wenn ich auch komme? Es fand Kontakt statt ohne Kontakt, deine Höflichkeit war wie eine Latexschicht. Jetzt herrscht schon seit fünf Tagen Funkstille. Ich hätte gedacht, dass mich das zur Ruhe kommen lässt, aber es macht mir Angst.

Meine Zukunft: Eine Ansammlung von Zufällen, bei denen ich selbst für einen roten Faden sorgen muss. Wie das genau gehen soll? Ich habe keine Ahnung. Ich sehe schon vor mir, wie ich Apfelaufkleber sammle – sie in ein Heft klebe und ihren Verzehr mit Ort, Zeit und Name der noch anwesenden Person dokumentiere – oder aber meine Verdauung protokolliere, denn dass ich immer mit demselben Körper esse, ausscheide und schlafe ist gerade meine einzige Konstante. Aus irgendetwas werde ich eine neue Geschichte aus mir herauspressen müssen, um alle Momente miteinander zu verbinden, sonst komme ich da nie mehr raus.

×

Der Untergang von Pompeji spielte sich folgendermaßen ab: Erst spuckte der Vulkan große Felsbrocken, anschließend Bimssteine. Eine meterdicke Geröllschicht häufte sich in den Straßen an. Als der Steinhagel endlich nachließ, und die Überlebenden versuchten, über den Schutt zu entkommen, begann der schwarze Ascheregen. Er fiel aus einer Giftgaswolke; wer das Bewusstsein verlor, wurde noch an Ort und Stelle davon eingekapselt – eine Hülle, die steinhart werden sollte.

Die Schatzgräber, die Pompeji seit dem 18. Jahrhundert nach und nach freilegten, entdeckten die Hohlräume, die diese Menschen in der Asche hinterlassen hatten, und in denen nach wie vor ihre Skelette steckten. Das Fleisch war während der Jahrhunderte verwest.

Jemand kam auf die Idee, die Hohlräume mitsamt den Knochen und allem Drum und Dran mit flüssigem Gips zu füllen. War der erst mal ausgehärtet, kamen Gipsabgüsse der Toten zum Vorschein: weiße Körper in verrenkten Haltungen, manche so detailliert, dass noch die Nasenform und der verzerrte Mund zu sehen sind.

Die Abgüsse sind eine merkwürdige Form von Archäologie: Statt Staub, Sand und Unrat wegzuschaffen, um ein Skelett freizulegen, haben die Ausgrabenden etwas hinzugefügt und die Knochen verpackt. Das Ergebnis war beeindruckend, aber die Funde wurden dadurch nicht nur erhalten, sondern auch zerstört: Die ursprüngliche Aschehülle musste zertrümmert werden; und was noch an Kleidung, Haaren und Knochen übrig war, wurde in einem Gipsbad ertränkt. In der Touristenbroschüre ist eine Abbildung enthalten, die diese Technik illustriert. Während ein bärtiger junger Mann den Hohlraum mit Gips ausgießt, entweicht eine kleine Wolke: ein letzter Atemzug altrömischer Luft.

×

Nach langem Umherirren finde ich die Gipsabgüsse unter einem Vordach am Rande der Stadt, hinter Glas zwischen zwei ummauerten Weinbergen.

Zunächst bin ich enttäuscht. Sie wirken nicht echt, sondern eher wie dreidimensionale Kreideumrisse nach einem Verbrechen. Die Gliedmaßen sind seltsam abgerundet und bilden an Knie und Ellbogen keinen spitzen Winkel, sondern nur eine Biegung.

Es ist merkwürdig, die Qualität eines Todes zu beurteilen, aber manche Sterbende sind besser geglückt als andere. Es gibt einen sitzenden Mann, der die Hände vors Gesicht geschlagen hat. Bei einem anderen, der sich auf dem Rücken ausgestreckt hat, sieht man die Zähne unter der groben Gipsschicht hervorblitzen. Es ist auch ein Wachhund dabei, der, so die Informationstafel, noch in der Casa di Orfeo angebunden war. Während die Steine fielen, muss er gekämpft haben, um nicht von ihnen begraben zu werden. Er muss immer wieder auf den wachsenden Steinhaufen geklettert sein, bis er das Ende seiner Kette erreicht hat. Jetzt liegt er auf dem Rücken, den Kopf in die Luft gestreckt, die Pfoten gekrümmt, mit offenem Maul.

×

Der erste Pompejer, der in Gips gegossen wurde, war ein Mann, Nummer zwei war eine Frau und Nummer drei ein ungefähr dreizehnjähriges Mädchen.

Vor allem das Mädchen ließ die Herzen höher schlagen. Männliche Bewunderer verglichen «die glatte junge Haut», die durch die Risse in seinem Kleid sichtbar war, mit poliertem Marmor, und das Mädchen mit verschiedenen berühmten Skulpturen.

Auch Opfer Nummer vier sei, so schrieb man, «groß und elegant», ihr linkes Bein, das beim Abguss besser erhalten geblieben war, «wohlgeformt und bezaubernd, der Fuß von bewundernswerter Gestalt.»

Das höchste Lob galt Opfer Nummer zehn, dem Gipsmädchen mit den nackten Beinen. Es liegt auf dem Bauch, eine Hand in Gesichtsnähe; der Kopf ruht auf dem Unterarm. Es hat das Haar zurückgebunden; eine Locke fällt ihm in die Stirn. Sein Gewand oder Kleid ist bis zum unteren Rücken hochgeschoben oder hochgerissen und entblößt Beine und Po. Männliche Kommentatoren staunten über die zierlichen Gliedmaßen und rühmten diese «junge Frau, die mit Venus um den Beinamen Kallipygos wetteifert.»

Mit aller Kraft versuchten sich die Menschen an das

Bild zu klammern, das sie sich anhand der Marmor-skulpturen der alten Römer gemacht hatten, nämlich das von einem Volk aus schlanken, muskulösen, perfekt proportionierten Menschen, die nackt oder kaum bekleidet ihrem Alltag nachgingen.

Trotz der schönen toten Mädchen mit Haut wie Marmor, trotz der Kallipygos aus Gips, lassen die meisten Opfer vor allem schreckliche Schmerzen erkennen, denen ein einfaches, äußerst hartes Leben vorausging. Einige Skelette waren verformt oder wiesen einen Buckel auf. Bei anderen fanden sich Spuren von Geschlechtskrankheiten. Daraus ließ sich beim besten Willen kein Volk aus Halbgöttern mehr machen.

Je mehr von den antiken Städten freigelegt wurde, desto mehr mussten sich die grabenden Romantiker von ihren Visionen verabschieden. Togen? Leider, leider schienen die Opfer einfach bloß Hosen zu tragen.

Natürlich fand man Gold und Silber und einige Kunst-schätze, aber die Mehrzahl der Objekte waren Banalitäten. In der Kanalisation von Herculaneum klebt die Scheiße immer noch braun an den Wänden. Das ist nur für diejenigen interessant, die wissen wollen, wovon sich die Bevölkerung genau ernährt hat.

Man kam gegen die handfesten Beweise einfach nicht an und noch weniger gegen den Kommentar der Pompejer selbst.

Von den Graffiti, die die Bewohner an den Haus-wänden hinterlassen haben, sind um die zehntausend erhalten geblieben und veröffentlicht worden.

Ihr Inhalt gefiel den Altertumsforschern kein bisschen: Statt vom Guten, Wahren, Schönen handeln die Texte von Alltagssorgen, Sex, Diebstahl, Wahlen, vom Preis für Wein oder für einmal Blasen. So berichtet ein anonymer Autor: «Ich habe am 6. Dezember gewöhnliche Wachstafeln für einen As gekauft und Wachs für einen halben As.» An der Nordwand der Basilika stand: «Eine haarige Fotze fickt sich besser als eine enthaarte, denn die hält die Wärme fest und krault den Schwanz.» Und an einer Ladenfassade: «Ziege des Duacus, mit Namen Donata, ist davongelaufen.» Was soll man mit einer Ziege, wenn man nach einem Epos, nach einem Halbgott sucht?

Waffentat besinge ich und den Mann! Aber hier in Pompeji, in der Via Stabiana, kritzelte man stur: *carmen communem ne arma virumque cano* – «ein gewöhnliches Lied singe ich und nichts von Waffentat und dem Mann.»

Die Pompejer haben nie darum gebeten, Menschen aus Marmor zu werden. Und du genau so wenig.

×

In den ersten Jahren unserer Beziehung versetzte mich die Vorstellung, du könntest sterben, in Panik. Ich wusste: Irgendwann stirbst du, eine Wahrheit, die hinter dem Leben verborgen liegt wie ein vage erinnerter Traum, aber von Zeit zu Zeit immer mehr in den Vordergrund gerät. Dann ertastete ich die Ränder deiner

Augenhöhlen, sah die dünne Haut in deiner Halsgrube rhythmisch pulsieren, und konnte, wenn dir die Sonne durch die Ohrläppchen schien, die Adern in dem erhellten Fleisch erkennen. Der Gedanke, dich zu verlieren, war mir unerträglich. Selbst dein Herzschlag konnte mich nicht mehr beruhigen, sondern war etwas, das ich mitzählte. Darüber musste ich weinen. «Eine theatralische Neigung» nannten meine Eltern solche Anfälle. «Alarmstufe Rot sagt der Niederschlagsradar. Luc, hast du einen Schirm dabei?»

Anders als am Anfang stellte ich mir im letzten Jahr nicht mehr vor, du könntest abrupt oder gewaltsam ums Leben kommen. Statt eines Unfalls hattest du eine Krankheit, während der ich dich mit größter Hingabe pflegte, wobei ich die Chance nutzte, dich ein für allemal davon zu überzeugen, dass ich dich wirklich sehr liebte. Alles, was schief lief zwischen uns, würde bei den eingreifenden Operationen gleich mitentfernt werden.

Aber die Krankheiten kehrten hartnäckig zurück, genau wie meine Fantasien darüber. Die Symptome wurden schlimmer und die Prognose schlechter.

Du starbst.

Ein letztes Mal liebkoste ich deinen gesamten Körper, wusch dich, zog dir deinen Lieblingskapuzenpulli und deine Sneakers an, die wegen deiner Plattfüße einseitig abgelaufen waren. Auf deiner Beerdigung sang ich ein Loblied auf dich. Und dann, nachdem ich dich gepflegt und um dich getrauert hatte, würde ich endlich frei sein.

In unserem Brüsseler Bett lag ich neben dir wach und hatte Herzrasen vor Angst, Aufregung und Schuldgefühlen: Ich lebte noch. Ich konnte dich für immer lieben, eine ungetrübte Erinnerung an dich bewahren und trotzdem frei sein.

Morgens schob ich die Dunkelheit so gut es ging von mir weg, schmiegte mich an deinen schlafenden Rücken (er ist es, er ist es!) und war erst recht entschlossen, alles an dir zu hegen und zu pflegen. Ich musste dich mit aller Kraft lieben, wie stranguliert und mit erdrückender Hingabe. Jedes Gefühl, das davon abwich, schmerzte und wurde verdrängt.

Erst jetzt begreife ich, dass sich mein Wunsch, dich zu behalten, kaum von der Fantasie, in der ich dich sterben ließ, unterschied. Beide Wünsche machten dich so reglos wie ein aufgespießtes Insekt. Doch nur Ersteren nannte ich Liebe, Letzteren Grausamkeit.

Ich habe mich in deine Maßlosigkeit verliebt. Du warst viel zu fröhlich, um Widerstand zu leisten: so wie du tanzt, mit ausgestreckten Armen, und dann die Froschhüpfer, die du mit deinen O-Beinen vollführst. Du warst viel zu wütend: Nachdem du etwas über den Gaza-Streifen gelesen hattest, hast du dich geweigert, Falafel zu essen. Und auch viel zu impulsiv. Dann hast du mal wieder aus Versehen dein ganzes Geld ausgegeben oder mich zu einem viel zu teuren Essen eingeladen. Wo ich die Stirn runzelte, hast du gelacht. Du warst das Leben. Und am Ende ist es mir gelungen, da eine Nadel durch zu bohren, und darunter steht, fein säuberlich, die Beschriftung des Insekts.

Dass du so starr geworden bist, so glatt – ist das nicht meine Schuld?

Ich nehme es dir übel, dass du begonnen hast, mich zu spiegeln, ja meine festgefahrensten Eigenschaften zu übernehmen.

Das Selbstbewusstsein, die Disziplin, einen gewissen Konformismus. Das ging auch gar nicht anders, nachdem du meinen kalten Blick Tag für Tag auf dir gespürt hast.

So gesehen, sind die Beklemmungen, die ich jetzt habe, wenn ich an dich denke, eigentlich nur das altbekannte Gefühl, nicht aus meiner Haut herauszukönnen.

Ich habe dich mir solange einverleibt, bis ich dich als mich selbst gehasst habe.

TAG 36

Neapel bei Nacht.

Ich muss aufs Klo und schlage routiniert die Decke zurück, hebe die Beine, um sie aus dem Bett zu schwingen. Dann erst schlage ich die Augen auf. Wie aus dem Nichts wird mein benebeltes Bewusstsein angeknipst und sieht dieses Bild: meine blassen Beine, die im Halbdunkel schweben, in einem seltsamen Winkel angezogen.

Danach liege ich eine Weile wach und lausche auf die Stadt. Auf einer der Dachterrassen wird eine Party gefeiert. Irgendwo anders höre ich einen kleinen Jungen. Er wurde auf den Balkon verbannt und ruft nach seiner Mutter. Irgendwann sind nicht mal mehr Motorroller zu hören.

Wenn ich früher nicht einschlafen konnte, schritt ich in Gedanken den Weg von Zuhause zur Schule oder zur Arbeit ab. Jetzt schreite ich deinen Körper ab. Deine Ohren, Zähne und Schultern, deine Schlüsselbeingrube, deinen Bauchnabel, deinen Schwanz, das

Muttermal auf deiner Pobacke, deine Knie und deine Plattfüße. Und dann noch mal von vorn. Deine Finger, deine Ellbogen, dein Achselhaar, die Wimpern deiner rosa Brustwarzen.

Ich weiß nicht, wieso ich mir angewöhnt habe, stets dieselben Nebensächlichkeiten zu notieren. Irgendwelche Begebenheiten. Was ich gemacht habe. Alles Dinge, die von einem stummen Nichts verschluckt wurden. Gleichzeitig ist da so Vieles von dir, was ich nirgendwo wiederfinde und nie beschrieben habe. Dass du tagsüber Baumwollfussel in deinem Bauchnabel gesammelt hast, die ich abends herausfischte – angeblich um ein Kissen damit zu füllen. Wenn die Fussel fehlten, fragte ich drohend, «Wie heißt sie?». Dass du beim Sex oft Nasenbluten bekamst, dann von mir herunterrolltest und genau meine Haltung einnahmst – auf dem Rücken, den Kopf in den Nacken gelegt. Ich wünschte, du wüsstest, wie wichtig mir solche Dinge sind.

Die einzigen Details aus meinem Tagebuch, die sich noch wahrhaftig anfühlen, sind die schmerzhaften, und ich habe Angst, dass das auch das Einzige ist, das dir aufgefallen ist.

So ist das anscheinend: Im Nachhinein ist alles dazu geeignet, die drohende Katastrophe zu beschreiben. Die Geschichte hört auf, der Handlungsverlauf hat sein Ende erreicht und seine Wandelbarkeit ebenfalls, es ist nur noch eine einzige Schlussfolgerung möglich. Das

Ende schließt uns ein wie die Vignette am Ende eines Zeichentrickfilms.

So langsam glaube ich, dass ich mir die falsche Frage gestellt habe. Ich hatte gehofft, beim Lesen Anhaltspunkte zu finden, die mich freisprechen. Handfeste Anekdoten, die mich in dem Glauben bestärken, dass ich dich nicht eiskalt verlassen habe, weil ich frei sein wollte, sondern wegen eines grundlegenden Konflikts. Mein Wesenskern wurde von dieser Beziehung erstickt, so lautete meine feste Überzeugung. Aber wenn es ein «wahres Ich» gibt, das ich befreit habe, wo bleibt es dann?

Du hattest recht. Ja, ich habe mir eine geheime Welt erschaffen. Und ja, da waren noch andere im Spiel. Noch andere Bregjes, als die, die ich dir gezeigt habe.

Die eigentliche Frage lautet, wann ich überhaupt angefangen habe, an «das Wahre» zu glauben, auf Kosten von halben und doppelten Wahrheiten. Und wie ich mir nur einbilden konnte, das Wahre hier zu finden, Schwarz auf Weiß, trotz des Unsagbaren, aus dem ein Mensch besteht, trotz der Tatsache, dass sich das Eigentliche zwischen den Zeilen abspielt, trotz dieser Weißräume, von denen ich dir gern mehr gezeigt hätte.

TAG 38

Brüssel

Er hat Kinderaugen und hellblonde Wimpern. Ein Sofa hat er nicht. Während wir an der Fensterbank lehnen, teilen wir uns einen Joint und eine Flasche Wein.

Leonard Cohens Stimme hallt krächzend in dem kleinen Zimmer wider, als er hinter mich tritt. Ich lehne mich an ihn, schaue in den Himmel, der langsam verblasst, und denke: Wow, ich merke gar nichts von dem Gras und merke auch nicht, dass es etwas Besonderes ist, dass seine Hände jetzt vorsichtig meine Brüste aus dem BH schälen wie eine empfindliche Frucht.

«Bordel, que t'es belle.»

Sein Bett ist eine Matratze auf dem Boden, umgeben von Büchern. *Ganz vorsichtig*: Noch nie bin ich so vorsichtig ausgezogen worden.

Als ich seinen Pulli hochziehe, nimmt der das rote T-Shirt darunter mit und fesselt ihm die Arme an den Kopf. Er sieht aus, als wäre er bis zum Hals gehäutet, so als würde seine Haut umgestülpt und hochgezogen.

Sein Körper ist verblüffend klein. Doch er ist vollständig, alle Knochen sind vorhanden, alle Muskeln unter der sommersprossigen Haut. Nur seine Flanken und Pobacken sind nicht gefleckt, und dort ist die Haut so zart wie die eines Kindes. Zwischen seinen Beinen, in einem Nest aus feinem Haar, hat sich sein Schwanz zusammengerollt, warm und beweglich. Dessen Spitze ähnelt seiner Nasenspitze, die auch von einer Furche durchzogen ist.

Ich weiß es schon lange, aber erst jetzt trifft mich die Erkenntnis wie ein Schlag: Er ist es nicht. Unter den Kleidern taucht doch noch unerwartet der fremde Körper auf, kleiner, zarter und leichter als gedacht. Meine Hände ertasten seinen Rücken und seine Schultern, finden aber nicht, was sie erwarten. Je mehr vertraute Griffe ich ausprobiere, desto fremder wird mir der entblößte Körper. Alles ist warm und auf seine Art schön, aber als er auf mir liegt, wiegen die fehlenden Kilos schwerer.

Ist es das, was ich in Erfahrung bringen musste?

Danach dreht er sich zur Wand: Er schläft.

Hier liegt er nun. Lucs größte Angst furzt im Schlaf.

Ich verspüre eine Art kranke Genugtuung – jetzt, wo seine Anschuldigungen endlich zutreffen. Aber das war es dann auch schon. Ich betrachte ihn, diesen Sandsack zwischen mir und meiner Vergangenheit. Von nun an habe ich die Seiten gewechselt.

Er wird nicht wach, als ich aufstehe und meine
Sachen zusammensuche.

×

Immer wenn ich in den letzten Monaten mit Alex geredet habe, aber jeder Anzüglichkeit auswich, hatte
ich das Gefühl, eine gute Partnerin zu sein. Wenn ich
Nein zu ihm sagte, sagte ich Ja zu Luc. Dementspre-
chend liebevoll war, was ich da tat. Inzwischen ver-
mied ich es in diesen Gesprächen, Luc zu erwähnen,
bis Alex von sich aus auf meinen Ehering zeigte, und
ich ihn abnahm, um ihm die Gravur auf der Innenseite zu zeigen.

Ich kam ihm so nahe wie möglich, ohne ihn anzu-
fassen, ging auf Safaritour zu den abenteuerlichsten
Plänen, tat aber nicht mehr als mit Alex zu reden: über
Musik, über Filme, über Brüssel. Ich habe einen Freund
gefunden!, dachte ich zufrieden.

Das machte Luc nervös: Er begann darauf zu achten,
wann ich nach Hause kam und was ich anzog, wenn
ich ohne ihn in die Stadt ging. «Aha, du hast dich fein-
gemacht», sagte er dann oder: «Willst du dir einen
schönen Abend machen oder lässt du das an?»

Der Druck stieg, bis ich eines Sonntags in einem Café
arbeitete, und Luc plötzlich an meinem Tisch stand.

Er sah blass aus, ja schlimmer noch: Er bewegte sich
nicht. Von seiner sonst so überschwänglichen Mimik

war nichts mehr übrig. Sein Gesicht war eine Maske aus Pappmaschee.

Ich hatte nicht damit gerechnet. Ich hatte auch seine vier Anrufe verpasst, weil mein Handy wie immer auf Stumm gestellt war. Ich hatte keine Ahnung, was los war, und rechnete mit dem Schlimmsten. «Du musst mitkommen», war alles, was er sagte. Während ich meinen Mantel nahm und ihm hinausfolgte, sah ich seine Eltern, meine Eltern, meine Schwestern vor mir, die in Autowracks zerquetscht wurden.

Wortlos warf Luc mein Rad in den Kofferraum seines Autos, das mit eingeschalteter Warnblinkanlage vor der Tür stand. Auf meine wiederholte Frage, ob etwas Schlimmes passiert sei, sagte er nur: «Das weiß ich nicht.»

Wir sausten los und steckten gleich darauf wieder im Brüsseler Verkehr fest. Luc hielt das Lenkrad dermaßen fest umklammert, dass seine Knöchel weiß hervortraten. Er fuhr aggressiv an und musste dann wieder bremsen, sodass ich abwechselnd in den Sicherheitsgurt und in den Sitz gedrückt wurde. Natürlich regnete es.

Er sah mich nicht an. Eine fleckige Röte kroch über sein Gesicht, wie immer wenn er sich anstrengte. Die roten Flecken breiteten sich zunehmend aus, während dazwischen Löcher in der Isolierschicht entstanden.

Er parkte das Auto, als kickte er einen Schuh von sich: Es blieb schief und mit nur einem Rad auf dem Bürgersteig stehen. Nachdem er den Motor ausgemacht hatte, hörte ich ihn keuchen.

Ich wusste, dass er eine Dummheit begangen hatte; er schien nicht nur wütend, sondern auch panisch zu sein. Er war einfach bloß allein zuhause gewesen in den paar Stunden, die ich fortgewesen war. Was konnte da groß passiert sein?

Eigentlich gab es nur *ein* Tabu.

Ich sah Luc an, der das Lenkrad nach wie vor mit beiden Händen umklammerte.

«Hast du mein Tagebuch gelesen?»

Das Kinn sank ihm auf die Brust. Er sagte nicht Nein.

Auf einmal war mein Mund so trocken, dass meine Wangen an den Zähnen klebten. Ich saß zitternd neben Luc im Auto und dachte mit klappernden Zähnen Dinge wie: Werde ich jetzt unglücklich? Wie finde ich auf die Schnelle ein Zimmer?

Ich stieg aus. Am liebsten wäre ich sofort verschwunden und erst zurückgekommen, wenn sich das Problem erledigt gehabt hätte – so wie ich mich als Kind für ein paar Stunden in einem Baum versteckte, wenn unangenehmer Besuch kam. Aber ich sah auch, dass dieser Besuch nicht mehr fortgehen würde.

Lucs Geständnis verfolgte uns von der Straße in den Hausflur, ins Wohnzimmer, ins Bett und aufs Sofa, riss dabei alle möglichen alten Wunden auf, als wäre die neue nicht schon genug.

So sehr misstraut er mir also!, dachte ich. Das machte mich wütend.

«Verlässt du mich?», fragte er immer wieder. «Gib's doch zu, du verlässt mich.»

Ich schwor das Gegenteil: Alex sei nur ein Freund.

«Aber du schreibst es doch selbst.» Er zeigte auf mein Tagebuch, ein in schwarzes Leder gebundenes Heft. Es lag auf dem Sofa und war am Ort des Verbrechens aufgeschlagen.

14.1.15

Ich merke, dass Luc auf Alex eifersüchtig wird, aber ich weigere mich, jetzt nachzugeben. Kann ich nicht einmal im Leben mit einem Mann befreundet sein? Ausgerechnet jetzt, wo ich in dieser unmöglichen Stadt jemanden gefunden habe, den ich mehr oder weniger verstehe. «Worüber lachst du? Mit wem chattest du da?» Ich empfinde das als einengend.

Verrückt, wie ich hier rückwärts reinstolpere, im Dunkel tappend, für meine Verhältnisse unvorsichtig. Ich wage es nicht, wirklich darüber nachzudenken, wie ich reagieren würde, wenn Luc ein Machtwort spräche und versuchte, mir jeglichen Kontakt zu A. zu verbieten. Wie weit würde ich gehen, um für diese Art Freiheit zu kämpfen? So weit, dass ich mich von ihm freikämpfe? Lass mich doch und mach nicht so ein Drama daraus! Sollte er mich damit auf die Probe stellen wollen, werde ich es nicht lassen können, die maximale Punktzahl holen zu wollen. Das wäre dumm von ihm.

Trotzdem hat Luc einen Riecher dafür. Ich glaube, er spürt, dass A. Chancen hat. Der trennt sich gerade von seiner

Freundin, und ich glaube, dass ich sein Brecheisen bin, sein
Notanker.

Was nun kam, erinnerte an einen Prozess. Wir analy-
sierten die beanstandete Passage Buchstabe für Buchstabe, um entgegengesetzte Schlussfolgerungen zu
ziehen. «*Befreundet!*», rief ich.

«*Notanker!*», schrie Luc, «*Brecheisen!*» Und «*der trennt
sich gerade!*»

Irgendwann konzentrierte er sich auf das Wörtchen
dumm, das ihn schwer getroffen hatte. Ging es um das
eine Wort oder aber um alle Worte zusammen, die da
so arrogant zwischen den schicken ledergebundenen
Deckeln standen? Einen Meter Wissen, das ich ihm vor-
aushatte. Hatte er noch mehr gelesen?

Er behauptete, nach dieser einen Seite aufgehört zu
haben. Ich glaubte ihm kein Wort: Er hatte mehrere
Stunden Zeit gehabt, und die Kladden standen nicht
mehr so da wie vorher. Solange ich nicht wusste, wie
weit er zurückgeblättert hatte (Casimir? *Große Worte?*), konnte ich den Schaden nicht beurteilen. Es fällt
schwer zu streiten, solange man nicht weiß, wie sehr
man im Vergleich zu der Schuld, die man auf sich ge-
laden hat, im Recht ist.

Irgendwann gab er es zu: Das sei noch nicht alles gewesen. Aber er könne sich jetzt schon nicht mehr genau
erinnern. Als ich ihm aufs Geratewohl ein Tagebuch
unter die Nase hielt – «Hier, hast du das gelesen?» –,
wandte er den Blick ab, als wäre es etwas Obszönes.

Seine Wut schwebte weiterhin unausgesprochen über mir. Das Einzige, was ich aus ihm herausbekam, war, dass ich nicht ehrlich gewesen sei.

Ich beschloss, den Vorwurf wörtlich zu nehmen und behauptete, ich habe nicht gelogen, es gebe niemand anders.

Aber ich verstand sehr gut. Nicht umsonst griff Luc an diesem letzten Abend Worte heraus, die er stets wiederholte. *Dumm. Einengend. Eifersüchtig.* Worte, die ich nie laut aussprach und die seine große Angst bestätigten; mein Tagebuch erzählte eine ganz andere Geschichte als die, die ich normalerweise mündlich von mir gab. Sprich: Entweder die Tagebücher waren verlogen oder ich – all die Male, die ich nett zu ihm war, aber insgeheim etwas ganz anderes dachte.

Unaufrichtig.

Manchmal ist die Maske, die man sich aufsetzt, ehrlicher als das Gesicht, das man dahinter verbirgt. Für sein Gesicht kann man nichts; die Maske sucht man sich freiwillig aus. Sollte man den anderen nicht für das lieben, was er freiwillig von sich zeigt, ohne ihm all seine Geheimnisse abzupressen?

Du fandst, dass ich nicht ehrlich war, weil ich bestimmte Dinge vor dir verbarg, aber wie viel echter kann ich sein? Wie viel echter als an all den Tagen, an denen ich unbequeme Unterwäsche trug, die nur für deine Augen bestimmt war. Wie viel echter muss es verdammt noch mal werden als ein Spitzenstring in einer Poritze? Als in Gedanken Sex mit einem anderen haben, es aber nie tun? Als jede Nacht neben dir zu liegen, obwohl mich das, was ich bleiben ließ, um den Schlaf brachte?

Das Tagebuch enthielt, was ich nicht zu zeigen wagte, aber dem ich trotzdem einen Platz geben musste. Es bot den Dingen eine Heimat, die ich sowohl aufheben als auch nicht wegwerfen wollte. Das war notwendig, um unsere Beziehung aufrechtzuerhalten. Wer seinen Müllschacht verstopft, beschmutzt alles, was schön ist.

Während ich in den letzten Wochen meine Tagebücher wiedergelesen habe, habe ich immer wieder gedacht: Weiß er das? Seit wann? Und wie hat es sich für ihn angefühlt, als er das las? Es muss beklemmend sein, sich selbst zu begegnen, während man in einer verzerrten Perspektive gefangen ist. Jedes böse Wort, das ich abgefeuert hatte, richtete sich jetzt gegen mich. Mit Magenschmerzen las ich, wie ich deinen Vater als geschwätzig, deine Mutter als egoistisch und Freundinnen als oberflächlich bezeichnet hatte; diese Seiten zeigten ein Bild von mir, auf dem ich eine gespaltene Zunge hatte. Liebesschwüre empfand ich als schmerzhaft – jetzt, wo ich sie mit deinen Augen las, denn die Zärtlichkeit, mit der ich dich beschrieb, hatte plötzlich etwas Gönnerhaftes. Sogar die Textmenge wurde zum Affront: So groß war also der geheime Raum, so mickrig der Teil, den ich bereit war, dir zu zeigen.

Letztlich ist unwichtig, was du genau gelesen hast.

Worauf es ankommt, ist, *dass* du gelesen hast, und *dass* ich geschrieben habe; worauf es ankommt, ist, dass es immer einen Teil von mir gab, der nicht in Wir-Form gegossen werden konnte.

Ja, vielleicht nicht einmal in Ich-Form.

×

Weil Luc sich an diesem letzten Abend standhaft weigerte, zu verraten, was er gelesen hatte, explodierte unser Streit in alle Richtungen. Alte Kränkungen wurden wieder hervorgeholt, «Immer machst du das und das», und es ging noch mehr ans Eingemachte: «Immer bist du so und so».

Ich warf ihm seine Eifersucht vor, und er behauptete, ich «gehe emotional fremd». Ich rieb ihm unter die Nase, dass er sich geweigert habe, mein Romandebüt zu lesen, und er rechnete mir vor, wie viel ihn mein Hobby bereits gekostet habe. Wir stritten über die Miete und darüber, wie viel mehr er davon übernahm. Schon bald brüllten wir uns nur noch an: Ich gebe ihm stets das Gefühl, nicht gut genug zu sein, nicht intelligent genug, seine Familie sei zu chaotisch, er sei zu einengend und ich kastrierend. Er sei träge und ich hysterisch.

×

Als wir erschöpft verstummten, nebeneinander auf dem Sofa, war es halb eins in der Nacht. Ich war heiser, und meine Augen waren Schlammtümpel.

Ich stand auf, um Tee zu kochen.

Der Wasserkocher rauschte und schaltete sich aus. Danach herrschte Stille. Ein kurzes Intermezzo, während dem es kurz danach aussah, als hätten wir diesen furchtbaren Streit hinter uns gelassen.

Ich brachte Luc eine Tasse Gute-Nacht-Tee und machte es mir mit meinem Becher an meinem angestammten Platz auf dem Sofa gemütlich. Neben mir lag nach wie vor mein aktuelles Tagebuch.

Ich griff danach und zog die Kappe vom Füller, der noch zwischen den Seiten lag.

Sofort machte sich der Streit wieder bemerkbar und zerrte uns weiter wie ein Bluthund, der eine unwiderstehliche Fährte aufgenommen hat. Fast hatte er ihn erreicht, den Ort des Gestanks.

«Etwas Besseres fällt dir jetzt nicht ein?», sagte Luc. «Kurz aufschreiben, was für ein Arschloch ich bin?»

Als ich den Mund öffnete, um etwas zu erwidern, sprang er auf und stieß energisch das Bücherregal neben meinem Schreibtisch um. Sein Inhalt ergoss sich über den Boden: zig bunte Hefte, von denen einige mit aufgeschlagenen Seiten auf den Dielen landeten und das kompakte Auf und Ab meiner Handschrift preisgaben. Die Topfpflanze, die auf dem Regal gestanden hatte, fiel darauf und rollte träge aus ihrem zerbrochenen Topf, wobei sie Wurzeln und Erde über den Seiten verteilte. Wir standen einfach nur daneben und sahen zu, zwei Meter voneinander entfernt, während mein Innerstes zwischen uns auf dem Boden nach außen gekehrt war.

Ich betrachtete mein aufgebrochenes Versteck. In diesem Haus gab es kein Hinterzimmer, keinen geschützten Ort, keinen Spielraum mehr für mich.

Ich ließ los.

So wie man beim Klettern aus der Wand fällt, wenn man die Arme überanstrengt hat, weil man zu lange über den einen kniffligen Schritt nachgedacht hat oder zu lange an einem winzigen Griff gehangen und drauf gewartet hat, dass der Vordermann vorbeigeklettert ist. Es handelt sich um eine Übersäuerung: Die Unterarme werden steif, und die Finger verlieren langsam den Halt. Solange der Körper es noch schafft, lässt er die Wand nicht los. Er weiß nicht, dass er angeseilt ist, spürt aber den Abstand zum Boden. Er spürt, wie tief er fallen würde. Zum Loslassen kommt es erst ganz zum Schluss, in blinder Todesverachtung.

Schon nach wenigen Sekunden spürt man, dass man im Seil hängt: Erleichterung, ein Adrenalinstoß. Freude.

Ich ging in die Hocke, pustete Wurzeln und Blumenerde von den Seiten und begann, die Tagebücher aufeinanderzustapeln. Luc setzte sich aufs Sofa und stand dann wieder auf – auf der Suche nach einer Pose, die zeigte, dass er nach wie vor sauer, aber durchaus beherrscht war. Er griff zum Handy und begann etwas zu tippen.

Als alles einigermaßen sauber war, holte ich meinen großen Rucksack aus dem Flurschrank und steckte die Hefte hinein. So lange, bis der Rucksack voll war.

Als ich auch Handy und Geldbeutel in der obersten Tasche verstaute und meinen Mantel anzog, begriff Luc, dass ich es ernst meinte.

Seine sich überschlagende Stimme verfolgte mich bis in den klappernden Liftschacht, ja bis hinunter zur Haustür.

TAG 39

Vorsichtig schließe ich unsere Wohnung auf. Ich habe im Vorfeld kontrolliert, ob du in der Arbeit bist, indem ich die Sekretärin in deiner Kanzlei angerufen und aufgelegt habe, bevor sie mich durchstellen konnte.

Kaum bin ich in der Wohnung, trifft mich das Sperrfeuer aus Löchern in der blauen Wohnzimmerwand. Die Fotos, die dort einmal hingen, hast du von der Wand gerissen und zwar offensichtlich dermaßen brutal, dass die Farbe am Patafix hängen geblieben ist.

Ich gehe zur Wand und streiche mit den Fingern über die bizarren weißen Flecken. Mit etwas Wohlwollen könnten es Herzchen sein. Sie hinterlassen eine Gipsschicht auf meinen Fingerkuppen.

Die Fotos liegen mit dem Gesicht nach unten auf der Fensterbank. Als ich versuche, den abgelösten Farbstreifen von ihrer Rückseite zu pulen, weil ich hoffe, sie dann wieder ankleben zu können, zerkrümelt er. – Jetzt haben sie begonnen: Vermissattacken hüben wie drüben.

Ich hole einen großen Koffer aus dem Schlafzimmer und fülle ihn mit Klamotten, Toilettenartikeln und Schuhen.

Die Fotos lege ich auch dazu. Während ich packe, stelle ich mir vor, wie du den ganzen Abend gezwungen sein wirst, die halb leeren Schubladen zu verarbeiten, das Fehlen eines Bademantels, die kahlen Stellen, bei denen du jetzt schon nicht mehr weißt, was da mal gestanden hat, die aber eine unbestimmte Sehnsucht wecken. Ich stelle mir vor, wie du meine Kleider durchgehst und dir die Silhouette vor Augen rufst, die sie einst umhüllten. Aus strategischen Gründen lasse ich ein paar Dinge da: ein Spitzenkorsett; die Bodybutter, deren Duft du so gern magst; die Wollsocken, bei denen du meintest, sie erinnerten dich an Weihnachten bei deiner Oma. Die Tamponschachtel und den graugewordenen Bimsstein lasse ich verschwinden. Wer sich nur noch durch Abwesenheit auszeichnet, muss diese sorgfältig inszenieren. Als ich nach einer Stunde fertig bin, ergibt das, was ich zurücklasse, das Bild der idealen Frau.

Dabei müsste ich das genaue Gegenteil tun – den Bimsstein dalassen und die Dessous mitnehmen. Doch sogar jetzt noch, wo ich mich deiner Liebe entziehe, möchte ich, dass sie ohne mich intakt bleibt. Vielleicht entnimmst du das ja den Dingen, die ich zurücklasse: Eitelkeit, fehlende Aufrichtigkeit.

Bevor ich gehe, bleibe ich noch kurz stehen, so als erwartete ich, dass mir dieser Ort etwas sagt, als versuchte ich, das Knacken, Ticken und Rauschen zu entziffern, mit dem sich die Wohnung um die neuen Leerstellen schließt.

TAG 40

Es gibt nicht viele Möglichkeiten, zu sagen, dass es aus ist. Und nicht viele Möglichkeiten, darauf zu reagieren. Du bist zusammengeklappt, als wolltest du kotzen, um dich dann mitten auf den Bürgersteig zu knien.

Sofort blitzte der Gartenweg meiner Eltern vor meinem inneren Auge auf, Schwielen auf der Seele, bekomm bitte keine Schwielen.

Du hast dich nicht wieder hochziehen lassen.

DOSE

Auf dem Gang reihen sich die Spinde endlos aneinander. Nummer 249 gehört mir. Alles ist durchnummeriert: die Klassenzimmer, die Spinde, die Uhren und ich. Ich habe einen laminierten Ausweis mit meinem Namen, einer Nummer, der Klasse G1b und einem Strichcode darauf. Gleichzeitig schreit einem all das förmlich entgegen, dass das nicht stimmt: dass hier überhaupt nichts geregelt ist. Als ich versuche, mein ordentlich nummeriertes Zimmer zu erreichen, werde ich weggeschubst. Jungen und Mädchen aus höheren Klassen versetzen meinem Rucksack einen Stoß oder rempeln mich an. Ich lasse es über mich ergehen wie eine Naturgewalt, mit der sich nicht verhandeln lässt. Ich senke den Kopf wie bei starkem Gegenwind. Bei jedem Gongschlag werde ich weitergezerrt, durch den Gang, die Treppe hoch, ein schaukelnder Ranzen im Gesicht, ein Junge, der sich an der Wand abstützt und mich zum Bücken zwingt, damit ich unter seinem Arm hindurch komme. Die Schule hat diesen Haufen Kinder zusammengetrommelt und konzentriert sich jetzt darauf, das so entstandene Monster zu kontrollieren. Ich bin schmächtig und kann mich nur noch mitbewegen wie eine einzelne Schuppe auf dem Rücken dieses sich träge windenden

Reptils, das sich durch die Flure quetscht und alles, was nicht hermetisch abgeschlossen ist, mit sich reißt. Sogar die Körner am Fuß der künstlichen Pflanzen sind festgeklebt.

Noch nie habe ich Angst vor Monstern, Spinnen oder behaarten Tieren gehabt. Aber all diese Menschen auf einem Haufen bilden ein Tier, das beängstigend ist. Und dann denken sie sich Regeln aus, um dieses Biest im Zaum zu halten. Es klappt gerade so. Oder wäre es ohne Zaumzeug gar kein Biest? Hinter Gittern wird jeder wild.

Ich sehe mich von oben: Ein kleines Mädchen mit einem großen Ranzen, genau wie die anderen, das sich im selben Tempo, mit demselben gesenkten Blick, in derselben Minute in dieselbe Richtung begibt, und ich verstehe, warum ich geschubst und ausgebuht werde. Ich würde dasselbe tun. Ich würde auch irgendwo entwischen, eine Bresche in die Schuppen schlagen wollen.

Ich war meine Grundschule satt, die Lehrerin, meine blöden Nicht-Freunde, die dummen Häschen-Fleißkarten und die Kette mit den großen Holzperlen, die am Türrahmen des Klassenzimmers hing. Die diente als Ticket für den Toilettengang und stank intensiv nach Pisse. Hier muss ich immer erst fragen, ob ich austreten darf, und die Antwort lautet: Nein, bleib noch kurz sitzen.

Sehnsüchtig denke ich an zu Hause, wo ich sehr wohl mitreden darf. Und gleichzeitig kommt es mir so vor, als wären die Stofftiere, die mit Fischen bemalte Wand, die

Fotos von mir und meinen Eltern die ganze Zeit nur als Trost gedacht.

Wieder hebe ich die Hand, und diesmal darf ich aufs Klo.

Während ich durch den leeren Gang gehe, wird eine der Klassenzimmertüren vor meiner Nase aufgestoßen. Ein magerer Junge in einem bunten Hemd marschiert heraus, ohne mich zu sehen, er hat seinen Ranzen auf. Sein Haar ist dunkelblau. Bevor er die Tür hinter sich zuknallt, kann ich gerade noch die Worte «... dich beim Hausmeister melden» verstehen.

Der Junge kocht vor Wut. Während er davoneilt, schlägt er mit der Faust gegen einen der eingerahmten Gegenstände an der Wand: ein Grundriss mit Feuerlöschern und Notausgängen, wie ich im Näherkommen sehe. Das Glas bleibt heil, es ist Plexiglas.

Nachdem ich auf der Toilette war, trödle ich und gehe so langsam wie möglich zu meinem Klassenzimmer zurück, dann aber daran vorbei. Ich gehe weiter bis ans Ende des Flurs. Dort bleibe ich stehen und schaue auf den Schulhof, der jetzt verlassen daliegt.

Aber *ein* Kind ist draußen. Es ist der magere Junge mit dem Hemd voller Anime-Figuren.

Sein Rücken ist gekrümmt, er zerrt einen Besen hinter sich her und fegt damit halbherzig Dosen und Bonbonpapiere zusammen. Während ich ihn dabei beobachte, hört er damit auf, schaut auf den Müllhaufen, den er zusammengekehrt hat und trampelt darauf herum, bis er wieder auseinanderfällt. Eine der Dosen rollt klappernd über die

Pflastersteine. Der Junge lässt den Besen los, rennt der Dose nach und tritt sie vor sich her. So überquert er den Hof.

Sein buntes Hemd – gelb, orange, rot –, hebt sich von den grauen Steinplatten ab. Ich betrachte die Dose, die über das Pflaster kullert, und mein Magen hüpft und tanzt mit.

Erst, als er schon ganz nahe an mich herangekommen ist, sieht er mich hinter der Scheibe und bleibt abrupt stehen. Wir tauschen einen Blick. Er reckt das Kinn vor: «Was willst du?» So als fühlte er sich ertappt.

Ich möchte mich schon von der Scheibe entfernen, aber auf einmal finde ich es wichtig, ihm klarzumachen, dass ich nicht zu den anderen gehöre. Dass ich seine kleine Flucht bemerkt und verstanden habe. Weil ich nicht weiß, wie das gehen soll, lege ich einfach die Hand auf das Glas.

Ein Umriss entsteht, der gleich wieder verdampft, nachdem ich meine Hand weggenommen habe. Während der Abdruck verschwindet, sehe ich durch die Flecken hindurch, wie der blauhaarige Junge mit den Schultern zuckt und grinsend seine schiefen Zähne entblößt.

QUELLEN & ÜBERSETZUNGEN

S.9 «Ich mag ruhig deinen Namen auf mein Werk schreiben ...», Roland Barthes, *Fragmente einer Sprache der Liebe*, Suhrkamp, Frankfurt 1984 und 2015, s. S. 261 f., übertragen von Horst Brühmann.

S.1 *De welp: Rataplan,* in einer früheren Version in der Literaturzeitschrift *De Revisor, Amsterdam* erschienen.

S.48 «So wie ich von selbst atme ...», Vasalis, «Voor J. zeer sober» in: *De oude kustlijn,* Van Oorschot, Amsterdam 2002, im Roman zitiertes Fragment übertragen von Christiane Burkhardt.

S.59 «*Rom, dir ist nichts gleich* ...», Magister Gregorius, *Narratio de mirabilibus urbis Romae,* übertragen von Ulrich Schmitzer.

S.79 «*That willing suspension* ...», Samuel Taylor Coleridge, *Biographia Literaria,* 1817, deutsch zitiert nach https:// de.wikipedia.org/wiki/Willentliche_Aussetzung_der_ Ungläubigkeit.

S.178 «In halfslaap strekt het zijn armen ...»/«Im Halbschlaf streckt es die Arme ...» bezieht sich auf «*Ten ruste*», ein Gedicht von Ester Naomi Perquin in: *Servetten halfstok,* Van Oorschot, Amsterdam 2007, im Roman zitiertes Fragment übertragen von Christiane Burkhardt.

S.127 *Tag 10*: Fragmente dieses Kapitels sind bereits unter dem Titel «Een sterrentaal voor één persoon» in der Literaturzeitschrift *De Gids* 2016/2, Amsterdam, erschienen.

S. 129 «Ich habe deinen Brief bekommen ...», Jean Dubuffet, Brief an Jacques Berne vom 7.2.1949, s. Pierre Leguillon, *Dubuffet Typographe* 2013.

S. 129 «als heimlichen Hemmschuh»: Dieser Passus stammt aus: Henri Michaux, *Par des traits* [1984], übertragen von Christiane Burkhardt.

S. 130 «Jargon: 1. Kauderwelsch ...», *Van Dale Groot woordenboek van de Nederlandse taal*, Utrecht/Antwerpen 2005, nach Duden abgewandelt (Anmerkung der Übersetzerin).

S. 131 «What is the phrase for the moon?»/«Wie heißt der Satz für den Mond? ...», Virginia Woolf, *The Waves*, übertragen von Maria Bosse-Sporleder in: Virginia Woolf, *Die Wellen*, Hrsg. von Klaus Reichert, Fischer, Frankfurt 1994.

S. 134 «Das Wort ‹frei›», Dr. J. de Vries, *Etymologisch woordenboek*, Het Spectrum, Utrecht/Antwerpen 1979.

S. 134, 135 Leibniz, Goethe und Schopenhauer über die Handschrift: s. Ewan Clayton, *The Golden Thread. The Story of Writing*; s. auch Schopenhauer, «Zur Physiognomik». Zum Thema Graphologie habe ich mich bei Curnonsky und Gaston Derys schlau gemacht, *Les indiscrétions de l'écriture*, Delagrave, Paris 1933 sowie bei R. de Salberg, *Manuel de graphologie usuelle*, Hachette, Paris 1929.

S. 185 «Beschreibung der idealen Stadt: ein Ort, der nur in eine einzige Richtung wachsen darf.» In: «L'urbanisme unitaire à la fin des années 50», *Internationale Situationniste* 3, Dezember 1959.

S.185 «Der Mensch hat eine Zeitlang nach dem «Engramm» gesucht» und andere Informationen über die Funktion des Gedächtnisses: Douwe Draaisma, *Halbe Wahrheiten: Vom seltsamen Eigenleben unserer Erinnerung*, Galiani, Berlin 2016, übertragen von Verena Kiefer, und Charles Fernyhough, *Pieces of Light*, Profile Books 2013.

S.259, 260 Ibid.

S.262 Joshua Foer, *Moonwalk mit Einstein: Wie aus einem vergesslichen Mann ein Gedächtnis-Champion wurde*, Riemann, München 2011, übertragen von Ulla Rahn-Huber.

Ab S. 206 Was Pompeji und Herculaneum betrifft, habe ich mein Wissen vor allem aus: Guy de la Bédoyère, *Cities of Roman Italy*, Bristol Classical Press 2010, Joanne Berry, *The Complete Pompeii*, Thames & Hudson 2017, und Michael Grant, *Eros in Pompeii*, Uitgeverij Amsterdam Boek bv 1975.

S.208 «genauso viel mit dem Altertum zu tun hat wie der Mond mit Garnelen ...» ist ein Zitat des deutschen Archäologen Johann Joachim Winckelmann.

S.212 «Die Konturen des Flecks waren überall geradlinig ...» Christopher W. Schmidt, Elizabeth Oakley, Ruggero D'Anastasio, Rebecca Brower, Ashley Remy und Joan Viciano, «Herculaneum», in: Christopher W. Schmidt und Steven A. Symes, *The Analysis of Burned Human Remains*, Academic Press 2015.

S.356 Plinius: «Außerdem sahen wir, daß das Meer zurückflutete ...» stammt aus Buch 6.20 in: *Epistulae. Sämtliche Briefe. Lateinisch/Deutsch*, Reclam 2012, übertragen und herausgegeben von Heribert Philips und Marion Giebel. Plinius schrieb diesen Brief an den Historiker Tacitus, auf dessen Bitte hin, zu Beginn des 2. Jahrhunderts.

S. 365 «Die glatte, junge Haut ...» sowie weitere Informationen über die Gipsabgüsse: Eugene Dwyer, *Pompeii's Living Statues. Ancient Roman Lives Stolen from Death*, University of Michigan Press 2010.

S. 367 «Waffentat besinge ich und den Mann ...» Vergil, *Aeneis*. Tusculum-Ausgabe, Heimeran Verlag 1965, in Zusammenarbeit mit Maria Götte übertragen und herausgegeben von Johannes Götte.

S. 367 «*Carmen commune ne arma virumque cano ...*» und andere Pompejische Graffiti: Vincent Hunink, *Glücklich ist dieser Ort!: 1000 Graffiti aus Pompeji*, Reclam 2011.

Ein Auszug aus *Der Welpe* erschien in einer früheren Version unter dem Titel «*Das Junge*» in der Ausgabe 25 von *Das Magazin*.

DANK

Ich bin vielen Menschen zu Dank verpflichtet. Den Wichtigsten kann ich nicht nennen, außerdem kann ich ein für mich so wichtiges Jahrzehnt unmöglich in einer Danksagung unterbringen.

Danke, Thomas und Erik, dass ihr *Der Welpe* gelesen habt.

Danke Connie, du Angst-Dompteuse.

Danke, Ellen für das feinste Meersalz auf jeder Schnecke.

Danke Lize, dass du meine Wrackteile immer wieder zusammensuchst.

Danke, mein Rudel der Tafelrunde, ohne das ... *frapia dosa*.

Dank schulde ich auch dem gesamten Team von *Das Mag*, das diesem Welpen ein so warmes Nest geschenkt hat. Ohne euch hätte ich mich nicht an dieses Buch herangewagt. Mein besonderer Dank gilt Marscha für ihre magische Begeisterung und Daniël für seinen messerscharfen Blick. Danke, Toine, dass du das Leben scharfstellst – inner- und außerhalb dieses Buches.